DESEO

AF274451

KATHERINE GARBERA

SOLO POR
UNA NOCHE

Editado por Harlequin Ibérica.
Una división de HarperCollins Ibérica, S.A.
Avenida de Burgos, 8B - Planta 18
28036 Madrid

© 2024 Harlequin Ibérica, una división de HarperCollins Ibérica, S.A.
N.º 531 - 25.1.24

© 2020 Katherine Garbera
Solo por una noche
Título original: Her One Night Proposal

© 2020 Kira Bazzel
Pecados de un seductor
Título original: The Sinner's Secret

© 2021 Jules Bennett
Amor en la ciudad de la música
Título original: Twin Games in Music City
Publicadas originalmente por Harlequin Enterprises, Ltd.
Estos títulos fueron publicados originalmente en español en 2020, 2021 y 2021

I.S.B.N.: 978-84-1180-663-3
Depósito legal: M-32148-2023
Impreso en España por: BLACK PRINT
Fecha impresión para Argentina: 23.7.24
Distribuidor exclusivo para España: LOGISTA
Distribuidor para México: Distribuidora Intermex, S.A. de C.V.
Distribuidores para Argentina: Interior, DGP, S.A. Alvarado 2118.
Cap. Fed./Buenos Aires y Gran Buenos Aires, VACCARO HNOS.

MIXTO
Papel procedente de
fuentes responsables
FSC® C159065
FSC
www.fsc.org

Capítulo Uno

La comida con su familia los miércoles era siempre uno de los mejores momentos de la semana para Iris Collins. Era una tradición que comenzó cuando ella y Thea, su hermana gemela, volvieron a casa del internado, y que las había acompañado hasta la edad adulta. Siempre cenaban en el club del edificio de oficinas de su padre, en el distrito financiero de Boston. Hal Collins era el dueño de Collins Combined, una firma especializada en inversiones a largo plazo.

El teléfono de Iris sonó justo cuando entraba en el edificio. Era su novio. Volvió a guardarlo en el bolsillo de su vestido entallado y abrazó a su hermana.

—Sabía que ibas a llegar pronto. Yo también he venido rápido para que pudiéramos hablar antes de que lleguen papá y mamá –dijo Thea–. ¿Qué tal tu viaje con Graham?

—Bien –contestó Iris.

—¿Solo bien?

Menos que bien, en realidad. Durante las vacaciones en Bermudas, Graham la había presionado para que fuera más osada en la cama y la cosa había terminado mal, con él bebiendo en el bar y ella sentada en el balcón escuchando las olas. Estaba intentando no romper antes de la boda de Adler, su compañera de habitación en la universidad, que se celebraría en diez días. Era dama de honor.

El teléfono vibró. Otro mensaje de Graham.

–Hablando del diablo...

Sacó el móvil y leyó:

Mira, las cosas no funcionan entre nosotros, así que hemos terminado. Espero que lo entiendas.

–¿En serio? –exclamó Thea, que había leído por encima de su hombro–. ¿Rompe contigo con un mensaje de texto?

Ojalá le sorprendiera, pero lo que sintió fue alivio. Rápidamente contestó.

Iris: *Claro que lo entiendo.*

Graham: *Me lo imaginaba.*

–¿Entender, qué? –preguntó Thea.

–Nada –respondió. No iba a hablar de sexo en el vestíbulo del edificio de su padre.

Thea le quitó el teléfono de la mano y escribió:

Iris: *Por supuesto. Espero de la vida más de lo que tú puedes ofrecerme.*

–¡Thea, devuélveme el teléfono!

Graham: *Bien. Yo quiero a alguien que no sea básica, gris y aburrida. Que te den, zorra.*

Thea quiso volver a quitárselo, pero Iris lo apartó y se limitó a enviar el emoji del pulgar levantado.

–¿Por qué has hecho eso? –protestó–. No tengo ganas de dar explicaciones.

–¿De qué tienes que dar explicaciones? –preguntó su madre, que se había acercado por detrás y las abrazaba. Corinne Colins, Coco para sus amigos, una persona siempre desbordante, iba vestida de Ralph Lauren.

–De Graham. El tío con el que salía.

–Ha roto con ella con un mensaje, el muy grosero.

–Desde luego. Pero no todo el mundo presta atención a la buena educación estos días.

–Cierto –contestó iris–. ¿Y papá?

–Se va a retrasar. Le he advertido que, como tarde mucho, os llevo de compras a las dos.

Las tres se echaron a reír pero, mientras Iris seguía a su madre y a su hermana hasta el restaurante, estaba que se subía por las paredes. ¿Cómo se había atrevido a decirle semejante grosería? Aburrida, vale, ¿pero gris? ¡A ella, Iris Collins, gurú del estilo de vida en televisión! Su estilo marcaba tendencia y en Instagram la seguía toda la *jet set*.

Había sabido que era un imbécil cuando le sugirió lo del trío, pero aquello era el colmo.

Su madre vio a una amiga del club de *bridge* y se acercó a saludarla.

–Tienes que llevarte a un tío que esté cañón a la boda –refunfuñó Thea–. ¡Enséñale quién es gris! No puedo creer que se haya atrevido a decirte eso.

–Vale, pero ¿a quién? No conozco a nadie. Y solo quedan diez días.

–Déjame pensar…

–No puede ser un conocido.

–Claro. Tendrías que contratar a alguien. Puedes hacerlo.

–No.

–¿Por qué no?

–Porque me resultaría embarazoso, por eso.

–No es embarazoso. Podrías ir del brazo de un tío estupendo, y como la factura la vas a pagar tú, tendría que comportarse como tú quisieras. De hecho, conozco a algunos que podrían estar interesados.

–¿A quién, si tú trabajas en casa con dos gatos?

Su hermana llevaba un exitoso blog sobre etiqueta y buenos modales.

—Tengo amigos —replicó.

—Gracias, Thea, pero yo lo arreglaré. Mejor no gastar ni un minuto más con Graham.

Su padre llegó y la comida resultó agradable, pero Iris sintió aquella desazón que siempre le inspiraba ver cómo sus padres se daban la mano mientras tomaban el café y los postres. ¿Era demasiado pedir encontrar a un compañero? Quería lo que tenían ellos, pero solo parecía atraer a hombres como Graham.

Quizás Thea estuviera en lo cierto. Podría encontrar algún tío sexy al que contratar para que la acompañase a la boda. Solo faltaban cuatro días y tres noches.

Zac Bisset detestaba Boston, pero en ocasiones la vida real se colaba en mitad de su entrenamiento y se veía obligado a dejar el barco y hacer lo que hubiera que hacer. No importaba que hubiese amanecido un día de junio perfecto. Llevaba traje y mocasines en lugar de bañador e ir con los pies descalzos. Haber nacido en el seno de una familia rica, privilegiada y con demasiadas restricciones nunca le había gustado mucho, y de todo ello escapaba estando en el mar, navegando. Era una pasión que había crecido en él durante los años de universidad y que había culminado con su inclusión en el equipo británico que competía en la Copa América. Había pasado cuatro años dedicado a ello, pero hacía poco que había dejado el equipo para hacer algo por su cuenta.

Preparar un equipo para competir en la Copa América era caro. Podría pedir dinero a la empresa de su familia, *Bisset Industries*, pero ese dinero llevaría consigo demasiados compromisos. Su padre llevaba tiempo intentando conseguir que se sentara en el consejo de administración de la empresa, pero lo último que él quería era tener que responder ante August Bisset. O peor aún, ante su hermano mayor, Logan.

Le gustaba tener libertad, pero sus opciones eran limitadas. Después de que conquistara la copa el equipo norteamericano patrocinado por Oracle se había decidido a intentar reunir su propio equipo y presentarse a la competición. Necesitaba una gran empresa que lo patrocinara, o bien la parte de la herencia que le fuera a corresponder, y lo cierto era que el tiempo se le estaba acabando. Ya deberían estar entrenando.

Acababa de salir de una reunión con una compañía de telecomunicación de las grandes con la que había estado hablando del patrocinio y se había parado en al bar a tomar un agua con gas. El teléfono comenzó a pitar y entraron varios mensajes. El primero era de su hermano mayor, Darien, que se dedicaba a la política y no al negocio familiar. Quería quedar a tomar algo antes de que las festividades por la boda de su prima dieran comienzo. A continuación entró otro de su equipo. Los chicos querían que los pusiera al corriente. El último era de su madre, diciéndole que estaba en Nantucket, en casa de la abuela, y lo animaba a que llegase pronto para que pudieran charlar un rato tranquilamente.

En aquel momento no le apetecía responder a ninguno. Por supuesto, sus dos personas favoritas de la familia habían hecho un esfuerzo por conectar, lo cual era de agradecer. Logan y su padre querían boicotear la boda de Adler porque se casaba con un miembro de la familia Williams. Eran los principales competidores de Bisset Industries, y el negocio lo había puesto en marcha un hombre al que su padre detestaba.

Zac no tenía nada contra el novio, así que se había ofrecido a asistir a todos los eventos. Le gustaban las fiestas de las bodas. Bebida, chicas guapas y baileteo. Iba a ser una boda temática, así que todos se iban a desplazar a un *resort* de lujo de Nantucket, el buque insignia de Williams Inc., y que su hermana Mari no dejase de cantar las glorias del lugar hacía que Logan y su padre se mostrasen todavía más reticentes a asistir.

La familia era a veces un engorro.

Decidió contestar primero a sus compañeros de equipo. Los tres se encontraban en Nueva Inglaterra buscando patrocinadores y trabajando en el nuevo diseño del casco. La competición se ganaba tanto con habilidad en el mar como con un buen diseño del casco.

Zac: *De la pasta, nada. Tenemos una reunión más. Luego, tendemos que buscar más opciones.*

Yancy McNeil fue el primero en contestar:

Yancy: *Qué mierda. Una amiga me ha dicho que conoce a alguien que anda buscando una inversión a largo plazo. Te pasaré el contacto.*

Enseguida intervino Dev Kellman.

Dev: *Yo no tengo ninguna idea por ahora, pero sí que tendré unos margaritas preparados en cuanto recuperéis la fe.*

Zac: *Gracias, Dev. Pásame el contacto, Yancy.*

Mientras le pedía al camarero que le sirviera

otra agua con gas, levantó la mirada y se quedó paralizado al ver a la rubia que acababa de entrar en el bar. Llevaba un vestido ceñido con manga corta. Estaba morena y en forma, y se movía con confianza y decisión. Sus miradas se cruzaron y ella sonrió tímidamente. Tenía los ojos tan azules como el mar de la isla de Nueva Zelanda. Su boca era... demonios, no podía dejar de mirarla. Tenía el labio superior más carnoso que el inferior, y de pronto en lo único en que podía pensar era en cómo sería besarla.

Estiró las piernas bajo la mesa y apartó la mirada. Sí, llevaba demasiado tiempo embarcado si lo primero que se le ocurría al ver a una mujer era pensar en besarla. Tenía que recuperar el control antes de pasar toda una semana rodeado de la familia.

Oyó pasos que se acercaban y levantó la vista, esperando ver al camarero, pero se equivocaba. Era esa mujer. Olía bien, como las flores de verano del jardín que su madre tenía en los Hamptons, y tenía una mirada franca que le gustaba. Él no era tímido, y nunca sabía bien cómo tratar con quienes lo eran. De cerca no era tan rubia. Había mechones de color caramelo en aquella melena que le rozaba los hombros, y lucía al cuello un fino collar con un colgante en forma de flor.

Iris andaba aún pensando en el consejo de su hermana cuando entró en el bar, al otro lado de la ciudad, una vez finalizada la comida. Miró a su alrededor. La tarde estaba ya mediada y se iba a reunir con su *glam squad* para repasar los preparativos para la boda en Nantucket. Dado que la boda de

Adler iba a ser televisada y que habría montones de blogueros y sitios web de cotilleos, iba a tener que estar preparada para ser enfocada por las cámaras constantemente.

Había construido su propia plataforma durante los últimos cinco años, ascendiendo desde el puesto de asistente de Leta Veerland hasta tener su propio programa de televisión. De Leta había aprendido que siempre tenía que interpretar su papel en cuanto pusiera un pie fuera de su casa, aunque solo fuese a comprar leche al supermercado. Si alguno de sus seguidores la viera actuando o con un aspecto que contradijera su imagen de marca, perdería la credibilidad.

Thea le había escrito diciendo que había encontrado a un tío que sería su pareja todo el fin de semana por mil dólares, pero Iris guardó el teléfono. No le interesaba.

Miró a su alrededor. Ni rastro de su maquilladora, KT, ni de su estilista y asistente personal, Stephan, así que se dirigió a una de las mesas del fondo, y a punto estuvo de darse de bruces contra el suelo al ver a un tío rubio y escultural sentado en una de las butacas de cuero de al lado de la puerta. Tenía un maxilar cuadrado y perfecto, el pelo largo le llegaba casi hasta los hombros, pero lo llevaba limpio y brillante. Parecía un vikingo… pero no de los que asaltaban aldeas, sino de los que estaban para comérselos.

«Hazle una oferta que no pueda rechazar».

La voz de Thea se le había activado en la cabeza y la rechazó de plano. Eso no iba a ocurrir.

Pero ahora que su hermana había sembrado la semilla, se preguntó si podría hacerlo. Dirigía un negocio millonario, y de pronto recordó algo que le había dicho su madre cuando empezó a ganar dinero como *influencer*: «no temas pagar a la gente para que haga cosas que necesites que hagan».

Técnicamente no pasaba nada porque se presentara sin pareja a la boda, pero es que iba a ser televisada en su totalidad, y se estaba preparando para lanzar una línea de productos domésticos y un libro, y todo el equipo le había dicho que se estaba estancando, según revelaban las investigaciones, mientras que la competencia avanzaba. Gente como Scarlet O'Malley, heredera e *influencer* en las redes sociales, que ya se había casado y estaba esperando su primer hijo. Las demás habían pasado ya de ser chica-soltera-en-la-ciudad a recién-casada-y-mamá, mientras que ella seguía atascada en… en la tierra de aburrida-y-básica.

Si apareciera con alguien como aquel vikingo colgando del brazo, sería un subidón para su imagen social, y le proporcionaría un hombre junto al que posar. Podía considerarlo un acuerdo laboral…

Él levantó la mirada. La había pillado mirándolo y ella le sonrió. Le devolvió la sonrisa. Decidió acercarse. Ojalá hubiera prestado más atención a aquella película que puso su madre la última noche de chicas… *Proposición indecente*. Necesitaba interpretar a su mejor Robert Redford… o transformarle a él en su *Pretty Woman* y asumir el papel de Richard Gere.

La confianza era la clave. Podía mostrarse confiada. ¿Acaso no había convencido a sus padres para que la dejasen tener su propio canal de YouTube con solo catorce años?

—Hola.

Iba a dejarlo boquiabierto. Bajó la mirada y vio que llevaba los zapatos sin calcetines. El destino le sonreía.

—Hola. ¿Quieres sentarte?

Iris miró el reloj. Tenía unos quince minutos antes de que se viera obligada a llamar a su equipo.

—Vale, pero solo si me permites que te invite a una copa.

—Nunca rechazo a una mujer guapa —contestó él, levantándose para separar una silla.

—¿Ah, no?

—No. Nunca.

—¿Y alguna vez lo has lamentado?

Parecía un tío valiente, pero también era posible que estuviera viendo al hombre que quería ver y no al auténtico.

—Nunca. Alguna vez ha resultado distinto a lo que me había imaginado, pero así es la vida, ¿no?

—La tuya puede que sí. Yo soy más de seguir siempre un plan.

¿En serio se estaba planteando seguir la sugerencia de Thea?

—Lo de seguir los planes no es lo mío.

—¿Y qué tal te va?

—Voy donde el viento me lleve.

—¿El viento?

—Soy marino. Participo de las competiciones náuticas.

¡Ja! ¡Un vikingo! En lugar de dedicarse al pillaje, lo suyo era conquistar el mar.

—¿Como la Copa América?

—Exacto. En este momento estoy organizando un equipo y buscando inversores para participar dentro de cuatro años.

Así que necesitaba inversores…

–¿Por qué lo preguntas? –quiso saber.

Respiró hondo. Si de verdad iba a hacerlo, no encontraría mejor opción que la de aquel tío.

–Necesito un favor.

–¿Y solo puede hacértelo un desconocido?

Había un montón de documentos sobre la mesa. Eran prospectos, la clase de documento que alguien en busca de inversores utilizaría para dar a conocer su producto.

–Perdona –se disculpó, al ver que él los organizaba y los dejaba boca abajo–. No pretendía cotillear.

–No te preocupes. Pero has dicho que necesitabas un favor, y siento curiosidad. Siéntate, por favor, y cuéntamelo todo.

Iris se sentó, cruzó las piernas a la altura de los tobillos y mantuvo la espalda recta. Su padre le había dicho en una ocasión que la postura era el primer paso para transmitir confianza. Tragó saliva y respiró hondo. Tenía que andarse con cuidado. No quería que pensara que le estaba haciendo proposiciones deshonestas.

–Voy a hacerte un ofrecimiento que no vas a poder rechazar –dijo. ¿No habían sido esas las palabras de Robert Redford?

–¿Quién eres? ¿El Padrino?

–No, no. Estoy intentando decir que necesito un hombre para el fin de semana, y si ese prospecto significa que estás buscando inversores, quiere decir que necesitas dinero, así que… la estoy liando, me parece.

–¿Es una proposición indecente?

Capítulo Dos

Iris no pudo evitar ruborizarse.

—Es más una proposición profesional que personal.

No era la primera vez que le proponían algo de aquella naturaleza, pero siempre habían sido mujeres que querían entrar en su mundo de la *jet set*.

—Me intrigas —confesó. Aquella mujer era preciosa, y el hecho de que le estuviera ofreciendo dinero así, sin más, era una locura; era más bien una agradable fantasía pensar que alguien como ella podía patrocinar su equipo para la Copa América, y no una corporación sin alma, o su propio padre.

—Voy a asistir a una boda, y necesito ir acompañada. Son cuatro días y tres noches, y estoy decidida a invertir en tu proyecto a cambio de tu compañía. Sería solo para la galería. No espero que hagas nada indecente.

—Qué lástima. La idea me gustaba.

Qué curioso. Él iba a asistir a una boda que iba a tener esa misma duración. ¿Sería también ella una invitada en la boda de Adler?

Le gustaba aquella mujer. Era completamente distinta a las deportistas con las que solía salir, y aunque obviamente era una mujer refinada y se movía en los mismos círculos en los que él había crecido, le parecía distinta.

—Pues me temo que eso no entra en el menú.

–¿Por qué quieres contratar a un tío?

–Es una larga historia –contestó–, y no me apetece entrar en detalles. Baste decir que estaba saliendo con alguien, pero ha roto conmigo y no me apetece ir sola al evento. Van a televisarlo, y yo también voy a rodar mientras esté allí…

–¿Tiene algo que ver con la imagen? –preguntó, desilusionado. Ya le habían engañado otras veces.

–Sí, pero no es lo que te imaginas. Es mi profesión. Soy gurú de estilo… tengo un programa y una línea de productos, y la hermana de mi mentora ha diseñado el vestido de la novia, así que voy a rodar todo el *backstage*. Si fuera solo yo como invitada, no me importaría.

–¿Quién eres? Espero que no te importe que te lo pregunte, pero he estado fuera del país y me paso la mayor parte del tiempo embarcado.

–Me llamo Iris Collins.

Había oído aquel nombre, en particular de labios de su hermana Mari, quien quería seguir su modelo de negocio. Es decir, que no tenía ni idea de a qué se dedicaba.

–Soy Zac.

–¿Me equivoco al pensar que buscas inversores para tu equipo de la Copa América?

–No. Necesito financiación para participar. Tengo gente nueva e ideas que quiero probar.

–Creo que puedo ayudarte con eso.

–¿Tanto ganáis los gurús?

–No ganamos mal –se rio–. Otra razón por la que necesito dar la imagen adecuada. Tú solo tendrías que vestirte bien y darme la mano. Puede que también darme un beso o dos, pero solo necesito que seas mi acompañante en los eventos.

Su respuesta debía ser no. No necesitaba que Carlton Mansford, el mago de las relaciones públicas de su padre, le dijera que contratarse como acompañante no iba a valer la pena si llegaba a saberse. Y llevaba tiempo más que suficiente siendo un Bisset para saber que algo así no podría mantenerse en secreto.

Tenía que ser sincero con ella y hacerle saber que no estaba tan desesperado.

—Yo…

Quería decirle que no, pero sin avergonzarla. En otras circunstancias la habría invitado a cenar, pero no era esa clase de ocasión. Ya tenía que asistir a una boda bastante problemática por su cuenta, y tenía que centrarse en conseguir inversores para su proyecto.

—No digas nada más —le cortó, sonriendo—. Sabía que era un tiro al aire. Mi hermana me había dicho que tenía que hacer de Richard Gere y buscar un tío guapo al que llevar del brazo.

—Tiene razón, pero es que yo no soy ese tío.

Iris asintió.

—Gracias por tu tiempo. Yo invito a la copa.

Se levantó y se alejó con tanta clase y elegancia como él nunca sería capaz de conseguir.

De pronto hubo cierta conmoción en la entrada, y vio a un cámara y a varios fotógrafos que entraban a pesar de que la *maître* intentaba detenerlos. Fueron directos a por Iris.

—Señora Collins, hemos oído que Graham Winstead III ha roto con usted —gritó uno de los paparazzi—. ¿Afectará a su lanzamiento de Domestic Goddess? ¿Cómo puede decir que sabe qué es la felicidad del hogar cuando…

–¡Chicos, por favor! Los rumores son solo eso, rumores. Ni siquiera me voy a dignar a contestarlos. Como siempre dice mi padre, tener la oreja cerca del suelo y escuchar con atención está bien, pero repetir lo que has oído es buscarte problemas –Iris dedicó su sonrisa de ganadora a las cámaras y consultó el reloj–. Me marcho. Tengo una reunión importante.

Dio media vuelta para alejarse de los paparazzi, pero tropezó con una mesa y perdió el equilibrio. Zac se levantó antes de poder recordarse que ya había decidido que era mala idea. Pero verla mantener la dignidad con tanta gracia se lo había hecho olvidar. Quería saber más de aquella mujer. La rodeó con los brazos y ella lo miró atónita.

–Te tengo, carita de ángel.

Se agarró a sus hombros y sonrió de manera automática, pero convencida de que parecía el Joker de *La patrulla suicida*. Que la asaltaran en persona nunca le gustaba. Prefería enfrentarse a aquella clase de situaciones online, pasárselo a su asistente, sonreír y escribir una respuesta. Aún más incómodo era saber que Zac lo había oído todo.

–Gracias –dijo, enderezándose. Pero él seguía reteniéndola.

–Adelante –dijo.

–¿Has cambiado de opinión? –preguntó, sin soltar sus hombros y con la mirada puesta en sus ojos azules. Aunque en parte le gustaría que no tuviese nada que ver con el acuerdo, así era más fácil. Nada de sentimientos, ni de enamorarse de alguien que acabara considerándola aburrida y gris. Simplemente un intercambio de favores.

–Sí –contestó él en voz baja.

Iris le rodeó el cuello con los brazos y le plantó el beso más aparatoso y llamativo que le fue posible. Sabía que tenía que engañar a los paparazzi y se aplicó a conciencia. Le pareció que él se desconcertaba en un primer momento, pero luego su lengua entró en su boca, y se olvidó de las cámaras y del juego. Lo olvidó todo, aparte del hecho de estar en los brazos de aquel hombre, y que nunca se había sentido tan viva.

Echaron a andar para salir del bar, perseguidos por la nube de paparazzi que les lanzaba preguntas. En cuanto llegaron a la calle, un Bentley se paró delante de ellos y un chófer les abrió la puerta.

–Señor.

–Malcolm –lo saludó él, sujetando la puerta para que ella entrase.

En cuanto la puerta se cerró, Iris sacó el móvil y empezó a escribir.

–Perdona –se disculpó–, es que tenía que encontrarme con mi gente de maquillaje y peluquería en el bar. Les estoy escribiendo para cancelar. Bueno, ¿quién eres? ¿Qué está pasando? ¿De verdad has accedido a pasar por mi chico durante cuatro días? Estoy segura de que no necesitas el dinero… a menos que seas un gigoló profesional… que no eres, ¿verdad?

Él se tocó los labios y la miró como si no pudiera dejar de pensar en el beso. Siendo sincera, ella tampoco, pero quería fingir que no había ocurrido nada. Era una mujer gris, ¿no? Una mujer como ella no besaba a un desconocido, ni sentía aquella pasión abrasadora en un instante. Debía estar pillando la gripe. Sí, sería eso.

—Me dijiste que te ayudara a cambio de inversión en mi proyecto —explicó—. No iba a hacerlo, pero al ver a lo que te estabas enfrentando, no he podido resistirme.

—¿Estás haciendo esto por compasión?

—No. Lo hago por dinero —contestó, guiñándole un ojo.

Demonios, era tan guapo que por un minuto se limitó a devolverle la sonrisa… hasta que sus palabras calaron.

—Entonces, ¿necesitas dinero? Pero no eres un gigoló, ¿verdad?

—No conozco a nadie más joven que mi madre que use esa palabra.

—Por favor, contéstame. ¿Aceptas dinero de las mujeres a cambio de salir con ellas?

—Solo de ti.

Estaba siendo muy mono, pero aquella situación había pasado de ser casi una broma a una realidad, y estaba comprometida por las fotos que les habían tomado y que seguro se hacían virales. Tenerlo a su lado iba a salvarle el cuello, pero al mismo tiempo crearía un montón de situaciones a las que su equipo y ella tendrían que enfrentarse.

—Me alegro de saber que soy especial. ¿Dónde vamos? —preguntó.

—Donde tú quieras que vayamos para hablar de esto.

—¿Adónde los llevo? —preguntó el chófer sin apartar la mirada de la carretera.

—Llévenos a Collins Commons —dijo. Era la dirección de su padre en el distrito financiero. Podrían tratar los detalles en una de sus salas de conferencias. Su teléfono empezaba a llenarse de mensajes. Era su equipo, que quería saber dónde estaba y quién era el bombón que estaba con ella.

—¿Qué es Collins Commons?

—La oficina de mi padre. Podremos hablar de tu proyecto, mi inversión en él y lo que voy a necesitar de ti este fin de semana. Creo que lo mejor es que lo pongamos todo por escrito para que no haya confusión.

—¿Este fin de semana?

—Sí. La boda Osborn-Williams en Nantucket.

Zac se la quedó mirando en silencio y, al final, respiró hondo.

—¿Tu padre se dedica a esta clase de cosas?

—A inversiones, sí. A contratar hombres para un fin de semana, no. Creo que soy la primera de la familia que lo va a hacer.

Desde luego tenía que reconocer que sabía cómo recuperarse en un abrir y cerrar de ojos. Estaba claro que había mucho más en Iris Collins de lo que se veía a primera vista. La había visto manejar lo ocurrido con más aplomo del que él tendría jamás. El único instante en que la máscara se le había resquebrajado había sido al besarla.

Así que iba a asistir a la boda de su primo. Debería decirle quién era, pero igual entonces no se creía que buscaba inversores externos. Seguían siendo desconocidos, y decirle a la gente que era un Bisset le había complicado mucho la vida en el pasado.

La sala de conferencias a la que los condujeron estaba bien amueblada. Bastante parecida a la impresionante sala de juntas que había en Bisset Industries.

En algún momento iba a tener que decir quién era, pero aún no. Se lo estaba pasando bien. Ella le había arrebatado el control, había algo en aquella mujer que le fascinaba.

El problema era que su familia también iba a asistir a aquella boda, y aunque él era muy celoso de su intimidad, la clase de relación de relumbrón que ella quería… podía despertar preguntas. Iba a tener que tomar decisiones rápidamente.

—¿Te has asustado ya? —preguntó ella.

—¿Y tú?

—Yo, sí. Mira, has sido tan dulce acudiendo a mi rescate cuando iba a caerme, pero no estoy segura de que sepas dónde te estás metiendo.

Se recostó en el sillón de cuero y repiqueteó con los dedos sobre el pecho, un movimiento que había visto hacer a su padre cientos de veces, siempre que se enfrentaba a un oponente en un consejo de administración.

—Háblame de ello —dijo.

Ella asintió y caminó hasta el otro lado de la mesa. El sol del verano se filtraba el ventanal, y pudo admirar su magnífica figura.

—Como ya te he dicho antes, me dedico al estilo de vida. Mi carrera empezó con un blog, y fui asistente personal de Leta Veerland. No sé si habrás oído hablar de ella.

—La conozco.

Leta Veerland era la par de Martha Stewart. Había hecho carrera en los ochenta y los noventa con libros de estilo de vida, revistas y programas de televisión. Su madre la consideraba el summun del buen gusto y la emulaba en todas sus fiestas veraniegas de los Hamptons.

–Me lo imaginaba. Ella quería recortar el show y yo comencé a aportar una perspectiva más fresca y joven, según ella misma dijo. Y la gente comenzó a responder. Ya han pasado siete años. Mi mercado ha ido creciendo y ha pasado de ser el de una-chica-soltera-en-la ciudad, al de vida-en-pareja-y–hogar…

–Pero no tienes pareja.

–Sí, bueno, salía con alguien, pero no funcionó. Y he ido dejando pistas que parecían decir que iba a revelar la identidad de mi chico nuevo en esta boda en la que soy dama de honor. También estoy promocionando el lanzamiento de un nuevo producto para futuras novias y esposas, así que…

–Quedaría fatal que te presentaras sola –concluyó–. Vale, eso tiene sentido. ¿Qué es exactamente lo que necesitarías de mí si accedería a hacerlo?

Se volvió, y Zac cayó en la cuenta de que, cuando hablaba de negocios, la dulzura desaparecía. Tenía una expresión tan seria de emprendedora que le recordó mucho a su padre y a su hermano Logan cuando estaban a punto de cerrar un trato.

–Los paparazzi acaban de vernos abrazados. Me temo que, o es contigo, o con nadie más. Solo nos queda acordar un precio.

Se levantó y se tomó su tiempo para llegar al otro extremo de la sala de conferencias. Le había llegado una mano ganadora, y aunque era consciente de que financiar la participación en la Copa América era un precio demasiado alto para que ella lo pagase por cuatro días de noviazgo, ambos estaban en una posición en la que no había otra salida.

Ella no retrocedió cuando se le acercó hasta quedar a escasos centímetros el uno del otro.

–Me temo que lo que necesito es muy valioso.

Capítulo Tres

Volver a casa, a Nantucket, siempre era un momento agridulce para Juliette Bisset. Su madre, Vivian, y ella habían tenido siempre una relación difícil mientras estaban en la ciudad, pero era curioso que, en Nantucket, siempre habían estado extrañamente unidas. A Musette, su hermana pequeña, le encantaba estar allí. Hacía casi veinticinco años que había fallecido. Seguía echándola de menos.

—Me imaginaba que te encontraría aquí.

Juliette se volvió. Era Adler, su sobrina, la hija de Musette. Se imaginó a su hermana muerta de risa porque su hija fuera a casarse con un miembro de la familia rival.

—No puedo dejar de pensar en tu madre, estando aquí para tu boda.

—Yo tampoco. La echo de menos —dijo Adler.

—También yo —contestó, abrazándola—. Es como si estuviera aquí con nosotras.

—Eso espero. Es una de las razones por las que he escogido Nantucket para la boda. Aquí es donde éramos más felices. Espero que las gardenias florezcan a tiempo para llevarlas en el ramo de novia.

Juliette sabía que Musette las ponía en la habitación de la niña cuando era pequeña.

—Seguro que sí.

Adler se volvió a mirar las otras lápidas del ce-

23

menterio familiar. La mayoría de sus antepasados estaban enterrados allí.

–¿Por qué no tiene nombre esta lápida?

Juliette sintió un peso de plomo en el estómago y la garganta se le cerró. Aquella pequeña lápida contenía su secreto más hondo y oscuro.

–Es la del bebé que nació muerto.

–Oh… qué triste. ¿Era de la abuela?

–No. Anda, volvamos a casa antes de que empiece a llover.

Adler se colgó del brazo de su tía para volver a la casa mientras hablaba de los detalles de última hora de los que tenía que ocuparse antes de que los invitados comenzasen a llegar, pero Juliette tenía el pensamiento en otra parte… en aquella diminuta lápida. A veces deseaba no haber ocultado nunca su nacimiento, pero las cosas no tenían marcha atrás, así que su bebé quedaría escondido para siempre allí.

Volvieron a la casa por la puerta de la playa, en cuanto entraron, Dylan, el *corgi* de Vivian, corrió hacia ellas.

–¿Ha estado bien el paseo, Juliette? –preguntó su madre al verlas llegar. Vivian rondaba los setenta, pero aparentaba menos edad. Llevaba unos pantalones blancos ajustados y un blusón que solo se había metido de un lado, y con un martini en la mano, se acercó a su hija para abrazarla. Luego, hizo lo mismo con Adler, pero lanzó un beso al aire. Juliette se había pasado años comparándose con los demás, y por un momento los celos viejos asomaron en su interior, pero los apartó con decisión. Ella también tenía una hija con la que, por fin, empezaba a sentirse unida, algo que jamás se habría esperado que ocurriera a aquellas alturas de su vida, ya con sesenta y un años.

—¿Un martini, chicas?

—Bien—dijo Adler.

—Por supuesto –añadió Juliette. Aquel fin de semana iba a ser duro en más de un sentido, e iba a hacer cuanto estuviera a su alcance para enfrentarlo con encanto y una sonrisa irrompible.

—¿En cuánto valoras tu colaboración? –le preguntó Iris a Zac. Seguían con la negociación. Iris intentaba continuar centrada, pero es que olía tan bien, y con el beso de antes…

—Estoy organizando mi propio equipo para competir en la Copa América.

Ella parpadeó. No era lo que esperaba oír. Sabía poco de esa competición, excepto que el director general de Oracle había ganado la copa para Estados Unidos unos años atrás, y que para lograrlo había tenido que invertir un montón de dinero y de tiempo.

—¿Así te ganas la vida? ¿Navegando? ¿O es una afición?

—Es mi trabajo. Tengo también otros intereses, pero dedico la mayor parte del tiempo a entrenar y a participar en regatas por todo el mundo. He estado en Australia estos últimos años, y esperaba poder capitanear el equipo con el que estaba entrenando, pero ellos han tomado otra dirección y a mí no se me da bien acatar órdenes, así que estoy probando por mi cuenta. Necesito inversores que quieran patrocinarnos.

—Puedo ayudar –dijo–. De hecho, mi padre maneja toda clase de inversiones y creo que quizás podría estar interesado en algo así. Siempre está intentando diversificar, y esto es un nicho.

—Lo es —corroboró—. ¿Quieres que sepa que me has contratado?

—No. Lo que estoy pensando ahora es que tú y yo vamos a estar juntos cuatro días en la boda y, dado que esto va a ser una inversión muy importante, ¿podríamos extender el acuerdo, digamos, tres meses, para poder terminar con mi lanzamiento de producto? Luego podrías seguir adelante con lo del equipo y podríamos separarnos, pero así no parecería que ha sido solo para la boda.

Ahora que sabía lo que él quería, era más fácil seguir centrada. Se acercó a la pizarra, sacó dos cuadernos y lápices antes de pulsar el botón del intercomunicador para llamar al asistente.

—Hola, Bran. Soy Iris. ¿Podrías enviarnos unos refrescos a la sala de conferencias pequeña?

—Por supuesto, Iris. Pediré fruta y esas galletas que te gustan. ¿Quieres algo fresco o café?

—¿Quieres café? —preguntó a Zac.

—Genial.

—Sí, por favor. Café para dos.

—Por supuesto —dijo Bran, y colgó.

Empujó uno de los cuadernos hacia Zac y se sentó. Él se sentó a su lado.

Demonios… era imposible no observarlo mientras se movía. Tenía una gracia liviana y masculina. Aún seguía mirándolo cuando se sentó.

—¿Qué estamos haciendo?

—He pensado que podríamos escribir lo que necesitamos. ¿Qué te parece lo de los tres meses?

—Ni siquiera estoy seguro de lo que quieres de mí.

–Necesito que seas mi novio en público. Que te hagas fotos conmigo, claro. Tienes que darme permiso para que las utilice en las redes sociales. Hay un evento de cuatro días que es la boda, y necesito que estés a mi lado todo el tiempo. Una vez haya terminado la boda, creo que tendremos que salir una o dos veces por semana, además de intercambiar algunos comentarios en los medios y quizás un par de vídeos en directo para poder estar de actualidad. El lanzamiento de producto será dentro de seis semanas y entonces empezaré a viajar y a hacer eventos. No estaremos juntos, así que harían falta algunos intercambios en las redes sociales y seguramente, si encaja con tu calendario, podrías venir a verme en alguna de mis apariciones. Te daré mi agenda para que podamos ver si se puede hacer.

–Eh… no sé, la verdad. Ser tu chico durante el fin de semana es una cosa, pero todo lo demás es mucho compromiso. Tengo que empezar a contratar a mi equipo y a trabajar para que el barco que he diseñado se empiece a fabricar. Voy a tener el tiempo medido. Puedo hacer la boda, pero después, tendrás que buscarte la vida.

–Entonces, olvídalo. Necesito a alguien. La verdad es que ahora que te han fotografiado conmigo, te necesito a ti, señor… no conozco tu apellido.

–Bisset. Mi padre es…

–Creo que no necesitamos de momento hablar de las familias. Lo único que me interesa son los detalles. Voy a darte un buen montón de dinero, y vas a tener que ganártelo.

–Estás invirtiendo en mi equipo, Iris –dijo–. Una inversión de la que obtendrás beneficios. Estoy haciendo esto porque me gustas, carita de ángel –se inclinó y sintió su aliento en la mejilla–. Y creo que yo también te gusto, o no me habrías sugerido nada de todo esto.

Su piel era tan suave como parecía, y cuanto más tiempo pasaba con Iris, más contento estaba de haber tomado la decisión de ayudarla, pero estar con ella en la boda era una cosa; tres meses de citas y apariciones sería una farsa difícil de mantener.

Pero ella no iba a dar marcha atrás. Podía ver la determinación en su mirada. Y tal y como decía, ahora que los habían fotografiado juntos, era él o nadie. Y no quería dejarla en la estacada.

–Me gustas –dijo ella por fin, rozó su labio con el índice y apartó la mano.

–Bien. Entonces, hagamos que esto funcione –dijo, recostándose en la silla. Necesitaba inversores y, a menos que le estuviese mintiendo, podía proporcionar un sólido respaldo. Aquel lugar pertenecía a su padre, así que tenía dinero de verdad sobre la mesa. Tendría que hacer que su acuerdo de tres meses funcionara.

–Hagámoslo –dijo ella–. Voy a confeccionar una lista de los eventos a los que necesito que asistas en los próximos tres meses. Tú hazme un resumen de tu agenda.

–¿No deberíamos asegurarnos antes de que tus inversores están abordo? ¿O vas a ser tú sola?

–Eh… sí, por supuesto. Déjame ver lo que tienes. Creo que un grupo inversor sería mejor, pero le preguntaré a mi padre.

Le entregó el folleto y ella comenzó a leerlo, tomando notas en su cuaderno.

–Bien –dijo, una vez hubo terminado–. Creo que tienes un plan bastante sólido. No sabría decir por qué no has podido conseguir la financiación por tus propios medios.

—Yo tampoco.

—Quería que trabajásemos primero en nuestra parte del acuerdo, pero creo que padre va a necesitar un tiempo para analizar esto, así que lo mejor es que vayamos a buscarlo y hablemos. De todos modos, diga lo que diga él, yo voy a invertir en tu equipo.

—¿Por qué?

—Porque tú me vas a ayudar a mí. Me gustan los hombres que hacen honor a su palabra, y por lo que he leído en este documento, estás cualificado y sabes lo que tienes entre manos.

—No estoy buscando limosna.

—Y no es eso lo que vas a recibir. No soy una inversora pasiva. Espero informes trimestrales.

—¿Ah, sí?

—Por supuesto, pero no te preocupes que, como vas a salir mucho conmigo, me irás informando sobre la marcha —le guiñó un ojo. Apartó la silla y se levantó, pero él la detuvo.

—No quiero que pienses que eres la jefa.

—¿Por qué no? Es que lo soy. Voy a redactar un contrato que recoja nuestro acuerdo para los próximos tres meses. Y tendremos el contrato de inversión separado, ¿te parece? Tenías razón —añadió—. No quiero que mi padre se entere. Sería mejor que pareciera que estás conmigo.

—Lo estoy.

—Perfecto. Sigue así. Voy a buscarle.

—Aún no.

—¿Qué? ¿Por qué no?

—Porque piensas que soy mucho mejor actor de

lo que soy en realidad –dijo, poniendo la mano en su cintura para ver si se apartaba. No lo hizo. Solo ladeó la cabeza y lo estudió con sus hermosos ojos castaños. De nuevo Zac volvió a tener la sensación de que era dos personas muy distintas: fuerte y confiada en el trabajo, un poco tímida y reservada en la esfera personal.

–No estoy segura de que sea buena idea –respondió, apoyando la mano en su pecho.

–¿Por qué no?

–Porque estamos fingiendo ser una pareja, y no quiero que se desdibuje la línea.

–Tenemos que hacer que parezca real. Si me apartas cuando te toque, nadie se lo va a tragar.

Iris se mordió el labio inferior y Zac ahogó un gemido. Le ponía como nadie lo había hecho desde hacía mucho tiempo, pero aquello era trabajo, y en parte eso era lo que quería explicarle: que tenía que dar la impresión de que eran amantes cuando en realidad eran extraños.

Capítulo Cuatro

—Bueno, me dice mi hija que estás reuniendo un grupo inversor para tu participación en la Copa América. He leído el libro de Ellison. Es una aventura muy arriesgada —dijo Hal Collins. No era un hombre alto, pero se comportaba como si lo fuera. Había un brillo de inteligencia en sus ojos azul grisáceo y un punto de la calidez que había percibido en los de Iris. También reconoció de dónde sacaba Iris su confianza y su genio.

—Así es, señor. He participado en dos equipos desde que me gradué en la universidad y tengo mucha experiencia y conocimientos.

Había estado con Iris en la sala de juntas durante una eternidad y ahora su padre estaba allí para determinar si invertir en la participación de Zac en la regata era viable.

—Me alegro de saberlo. ¿Por qué has decidido aventurarte a hacerlo solo?

—¿La verdad?

—Siempre.

—No se me da bien acatar órdenes. Sé cómo ganar, pero cuando eres mano de obra y no el hombre que firma el cheque, cuesta que te escuchen. Estoy cansado de ser el segundo.

Hal le recordaba un poco a su hermano Logan, que le habría hecho la misma clase de preguntas.

—Es comprensible. A mí tampoco me gusta que me den órdenes. ¿Conoces bien a Iris?

Zaca la miró. Estaba sentada unas cuantas sillas más allá y vio que ella abría más los ojos. No habían terminado de tratar los detalles del favor que quería de él.

—Estamos saliendo, señor. Creo que debería saber que empecé a salir con Iris antes de saber que era su hija, es decir, que eso no me ha influido para nada.

Hal miró a su hija.

—Creía que salías con otra persona.

—Y así era, papá, pero se ha terminado. Zac y yo nos conocimos y conectamos de inmediato. De todos modos, esto no tiene nada que ver con mi vida personal. Se trata de una inversión sólida. Tú me dices siempre que hay que diversificar.

Hal asintió, aunque no parecía haber terminado de preguntar sobre su relación.

—Es una inversión arriesgada pero, por lo que he leído, creo que puede valer la pena correr ese riesgo. Necesito investigar un poco más, y no estoy seguro de cuándo necesitas una respuesta.

—Cuanto antes, mejor —contestó Zac—. Ya he empezado con el proceso de diseño, y tengo dos miembros del equipo, pero habrá que reclutar más. Para que nuestra candidatura tenga éxito, cuanto antes empecemos a entrenar y a prepararlo todo, mejor nos irá.

—Por supuesto. Podré darte mi respuesta mañana. Iris, ¿sigues necesitando la sala de conferencias?

—Si tú no la vas a usar, sí. Estamos tratando algunos detalles más sobre nuestras agendas.

Hal pareció sorprenderse de que escogiera un entorno profesional para un asunto personal, y

Zac sabía que iban a terminar contestando a más preguntas, así que se levantó.

–Lo siento, señor. Es culpa mía. No vivo en Boston y no he querido sugerir que nos fuéramos a la habitación de mi hotel o a su casa para hablar. Como ha dicho Iris, acabamos de empezar a salir.

–Eso me gusta. El otro tío tenía demasiada prisa –comentó, levantándose. Iris se levantó también y sonrió a su padre. Hal iba a salir de la sala llevándose toda la información económica y entonces Zac cayó entonces en la cuenta de que debería haber hablado de su padre y de su propia fortuna, y tomó una decisión sobre la marcha.

–Necesito hablar con usted en privado un segundo, señor Collins.

Ella se quedó sorprendida y seguramente se preguntó si iba a hablarle del ofrecimiento que le había hecho, pero Zac se limitó a sonreír.

–Yo tengo que devolver algunas llamadas. Esperaré en la recepción, papá.

Iris salió y Hal volvió a sentarse.

–¿Eres hijo de August Bisset? –preguntó Hal.

–Sí.

–¿Por qué no se lo has mencionado a Iris? No estoy seguro de que mantener un secreto de esa índole sea buena idea.

–No ha surgido, pero pienso decírselo. Como ya sabe, mi familia es dueña de Bisset Industries y tengo una importante cartera de inversión personal. De hecho, voy a invertir parte de mi propio dinero, pero necesito financiación exterior.

–¿Por qué no le pides a tu hermano que invierta?

No le sorprendía que conociera a Logan. Era el director ejecutivo de Bisset Industries.

–No me gusta la servidumbre que conllevaría. Necesito ser libre para hacerlo a mi manera. Hacer negocios con la familia siempre es difícil.

–Eso tengo entendido. Gracias por decírmelo. Creo que decírselo a Iris no supondría ningún problema, pero mi mujer me ha advertido de que no interfiera en las relaciones de mis hijas.

–Y me parece un buen consejo. Voy a hablar con Iris, pero he pensado que podría parecerle raro que no se lo hubiera dicho a usted cuando empiece a recabar información.

–Tiene sentido. Tengo unos cuantos inversores a los que les gusta esta clase de riesgo, y que podrían asumir las pérdidas si llegaran. Un grupo de entre cinco y seis personas. Le daríamos forma de sociedad de responsabilidad limitada y tú trabajarías para nosotros. Sé que Iris quiere invertir en tu proyecto, y tú también podrías poner tu propio dinero por medio de la sociedad.

–Me parece un enfoque correcto. Y he estado trabajando en un nuevo diseño de quilla que podría rentabilizarse después de la regata.

–Bueno es saberlo. Creo que podríamos echar el balón a rodar esta semana, cuando haya hecho mis averiguaciones.

Se levantó y le tendió la mano a Zac, y cuando se la estrechó pensó que Iris le había dado exactamente lo que andaba buscando, así que él iba a tener que darle a ella lo que le había pedido.

–Le diré a mi hija que hemos terminado. Hasta pronto, Zac.

***

Iris salió al patio y contempló la ciudad como si fuera un día normal, pero no lo era. Más bien era una montaña rusa. El teléfono sonó y vio que era un mensaje de Adler, su mejor amiga, la novia. Era la foto de dos martinis con el texto: *te guardo uno*.

Iris le contestó diciendo que necesitaría por lo menos un par.

Adler: *¿Estás bien?*

Iris: *Sí. Te lo cuento todo cuando llegue. No voy a ir a la boda con Graham. Según él, soy demasiado gris.*

Adler: *Es un imbécil. ¿Seguro que estás bien? ¿Quieres que hablemos?*

Iris: *Ahora no puedo.*

Dudó.

Iris: *no te lo vas a creer, pero he conocido a un tío.*

Adler: *¡Genial! Cuéntame.*

Iris: *Es muy mono. Ojos azules, un poco de barba… ya sabes que no suele gustarme, pero le queda bien. Me ha besado, y ha sido el beso más caliente de mi vida.*

Adler: *¡Madre mía! ¿Lo vas a invitar a la boda?*

Iris: *Sí. ¿Te parece bien?*

Adler: *Perfecto. Me muero de ganas de conocerlo. Luego me cuentas.*

Iris: *Vale.*

Bran carraspeó.

—Tu padre dice que ha terminado de hablar con el señor Bisset y que te espera.

—Gracias. No lo retendré mucho más.

—No pasa nada.

Le siguió a la zona de oficinas. En el pasillo había fotografías de las distintas empresas que su padre había poseído a lo largo de los años, y en muchas de ellas aparecía su madre. Sintió una punzada en el corazón.

No es que necesitase un hombre para sentirse completa, es que quería un compañero. Recordaba cómo a su padre le había costado decidir si invertir o no en algunas de aquellas empresas, y cómo su madre le había dado consejo. Eso era lo que ella quería, y había creído que quizás Graham podía ser el indicado.

Con Zac no iba a ocurrirle eso. Iba a ser solo un acompañante de cara a la galería, y aunque le dolía el corazón de pensar así, su cabeza y su espíritu aplaudían la decisión.

—¿Iris?

Se volvió. Zac estaba en la puerta de la sala de conferencias.

—Andaba recordando —le confesó son una sonrisa—. ¿Nos ponemos a trabajar?

—Antes hay algo más de lo que hablar —dijo—. Haré lo que me has pedido. Creo que es lo justo. Tu padre me ha ofrecido más de lo que yo esperaba cuando me propusiste el acuerdo.

Aunque la noticia le alegraba, tenía que estar segura de que entendía lo que quería de él.

—Vamos a sentarnos. Tenemos que estar seguros de que los dos hemos entendido los detalles del mismo modo.

Cuando pasó ante él, Zac la detuvo, sujetándola por un brazo. Iris lo miró a los ojos y sintió calor. Tenía que controlarse. ¿Acaso no acababa de darse cuenta de que engañarse solo serviría para acabar destrozada?

—Creo que solo deberíamos tocarnos cuando estemos en público. Entremos y ocupémonos de esto.

—¿De qué? Tú simplemente quieres que sea tu…

Le puso la mano en la boca para hacerlo callar.

Zac alzó las cejas y ella lo hizo entrar, cerrando la puerta a su espalda antes de dejar caer la mano de su boca. No solía ser una persona tan táctil.

—Bueno, carita de ángel, eso ha sido tocar, qué duda cabe…

—¿Qué te ha dicho mi padre? —quiso saber.

—Dice que estaría bien formar una sociedad limitada con cinco o seis inversores. Tú serías uno de ellos.

—Me parece bien. Por favor, siéntate.

—¿Es ahora cuando me explicas que la jefa eres tú? —preguntó, acomodándose en una silla. Quería aligerar la atmósfera, pero también era consciente de que necesitan finalizar su acuerdo porque quería poner en marcha los engranajes. No tenía duda de que en cuanto Hal empezase a investigar, lo respaldaría. Y si al final decidía lo contrario, se lanzaría en solitario.

—Exacto —contestó ella—. Esta es la programación para la boda. Creo que estos cuatro días van a ser los más intensos. Luego solo necesitaré unos pocos encuentros. Primero un par de veces por semana, luego tendré lo de mi libro y el lanzamiento, y tú lo del barco, así que pasaremos a ser una pareja a distancia.

Pensar en cómo evitaba la palabra amantes le hizo sonreír. Debería mencionar que conocía a Adler, pero dado que sentía la necesidad de aclarar los detalles cuanto antes, ya lo haría después.

—De acuerdo. Durante la boda estaré en todos los eventos contigo. Podemos darnos la mano, besarnos y todo lo demás que te parezca necesario.

—Gracias, pero creo que deberíamos limitar lo de los besos. Una vez al día estaría bien.

–No. Si queremos que se venda, los dos tenemos que actuar del mismo modo que si la relación fuese auténtica. Tu padre es demasiado inteligente como para darse cuenta si solo nos besamos una vez al día. Tenemos que ser nosotros mismos.

–Lo creas o no, yo soy así.

–Pues yo no. Y no puedo ser la persona que tú te inventes.

–Es lo que necesito.

–¿Te estás arrepintiendo?

–Me lo estoy pensando. Y todo se reduce a ti.

Se volvió hacia ella y tiró de la silla de Iris.

–El único modo de que esto funcione es si somos un equipo. Si cada uno va a lo suyo, todo el mundo se dará cuenta.

–¿Un equipo?

Había algo más en aquella conversación. Podía verlo en sus ojos.

–Sí. Tenemos que ser socios. Analizaremos los eventos y trazaremos un plan que nos muestre a la mejor luz posible.

–Yo… eso me gusta.

–Bien. Sé que tenemos un acuerdo, pero creo que deberíamos intentar ser amigos. Así también será divertido. Tenemos que saber cosas el uno del otro para que le dé veracidad a la relación.

–De acuerdo.

Vio que tomaba notas y se preguntó cuantas relaciones habría tenido; viendo cómo se comportaba, le parecía que tenía poca experiencia.

–¿Es esto lo que sueles hacer cuando empiezas a salir con alguien?

Dejó el bolígrafo y se apartó un mechón de pelo que se había escapado del recogido.

–No lo sé. Suelo salir con gente a la que conozco en algún evento. Si son *influencers*, intentamos organizar sesiones de fotos e ir a sitios en los que les gustaría vernos a nuestros seguidores…

–No hablo de eso. El último tío con el que salías… ¿es que no llegaste a conocerlo?

–Sí, pero no era quien yo creía. Aparentemente, parecíamos hechos el uno para el otro, pero a puerta cerrada… bueno, que me alegro de que no tengamos que preocuparnos de nada de eso.

–¿De qué estás hablando? –preguntó. Tenía la sensación de que se refería a algo desagradable.

–Nada. Me gusta esto –dijo, y en una hoja en blanco del cuaderno escribió unas líneas que luego le puso delante–. Lee y dime lo que piensas.

Había redactado un contrato.

–¿Deberíamos asegurarnos de si hay química entre nosotros antes?

–Sí, tienes razón. Tenemos que asegurarnos de que parecemos creíbles como pareja.

Él se levantó, ella hizo lo propio y le ofreció una mano. Zac la tomó, tiró de ella y se acercó a besarla.

Capítulo Cinco

Se colgó de sus hombros porque todas las terminaciones nerviosas de su cuerpo se pusieron en alerta máxima. Estaba cerca, pero no la estaba besando, y ella tenía que demostrarse que lo de antes había sido una fiebre, que seguía siendo la mujer que había sido siempre, centrada en el trabajo y firme, con una libido baja.

Así que se alzó un poco sobre la punta de los pies para rozar sus labios. Aquel cosquilleo volvió a comenzar en sus labios y vio como él abría algo más los ojos antes de tomar el control del beso. Ay, Señor, qué sabor. Mejor que cualquier otra cosa que hubiera probado. Se aferró más a sus hombros. Eran fuertes y musculosos, seguramente de todo el tiempo que debía pasar trajinando en el barco.

Alguien a su espalda se aclaró la garganta.

Zac interrumpió el beso y giraron ambos para que la sala quedase a sus espaldas.

—Papá… lo siento. No es lo que…

—Deja de intentar explicarte. No pienso hablar de cómo besabas a Zac.

Iris sonrió. Su padre tenía razón.

—¿Nos necesitabas a alguno?

—A los dos.

—¿A los dos?

—Sí. He hablado con tu madre y le he mencionado que había conocido a Zac, y ella también quiere conocerlo. Ya sabes que odia que yo sepa algo y ella no –confió, guiñando un ojo.

El miedo le contrajo el estómago. Una cosa era engañar a su padre, pero ¿a su madre? Eso era harina de otro costal.

–Ojalá pudiera ser, papá, pero le prometí a Adler que llegaríamos por la mañana, así que nos íbamos ya.

–Perfecto, cariño –contestó su padre–. Tu madre os invita a cenar. Creo que Thea también va a estar.

Por supuesto.

–Zac, ¿te parece bien? Sé que dijiste que tenías que hacer una llamada importante esta noche –dijo, esperando que le siguiera la corriente.

–Bien. La llamada puede esperar –contestó, tomándola por la cintura–. Estoy deseando conocer a tu familia.

–Genial. Aviso a mamá. En casa a las seis y media.

Y salió de la sala cerrando la puerta. Iris respiró hondo y se volvió a mirarlo, pero antes de que pudiera decir nada, Zac arrancó la página del contrato.

–Deberíamos hacer una copia de esto. Para que cada uno tenga una.

–¿Qué? Sí, claro. ¿Por qué has dicho que sí a la cena?

–Si no podemos convencer a tu familia en una cena, ¿cómo vamos a colársela a un montón de gente durante cuatro días?

Y comenzó a copiar.

–Será más difícil con mi madre y con Thea. Mi padre es más fácil porque ve solo lo que quiere ver, pero mi madre es un lince y debes saber que Thea sugirió que contratase a un tío para el fin de semana, así que puede que intente ponerte alguna trampa.

—Gracias por el aviso. ¿Lo ves? Va a ser un buen banco de pruebas.

—Seguramente sí. ¿Tienes algún sitio donde alojarte?

—Sí. Y coche también.

Intercambiaron los números de teléfono y ella le dio su dirección.

—¿Quieres que nos encontremos directamente en casa de mis padres?

—No. Te recojo. Me parece que tu padre es un caballero de los de antes.

—Sí, pero también sabe que vivimos en un mundo moderno. Mejor nos encontramos allí.

—Tú conoces mejor que yo a tu familia, así que de acuerdo.

—De acuerdo. Hasta esta noche.

Subieron juntos al ascensor y Zac pulsó el botón del bajo.

—Zac… gracias.

—De nada.

—¿Cómo has conseguido el dinero? —preguntó Dev Kellman cuando Zac llegó a la casa que su familia tenía en Boston, que era donde sus amigos y él se alojaban mientras intentaban encontrar financiación.

—Por Iris.

Sus amigos no le habían oído mencionar que tuviese novia, así que mejor empezar a hablar de ella. Además, la atención que iban a recibir por lo de la ocupación de Iris iba a ser más que intensa.

–¿Quién es Iris? –preguntó Dev, sacando tres botellines de cerveza de la nevera.

¿Quién era Iris? Su objetivo era conseguir financiación, y estaba a punto de lograrlo del modo más extraño que se podía imaginar. Dev y él llevaban siendo buenos amigos diez años. Se habían conocido en el internado. Iris quería que solo ellos dos supieran de su acuerdo, pero no había pensado en la logística requerida para ser un acompañante. Iba a tener que mentir a amigos y familia, o darles con la puerta en las narices.

–La chica con la que estoy saliendo.

–¿Desde cuándo? Aterrizamos hace dos días y rompiste con Zara antes de que saliéramos de Sídney, así que no has tenido tiempo de…

–No es asunto tuyo –le cortó. No iba a empezar a inventar historias, y ni él ni Yancy necesitaban conocer los detalles.

–¡Vale, vale! No te pongas así. Solo preguntaba. No es propio de ti liarte con otra mujer tan pronto.

–Es que Iris es diferente –dijo tras una breve pausa–. Ya sabes que no soy de esos tíos sensibleros a los que les gusta hablar de emociones y sentimientos.

–Yo tampoco. Solo que, si nuestro negocio va a estar ligado a una mujer, quiero asegurarme de que es una buena decisión.

Por eso había hablado con Hal. Quería asegurar su trato con él de manera independiente de lo de Iris.

–Estoy teniendo cuidado. El dinero no está ligado a lo nuestro.

–Bien, pero tú tienes un montón de pasta. ¿No sería más fácil usar la tuya?

–Y lo hago. Su padre se dedica a las inversiones y suele reunir grupos de inversores que buscan distintos negocios en los que invertir. Cuando le mencioné a Iris que estaba en Boston intentando recabar fondos, me dijo que igual su padre estaba interesado. Él me dijo que siempre andaba buscando campos nuevos, aunque creo que no se refería exactamente a esto, pero al final accedió. Está reuniendo a su equipo de investigación. Yo seré accionista también, además de Iris.

—Genial. ¿Cómo se va a estructurar? —preguntó Yancy.

—Aún no estoy seguro, pero me habló de una sociedad limitada. Quiero que tú y yo seamos los dos directores de operaciones para que podamos estar a cargo de conseguir a quien queremos que participe. En los próximos días sabremos del dinero, pero creo que es el momento de empezar a buscar un estudio de diseño que pueda fabricar el casco. Le he mencionado que tenemos pensado vender el diseño después de la competición.

—La patente estará a nuestro nombre —le recordó Dev.

—Ya lo saben. Participarán de los beneficios, pero no reclamarán propiedad intelectual.

—Genial. Entonces, haremos rodar la bola. Esta noche voy a cenar con unos tíos que podrían estar interesados en unirse al equipo. Podemos quedar mañana para charlar con ellos.

—Mejor la semana que viene en Nantucket. Tengo que estar allí para la boda de Adler e Iris es dama de honor.

Tenía que hablar con ella de su relación con Adler.

—Ah, entonces así es como os conocisteis. Me

muero de ganas de conocerla. Gracias por organizar todo esto. Me estaba poniendo enfermo de que nadie nos prestase atención.

—No tienes que darme las gracias. Somos un equipo.

—Bueno, tengo que irme. Hablamos mañana —dijo Dev.

Abrazó a Dev y a Yancy y se marcharon juntos, dejando a Zac solo en la casa. Subió a su habitación y abrió el armario. Hacía tiempo que no tenía que moverse entre gente de clase alta, así que tenía que estar a la altura del papel.

Tenía un armario ropero que el personal de la casa se ocupaba de mantener siempre limpio. No tenía idea de lo formal o desenfadada que iba a ser la cena en casa de los Collins, así que optó por camisa, pantalones oscuros y zapatos de vestir.

Se pasó la mano por la barba. La llevaba bien arreglada, pero estaban en verano y allí hacía más calor que en Australia. ¿Debía afeitarse? Lo dejaría estar de momento.

Se duchó y se vistió y se dirigió a la dirección que le había facilitado. Cuando llegó a la plazoleta de entrada, ya había dos coches aparcados: un Escarabajo verde y un BMW estilizado color beis. Aparcó, recogió las flores y el vino que había escamoteado de la bodega de sus padres y se dirigió a la entrada. ¿Se estaría pasando intentando impresionarla?

Escribió a Iris para decirle que ya había llegado y llamó a la puerta. Oyó ladrar a un perro. La puerta se abrió y allí estaba iris. Llevaba un pantalón blanco y una camiseta negra de cuello halter que dejaba al descubierto sus hombros y su clavícula. Seguía llevando el pelo suelo y sonreía.

No podría decir por qué, pero de verdad esperaba impresionarla.

—¿Dónde has conocido a este tío? —le preguntó Thea, sentadas las dos en la cocina de su madre. Había llegado veinte minutos antes y estaba llena de preguntas.

—Hace unos días —contestó Iris, que había estado tan centrada en firmar un documento legal que lo asegurara todo que se había olvidado de tejer los detalles que asegurasen su historia—. No he querido decir nada antes porque aún no había roto con Graham.

—Un poco rápido, ¿no? —dejó caer su madre—. Pero tu padre se ha quedado muy impresionado con él.

—Él es así —contestó. Verdaderamente había algo sólido y formidable en Zac. No era como Graham. Aunque encantador, a veces daba la impresión de que se esforzaba demasiado por serlo.

—No termino de creérmelo —dudó su hermana—. ¿Recuerdas lo que hemos estado hablando en la comida?

—Thea, te dije que este plan tan absurdo que tenías no era necesario, pero tú no me creíste.

—Lo siento. Solo intentaba ayudarte. No lo habías mencionado, así que pensé que el imbécil de Graham te estaba humillando.

—No pasa nada. Sé que solo querías protegerme.

—¿De qué estáis hablando? —preguntó su madre, preparando un Aperol para las tres.

—Que le sugerí a Iris que contratase a un tío

para que se hiciera pasar por su novio el fin de semana de la boda. Graham la había dejado plantada –explicó Thea–. Pero tú ya sabías que no era bueno para ti antes del mensaje, ¿no?

–Sí. En las vacaciones ha sido… bueno, no lo que yo esperaba, así que ya había hecho planes para pasar página.

Dios, aquello tenía que funcionar, porque si alguna vez llegaba a saberse que había contratado a Zac, iba a perder montones de seguidores. Era la primera vez que iba a mentirle a su audiencia.

El timbre sonó a la vez que vibró el teléfono. Era Zac.

–Yo voy.

Salió de la cocina y se secó las manos sudorosas en los pantalones. Tenía que funcionar. No le quedaba más remedio.

Respiró hondo y abrió la puerta. Zac estaba guapo. Más que guapo en realidad. Se había puesto una camisa, pantalones de vestir y zapatos. Venía bien peinado, y cuando se quitó las gafas de aviador, se dio cuenta de que aquella camisa azul marino hacía que sus ojos azules se vieran aún más brillantes.

–Hola.

–Hola. Tengo que hablar contigo sobre la boda.

–Pasa. Podemos hacerlo luego, no ahora, delante de todos.

Zac entró, y Riley, el *dachsund* miniatura de su madre, ya de trece años, apareció corriendo y dando saltitos alrededor de Zac sin dejar de ladrar.

–Calla, Riley –le dijo ella, y se agachó a acariciarlo.

Zac se agachó también.

–Hola, Riley –lo saludó. Al perrillo le encantaba

que le prestaran atención y lamió la mano de Zac. Luego volvió al trote a la gran cocina donde esperaban su madre y su hermana.

—Gracias por venir esta noche —le dijo Iris cuando se levantaron—. Mi padre está todavía en el trabajo, pero Thea y mi madre están locas por conocerte. He dicho que nos conocimos hace dos días.

—Bien. Antes estaba en Australia.

—Ah, vale. Yo estaba de fin de semana con mi ex. Puede que te lo pregunte. Podríamos decir que nos conocimos hoy en el bar.

—Bien.

—Sí.

—Perfecto. Estás guapa.

—Gracias. Tú también. Esa camisa te hace más azules los ojos.

Zac sonrió.

—¿Me debería haber afeitado? A mi madre no le gusta nada la barba, pero he pensado que igual se me notaban demasiado las ganas de agradar. Tu padre se habría dado cuenta.

—A mí me gusta tu barba —dijo, y la tocó con la mano. Era suave, y le rozó un poco la mano.

—Iris, ¿vas a dejarlo en el recibidor, o piensas pasar? —protestó Thea.

—Ya vamos —sonrió—. Zac Bisset, esta es mi hermana Thea.

—Encantado de conocerte —la saludó, teniéndole la mano.

—Yo también me alegro de conocerte. Ven, que te presentamos a mamá. Ha preparado Aperol de aperitivo. ¿Te gusta?

—Mi hermano Darien dice que es la Fanta de los mayores.

—Tiene razón. Se bebe muy bien.

—Mamá, te presento a Zac. Ella es Corinne, mi madre —dijo Iris.

—Encantada de conocerte, Corinne. Son para ti —la saludó, ofreciéndole el ramo de flores.

—Gracias, Zac.

—De nada. Gracias por invitarme a cenar.

—Estoy segura de que Hal te habrá dicho que como él había conocido al chico con el que salía nuestra hija, yo sentía curiosidad y también quería conocerte.

—Pues sí —admitió.

—No tenía sentido ocultar que sentíamos curiosidad.

—Soy un libro abierto —sonrió Zac—. Yo también me alegro de tener la oportunidad de conocer a la familia de Iris.

Genial. Estaba diciendo lo que se esperaba, y haciéndolo todo como si le hubiera dado un guion. Tendría que tener presente en todo momento que era un actor, o sería muy fácil enamorarse de él.

Capítulo Seis

Iris acompañó a Zac a la puerta después del postre y la copa. Había disfrutado conociendo a su familia. A pesar de su presencia en la red y de ser una persona habitual de los medios, Iris llevaba una vida muy normal detrás de las bambalinas.

Thea había hecho lo posible por destapar su tapadera, pero algo que jugaba en su favor era el hecho de que, simplemente, acababan de empezar a salir. No había muchas cosas que una pareja de dos días pudiera saber el uno del otro.

—Thea ha sido dura —comentó, apoyándose en su coche. El cielo estaba despejado, y aunque las estrellas no se veían tan bien allí como en mitad del océano, la noche lucía hermosa.

—Es un grano en el trasero, pero ha resultado ser un buen ensayo. Sé que te dije que no tendríamos que estar en Nantucket hasta el jueves, pero ¿te importaría ir mañana? Adler quiere que nos pongamos al día y, por supuesto, conocerte antes de que empiece todo. Es mi mejor amiga, así que siente mucha curiosidad.

—En absoluto. Además, tenía que decirte...

—Bien —le interrumpió—. Voy a llevar conmigo parte del personal, así que podemos encontrarnos en el hotel de Nantucket o viajar juntos.

—¿Personal?

—Sí. Tengo un equipo de estilismo que se ocupa

de que siempre esté lista para la cámara. También mi asistente de producción estará allí. Aparte de los deberes que tenga como dama de honor, voy a hacer unas cuantas entrevistas en directo que formarán parte del programa. Tú podrás hacer lo que quieras durante ese tiempo.

–No había caído en la cuenta de que la boda se iba a televisar. No puedo viajar contigo porque mañana tengo una reunión con mi equipo. Nos encontraremos en el hotel.

–Sí, forma parte de un programa sobre lugares en los que celebrar una boda. La boda de Adler será el primer capítulo. Como mi *reality* de televisión es en su mayoría mi propia vida y los eventos a los que asisto, grabaremos algunas cosas en directo que luego se subirán. Quiero que aparezcas en algunas para darle sabor… es la parte de la que hemos hablado antes.

–Claro –contestó. En realidad deseó haber prestado más atención a los términos de su acuerdo porque aquello iba a ser más trabajo de lo que se había imaginado–. ¿Necesito estilismo?

Ella se echó a reír.

–No. NT y Stephan te prepararán para la cámara si es necesario, pero solo quiero utilizar las imágenes de los dos en un montaje. No quiero que te sientas presionado, porque no es eso lo que has firmado.

Empezaba a tener la sensación de que no sabía lo que había firmado. Iris no era lo que se esperaba. Le intrigaba y quizás no llegara a descifrarla nunca. Había sido fácil considerarla la hija obediente en aquella velada, pero había demostrado un agudo sentido del humor y en su familia se metían los unos con los otros. Era muy distinto a las comidas formales en su casa, cuando estaba su padre presente.

Hal Collins era muy distinto a August Bisset.

—Genial. ¿Van a alojarse en la misma suite que nosotros?

—No. Por supuesto que no. Quiero que podamos tener algunos ratos en los que podamos ser nosotros mismos.

—Cara de ángel, yo nunca soy yo mismo.

—¿En serio? ¿También cuando le dijiste a mi padre que eres un amante de la ópera?

—Bueno, me gusta *La flauta mágica*, pero ya sabes lo que pasa cuando se conoce a los padres. No se insultan las cosas que ellos adoran.

—Cierto. Es buena cosa que solo estés a prueba. Si no, me temo que nos invitarían a asistir con ellos la próxima vez que vayan.

—No me importaría. A mi madre y a mi abuela les encanta la ópera, y los domingos, antes de comer, llenaban la casa de música. A veces ópera, otras jazz, y cuando nos hicimos mayores, rock.

—Me parece una tradición maravillosa. Me gustaría conocer a tu familia en algún momento.

«Sí, ya».

—Por cierto, sobre el tema de la familia… no he creído que reconocieras mi apellido en un principio, pero soy primo de Adler. Mi madre es Juliette Bisset, su tía y madrina. Vas a conocer más miembros de mi familia de los que seguramente querrías.

—¿Qué? ¿Por qué no has dicho nada en la cena?

—Estaba intentando dejar que tu familia me conociera. Me resulta pretencioso presentarme como el hijo de August Bisset.

—Lo entiendo, pero tendrías que haber dicho algo. Entonces, ¿por qué necesitas que mi padre te busque inversores? ¿No puedes financiarte solo?

Parecía enfadada y herida. No lo había manejado bien.

—Lo siento, Iris. No pretendía hacerte daño.

—No me has hecho daño. Este es un acuerdo de trabajo. Lo que pasa es que me gusta conocer todos los hechos. ¿Lo sabe mi padre?

—Sí, me reconoció y yo no se lo negué.

—Entonces, ¿por qué jugar conmigo?

Él echó atrás la cabeza para mirar el cielo de la noche.

—Perdona. De verdad que no quería hacerte daño. Podría financiarme con la ayuda de mi padre y de mi hermano Logan, que ahora es el director general del negocio de la familia, pero lo cierto es que los dos ponen demasiadas condiciones en el dinero, y yo no quiero estar atado a ellos. Quería encontrar mi propio camino, y si empiezo pidiéndoles dinero... dejaría de ser mío.

Se cruzó de brazos y lo miró fijamente.

—Tiene sentido lo que dices. Yo me sentí igual cuando empecé con mi marca. Tenía el respaldo de Leta, pero sabía que quería establecerme antes de acudir a Collins Combine para una inversión. Era más reconfortante saber que lo había logrado por mis propios medios.

—Eso es lo que yo quiero. He tenido éxito en mi campo participando en los equipos de otros, pero quiero ser capitán y ganar la Copa América, y el único modo de conseguirlo es con tu ayuda.

—¿Hay algo más que me estés escondiendo? No quiero más sorpresas.

—Bueno, me temo que no finjo cuando te beso.

—No. No hagas eso. Esto solo va a funcionar si lo tratamos como un acuerdo temporal. Te he comprado para tres meses.

—Cara de ángel, yo no funciono así. No se me da bien fingir y, sinceramente, se me da aún mejor que a ti. Estabas demasiado tensa al comienzo de la cena, esperando que yo…

—Lo sé. Es por todo lo que está en juego. Creo que he cometido un gran error, pero ya no tiene marcha atrás.

Su sinceridad le llegó. Estaba dispuesto a presionarla hasta que accediera a que durmiesen juntos, que la atracción que había entre ellos era más caliente que un día de verano, pero se mostraba tan confusa por esa atracción y por el ofrecimiento que le había hecho, tan poco propios de ella…

Las contraventanas de una de las ventanas de la planta baja de la casa cambiaron de posición y se dio cuenta de que llevaban demasiado tiempo allí fuera.

—Alguien no está observando. ¿Quieres que vayamos a alguna parte a hablar? Tengo una casa en el centro que no queda lejos de aquí. O podríamos ir a un bar.

Iris suspiró.

—De acuerdo. ¿La casa es un Airbnb?

—No. Es propiedad de mi familia. Tenemos casas por todo el mundo, y la de Boston es una de las que mi madre utiliza cuando viene a visitar a la abuela.

—Hay mucho que no sé de ti.

—Eso está bien. Solo llevamos saliendo dos días —le recordó—. ¿Me sigues con tu coche?

–Sí, pero dame la dirección por si nos separáramos.

Las contraventanas aún seguían entreabiertas, así que le rodeó la cintura con un brazo y la besó suavemente en la mejilla.

–Por si sospechan algo.

Ella suspiró.

–A mí también me gusta besarte. Por eso no quiero hacerlo con demasiada frecuencia.

–Hablemos de eso en mi casa. ¿Quieres dejar el coche aquí?

–No.

Él levantó en alto las manos.

–De acuerdo. Como quieras.

–Vámonos.

Una vez en su casa, en el vestíbulo, Iris se detuvo a contemplar el retrato de los Bisset que colgaba de la pared izquierda. Incluía a toda la familia y había sido tomada aquel mismo año, cuando Mari había anunciado su compromiso con Iñigo Velasquez.

–Conozco a tu hermana –dijo–. No mucho, pero la considero una amiga. Las implicaciones de este acuerdo siguen creciendo –dio unos pasos hacia delante–. ¿Dónde quieres que hablemos?

–La segunda puerta a la izquierda. El interruptor de la luz está en la pared, nada más entrar. Enseguida estoy contigo.

Avanzó por el recibidor del mismo modo que lo había hecho en la sala de juntas aquella mañana. Volvía a ser la mujer empresaria y se dijo que la prefería relajada. Pero estaba al mando. Tenía preocupaciones de las que él no sabía nada y que, sinceramente, no necesitaba conocer.

Tenían un acuerdo, y a punto había estado de olvidarlo en la cena. Pero él no encajaba en un escenario tan doméstico. Se había pasado la mayor parte de la vida embarcado y no iba a dejar de hacerlo en un futuro próximo. Su vida eran los barcos.

Iris se había sentado en el sofá de cuero del salón y, aunque le apetecía mucho sentarse a su lado, escogió el sillón color cambray y se acomodó con los pies en el reposapiés.

—Bueno…

—Zac, siento haberte puesto en esta situación, y ni siquiera estoy segura de por qué has accedido. Sé que buscas inversores y entiendo que quieras hacer esto sin tener interferencias de tu familia, pero no tenía que acceder a mi plan para lograrlo —dijo—. Creo que, ya que vamos a mentirle a todo el mundo sobre nuestra relación, tenemos que ser sinceros el uno con el otro. Tenemos que dejarlo todo bien claro para que no haya malentendidos. ¿Te parece bien?

—Sí. Por eso te dije que me atraes.

Ella abrió los ojos de par en par un segundo y enseguida asintió.

—Tú a mí también, pero esa es una complicación que no estoy segura de saber manejar. Para serte sincera, deberías saber que no soy muy buena en la cama.

Él se quedó sorprendido.

—Lo dudo mucho. Además los dos jugadores son responsables de eso.

—Eh… bueno, ya. ¿Por qué habré dicho eso? —gimió–. Aunque tengo fama de decir siempre lo más adecuado y de organizar eventos fabulosos, en mi vida privada soy… no soy tan perfecta.

–Me gusta. Es real. Seguro que a tus seguidores también les gustaría. ¿Has pensado en ser tú misma?

–Nadie quiere eso. Durante un tiempo puede, por la novedad, pero todo el mundo quiere que no pierdas la imagen que se han hecho de ti. Todos.

Parecía muy segura, y se preguntó quién habría desilusionado a la verdadera Iris. Pero esa no era una pregunta a la que tuviera que contestarle en aquel momento.

–¿Y ahora, qué?

¿Ahora, qué? Pues no tenía ni idea. Tenía que centrarse y dejar de pensar en cómo se había sentido con sus brazos rodeándola. O cómo había sido el roce de su aliento en la mejilla. O cuánto había deseado otro beso real en lugar de aquel roce deslavazado de sus labios.

–Pongámonos con los detalles de la boda –dijo–. Luego podremos quedar para mañana en Nantucket.

–Me parece bien. ¿Cuáles son los detalles?

–Puede que ya los conozcas, dado que eres familia de la novia. Voy a abrir el programa que envió Adler –sacó el teléfono–. El jueves es la comida de bienvenida en casa de su abuela… de tu abuela, y luego, regata en el lago. Supongo que eso podemos hacerlo bien.

–Deberíamos. ¿Tú eres buena marinera?

–Así, así. No nado bien, pero me gusta estar en el agua.

Mejor no explicarle que lo que le gustaba era

meterse bajo la cubierta con una copa para calmar los nervios.

—Genial. Será divertido. Podremos hacer cosas románticas en el barco.

Ella asintió vagamente. ¿Cosas como qué?, quiso saber, pero se guardó la pregunta.

—Por la noche habrá pícnic playero. Un día muy completo. Creo que deberíamos ser claros con lo de que somos una pareja que se acaba de formar, pero con cuidado de pasarnos de tocones. O sea, monos y románticos, no X.

Él cruzó los brazos y asintió.

—Eso puedo hacerlo. ¿Me voy a alojar contigo o tendré una habitación aparte?

—Pensaba que nos quedáramos los dos en la suite, a menos que fuera adecuado que no seamos amantes...

—Es que no lo somos.

—Lo sé. Lo que quiero decir es si no sería quizás demasiado puritano que no estuviéramos en la misma habitación. La suite tiene dos dormitorios, así que puedes quedarte conmigo y así dejamos que cada uno piense lo que quiera.

Él se echó a reír.

—¿Que cada uno piense lo que quiera? ¿En serio?

—Pues sí. La gente va a murmurar, así que, que piensen lo que quieran.

—Estoy de acuerdo. ¿Y el viernes?

—Golf. Se harán dos equipos. Adler irá con su familia, así que en eso nos separaremos. Luego tenemos el ensayo y la cena de ensayo. El sábado es el gran evento, así que estaré ocupada ayudando a Adler a prepararse. La ceremonia será al atardecer, seguida de baile toda la noche. ¿Sabes bailar?

–Sé. Mi madre insistió en que aprendiera. Decía que a las mujeres les gusta bailar, y que se llevan un chasco cuando un hombre dice que no sabe.

–Estoy de acuerdo. Solo queda la comida del domingo, y de vuelta a casa. ¿Adónde irás?

–Me quedaré unos días en Nantucket, a menos que tus padres tenga listos a los inversores para el lunes. En ese caso, volvería a Boston contigo. Podremos vernos con frecuencia hasta que el dinero esté preparado, y entonces tendré que empezar a ponerlo todo en marcha.

–Entonces, así quedamos. Te pasaré el calendario. No te olvides de que tendré que hacer algunas grabaciones. También haremos algunas fotos para mis redes sociales, y te necesitaré para eso, pero utilizaré los eventos a los que asistamos como telón de fondo.

Guardó el teléfono en el bolso y miró a su alrededor. Era un salón muy tradicional pero con toques hogareños. Había un cuadro grande que era una pintura del puerto de Boston, y cándidas fotos de familia en la mesita de al lado del sofá. No pudo evitar sonreír al ver a un Zac adolescente en un barco.

–¿Cuándo empezaste a competir?

–Con nueve años. O navegaba, o me iba con Logan y Darien al internado de verano en Bisset Industries. Y… bueno, mi padre y yo discutíamos mucho, así que mi madre sugirió que tomase lecciones de vela, que me encantaron. Me llama su chico de agua. Soy Piscis.

–Yo, Aries, pero todo el mundo dice que no soy la típica persona de ese signo.

–Uf, pues quien lo diga, no te conoce en absoluto.

Ella le sacó la lengua.

—Ya sé que soy un poco mandona.

—Sí, es un modo de decirlo.

Zac le gustaba, y un parte de sí misma, aquella que seguía deseando encontrar un compañero, deseó que aquello fuese real. No intentaba impresionarlo, y nunca se había imaginado lo liberador que podía ser actuar así.

—Bueno, tengo que irme. Gracias, Zac.

Él se levantó al mismo tiempo y cuando se giraba para ir hacia la puerta, la detuvo.

—Cara de ángel.

—¿Sí?

—Una cosa más.

Y le dio el beso que llevaba deseando darle toda la noche.

Capítulo Siete

Era tan encantadora que le había resultado muy difícil resistirse a besarla. No había dejado de pensar en ello mientas la veía interactuar con su familia. Él había crecido en un entorno en el que podía apoyarse, pero lo que había visto en la cena con los Collins era algo que nunca había experimentado. Había amor verdadero en aquella familia y, a pesar de que sus hermanos y él estaban unidos, su padre siempre había alimentado la competencia entre ellos.

Besar a Iris le había hecho replantearse el acuerdo que habían sellado. No quería sentir que tenía las manos atadas por un documento y, por primera vez en su vida, sintió que estaba fingiendo ser algo que no era, y eso no le sentaba bien. Levantó la cabeza para mirarla. Tenía los ojos cerrados pero, en cuanto se separó de sus labios, los abrió.

−¿He hecho algo mal? −preguntó Iris−. Me refiero a que puedo simular estar disfrutando de un abrazo romántico, pero cuando se trata de lo real…

Zac le puso un dedo sobre la boca.

−Cara de ángel, lo haces tan bien que estoy empezando a lamentar haber accedido a ser tu hombre solo temporalmente.

−¿En serio? −sonrió.

Zac asintió.

−Me parece que eres mucho más dulce de lo que dejas traslucir.

—De dulce, nada. Es la lujuria lo que habla.

—¿La lujuria? ¿Es por el tiempo que llevabas en el mar?

Resultaba curioso ver que la mujer que había negociado con él en la sala de juntas como si fuera un gladiador era tan sumamente tímida en las relaciones personales.

—Esto no tiene nada que ver con nuestro acuerdo —dijo, tomándola de nuevo en brazos.

—¿Por qué no?

—Porque te deseo diga lo que diga ese contrato.

—Yo no… ¿seguirás respetando nuestro acuerdo, sea cual sea el resultado?

—Sí, por supuesto. ¿Pero qué clase de hombre has…? Bueno, da igual. No quiero saberlo. La cuestión es que no voy a echarme atrás.

—De acuerdo. Quiero decir una vez más que…

—No. Olvídate de lo que hayas experimentado en el pasado, Iris. No hemos estado juntos nunca y los dos tendríamos que estar preparados para lo que nos venga.

—Sea lo que sea —dijo ella, y volvió a percibir a la friqui del control que había conocido en la sala de juntas. Cerró los ojos y respiró hondo.

Pensar no iba a ayudarla a relajarse. Lo deseaba. Lo había sentido en aquel beso. Pero tenía miedo de dar un paso adelante.

La tomó en brazos para entrar de nuevo en la casa y la llevó así hasta el salón. La estancia estaba a oscuras cuando la dejó delante de las puertas de cristal que daban al patio.

—Vale, Google. Pon *They Can't Take That Away* de Billie Holiday.

La música empezó y comenzaron a bailar. No

la apretó contra su cuerpo porque no era la clase de mujer que respondía a la pasión sin freno. Más adelante… Mejor no pensar en eso. Su relación tenía fecha de caducidad.

La miró a los ojos y, por primera vez desde que se habían conocido, le pareció que estaba relajada. Tenía la guardia baja y seguramente estaba pensando lo mismo que él: que aquel momento sería todo lo que iban a tener.

Empujando suavemente su barbilla volvió a besarla sin dejar de moverse al ritmo de la música, intentando no pensar en la pasión que le estaba hirviendo en la sangre y que le había provocado una erección. Intentó no pensar en que había sentido sus pezones duros al abrazarse a él.

Intentó fingir que aquella era como cualquier otra primera vez que estaba con una mujer, pero su instinto y su corazón le decían lo contrario. Aquella noche iba a ser única con Iris y quería apurar hasta la última gota de aquel momento y de ella.

Iris sabía que tenía que abandonar su camino y, en cuanto estuvo en brazos de Zac bailando, lo hizo. En parte gracias a la magia de Billie Holiday y, en parte, al simple hecho de estar con él, que canturreaba en voz baja mientras bailaban, algo desafinado, pero encantador en aquel hombre arrebatadoramente sexy.

Cuando la besaba, se olvidaba de todo: de la preocupación de mantener la tripa metida, o de no respirar demasiado fuerte, o de los consejos que había leído sobre cómo excitar a un hombre. Simplemente estaba relajada. Sentía la piel exquisitamente sensible, y el corazón le latía con más fuerza de la acostumbrada. Cuando le rodeaba los hombros con los brazos para ahondar en el beso, de puntillas, sentía el roce de su erección en el estómago.

Nunca antes se había sentido así con un hombre. Cuando se masturbaba sí sentía del mismo modo, pero era la primera vez que un beso y una caricia la desbordaban de esa manera.

Sospechaba que Zach la estaba guiando despacio, pero no le importó porque se sentía tan bien, tan a gusto, tal y como siempre había pensado que debería sentirse con el sexo. Nada de lenguas que se le metían hasta la garganta, o de manos que parecían apretar o pellizcar sus pechos con demasiada fuerza. Todo eran caricias suaves y un beso que quería que nunca terminase, y cuando la levantó para tumbarla en el sofá, el mundo se reclinó con ella.

–¿Aún contenta de estar aquí conmigo? –preguntó.

–Sí.

–Bien. Si hago algo que te haga sentir incómoda, dímelo.

–Lo mismo digo.

Él se echó a reír y ella no pudo dejar de sonreír.

–Sinceramente, no se me ocurre nada que pudieras pedirme y que yo no haría.

–¿Me estás desafiando?

–Espero que lo hagas alguna vez, pero no esta noche.

Se desabrochó la camisa antes de arrodillarse al lado del sofá y quitarle las sandalias.

Iris le acarició el pecho. Estaba cubierto de un vello suave y rubio que le hacía cosquillas en las manos. Pasó los dedos varias veces sobre su pezón hasta que se endureció, y sintió que a los suyos les ocurría lo mismo.

Deslizó la mano por su pecho y notó una cicatriz. La luz era suave y no había modo de verla. Quería saber más, pero no en aquel momento. Dejó que sus manos fuesen bajando, siguiendo la línea de vello que llegaba hasta su ombligo.

Permaneció inmóvil, dejándola explorar, pero se dio cuenta de que su erección ganaba tamaño a medida que se iba acercando a ella. Las manos le ardían de deseo de tocarlo, pero ¿y si lo hacía y él se ponía impaciente de pronto, poniendo punto final a tanta exploración?

Suspiró y bajó la mano, dibujando la cremallera de sus pantalones, sintiendo el pene duro detrás. Él empujó hacia delante las caderas, con lo que su erección le empujó la mano y ella lo agarró y comenzó a acariciarlo por encima del pantalón.

Sentía ardor y humedad entre las piernas, además de una especie de vacío que quería que él llenase. No importaba que aquellos sentimientos mágicos desaparecieran cuando llegase a ocurrir. Aún seguía anhelando sentirlo dentro. Cambió de postura para quitarse las braguitas. Iba a sentarse a horcajadas sobre él, pero Zac se lo impidió.

—No tenemos prisa —dijo.

—Yo, sí —admitió—. Si esperamos demasiado, esta sensación puede desaparecer.

Se movió con torpeza porque, al empezar a hablar, sus complejos volvieron. Iba a sentarse sobre él pero perdió el equilibrio e iba a caer hacia atrás cuando Zac la sujetó, acomodándola en su regazo.

—¡Te tengo!

No podía decir si sus palabras contenían una

promesa o si era solo cosa de su imaginación, pero decidió seguir su instinto y tomarlas por lo que ella quería que fuesen. Tomarlo a él por lo que quería que fuese: el amante con el que siempre había soñado pero que nunca había encontrado.

Hundió la mano en sus mechones rubios y se inclinó para apoderarse de su boca del mismo modo que deseaba que él tomase la suya.

Zac deslizó las manos bajo su falda y le agarró sus nalgas mientras profundizaba el beso. Quería ir despacio, quería hacerlo a un ritmo que estuviera bien para ella, pero en aquel momento ya no podía pensar en ritmos. La deseaba, y cada respiración agudizaba aquel deseo.

Estaba tan caliente y excitado que temía explotar si no la penetraba. Apartó la falda y rozó su entrepierna, a lo que ella respondió con un gemido. Volvió a tocarla con la palma de la mano y ella cerró los ojos y dejó caer hacia atrás la cabeza, agarrándose con fuerza a sus hombros. Empezó a describir pequeños círculos con las caderas y ajustó sus caricias hasta que ella comenzó a moverse más deprisa. Entonces la penetró con un dedo y ella gimió con más fuerza.

Dejó que montase su mano hasta que la oyó gritar su nombre y le pareció que se rendía al orgasmo. A continuación se dejó caer sobre su pecho y la retuvo así un momento antes de que ella metiera la mano entre los dos para bajarle la cremallera del pantalón, pero Zac la detuvo. Si le tocaba sin tela de por medio, no iba a poder pensar en otra cosa que no fuera hacerla suya.

—¿Tomas anticonceptivos? —preguntó.

Ella dudó un instante y tragó saliva.

—Sí, claro.

—Bien. Tengo preservativos en la otra habitación —dijo—. ¿Quieres que me lo ponga? Sé que no es romántico, pero vale la pena que hablemos un instante de ello.

Iris se mordió el labio antes de contestar.

—Sí, lo preferiría.

—Ponme las piernas alrededor de la cintura y abrázame.

Se levantó con ella sujetándola por la espalda y caminó hasta el dormitorio, donde se sentó sobre la cama.

—Están en la mesilla —le dijo.

Iris encendió una lamparita y abrió el cajón. Cada vez que se movía, se frotaba contra él, y Zac a duras penas lograba contenerse para no penetrarla. Mentalmente estaba recitando un capítulo de la ley naval para no hacerlo y cuando por fin abrió el paquete, lo tomó con más necesidad que fineza. Ella se echó para atrás y él se lo colocó.

Iris contempló su erección y a continuación lo miró a él. No estaba seguro de qué estaba leyendo en su expresión, pero le pareció que volvía a sentirse insegura.

—¿Sigues queriendo hacerlo? —le preguntó. Pararse iba a ser difícil, pero lo haría si era necesario.

—Sí —contestó ella, tomando su cara entre las manos para besarlo.

Zac volvió a tirar de su falda para quitarla de en medio y ella lo colocó de nuevo entre sus piernas antes de mirarlo fijamente para conducirlo dentro de su cuerpo.

Encajaba tan a la perfección como el mejor de los guantes, y quería más. Pretendía dejar que fuera ella quien marcase el ritmo, pero no podía. Cayó de espaldas en la cama y rodó para que Iris quedase debajo. Ella seguía aferrada a sus hombros y hundió la lengua en su boca. Iris succionó con fuerza mientras él la penetraba a un ritmo más rápido y duro de lo que pretendía. Su conciencia le hizo aminorar pero ella no se lo permitió.

–No pares –le susurró al oído.

Y no paró. Siguió hundiéndose en ella hasta que volvió a oír los mismos gritos que cuando había llegado antes al orgasmo, y fue la señal para moverse más y más rápido hasta que se vació dentro de ella. Siguió moviéndose hasta quedar saciado y se quedó tumbado a su lado abrazándola, acariciándole la espalda mientras el latido de su corazón recuperaba el ritmo normal.

Ella apoyó la mejilla en su pecho. Suspiró y Zac levantó la cabeza para mirarla.

–¿Qué?

–Gracias. Si quieres que te sea sincera, no esperaba…

Se mantuvo a la espera. Estaba claro que no había disfrutado en el pasado con el sexo, pero le parecía poco probable que quisiera hablar de ello con él.

–¿Qué no esperabas? –volvió a preguntar.

–A ti.

Después de decirlo se levantó de la cama y fue al baño, y mientras la veía alejarse, Zac fue consciente de que no era la única a la que le había pillado desprevenida lo que había pasado aquella noche.

Él tampoco la esperaba a ella.

Capítulo Ocho

Llegar a Nantucket una semana después hizo que Iris se sintiera en modo vacaciones. No importaba que su equipo de estilistas la hubiera hecho madrugar en Boston para asegurarse de que quedaba desenfadada pero sofisticada, o que hubiera tenido que reunirse con el fotógrafo en la playa para que le tomara unas instantáneas para las redes sociales. En aquel momento, de pie en la terraza de la suite, oyendo romper las olas y oliendo su sal, sentía que podía respirar.

Acostarse con Zac no había sido la mejor de las ideas, pero qué demonios, por primera vez en la vida había sentido algo más que deseos de que acabara cuanto antes. Zac le había hecho darse cuenta de que no era cierto que pudiera vivir perfectamente sin un vida sexual activa. No tenía ni idea de que los hombres con los que había estado hasta entonces no eran buenos amantes. También podía ser que ella no fuera buena pareja para ellos. ¿Significaría eso que sí lo era para Zac, o sería solo el hecho de saber que lo había contratado para el fin de semana lo que le había hecho relajarse?

Su teléfono sonó en aquel instante. Era un mensaje de texto de Adler.

Adler: *¡Hola, guapa! ¿Estás en la isla?*

Iris: *Acabo de llegar. Tengo una sesión fotográfica dentro de diez minutos. ¿Quieres que nos veamos después?*

Adler: *Sí. ¿Dónde es la sesión? Puedo pasarme a mirar.*

Iris: *En la playa privada que hay dos casas más allá de la de tu abuelo.*

Adler: *Nos vemos allí. ¿Está contigo tu chico?*

Iris: *Tenía reuniones esta mañana. Llegará por la tarde.*

Adler: *Perfecto. ¿Queréis que cenemos los cuatro juntos esta noche?*

Iris: *Déjame que le pregunte a Zac primero.*

Iris respiró hondo. Eso era lo que necesitaba. Quería que las personas de su vida aceptasen a Zac como si fuera su verdadero novio, así que lo escribió a ver si estaba libre hacia las seis para cenar. Respondió enseguida con el pulgar hacia arriba y escribió a Adler para confirmar que sí.

Llamaron a la puerta y fue a abrir. Era KT, de su equipo de estilismo. KT siempre estaba perfecta, tan *boho* y chic, con sus piernas tan largas y su melena castaña que aquella mañana llevaba recogida en un moño. Vestía unos vaqueros cortos y un top holgado. Era un *look* que le envidiaba pero que nunca había sido capaz de conseguir. Demasiado intensa para esa clase de atuendo. Ella llevaba un vestido blanco bordado y unas sandalias de Hermès.

—Hay aparcamiento junto a la playa —dijo KT—. Deberíamos irnos ya. Stephan ya está allí y el fotógrafo lo está preparando todo.

—Espero que el tiempo aguante —comentó Iris mientras recogía el bolso—. Ayer hubo tormenta.

—Hoy hace un día precioso. En cuanto termine la sesión, me voy a ir a correr por la playa.

—Buen plan. Yo no te necesitaré hasta mañana para la barbacoa. Tengo el traje que me preparaste y sé maquillarme para el *paddle-boarding*. La verdad es que espero no caerme de la tabla.

Su asistente le pasó un brazo por los hombros. Todos los que conformaban su círculo interior sabían que tenía miedo al agua, un miedo que iba superando, pero que a veces le era incapacitante.

–Estarás bien. Mi hermana dice que la clave del *paddle-boarding* es tener un *core* fuerte.

–¿Uno *core* fuerte? Llevo mi Spanx 24/7.

–Lo harás bien. Cuando te decides a hacer algo, todavía no te he visto fracasar. Tú no olvides que tus seguidores te están viendo y quieren que lo consigas.

–Y el equipo de cámara también, así que más me vale ser capaz de mantenerme a flote.

–Perfecto. Y querrás impresionar a tu chico –añadió KT–. Y con lo que te importa siempre que tu imagen sea perfecta, lo harás bien.

La imagen perfecta. ¿Eso era lo que más le importaba?

–¿Tú crees que resultará como que me esfuerzo demasiado?

–Esa es tu marca de la casa, Iris, y creo que te encaja perfectamente.

Salieron del *resort* y subieron al coche de KT. No quería pensar en lo que le había dicho, pero era imposible dejar de darle vueltas al hecho de que quizás llevaba tanto tiempo esforzándose que ya no sabía cómo relajarse. Ese pensamiento volvió a llevarla al recuerdo del sexo con Zac. ¿Había sido él, su maravilloso cuerpo y sus magníficos movimientos lo que había marcado la diferencia, o el hecho de que ella no había estado intentando ser quien ella creía que él deseaba que fuera?

Zac salió de Boston tarde, se tragó todo el atasco de tráfico y, cuando por fin llegó a Nantucket, necesitaba tomarse una cerveza. O un par. Dev y él se habían pasado la mayor parte del día al teléfono hablando con la gente a la que querían incorporar a su equipo. A la mayoría les entusiasmaba la idea, pero había unos cuantos escépticos que dudaban de que pudieran competir a la altura de los demás con un equipo que apenas iba a trabajar junto durante dos años.

Se frotó la nuca y siguió la ruta al hotel. Iba a tener que decírselo a su madre. Lo de Iris. Porque si no, iba a resultar bastante incómodo para todos. Utilizó el manos libres para llamarla.

—Hola, tesoro. ¿Dónde estás? —preguntó su madre al descolgar.

—Acabo de salir del ferry.

—Genial. ¿Te guardamos un asiento para cenar?

—Esta noche, no. Y tampoco me voy a quedar en casa del abuelo.

—¿Por qué no?

La dulzura había desaparecido de inmediato de su voz. Les había enviado a todos el itinerario de la boda de Adler, y había dicho con claridad que esperaba que estuvieran en todos los eventos.

—He conocido a una mujer en Boston, mamá. Resulta que es amiga de Adler y me voy con ella.

—¡Vaya! Sí que eres rápido. ¿De quién se trata?

—Iris Collins.

—Ah… creía que salía con alguien. Es una chica estupenda. ¿Cómo la has conocido? —preguntó, otra vez con ganas de hablar al saber que se trataba de Iris.

Zac nunca había sido consciente de lo distinto que podía ser salir con una mujer que no estaba en su círculo social. Normalmente salía con chicas del mundo de las competiciones náuticas, porque eran las mujeres a las que mejor conocía, así que aquella experiencia era nueva para él. ¿También se habría sentido así Mari al conocer a Iñigo Velasquez? El conductor de fórmula uno no estaba ni mucho menos en la lista de Juliette Bisset.

—En un bar.

—Oh.

—¿Oh? No me juzgues, madre. Papá y tú os conocisteis en una fiesta. Estoy seguro de que se servían copas en esa fiesta, ¿no?

—No pretendía juzgarte. Solo esperaba que tuvieras una historia bonita.

—No vivimos en una de esas comedias románticas.

—Lo sé. Es que siempre espero que mis hijos tengan un romance a la antigua, y esa chica es un progreso…

—Mamá, estoy a punto de meterme en un túnel y de perder la señal –le advirtió.

—¡Vale, vale! Tráela a comer mañana. Tu padre quiere que invitemos a los Williams. ¿Has leído mi mensaje.

—Sí, lo he leído y lo haré. Te quiero, mamá. Hablamos mañana.

—Adiós, tesoro. Yo también te quiero.

***

Adler Osborn estaba en el mirador contemplando la tormenta que se preparaba en el horizonte. Tres días más y sería la señora de Nicholas William. No podía esperar. Hacía poco que había recibido un mensaje de Nick diciendo que estaba de camino y pidiéndole que se encontrasen en el Crab Shack del pueblo en veinte minutos.

Su vida había sido poco convencional. No había conocido a su madre, que había muerto siendo ella muy pequeña, y su padre era una estrella de rock que vivía a fondo lo de sexo, drogas y rock 'n'roll, aunque extrañamente había resultado ser también un padre devoto. Quería que estuviera siempre con él en la carretera, pero la familia de su madre quería que asistiera a los colegios adecuados y que tuviese una buena educación, y aunque ella adoraba a las dos mitades contrapuestas de su familia, siempre había deseado formar parte solo de un mundo. Era difícil compaginar internado y una sociedad con miles de reglas con la vida en la carretera sin ninguna.

Hasta la universidad, que fue cuando conoció a Iris Collins y las dos se hicieron grandes amigas. Iris la había ayudado a asentarse, y a darse cuenta de que quería tener todo aquello de lo que había carecido mientras crecía: una casa de verdad, un hogar al que volver todas las noches y una familia propia al lado de un hombre que la comprendiera, y no que la utilizase para entrar en el mundo de su padre. O para que le permitieran entrar a las fiestas de la *jet set* que organizaba su tía Juliette.

Nick Williams era perfecto. Adicto al trabajo y rico, le importaba un comino lo que pensaran los demás. Divertido, con los ojos azules más bonitos que había visto nunca y el trasero más sexy. Y cuando las cosas se le pusieron cuesta arriba con el infarto de su padre, Nick estuvo a su lado, y fue cuando se dio cuenta de que había encontrado al hombre con el que quería pasar el resto de su vida.

Le escribió diciéndole que se iban a ver con Iris y su nuevo novio, pero él la llamó.

–¡Hola, guapo!

–Hola, preciosa. ¿Quién es el nuevo? Creía que salía con el Douchey Tercero.

–Aún no tengo los detalles, pero ha llegado hace media hora y los he invitado a cenar con nosotros. Quiero conocerlo y he pensado que sería raro si me presentara sola en el hotel.

–Parecería un interrogatorio de la policía –se rio–. Buen plan. ¿Te recojo?

–No. El tío Auggie acaba de llegar y mejor nos lo ahorramos.

A su tío no le caía bien Nick, pero a ella le daba igual porque nunca había sido gran fan de su tío. El hecho de que hubiera engañado a tía Juliette hacía que el abuelo tampoco lo contase entre sus favoritos.

–Te lo agradezco. Desde luego no puedes dudar de que te quiero, porque de otro modo jamás soportaría a August Bisset.

–Lo sé –sonrió–. Nos vemos ahora.

–Vale. Hasta ahora.

Adler tomó su bolso de mano y bajó la escalera. Michael llevaba la bandeja de plata con dos martinis y un burbon al salón.

–¿Se une usted?

–No. Voy a salir. Seguramente me quedaré en casa de Nick.

Dado que Nick no se sentía cómodo en casa de su abuelo, había comprado una casita a un par de calles de allí. Así ella podía ver a la familia a la que adoraba y él no tenía por qué hacerlo.

—¿Sales, cariño? —preguntó el abuelo cuando Adler pasó de largo del salón.

El tío August estaba sentado en el sillón de cuero, de espaldas a ella. Se volvió y sonrió.

—Hola, Adler. Juliette me estaba diciendo que lo tienes todo preparado ya para la boda.

—Casi. Aún me quedan algunos detalles de última hora —contestó, acercándose a darle un abrazo. Lo curioso era que el tío Auggie no era un imbécil, sino un hombre encantador y divertido. Una persona con la que era difícil estar enfadado mucho tiempo, como decía tía Juliette.

—Si puedo ayudar en algo, dímelo —se ofreció—. Sé que ha habido tensión por los acuerdos comerciales entre Logan y tu prometido, pero quiero que dejemos eso atrás. Me gustaría que Nick y su familia vinieran a cenar mañana para que podamos conocernos y que todo el mundo se tranquilice.

Le sorprendió el ofrecimiento.

—Hablaré con Nick y te digo. Supongo que no habrá problema porque la mayoría de la gente llega el jueves.

—Genial. Le pediré a Carter que se ocupe.

—Yo lo haré, Auggie —dijo tía Juliette—. Que te diviertas, Adler. Mañana nos vemos.

Ojalá aquella boda pudiera arreglar definitivamente las viejas desavenencias entre los Bisset y los Williams. Por fin estaba consiguiendo la vida que quería tener, y que su nombre apareciera en los periódicos por algo positivo y no por un escándalo.

Capítulo Nueve

Iris no supo muy bien cómo actuar cuando Zac llegó a la suite. Llevaba más de treinta minutos preparada, desde que él le había escrito para decirle que estaba cerca. Ahora le esperaba en la zona de estar mientras él se arreglaba para cenar.

—Ya estoy —anunció.

Tragó saliva al verlo. Llevaba pantalón corto, zapatos náuticos y camisa, y tenía el pelo alborotado como si acabara de pasarse las manos. Sintió un cosquilleo en las suyas al recordar lo suave y espeso que era, y cómo había sido sostener su cabeza entre las manos y pegada a sus pechos mientras hacían el amor. «¡Basta!». Tenía que centrarse. Sería la segunda prueba como pareja.

—¿Voy bien así? —preguntó—. Como me estás mirando, no sé si…

—Bien, sí. Estaba pensando en otra cosa —contestó. Como lo impresionante que era desnudo—. Adler y Nick son dos de mis mejores amigos. Serán sutiles, pero intentarán indagar y averiguar cuándo empezamos a salir y todo lo demás.

—Entonces va a ser cena con familia segunda parte —se rio—. No te preocupes, carita de ángel. Adler es también de mi familia, así que sé cómo manejarla.

Carita de ángel. Era una apelativo muy dulce. Nunca le habían dedicado uno que no fuera nena.

–No he querido decirle nada en un mensaje, y al final esta tarde no nos hemos podido ver, así que tendrá un montón de preguntas. Esto no es buena idea –añadió de pronto.

No se había parado a pensar en el hecho de que Adler fuese prima de Zac. Todo se iba a complicar, y mucho. Como si acostarse con un tío que hubiera contratado no fuese ya en sí una mala idea. Esto era lo que pasaba cuando dejaba que una idea de Thea se le colara en la cabeza.

Zac se acercó y le dio un abrazo.

–Relájate. Capearemos el temporal. Aún somos nuevos en esta relación… por cierto, mi familia también te va a freír a preguntas intentando averiguar qué ves en mí.

–¿Y por qué iban a hacer eso?

–Porque siempre he estado centrado en el diseño de barcos, en dinámicas de equipo y en cómo ganar la Copa América, y siempre me han dicho que soy aburridísimo. Sé que tenemos un contrato para que yo esté aquí, pero me gustas, Iris. Creo que, si somos sinceros con nuestras reacciones, nos besamos de vez en cuando y nos lanzamos miraditas, nadie sospechará.

Iris asintió. Hacía que pareciera muy sencillo, pero sabía que la realidad era mucho más complicada. Le dio la mano. Tenía callos en la palma, pero le gustó que él apretara la suya de inmediato.

–Tú también me gustas –admitió.

–Ya lo sabía –contestó, sonriendo con descaro, y salieron de la suite.

Zac tenía sus faltas, como todo el mundo. Nadie era perfecto. Pero había en él muchas cualidades que nunca antes se había dado cuenta de que le importasen, y mucho menos cuando estaba con Graham.

Había una pareja mayor que iba de la mano dentro del ascensor, y que al entrar les sonrió. Por un momento, por una décima de segundo, se vio a sí misma y a Zac reflejada en ellos, pero sabía que era una ilusión que no debía conservar.

El vestíbulo estaba atestado. Había un pianista interpretando a Gershwin y el runrún de las conversaciones lo llenaba todo. Iris oyó la risa de una mujer y al volverse vio a Adler y a Nick hablando con la madre de este, Cora. Parecían felices. Adler se volvió hacia ellos y se quedó mirando a Zac.

–¡Pero bueno! ¿Cómo no me has dicho que tu chico era mi primo? –exclamó, abrazándola primero a ella y después a Zac.

–Le dije que quería darte una sorpresa. No iba a llegar hasta mañana –contestó Zac.

Le había quitado toda la presión a Iris.

–Es mucho mejor que Graham –le dijo en voz baja a Iris antes de volverse a Zac–. ¡Me encanta la sorpresa! Venid a conocer a Nick y a su madre.

–No puedo esperar –respondió Zac.

Adler no había visto a Zac desde hacía cinco años. Había firmado un contrato de tres años de duración con un equipo de la Copa América y se había pasado ese tiempo compitiendo y entrenando. No conocía los detalles, pero su primo había tenido algunas diferencias con el capitán y no había renovado el contrato. Desde que lo conocía, su vida eran los barcos, así que verlo dando la mano a Iris y riéndose de oírle contar cómo había destrozado una receta familiar de langosta en su programa de la semana anterior le resultaba muy interesante.

Algo parecía demasiado… perfecto, parecía estar demasiado bien entre ellos. Sabía que debía limitarse a sonreír, pero no quería que su amiga saliera herida.

Lo cierto era que Iris parecía vulnerable sentada junto a Zac. Sonreía cuando él la miraba, pero cuando no lo estaba haciendo, su amiga lo contemplaba como si… bueno, como si de verdad sintiera algo por él, algo que no le había visto en ningún momento estando con Graham.

Nick le propinó un pellizco por debajo de la mesa y se volvió a mirarlo arrugando el ceño.

—Deja de mirarlos —le susurró al oído y la besó—. Está claro que no te los tragas como pareja.

—¿Qué andáis cuchicheando? —preguntó Iris—. Cuando se besan así es que están de secretitos.

«Exacto», pensó Adler. Lo malo de tener amigos de toda la vida era que se conocían a la perfección.

—Nada importante. Tengo que empolvarme la nariz. ¿Te vienes? —preguntó, ya de pie.

—Pero si no llevas… —empezó Nick, pero se detuvo al ver cómo lo miraba Adler.

—Por supuesto —se rio Iris—. Enseguida volvemos.

Iris apretó el hombro de Zac e iba a alejarse cuando se volvió para besarlo. Parecía que pretendía hacerlo en la mejilla, pero él se volvió y el beso aterrizó en sus labios. Aquel beso fue el primer momento convincente para Adler de su relación de pareja.

—Vamos, desembucha —dijo nada más entrar.

—¿Qué quieres que desembuche?

—La tostada, niña. Y no me digas que no hay nada. Zac y tú… hay algo que no me cuadra.

Iris rebuscó en el bolso para sacar el brillo de labios y se volvió al espejo.

—No sé a qué te refieres.

—Seguro que sí —contestó, quitándoselo de la mano para ponerse un poco—. Ese beso me ha parecido real, pero el resto… lo mirabas como si no estuvieras segura de él. ¿Qué está pasando?

Iris recuperó su *gloss*.

—Ojalá tuviera tu piel. Estás radiante.

—Gracias, pero no voy a dejar que me distraigas.

—No hay nada que contar. Está como un queso y tuvimos un momento picante que… iba a caerme y él me sujetó y me besó. Los paparazzi se volvían locos y todo ocurrió a partir de ahí. Aún estamos empezando. ¿Te acuerdas de cuando no querías comer delante de Nick?

Sí que se acordaba. Le gustaba tanto que no quería hacer nada que pudiera espantarlo, y un tío con el que salía antes le había dicho que hacía demasiado ruido cuando masticaba.

—Punto para ti. Es que me preocupo por ti.

—Lo sé —contestó, abrazándola—, y te quiero por ello —añadió, mirándose las dos en el espejo.— ¿Te gusta?

—¿Zac?

—Sí.

—Claro. Cuando éramos críos, se pasaba la vida en el agua. Y siempre podía contar con que me llevase a navegar cuando necesitaba desaparecer. No era muy conversador, al menos de pequeños. ¿Cómo vais a funcionar?

–Aún no lo sabemos. Por ahora, estamos disfrutando de nuestra mutua compañía.

–Y me agradecerías que te dejara hacerlo, ¿verdad?

–Sí –sonrió–. Además, esta es tu semana grande, y todos deberíamos estar pensado en ti.

–Deberíais –corroboró, guiñándole un ojo–. Mañana, después de la comida familiar, tengo la última prueba. ¿Vendrás conmigo?

–Por supuesto. Soy toda tuya. Por la mañana temprano filmaremos un segmento. He oído que tu padre ha escrito una canción para ti.

–Sí. Se ha vuelto más… sentimental desde el infarto. No quiere que la oiga hasta la boda.

Volvieron con los hombres, y Adler dejó de preocuparse por su mejor amiga para pasar a hacerlo por cómo iba a estar su tío Auggie al día siguiente estando en la misma habitación que su rival más odiado, Tad Williams, el padre de Nick.

–Así que tú eres el tío de la Copa América –preguntó Nick cuando las chicas abandonaron la mesa.

Zac tomó su vaso de agua y asintió.

–Y tú eres… el titán de la industria, ¿no?

–Igual ha sido Adler la que ha dicho eso –se rio–, porque estoy convencido de que ni tu padre ni tu hermano me llaman así.

–No. Ellos suelen usar palabras de otro registro –sonrió.

Nick era un tío majo y estaba claro que quería de verdad a Adler. Se veía afecto verdadero entre ellos.

–Yo hago lo mismo cuando me refiero a ellos. Estoy intentando buscar la paz por el bien de Ad-

ler. Me sorprendió que tu abuela me invitase mañana a comer.

–A mí también –admitió Zac–. No creo que mi
padre se esté ablandando, pero sí que sabe que se
desatará el infierno si enfada a Adler. Es lo único
que une a mi madre con su hermana, y está dispuesta a que la boda sea todo lo que Adler quiere.

–Lo sé. Es una locura. Me cae bien tu madre,
por cierto. Es muy dulce, y divertida. No sé cómo
ha podido criar a un tiburón como Logan.

–Cierto, pero Logan siempre ha sido la sombra
de mi padre y no de mi madre, así que esa puede
ser la explicación. También te digo que fuera de la
oficina es un tío genial. Lo que pasa es que todos
los hermanos somos muy motivados.

–Ya lo he visto. ¿Cómo va tu equipo de la Copa?
He oído que buscas financiación.

–Ya no.

Utilizar las conexiones de la familia Collins
para financiar su participación era una cosa, pero
aceptar financiación de los rivales de su familia le
enfrentaría directamente con su padre y con Logan, algo que no quería hacer.

–Bien, pero si eso cambia, estoy interesado.

–Tío, ya sabes que ni siquiera puedo contemplar la posibilidad de hacer negocios contigo. Me
paso la mayor parte del tiempo embarcado, pero
si aceptara una inversión tuya, no podría volver a
pisar mi casa. Aunque mi madre te parezca muy
dulce, se pillaría un cabreo del quince con los dos,
y te puedo garantizar que no sería agradable.

Nick levantó las dos manos.

–Entendido. Es que siempre ando buscando
nuevas inversiones.

–Y si con ello cabreas a los Bisset, mejor que mejor.

–A veces sí, pero sinceramente eso es más cosa de mi padre que mía.

–Entonces, ¿no empezaste a salir con Adler porque es familia de mi madre?

–En absoluto. No es una Bisset, lo cual es un plus en mi opinión, pero tampoco me paso la vida intentando minar a tu familia –respondió, recostándose en su silla con la copa en la mano–. Pasara lo que pasase entre nuestros padres, ocurrió mucho antes de que yo naciera y, sinceramente, no me afecta.

–Me alegro de saberlo. Estoy seguro de que Logan no estaría de acuerdo.

–Logan ha ido detrás de algunos de mis negocios sin cortarse, pero a mí no me molesta entrar en una pelea leal.

–¿Quién se va a pelear? –preguntó Adler, sentándose de nuevo.

–Esta noche, nadie –contestó Nick–. Y he prometido ser bueno mañana, así que todo saldrá bien.

Zac sonrió a su prima. Era agradable saber que iba a tener a alguien en su vida que la apoyaría siempre.

Hasta aquel momento, no había sido consciente de que existía algo así. Sus padres presentaban siempre un frente unido, pero solo para la galería. Nunca los había visto como una pareja enamorada. Y sinceramente, nunca había pensado que fuera algo que querría para su vida hasta que Iris tomó su mano por primera vez.

Capítulo Diez

Un paseo por la playa. Era sencillo. Era romántico. Era lo que se esperaba. Iris se iba diciendo eso cuando le dio la mano a Zac para seguirlo escaleras abajo hasta la orilla. En la distancia oyó el sonido de las olas y se detuvo un instante a contemplar el cielo de la noche y respirar el aire salado.

Quería recordar aquella noche con Zac. En la cena había sido divertido y encantador. El compañero perfecto. Zac hacía preguntas y escuchaba de verdad. Por ahora iba haciendo tic en todas las casillas positivas. La parte cínica de sí misma le decía que las iba marcando porque lo tenía a sueldo.

–¿Estás bien? –preguntó.

–Sí –contestó, abrazándose la cintura con los dos brazos–. ¿Por qué?

–Parecías tan relajada y a gusto, hasta que no sé qué ha pasado en esa cabecita tuya, pero has pasado a estar estresada.

–Yo tampoco sé lo que me ha pasado –contestó, moviendo la cabeza–. Thea dice que pienso demasiado las cosas. Puede ser que tenga razón.

Zac tomó su mano y ella le dejó hacer.

–Cuando empecé a navegar, tenía un mentor que me dijo que había un millón de cosas que tenían que ocurrir y que podían ir mal mientras estuviera en el agua, pero que debía tomar cada momento como viniera: el viento fuerte que llena las velas, el agua en la cara, la tormenta. Momento a momento. Es todo lo que puedes manejar y todo lo que puedes controlar.

—Lo intento, pero de alguna manera el futuro tira de mí siempre, y me produce ansiedad planear para enfrentarme a él.

—Ya me he dado cuenta —se rio—. A mí también me cuesta, pero me gusta encontrar una solución alternativa. ¿Quieres que te ayude?

—No sé cómo voy a encontrar una solución alternativa a ti.

—¿A mí?

—Sí, a ti. No eres para nada lo que pensé que podía ser. Me has ido sorprendiendo a cada paso, y eso me hace pensar cosas que…

—No —dijo, rodeándola suavemente con los brazos—. No hagas eso. Te dije que teníamos que ser sinceros el uno con el otro. El modo en que comenzamos no tiene por qué definir cada momento.

Las luces del pantalán quedaban lejos y sus ojos azules estaban a oscuras. Se había afeitado antes de ir a Nantucket. Parecía desenfadado, pero su maxilar se veía fuerte, y no pudo evitar que su mirada se dirigiera a su boca.

Aquellos labios eran los que había besado la noche anterior. Los mismos que habían cartografiado el contorno de su cuerpo y la habían dejado temblando en sus brazos. Quería volver a saborearlos, a fingir que eran como Nick y Adler, y que se habían escabullido para estar solos y disfrutar del romanticismo de una noche en la playa.

El calor de su respiración le rozó los labios. Cerró los ojos y se encontraron sus bocas. Un estremecimiento le recorrió la espalda y se aferró a él.

Zac levantó la cara y la miró a los ojos. Iris se sintió como si… quería creer que algo mágico había pasado entre ellos. Algo que los uniría como pareja. Pero lo cierto era que no podía confiar en su mal gusto crónico en hombres. No confiaba en el instinto, que le gritaba que se lo llevara de vuelta a la habitación para hacerle el amor toda la noche.

Quería pensar que era capaz de ser valiente, pero sabía que no era así. Estaba mintiendo a su mejor amiga, a sus padres y a su hermana. A la única persona que no podía mentir era a sí misma.

No podía ser la chica que se enamoraba de unos ojos azules que le prometían la luna para luego acabar despertándose en la arena bajo un cielo encapotado y gris.

Respiró hondo y dio un paso atrás.

–Creo que ya hemos respirado suficiente aire nocturno. Me vuelvo a la habitación.

–Huir de mí no va a cambiar nada.

Quería fingir que no había entendido a qué se refería, pero tampoco debía jugar con él.

–Lo sé. Pero necesito luces brillantes y realidad en lugar de esto.

–¿Esto?

Hizo un gesto que incluía el cielo, la playa y a él.

–No es uno de esos momentos perfectos que después vaya a compartir con mis seguidores. Esto no es real. Nada de todo esto. Y no quiero olvidarlo.

Dio media vuelta y se alejó de él. Era duro, pero sabía que era lo que necesitaba hacer. Tenía que permanecer centrada, o iba a perder el control de sus emociones y de algo más. Iba a perder el control de su vida, y todo por lo que tanto había trabajado desaparecería.

Zac sabía que debía dejarla ir. Había sido muy clara. Aquello era una ilusión. Pero él no estaba fingiendo. Iris le gustaba. La deseaba. Así que la siguió.

—¿Qué? —preguntó, cortante.

—Te olvidas de algo, carita de ángel. Yo soy real. Tú eres real. Y ninguno de los dos está mintiendo en eso.

Se mordió el labio inferior, y recordó la última vez que había hecho eso: cuando habían hecho el amor por primera vez. Zac no estaba más cerca de saber lo que le rondaba por la cabeza de lo que lo había estado aquella noche, desde la que solo había pasado una semana, pero parecía que hiciera toda una vida. No había querido creer que se sintiera así con una mujer... y menos aún con una con la que salía por contrato. Aquello no podía ser amor, ¿verdad? No podía serlo...

Era lujuria. Calificarlo de afecto o de capricho podría soportarlo, pero más allá de eso, la respuesta tenía que ser no.

—No te estoy llamando mentiroso —dijo Iris al fin, en un tono serio y firme.

Zac no dijo nada porque se había dado cuenta de que a veces dejaba caer un comentario y esperaba a ver cómo respondía él, pero en aquel momento, no sabía qué decirle.

—Estoy hablando de mí misma —añadió un momento después—. Tenemos un acuerdo contractual y sé lo que quería de él, pero aquí, a la luz de la luna, de tu mano, a tu lado, he deseado durante un momento que no... tuviéramos ese acuerdo. Que solo fuéramos dos personas...

Él también lo había pensado.

—¿Me habrías hablado de no haberme necesitado?

Ella se encogió de hombros, pero ambos sabían que la respuesta era no. No estaba en un momento de su vida en el que quisiera tener a un hombre en ella. Zac estaba empezando a darse cuenta de eso. Se gustaban mutuamente, a pesar de su acuerdo. Él se iba a ir para empezar a entrenar la Copa América y ella iba a lanzar una nueva línea de producto para su marca.

Aquel pacto que habían firmado para la boda de Adler era cuanto tenían, y ninguno de los dos debía olvidarlo.

—No —contestó ella.

—Yo, tampoco.

—¿Por qué no?

—Eres complicada, carita de ángel.

—¿Y?

—Me gustas, ya lo sabes, pero lo cierto es que estamos aquí juntos empujados por unas circunstancias únicas.

—Y hablar de lo que habría podido ocurrir no va a funcionar. Me encuentro queriendo creer que esto es real en mi corazón, pero la cabeza no deja de advertirme que no lo es.

La abrazó porque odiaba no tocarla cuando estaban tan cerca, y porque estaba cansado de negárselo y dejar que fuera ella siempre la que marcara el paso.

—Esto es real, Iris. No va terminar cuando pase el fin de semana y empecemos a separarnos a lo largo de los próximos tres meses. Creo que sería raro que no acabáramos sintiendo algo el uno por el otro. La cuestión es que puede que acabemos mirando hacia atrás y deseando que hubiera durado más.

Se quedó con ganas de añadir que no había razón por la que no pudiera durar más, pero hacerlo era meterse en complicaciones que aquella noche no deseaba. El viento rizaba la superficie del agua y el aire salado le hacía desear estar en la cubierta de su barco, desafiando a los elementos y compitiendo por ocupar su lugar en la historia.

Pero…

También deseaba a Iris. Quería tenerla en los brazos y aferrarse a ella hasta que los vientos y el tiempo lo arrancasen de allí. Era algo que sabía que no podía tener.

Por mucho que lo deseara, cuando el mar lo llamase, contestaría. Ganar la Copa América con su propio equipo era un sueño que llevaba años teniendo. Algo que necesitaba hacer para probarse a sí mismo, para mostrarle a su padre lo que era capaz de hacer.

Rozó con los dedos su mejilla, y su sonrisa tuvo un tinte de tristeza. Había llegado a la misma conclusión que él. Por mucho que los dos quisieran creer que podían tener más el uno del otro, el contrato que habían firmado era todo lo que cada uno estaba dispuesto a dar.

Había pensado que Iris era una sirena que quería extraviarlo de su camino, pero en realidad era él quien no quería desilusionarla. Necesitaba ser su mejor versión, y eso quería decir que no podía apartarse del camino que había escogido porque ella no se apartaría del suyo.

Se inclinó para besarla sabiendo que aquellos cuatro días iban a ser el tiempo más íntimo que tendrían para estar juntos, aunque era difícil abandonar la quimera de más tiempo. En el fondo de su corazón sabía que era la única opción. Había aceptado su proposición indecente sin imaginarse que terminaría sintiendo algo tan fuerte por ella, o que la idea de dejarla sería como un cuchillo clavado en su carne.

Iris le rodeó el cuello con los brazos y Zac supo que, pasara lo que pasase, le haría el amor aquellos cuatro días. Ambos sabían que su relación tenía fecha de caducidad, pero crearía para los dos recuerdos que les harían compañía en las noches largas y oscuras que les esperaban.

Quería fingir que era como una gripe; que la noche que habían pasado juntos no la había cambiado para siempre, pero sabía que no era así. Cenar con Adler y Nick había servido para que se diera cuenta de lo mucho que deseaba que lo que había entre ella y Zac fuese real. Había sido tan divertido, tan encantador, tan real, que se había dado cuenta de lo mal que había ido hasta aquel momento su búsqueda de un compañero.

La complementaba de un modo que nadie había sabido. En parte se debía a que ella no intentaba impresionarlo, y a que sabía que no iba a dejarla sola en la habitación de un hotel como había hecho Graham porque le estaba pagando por estar con ella.

Dios... qué humillante sería si alguna vez llegaba a saberse. Pero no lo lamentaba. Estar con Zac le había mostrado un lado de sí misma que ni siquiera sabía que tenía enterrado.

Era difícil saber qué le había faltado hasta entonces. Lo supo al encontrarlo. Le gustaba su sabor y la sensación de que llevaran años besándose en lugar de solo una semana. Le gustaba cómo se colocaba entre el viento y ella para protegerla. Le gustaba cómo le ceñía la cintura con los brazos, como si fuera algo preciado para él, y a pesar de dirigir una empresa millonaria, era muy agradable tener a alguien que la protegiera.

Le acarició la mejilla y sintió el cosquilleo de la barba, que estaba volviendo a crecerle.

—Sé que dije que nada de sexo, pero ¿te parecería muy mal si cambiara de opinión?

Zac se echó a reír. Le gustaba el sonido de su risa. No ocultaba nada cuando reía.

—Pues… creo que no, carita de ángel. Creo que no me parecería mal. De hecho, creo que me cabrearía mucho si no lo hicieras.

—Bien. Es que sé que me dijiste que no podría pedirte nada que te hiciera sentir incómodo, y… y esta es nuestra última noche antes de que llegue todo el mundo. Nuestra última noche como una pareja casi anónima. ¿Qué crees que debemos hacer?

—¿Algo osado y que no esté en el libro de instrucciones?

Respiró hondo. No le preocupaba que fuera a sugerir un trío o que se pusiera un consolador y se lo hiciera por detrás. Zac no era de esa clase de hombres. De hecho, le excitaba imaginar lo que fuera a decir.

—Sí.

—Mmm… ¿quieres que saquemos el barco de mi abuela y hagamos el amor en la cubierta, con solo el mar a nuestro alrededor, y la luna y las estrellas vigilándonos desde lo alto?

Contuvo el aliento un instante. Tenía un poco de miedo del agua… pero no iban a estar en el agua, y la posibilidad de ser la mujer que estuviera con él en el barco, compartiendo su mundo, era demasiado poderosa como para resistirse.

–¡De acuerdo! Hagámoslo.

Tomó su mano y volvieron al pantalán. Mientras, fue relatando sus primeros recuerdos del mar.

–Fue mi abuela quien me sacó por primera vez al mar y me dejó ponerme al timón. Me enseñó lo que eran las velas y cómo manejar el viento. Me ayudó a esconderme cuando mi padre me gritaba.

Por Adler sabía que August Bisset no era un hombre con el que fuera fácil vivir. Su infancia debía haber sido muy distinta a la suya. Sus propios padres también habían querido que llegara lejos, pero para ellos lo más importante era que tanto su hermana como ella se sintieran queridas.

Se paró cuando estaban a punto de subir a bordo del *Day Dream*.

–¿Has cambiado de opinión? –preguntó él.

–En absoluto –contestó, abrazándose a él y diciéndole al oído–: gracias por ser tú.

La apretó contra su pecho. No respondió, y ella no esperaba que lo hiciera. Sabía lo difícil que era vivir con alguien tan exigente, y el hecho de que Zac hubiera logrado que la relación con su padre funcionara a pesar de que había tomado su propio camino, aunque estuviera trazando su propio curso, le resultaba impresionante.

Ojalá ella fuera capaz de trazar un curso que la mantuviera a su lado. Al diablo si le hacía parecer débil. Zac le gustaba, y quería retenerlo en su vida, pero no tenía ni idea de si eso era posible.

Capítulo Once

Pilotar el pequeño barco de noche le era tan familiar como la palma de la mano. Una vez salieron a la bahía de Nantucket, Iris se colocó entre sus brazos delante del timón, y fueron alejándose de las luces hasta que tuvo la sensación de que eran las dos únicas personas que quedaban sobre la faz de la tierra.

Y saber que, al día siguiente, estarían rodeados de su familia y ocupados con las actividades de la fiesta de Adler, hizo que Zac deseara que aquella noche durara para siempre. Por mucho que se enorgulleciera de ser el Bisset anti Bisset sabía que, en cuanto se viera con sus hermanos, caería de nuevo en el papel que siempre interpretaba con ellos, además del de novio de Iris.

Pero aquella noche eran solo Zac e Iris.

—Qué pena que no vivamos en otra época. Te raptaría y te llevaría a surcar los mares, y no nos detendríamos hasta tocar tierra en un lugar en que nadie supiera quiénes éramos.

—¿Huirías conmigo?

—Sí. ¿Y tú?

Se quedó pensándolo y Zac supo que la respuesta sería que no, dijera lo que dijese. Iris nunca huiría. Iris era de trazar un plan y seguirlo hasta el final.

—Estoy de broma —dijo—. Es que a mí el mar me llama siempre.

—Lo siento —contestó Iris—. Quiero decir que sí, pero me daría tanto miedo no saber adónde nos dirigiríamos y no tener un plan, que te haría la vida imposible. ¿Que si quiero estar contigo? —se dio la vuelta dentro de sus brazos mientras él presionaba el botón del ancla. Iris apoyó la cabeza justo encima de su corazón—. Más que nada —dijo en voz baja.

—Entonces, ¿por qué dudas?

—Porque tengo miedo —confesó—. Solo puedo bajar la guardia porque sé que, haga lo que haga, tú no vas a dejarme, y si empezásemos a salir de verdad, dejaría que la presión de esa espera me sobrepasara. Sé que eso me hace parecer una simple.

—No. Te hace humana, carita de ángel.

Ella lo miró y a él no le importó que supiera que quería escapar con ella. Podía inventar cuantas excusa que quisiera, pero lo cierto era que la iba a echar terriblemente de menos cuando su acuerdo se acabara y empezase a entrenar para la Copa América. Iba a hacerlo porque era su vida, pero siempre conservaría el recuerdo de aquel momento y de aquella noche.

—¿Nos bañamos desnudos? —le preguntó, porque si no hacía algo, iba a empezar a decir toda clase de cosas, unas cosas que la asustarían tanto que se lanzaría por la borda.

—Es que me da miedo el agua.

—Yo te protegeré, pero no pasa nada si no quieres bañarte.

—¿Y si te bañas tú y yo me quedo en la cubierta a observarte?

—¿Te vas a desnudar?

—Puede. Me parece justo que si uno se desnuda, el otro también lo haga.

—Cierto —contestó, intentando no enamorarse más de ella. Había tanto en su interior… pero ella tenía miedo de dejarlo salir excepto en pequeñas dosis controladas. Tenía que reconocer que eso la hacía aún más atractiva a sus ojos.

La llevó hasta la cubierta, se quitó la camisa y los pantalones, quedándose solo con el bóxer.

—Uno de los dos va un poco más rápido que el otro.

—Uno de nosotros solo lleva un tanga debajo del vestido —contestó, y se soltó la lazada que se lo sujetaba al cuello. El vestido cayó.

A la luz de la luna llena vio cómo se soltaba también la melena y la suave brisa que soplaba se la arremolinó en los hombros.

Ni el viento ártico habría podido refrescar el calor que verla semidesnuda le había encendido por dentro. Estaba tan excitado como deseos sentía de abrazarla y simplemente retenerla así, a salvo. Ojalá el mundo pudiera ver a aquella Iris, la que tenía los brazos levantados, los pechos desnudos y una sonrisa de oreja a oreja, eliminadas las barreras y las normas del buen comportamiento con las que mantenía todo a distancia.

—Dios, eres preciosa —musitó.

Iris ladeó la cabeza y le sonrió.

—Podría analizar todos los puntos en que no lo soy, pero como veo que estás convencido de que lo que dices es cierto, me voy a callar.

—Me alegro, porque yo no hablaba solo de tu cuerpo. Hay algo en ti a lo que no me puedo resistir.

***

Zac la hacía sentirse diferente y no estaba segura de querer resistirse. Bajó los brazos y se quedó quieta. Estaba excitado, eso era fácil de ver, pero había mucho más que sexo entre ellos.

Le había pedido que huyera con él y se había asustado, pero no porque no quisiera sino porque, durante unas décimas de segundo, había deseado ser la clase de mujer que lo hiciera. Era consciente de que el contrato había liberado algo en su interior. Era nuevo en ella, y lo estaba disfrutando porque era nuevo para su avejentado corazón.

–¿Aún sigues teniendo ganas de nadar? –le preguntó, acercándose a él. Le encantaba su cuerpo, y la verdad, estaría encantada de que se pasara desnudo todos los días del año siempre que estuvieran juntos y solos.

–Bueno, no exactamente –dijo, poniendo una mano en su pecho. Acarició su pezón y vio cómo se endurecía.

Iris recordó la cicatriz que había sentido la primera vez que hicieron el amor, y volvió a tocarla. Se acercó más y vio que el perfil era desigual y aún tenía los bordes enrojecidos.

–¿Cómo te lo hiciste?

–Por pura estupidez.

–Yo he hecho muchas estupideces, pero no tengo una cicatriz como esta.

–Bueno, cuando se combina el alcohol con el ego y una naturaleza competitiva, este es el resultado. Desafié a un amigo a una competición de *kite-surfing*, gané, lo celebré con excesivo entusiasmo y acabé estrellándome contra unas rocas que no había visto.

–Eso suena a…

–A tontería. Puedes decirlo. Mi madre y mi hermana me dijeron que me lo merecía. Al parecer, mi baile de la victoria es un poco descocado.

Tuvo que reírse al oírle decir aquello, pero su risa pasó a ser sensualidad pura cuando Zac bajó la mano a su cintura y tiró de ella. Sus pechos quedaron pegados al de Zac. Cerró los ojos y dejó de pensar. Quería relajarse y disfrutar de aquello pero, al mismo tiempo, quería recordar cada segundo.

Su vida se había mostrado en las pantallas de televisión y en las redes sociales desde que empezó en la universidad. Por designio propio, qué duda cabe, pero muchas de sus idas y venidas habían sido grabadas y comentadas por las webs de cotilleos hasta el punto de no reconocer su propia realidad.

Pero Zac estaba allí, con ella, y quería disfrutar de él, pero…

–Deja de pensar –le dijo–. Es desconcertante ver que pasas de disfrutar lo que te hago a analizarlo absolutamente todo.

–¡Ay, lo siento! Es que me preocupo tanto por estas cosas que no sé si…

Cortó el caudal de sus palabras con un beso, y entonces Iris dejó de pensar, de preocuparse y de calcular sus respuestas. Simplemente se aferró a sus hombros, arqueándose en la curva de su cuerpo y sintiendo su erección en el vientre. Un gemido incontrolable le nació desde lo más hondo y todo su cuerpo comenzó a vibrar. Aquello era lo que quería.

Lo quería a él.

Y no iba a permitir que su conciencia le impidiera disfrutar de aquello.

Deslizó la mano por su brazo y apretó su bíceps. Cómo le gustaba su fuerza, la facilidad con que la subía en brazos y, al mismo tiempo, la delicadeza con que lo hacía. Zac interrumpió el beso en la boca para seguir besándole el cuello y morderla suavemente en el punto en que se unía con la clavícula.

Ella acariciaba su pecho, apretándolo con las manos, arañándolo con las uñas. Zac se estremeció, pero al sentir que pretendía seguir bajando, la detuvo, la hizo darse la vuelta y la pegó a su cuerpo, con su erección entre las nalgas, una mano en el estómago y la otra entre sus piernas.

Iris comenzó a mover las caderas y él hizo que girara la cara para seguir besándola, llevándola hacia la sensual tela de araña que estaba tejiendo para recogerlos a los dos. Sintió sus dedos moverse bajo el tejido de su tanga y ella metió la mano entre sus cuerpos para acariciarlo por encima del calzoncillo, aunque se dio cuenta de que su único pensamiento era cómo llevarlo dentro de ella.

Le gustaba tanto tenerla en los brazos que deseó que aquel momento no terminara nunca, pero él también necesitaba sentirse dentro de ella, tomarla y fingir que aquella noche podía durar para siempre. Le bajó el tanga, volvió a girarla y se quitó el calzoncillo. De inmediato sintió que ella agarraba su pene desnudo y siguió besándola mientras la dirigía hacia el banco acolchado de la cubierta. Y cuando llegaron a él, Iris lo hizo sentarse y se acomodó a horcajadas sobre él.

–Quiero estar encima de ti todo el tiempo –le dijo–. Te he dejado llevar el control desde el primer momento y ahora es todo mío.

–Sí, señora –dijo–. Tengo un preservativo en el bolsillo del pantalón.

–No te muevas.

Se acercó hasta donde había dejado caer los pantalones y, al darse cuenta de que la estaba observando, se quedó así, de espaldas a él, agachada, sonriendo.

Cuando volvió a incorporarse con el condón en la mano, vio que se estaba acariciando el pene sin dejar de mirarla, y su paso para volver junto a él fue mucho más deliberado, intentando excitarle. Estaba tomando el control no solo de su encuentro sexual, sino de la noche.

Zac se sintió a punto de explotar cuando la vio arrodillarse delante de él y acercar la lengua a su miembro para lamerlo antes de llevárselo a la boca, succionando el extremo mientras lo acariciaba con las manos. Iba a correrse en su boca, y no era precisamente como quería terminar aquella noche. Colocándose de rodillas junto a ella, le quitó el preservativo de la mano y rápidamente se lo colocó. La hizo darse la vuelta para que quedase mirando al mar, tomó su mano y la puso en el banco, bajo la suya.

Con la otra tiró hacia atrás de sus caderas, la sujetó por la cintura y la penetró desde atrás. Ella gimió y entrelazó los dedos con los suyos, moviendo las caderas al mismo ritmo que él mientras Zas le acariciaba los pechos y la besaba en el cuello.

Giró la cabeza y encontró su boca. Estaban totalmente acoplados el uno al otro y se movían cada vez con más fuerza hasta que Zac sintió que estaba a punto de correrse, y como no estaba seguro de que ella estuviese en su mismo punto, introdujo una mano entre sus piernas para acariciarle el clítoris, frotándolo como la otra noche le había gustado que lo hiciera. Iris se separó de su boca, echó atrás la cabeza y gritó su nombre.

Zac sujetó sus caderas con las dos manos, entrando en ella una vez más, con más fuerza y más hondo que antes. Pero no era suficiente. Salió y volvió a entrar una y otra vez hasta que el éxtasis lo devoró y cayó hacia delante, apoyando la cabeza en el banco para no aplastarla.

Se levantó un instante después, la ayudó a ella y se sentó en el banco para acomodarla sobre sus piernas. Parecía tan deslumbrada como él. Se sentía completamente saciado. Iris le había arrebatado el control en el que siempre había confiado para no perder la cabeza y lanzarse a las profundidades.

Pero lo había hecho. Teniéndola allí acurrucada, con la cabeza apoyada en el hombro y abrazándose a él, lo único que podía hacer era acariciarle la espalda y recordar que era un hombre al que lo que más le gustaba en el mundo era contemplar el siguiente horizonte, aunque en aquel instante, con la luna brillando sobre ellos, le pareció una mentira.

Sabía que debía decir algo, o levantarse y dirigir el barco de vuelta a Nantucket. Pero no quería que aquel momento terminase, así que no dijo nada. Ella tampoco habló, ni se movió, y sintió que los dos sabían que algo había cambiado entre ellos.

Iris Collins lo estaba cambiando, y él tanto lo adoraba como lo detestaba. Su vida había funcionado durante tanto tiempo porque había encontrado su lugar en el mundo, y no estaba seguro de estar preparado para cambiar por ella ni por nadie.

Capítulo Doce

Iris se despertó a las cuatro de la madrugada entre los brazos de Zac y con un ataque de pánico. No quería pensar en lo que había pasado la noche anterior. En la luna, el océano, el hombre.

Estaba perdiendo el control de sí misma y de la situación. La noche anterior había cambiado algo dentro de ella, y no le gustaba. No estaba dispuesta a renunciar a cuanto había logrado con trabajo porque tuviese un amante que, por primera vez, supiese complacerla.

Se había levantado de la cama a las siete, y en el baño se había vestido con ropa deportiva. Se la había llevado solo para estar cómoda en la habitación, pero necesitaba salir del hotel y alejarse de Zac. Tenía que pensar y ponerlo todo en perspectiva.

Tenía la fiebre de las bodas, se dijo mientras comenzaba a trotar por el camino que comunicaba con la playa, pero no le gustaba nada correr, de modo que en cuanto perdió de vista el hotel, continuó caminando. Aquella vez sí que la había liado buena. Habría sido más fácil si le hubiera pedido que se presentara el día del enlace y se hubieran limitado a ir tan monos el uno del brazo del otro. Pero no. Había tenido que encontrar a un tío que conocía a la novia y que era… bueno, que era más de lo que ella esperaba.

—¿Iris?

Miró por encima del hombro. Era Juliette Bisset.

—Hola, señora B. ¿Qué hace por aquí tan temprano?

—Imagino que lo mismo que tú.

Dios, no.

—Imagino que alojar al rival de su marido en la casa de su madre debe resultar un poco estresante.

Juliette sonrió.

—No te imaginas. No conocía a la familia de Nick porque… bueno, porque Tad y Cora no querían conocerme, pero me alegro de que August esté haciendo el esfuerzo por Adler. Lo último que una recién casada necesita es tensión en su matrimonio.

Se diría que hablaba por experiencia. Le habría gustado saber más, pero los modales y la educación le impedían preguntar.

—Eso es cierto.

—He oído que estás saliendo con mi hijo.

—Así es —contestó, aunque no estaba segura de lo que Zac le habría dicho a su madre—. Ha sido algo muy rápido.

—Eso es lo que dice él también. No pretendo inmiscuirme ni cotillear. Solo quería decirte que me gusta la idea de que estéis juntos.

—A mí también.

—Bien. Debería volver, pero no estoy preparada para tener aquí a todo el mundo. Espero que Adler esté disfrutando de estos momentos de tranquilidad antes de que los eventos de la boda se adueñen de nuestras vidas.

—Seguro que sí. Creo que anoche Nick y ella tuvieron ocasión de estar solos. Mi madre dice que ojalá ella hubiera hecho eso más veces.

–Tu madre siempre ha sido muy inteligente en sus relaciones.

–Usted también. El señor B y usted son una pareja muy fuerte.

Había oído rumores de que August Bisset tuvo una relación extramatrimonial, pero desde la reconciliación su relación parecía sólida.

–Gracias por decirlo. No ha sido fácil, pero hoy somos más fuertes gracias a ello.

Iris suspiró.

–Ojalá pueda yo decir lo mismo algún día.

–Espero que tu camino no tenga tantas piedras como el mío.

–Y si es así, espero curtirme con el mismo donaire que usted. No me apetece hacer ejercicio. ¿Quiere tomar un mimosa conmigo antes de volver a casa?

–Me encantaría. Creo que es precisamente lo que me hacía falta esta mañana.

Volvieron al *resort* y tomaron un desayuno ligero y un cóctel de champán y zumo de naranja, y estaban terminando cuando el teléfono de Iris sonó. Era un mensaje de Zac.

Zac: *¿Estás bien?*

–Perdone, pero tengo que contestar –le dijo a Juliette.

–Adelante. Yo me termino la bebida y me vuelvo a la casa. Me alegro de que nos hayamos encontrado.

–Yo también.

Se despidieron.

Iris: *Estoy en el vestíbulo del restaurante con tu madre. Vuelvo en un momento.*

Zac: *¿¿Mi madre??*

Iris: *¿Preocupado? ;)*

Zac: *No… ¿debería?*

Iris: *¡No!*

Despertarse solo no era nuevo para Zac, pero cuando se dio la vuelta y descubrió que Iris no estaba, se preguntó si no la habría presionado demasiado la noche anterior. Se habría ido a tomar un café.

Se duchó y se afeitó porque había quedado con su padre, y con él no se podía llevar ni un pelo fuera de su sitio. Cuando terminó de vestirse, empezó a preocuparse por Iris. ¿Dónde se habría metido?

Decidió escribirle un mensaje. Ver bailar los puntitos en la pantalla le alivió, pero el alivio le duró hasta que leyó que estaba con su madre.

¡Dios bendito! ¿De qué estarían hablando?

Iris fue divertida en su respuesta, lo cual le calmó un poco la preocupación por la noche anterior. Tenía que comportarse. Al fin y al cabo era su acompañante, y ya le había dado lo que ella le había comprado y un poco más. Y si se centraba en ella, sería capaz de manejar a su padre sin problemas.

O eso esperaba.

La vio entrar al salón de la suite. Llevaba unas mallas de flores y un top que le marcaba las curvas. Después de la noche que habían pasado juntos no debería desearle de nuevo, pero así fue. Ella le sonrió examinando sus pantalones azul marino, camisa Oxford y zapatos ligeros.

—Te has preparado muy pronto.

—Suele haber reunión de familia antes de eventos de este tipo, así que estoy esperando un mensaje de Carlton.

–Bueno es saberlo. ¿Quién es Carlton? ¿El relaciones públicas de tu padre?

–Exacto. Digamos que supervisa la imagen de la familia y lo que se hace y lo que no en los eventos. Me temo que este no voy a poder saltármelo.

–Seguramente. Voy a ducharme y a vestirme. ¿Nos encontramos más tarde, o voy contigo?

Zac se pasó la mano por la nuca.

–Me gustaría que vinieras conmigo. No tienes por qué hacerlo, pero si me acompañas, subirás la puntuación de mi imagen.

–La puntuación de tu imagen ya es muy alta.

–Contigo puede, pero cuando me veas al lado de Dare, Logan y Leo, te voy a parecer el patito feo.

–Menos mal que me gustan los patitos.

–Menos mal.

–Mejor me pongo en movimiento.

Después de estar un rato viendo las noticias en el salón, se levantó y entró en el dormitorio. Se quedó allí, oyendo caer el agua de la ducha hasta que cesó y, corriendo, se tumbó en la cama intentando parecer despreocupado cuando la puerta del baño se abrió y una nube de vapor precedió la entrada de Iris en la habitación.

–¿Qué haces ahí?

–Esperarte. Ahora somos amantes, carita de ángel.

–Lo sé, pero eso fue anoche. La boda empieza hoy. Es lo que recogimos en el contrato para…

–No voy a avergonzarte, pero tampoco voy a fingir que lo de anoche y lo de la otra noche no ha ocurrido. Ahora hay más entre nosotros que lo que se lee en un contrato.

Iris se toqueteó el diamante que llevaba colgado al cuello.

—Pero sabes que tiene que terminar, ¿no?

—Claro. No pienso pegarme a ti a esperar que me pongas un anillo en el dedo —respondió—. Yo también tengo otros compromisos.

—Bien. Entonces no hay razón para que no puedas estar aquí.

Pero no le sonrió, ni habló con él mientras se preparaba, y supo que algo había cambiado entre ellos. Se había erigido una nueva barrera y tenía la sensación de que provenía del hecho de que ambos estuvieran ignorando la verdad de lo que sentían y lo que querían decir.

Quería más de ella de lo que había pedido en el contrato, y ya era demasiado tarde. Lo había firmado y tendría que aguantarse. Y así lo haría. Contra viento y marea… o contra viento y August Bisset.

Tampoco era culpa de Zac que las líneas se hubieran desdibujado entre ellos. Podía admitir que la primera vez que se había metido en la cama con él había sido por pura lujuria. Nunca antes había tenido una experiencia así con un tío. Pero la segunda vez… demonios, para esa no tenía excusa. La noche pasada había sido un error de juicio, y allí de pie, aún rodeada por el vapor del baño mientras fingía seguir maquillándose, le parecía una rotunda estupidez.

Zac era guapísimo, era dulce y sorprendente. No es que pretendiera convencerse de no aceptar algo bueno, sino que tenía que recordarse cuál era la realidad. No podía permitir que el romance de Adler la influyese. Zac solo estaba interpretando un papel, y ninguna cantidad de sexo iba a cambiar eso.

Pero ¿qué mal había en seguir disfrutando de él? Esa era la pregunta del millón de dólares.

Quería ser una mujer moderna y decir que ninguno, que podía tener sexo con un tío sin enamorarse de él. El problema era que su corazón seguía siendo el de una soñadora. Debajo de aquel vestido de Lilly Pulitzer azul marino bordado en blanco, soñaba con un hombre que permaneciera a su lado.

Llamaron a la puerta y se sobresaltó.

–¿Estás bien? –le preguntó Zac cuando abrió la puerta.

Parecía tan sincero y estaba tan sexy, vestido para impresionar a sus padres, que sintió deseos de tomarle el pelo, aunque en realidad lo entendía bien. Daba igual lo adulta que fuera o el éxito que cosechase, que siempre seguía queriendo la aprobación de sus padres, y por eso sintió que le gustaba todavía más.

–Sí –contestó. Su corazón no estaba por la labor de llevar la armadura que solía.

–Dijimos que no nos íbamos a mentir.

Iris suspiró.

–Lo sé –contestó, acercándose al armario para sacar unas sandalias de tiras blancas que le dieran unos centímetros más–, pero es que me estás desestabilizando, Zac.

–¿Qué? ¿Y cómo lo estoy haciendo?

Ojalá pudiera ser Thea y decirle sin más que el sexo le estaba ablandando el cerebro.

–Nada. Creo que es que estoy cansada y algo nerviosa por conocer a tu familia.

Él se acercó y le puso la mano en el hombro.

–Se van a quedar tan impresionados porque estés conmigo que no vas a tener que preocuparte por nada. Soy la oveja negra de la familia.

Solo los Bisset podían considerar a un participante en la Copa América una oveja negra. Sonrió. Había vuelto a hacerlo. La había calmado siendo tan solo él mismo. Tenía que encontrar el modo de quitarle hierro a sus sentimientos, pero es que todo en él le hacía desear pegarse a él.

Pero ella no era una mujer dependiente. No quería ser la mujer que Graham le había acusado de ser.

—¿Iris?

—Perdona. Es que he tenido un pensamiento feo.

—¿Quieres compartirlo?

—No. Te vas a pensar que soy una lunática.

—Ahora sí que tengo que saber en qué pensabas.

—¿Te acuerdas del tío que rompió conmigo y por el que tuve que contratarte? Pues me dijo que era fría como un témpano porque no tenía orgasmos con él, además de otras muchas otras cosas sobre mi comportamiento en la cama. Y estaba pensando que me gustaría poder hablarle de lo que pasó anoche. Creo que el problema era él, no yo.

Zac sonrió y la besó con pasión.

—Carita de ángel, definitivamente no eras tú.

Iris lo abrazó y le devolvió el beso poniendo todos sus miedos y esperanzas en él, y cuando se separaron, se dijo que aquel iba a ser el último beso tras las bambalinas. A partir de aquel momento, todo entre ellos sería para la galería.

Totalmente en serio.

Capítulo Trece

Juliette estaba de pie en el gran invernadero que su madre utilizaba, siempre que el tiempo lo permitía, para recibir invitados. El cielo del mes de julio era magnífico. Podría haber jurado que su hermana los contemplaba desde arriba y se ocupaba de que Adler tuviese un día perfecto.

Pero no era así.

Su marido se había cambiado de chaqueta tres veces, intentando dar la sensación de desenfado para recibir a quien fue una vez su amigo, pero que llevaba más de treinta y cinco años siendo su enemigo. A lo largo de los años, Juliette había leído artículos en la prensa, había visto fotografías de Tad y su esposa, Cora, pero August nunca acudía a los eventos si sabía que ellos también iban a estar, de modo que no los conocía en persona. Verle esforzarse era algo a lo que nunca había podido resistirse en él. August era un hombre grande con grandes apetitos, una gran ambición y un gran temperamento, pero ella había visto una vulnerabilidad en él que escondía al resto del mundo.

Llevaban casados casi cuarenta años, así que sabía lo que podía esperar.

–Estás ahí, Jules –dijo su madre al entrar–. Tengo a Michael y al personal preparado con las bebidas de bienvenida. Me ha dicho que le has pedido que incluya bebidas sin alcohol también.

–Sí, madre. Espero que no te importe. No sé qué esperar de la familia Williams, pero he querido que todos puedan elegir.

–Bien pensado.

–Gracias.

–¿Crees que te hará abuela?

–No lo sé. Y no deberíamos hablar de eso ahora, aunque estoy preparada.

–Yo también. ¿Y los chicos? Yo creía que iban a ser más como Auggie y que se casarían jóvenes, pero parece que no.

–Son como Auggie en los negocios, pero no en cuanto a la familia.

Todos sus hijos estaban decididos a alcanzar su meta en el mundo, y no los culpaba. Muchas veces se había preguntado si, en caso de que ella hubiese tenido una carrera, su matrimonio habría sido diferente. Su vida sí que lo habría sido. Igual ni seguía casada con Auggie.

Oyeron abrirse la puerta y se alegró de que los invitados comenzasen a llegar. Le gustaba socializar porque la distraía de sus propios pensamientos y de su propia vida.

–Abuela –saludó Zac, entrando en el invernadero con Iris Collins del brazo.

Iris era demasiado sofisticada para su hijo, y puede que incluso un poco estirada. A Zac le gustaban las mujeres más… más deportistas, para empezar. Y menos contenidas.

–Zac, cuánto me alegro de verte. Tu madre y yo estamos encantadas con que ya estés de vuelta de Australia –dijo su abuela al abrazarlo.

Juliette abrazó a Iris y luego a Zac. Sus hijos eran todos más altos que ella, y su abrazo la engulló. Lo retuvo más de lo que debería, pero es que había echado tanto de menos a aquel grandullón rubio. Siempre hacía que navegar pareciese deporte de caballeros, pero sabía de sobra que era peligroso y se preocupaba por él.

—Mamá —dijo él, besándola en la frente.

—Tesoro, cuéntame por qué estabas en Boston y cómo conociste a Iris. Sé dónde pasó, pero quiero conocer los detalles que están borrosos.

Zac extendió un brazo para reclamar a Iris junto a su cuerpo.

—No hay nada borroso, mamá. Había dejado a mi equipo del América y estaba en Boston buscando patrocinadores para mi participación en la siguiente. Si se lo pedía a papá, conllevaría condicionantes, y el padre de Iris dirige un grupo de inversores. Nos conocimos mientras esperaba para hablar con él.

—Me tropecé y él me sujetó —añadió Iris.

Zac le guiñó un ojo a Iris y de pronto a Juliette le encantó ver a su hijo con aquella mujer. Había algo en ellos que le hacía sonreír.

—A tu padre no le va a hacer gracia lo de la inversión, pero creo que todo lo demás estará bien.

—Lo sé, pero cuando agarré a Iris me dije que no iba a dejarla escapar. No todos los días se conoce a una mujer como ella.

—Cierto —dijo Nick Williams, que se había acercado por detrás, y le dio una palmada a Zac en la espalda.

Juliette sonrió al prometido de Adler. Habían estado juntos unas cuantas veces y le parecía un hombre agradable, aunque era una espina clavada en el costado de Logan, siempre intentando derrotarle en los negocios y en los mercados. Nadie en su familia se iba a alegrar de verlo. Por no mencionar el hecho de que se casaba con Adler.

–Hola, tío –lo saludó Zac, estrechando su mano. Venía acompañado de una mujer mayor.

Había algo familiar en aquella mujer alta de cabello castaño, pensó Juliette al acercarse. Entonces sus miradas se cruzaron y ambas quedaron paralizadas. «Dios bendito...».

Era la otra mujer que estaba de parto la noche en que Juliette dio a luz a su hijo muerto. Ahora llevaba el pelo castaño y no rubio, y lucía todos los aditamentos de la riqueza con tanta facilidad como si hubiera nacido rodeada de ellos.

¿Aquella mujer era Cora Williams? Bonnie, había dicho que se llamaba. Bonnie Smith. Las dos estaban en aquella sala después del parto, llorando. Juliette porque había perdido al bebé que esperaba que salvase su matrimonio y Bonnie porque la habían separado de su familia, no tenía trabajo y mucho menos medios para criar a unos gemelos.

Recordaba el momento en que se dieron cuenta de que había una solución que las serviría a ambas: si Juliette criaba a uno de los gemelos como si fuese su propio hijo, los problemas de las dos quedarían solventados.

Juliette selló un acuerdo que solo ella, Bonnie y la enfermera Jennifer conocerían. Intercambiaron a su hijo muerto por uno de los gemelos. Juliette le entregó a Bonnie una abultada suma de dinero de su fideicomiso privado para que pudiera volver a estudiar y criar a su hijo. Jennifer también recibió una cantidad de dinero para falsificar los documentos.

No había un solo día que no pensara en aquel trato. Su Logan no era verdaderamente hijo suyo. Pero hasta aquel momento había confiado en poder mantener su secreto hasta la tumba.

No conocía a los padres de Nick... lo cual quería decir que seguramente Nick era el otro gemelo. Vio estrellas y pensó que se iba a desmayar.

—Tía Jules, te presento a la madre de Nick, Cora —dijo Adler, poniéndolas cara a cara.

Cora parecía tan estupefacta como ella, pero los modales la guiaron y Juliette le tendió la mano.

—Encantada de conocerla.

—Yo también estoy encantada —contestó Cora, pero tenía las manos sudorosas—. Siento como si la conociera gracias a las historias de Adler.

—Yo también —dijo Juliette. Sabía que tenían que hablar, pero no en aquel momento, ni aquel día.

—Adler, ¿es él tu prometido? Estoy deseando conocerlo, a él y a su familia —dijo Auggie al entrar.

Cora se volvió y Juliette vio la expresión de su marido al verla. Conocía esa mirada. Cora y Auggie habían sido amantes.

—Cora...

—August —lo saludó ella, y se volvió a Juliette—. No me dijiste que tu marido era August Bisset.

—No sabía que lo conocieras.

—Tenemos que hablar.

—Eso creo.

Zac vio palidecer a su madre y la sorpresa en la cara de su padre al ver a la madre de Nick. Nick lo miró y ambos debían estar pensando lo mismo. Entonces entró Carlton, miró a Cora y palideció.

—¿Por qué está aquí Bonnie Smith? —preguntó.

Desde el comienzo de la carrera de su padre, Carlton había sido su relaciones públicas y agente de prensa. De hecho, Zac nunca había tenido una reunión familiar en la que no estuviera presente. Era el que arreglaba los líos de la familia. A veces le gustaba, pero otras veces era duro como los clavos. Aquella era una de aquellas ocasiones.

—¿Bonnie? Ella es mi madre, Cora Williams —dijo Nick, pasándole un brazo por encima de los hombros—. ¿Hay algún problema?

—No te preocupes, Nicky. Tengo que hablar con August y Juliette a solas. ¿Le echas un ojo a tu padre? —preguntó Cora.

Nick apartó a su madre un momento. Adler miraba a la madre de Zac como si quisiera hacerle un millón de preguntas, pero se mantuvo en silencio. Su padre salió de la estancia seguido por Carlton.

—Vivian, ¿puedo usar tu estudio? —preguntó ya en la puerta.

—Por supuesto, Auggie.

—Señoras, ¿me hacen el favor?

Zac vio asentir a su madre, pero Nick se puso delante de Cora.

—Creo que no. Mi madre no va a ir a ninguna parte contigo. Quiero saber qué está pasando. ¿Por qué la llamas Bonnie?

—Estoy de acuerdo con Nick —intervino Adler, dándole la mano a su prometido—. ¿Qué está pasando?

Juliette se levantó y miró a Iris y a la abuela, y las dos salieron de la habitación, pero Zac se quedó. Aquella era su familia y quería saber qué estaba pasando.

El mayordomo cerró la puerta del invernadero. Los grupos que habían quedado dentro formaban un curioso triángulo. Zac y su madre en una esquina, su padre y Cartlon en otra, y Nick, su madre y Adler cerrando la formación. Su padre parecía a punto de estallar, su madre asustada y Cora, a la defensiva.

—Papá, ¿de qué conoces a la madre de Nick? —preguntó Zac.

—No creo que debas…

—Contéstale, August. Dile a nuestro hijo cómo conociste a la madre de Nick —intervino su madre.

Por el tono de su madre, Zac tuvo la intuición de que Cora había sido una de las otras mujeres de su padre. ¡Dios, menudo lío! ¿Habría estado con ella solo para hacer daño a su rival, Tad Williams?

—Eran amigos —dijo Carlton—. Hace mucho tiempo. Ella trabajaba en la empresa justo después de que naciera Darien.

—¿Amigos? —preguntó Nick, mirando a su madre—. ¿De August Bisset?

—Sí, querido. Fue antes de que conociera a tu padre. Éramos amigos.

—¿Y a Juliette, cómo la conociste? —preguntó Nick—. ¿Eráis todos amigos?

—No. No fue así —respiró hondo—. La conocí la noche que di a luz a Logan.

August miró a Cora y movió la cabeza.

—¿Diste a luz la misma noche que Jules?

—Sí. Por desgracia, yo era una madre soltera, y Juliette fue muy amable conmigo.

—Sé lo duro que puede ser —añadió la madre de Zac.

Había algo más. Podía sentirlo. Una mujer sol-

116

tera dando a luz en el mismo hospital que… Zac miró a su padre y llegó a una conclusión que ojalá fuese errónea. ¿Habrían sido amantes? ¿Sería el padre de Nick? Esperaba que no fuera así porque, si no, aquel fin de semana iba a ser mucho más duro de lo que se había podido imaginar.

–¿Papá?

–Zac.

–¿Es Nick… ?

–¿El prometido de su sobrina? –preguntó Carlton–. Porque esa es la única pregunta que tiene sentido, Zachary.

–Carlton, basta. Estamos solo nosotros. Quiero la verdad –replicó Zac–. Adler se lo merece. Demonios, creo que todos nos la merecemos.

Se volvió a mirar a Nick, quien a su vez miraba atónito a su madre, y vio la verdad en el rostro de aquella mujer, que empezó a llorar. Antes de que nadie pudiera decir nada, la puerta se abrió de golpe, Tad Williams entró y se fue directo a su mujer.

–¿Qué te ha dicho ese bastardo?

Pero Cora no contestó. Solo movía la cabeza, y Tad la abrazó. Nick miraba a su madre y a August, y de pronto salió de allí. Adler fue tras él y Zac se preguntó si no debería marcharse, pero su madre lo sujetó por la muñeca, apenas hizo ademán de moverse.

–Por favor… –le rogó.

Él asintió y le pasó el brazo por los hombros. No debería sorprenderse, porque su padre nunca había sido hombre de una sola mujer, pero en los últimos años había comenzado a tranquilizarse. Había sido un buen marido para su madre desde el nacimiento de Mari. Pero aquel era un secreto del pasado que había cobrado vida para herirlos. A todos. Nada que ver con el que tenían Iris y él, que se quedaría únicamente entre ellos dos. Se aseguraría de que así fuera.

–Papá, ¿Nick es hijo tuyo?

–¿Qué? –exclamó Tad–. ¿Qué está diciendo?

Juliette nunca se había sentido así. Sabía que Nick era hijo de August, lo cual quería decir que Logan, el gemelo al que ella había criado, también era hijo de August. Siempre se había sentido mal por engañar a su marido, pero ahora se sentía verdaderamente enferma. Aquel juego enmarañado que August y ella habían estado jugando los últimos cuarenta años ahora iba a involucrar a mucha gente más. Y sus hijos sufrirían. Mari había sido el producto de su reconciliación después de la aventura que August había tenido a principio de los noventa, pero todo aquello había sucedido al menos una década antes. En aquel momento, ella no sospechaba que su marido estuviese teniendo una aventura.

–He hecho una pregunta –dijo Tad.

–Tad, cariño, August y yo…

–Ella trabajó para mí, Tad. Cuando tú te marchaste de la empresa, tuvimos unos cuantos pasantes y Bonnie… quiero decir, Cora, era uno de ellos.

Zac sabía que había mala sangre entre Tad y su padre, pero como no formaba parte del día a día de Bisset Industries, no conocía los detalles.

–¿Trabajaba para ti? –preguntó Zac.

–Fui pasante durante un corto periodo de tiempo, hasta que tu padre me despidió –explicó Tad.

—No estabas haciendo un buen trabajo —respondió August.

—Lo que sea. ¿Cómo pudiste tener una aventura? Te acababas de casar y tenías un bebé recién nacido —dijo Tad.

—Tienes razón. Así fue —reconoció—. No puedo decir nada en mi defensa. Solo puedo disculparme. No era el hombre que soy ahora. Cuando veía algo que me gustaba, iba tras ello. No me importaba a quién pudiera hacer daño. Y Jules, mi amor, sabes que lo siento, aunque si Nick es hijo mío, no lo lamento. Cora era mi amante por entonces, pero pensé que el hijo era tuyo.

—No. Cora y yo empezamos a salir cuando Nick tenía tres meses —dijo Tad—. ¿Cora?

—August es el padre. No le dije que estaba embarazada. Terminé con él en cuanto supe que tenía mujer y un hijo.

Zac no sabía qué decir.

Las puertas del invernadero volvieron a abrirse y, en aquella ocasión, Logan y Leo entraron. Los dos fueron directos hacia él y su madre.

—¿Qué está pasando? —preguntó Logan con los brazos en jarras—. Adler está llorando y no he podido entender una sola palabra de lo que me ha dicho, pero hablaba de papá…

—Dios… tío, no hay modo fácil de decir esto, pero parece ser que tu archienemigo en los negocios puede ser familia nuestra.

—¿Pero qué dices?

Logan se volvió a su padre. La noticia no le había caído bien.

—Yo acabo de enterarme —dijo, levantando en alto las manos.

Su madre se llevó la mano a la garganta y salió. August la siguió.

—Que nadie hable con la prensa. Tenemos que reunirnos para ver cómo manejamos esto —dijo Carlton—. Señor y señora Williams, ¿tienen a un buen relaciones públicas, o prefieren que yo me ocupe?

—No tenemos —contestó Cora—. Nunca nos había pasado algo así.

—Yo me ocupo —dijo, apoyando la mano en el antebrazo de Cora—. No se preocupe. No va a ser difícil.

—Supongo que si está acostumbrado a limpiar tras August Bisset, esto debe parecerle fácil —dijo Tad—, pero nosotros somos honestos. La familia Williams no anda tapando la verdad.

Carlton asintió.

—Sé que August y usted tuvieron sus cosas en el pasado, pero ni su esposa ni usted van a salir bien parados de todo esto si dicen públicamente la verdad. August tiene un hijo del que nadie sabía nada. Imagínense lo que la prensa hará con eso.

Cora se echó a llorar y Tad la abrazó. Zac se les acercó. Él no participaba en el negocio de su familia y pensó que, de sus hermanos, era quien podía relacionarse más fácilmente con la familia Williams.

—Carlton hará que todo esto salga del mejor modo posible para todos. No hará nada que la deje mal a usted, señora Williams. ¿No es así, Carlton?

—Por supuesto. Lo siento si le he dado esa impresión. Tenemos que cubrir todos los posibles escenarios.

—No puedo hacerlo en este momento.

–Y no tiene por qué. Siento haber empezado con tanta fuerza. ¿Les parece bien si me acompañan los dos y vemos cómo quieren manejar el anuncio? Puedo decirles, por la experiencia que tengo, que lo mejor es que seamos nosotros quienes controlemos la narrativa.

Carlton condujo a los Williams fuera de la habitación y Zac se volvió hacia sus hermanos. Hacía más de seis meses que no se veían en persona.

–Demonios… –Leo se acercó a abrazarlo–. Me alegro de verte, pero ¿qué narices ha pasado?

–Vamos a tomar algo y os lo cuento.

–No puedo –dijo Logan–. ¿De verdad Nick es familia nuestra? Ya sabes que odio a ese tío. Adler se va a casar con él y estaba dispuesto a ser cordial, pero no puede ser nuestro hermano. O medio hermano. Es lo peor.

Zac le dio una palmada en el hombro.

–Creo que lo es. Ya encontraremos el modo de tratar con él. A lo mejor no es tan malo como tú te imaginas.

–¿Quién? –preguntó Dare, que acababa de entrar. Traía el teléfono en una mano y un whisky en la otra–. Carlton me ha dicho que me pondríais al día.

–Me parece que todos vamos a necesitar una copa –dijo Leo, guiándolos del invernadero a un salón que había al otro lado del vestíbulo y que tenía un bar. Iris y la abuela ya estaban allí. Sus hermanos se dirigieron a la abuela, pero él no prestó atención porque Iris le había sonreído. ¿Quién se podía imaginar que su charada iba a ser el secreto menos excitante del fin de semana?

Capítulo Catorce

Iris no sabía cómo ayudar en semejante situación, pero sí que sabía cómo ser una buena amiga. Cuando Adler apareció en la puerta y le vio las mejillas húmedas de lágrimas, ni siquiera dudó. Tomó su mano y la hizo subir a la habitación que usaba cuando estaba en casa de su abuela.

–¿Qué está pasando? –preguntó–. ¿Cómo está Nick?

–Como loco. Enfadado con su madre, con su padre y con August. Es… demasiado. Jamás me habría podido imaginar que iba a ocurrirle algo así. Dios, esto es algo que me esperaría de mi padre. Se va a volver loco. Me ha dicho que no podría escapar del caos de la vida.

Adler iba y venía por la habitación. Le temblaban las manos.

–No pasa nada –le dijo Iris–. El caos es amigo tuyo. Tu padre te protegerá. ¿Está ya en Nantucket?

–No lo sé. Tenía que escribirle cuando todos estuvieran ya aquí. Pretendía aliviar la tensión entre los Bisset y los Williams, pero teniendo en cuenta estos últimos acontecimientos, creo que ni siquiera él podrá lograrlo.

Se detuvo delante del ventanal que daba al océano e Iris se le acercó para abrazarla.

–¿Qué quieres que haga?

–Quiero que hagas desaparecer todo esto.

–Eso puedo hacerlo. Podemos irnos de Nantucket y desaparecer hasta que todo pase.

Adler empezó a llorar e Iris la abrazó con más fuerza. No sabía cómo arreglar aquello. No sabía qué impacto iba a tener la paternidad de Nick en Adler. Obviamente no eran familia, ya que Nick era hijo de Cora y August. Adler no era familiar de sangre de August, pero aquello era la clase de cosa que Adler odiaba. No le gustaban las fiestecitas de la *jet set*, ni el rollo bohemio de vivir el momento. Quería una vida normal.

–Nick iba a ser mi Cory.

–Lo sé –contestó. Se refería al Cory de *Yo y el mundo*. Cuando eran pequeñas era su serie favorita. Les encantaba aquella familia, y a Adler le habría gustado que fuera la suya.

–¿Quieres que conteste? –se ofreció Iris. El teléfono de su amiga había empezado a sonar, pero no parecía hacer ademán de acercarse a él.

–¿Quién es?

–Tu padre.

–Déjame hablar con él.

Tomó el teléfono. Iris se alejó un poco.

Estaba preocupada por Nick y Adler. Dos días antes de su boda, semejante noticias… sacó el móvil y escribió a Nick para preguntarle cómo estaba.

Él le contestó con un pulgar hacia arriba.

No podía dejar a Adler y sabía que Nick necesitaría a alguien. No tenía el teléfono de sus hermanos, y no estaba segura de si sería una buena solución, pero decidió escribir a Zac.

Iris: *¿Te importaría ir a ver cómo está Nick? Creo que está solo, y puede que necesite a alguien que le escuche.*

La respuesta fue casi inmediata.

Zac: *¿Dónde está?*

Utilizó el servicio de localización de su aplicación de mensajería. Nick estaba en el club náutico. Seguramente en el bar. Por lo menos no iba conduciendo. Le envió la información a Zac.

Zac: *Voy para allá. Le diré que me has enviado tú. Puede que no quiera hablar conmigo.*

Iris: *Por lo menos no estará solo. Gracias.*

Zac: *No hay de qué. No es así como me imaginaba que iba a ser el día.*

Iris: *Yo tampoco.*

Zac: *Me alegro de que estuvieras aquí conmigo.*

Iris: *Yo también.*

Ver a personas a las que quería, una familia a la que creía conocer, lanzada a una tormenta como aquella era una imagen difícil de presenciar. Ser consciente de que iban a tener que poner al mal tiempo buena cara cuando los invitados comenzaran a llegar hizo que se alegrase de estar allí. Con eso podría ayudar. Y estar con Zac le ofrecía una base segura desde la que hacerlo. No era solo la amiga de Adler, sino que pasaba por ser la novia de Zac, y el drama de aquella familia la incluía a ella.

Adler se dejó caer en la cama cuando acabó de hablar con su padre.

—¿Qué voy a hacer?

Iris se tumbó a su lado.

—¿Con qué?

—Con Nick, la boda… con todo. Yo no me había apuntado para esto.

—¿Lo quieres?

—Creía que sí.

—¿Sigues queriendo casarte con él?

124

–No quiero el circo mediático en el que esto podría convertirse, pero sí quiero casarme con él. Pero Nick ahora no es el mismo.

–Ojalá fuera tan fácil. Nunca he visto a dos personas tan enamoradas como lo estabais vosotros. ¿Sois lo bastante fuertes para enfrentaros a esto?

–No lo sé. Nuestro amor ha sido fácil. Nunca hemos tenido que pasar por una prueba como esta.

–Tú has tenido momentos peores.

–Pero fue más fácil porque yo estaba apartada cuando papá estaba teniendo sus problemas con los medios –explicó–. Es más fácil cuando no estás directamente bajo los focos.

–Lo sé. Pero no pasarás mucho tiempo así. Si conozco algo a tu padre, hará cualquier cosa escandalosa para apartar la atención de ti. Te quiere más que cualquier otra persona de este planeta.

Adler asintió.

–Eso tampoco me gustaría, porque acaba de sentar la cabeza. No puede volver a comportarse de ese modo, o a vivir de ese modo. Es que apenas se ha recuperado de…

–No lo hará –la interrumpió. Ya tenía bastante con preocuparse de Nick para añadir también a su padre.

–¡Ay, Dios mío! No debería haber dejado que Nick se fuera solo. Yo preocupada por mi boda perfecta, y él acaba de descubrir que un hombre al que odia es su padre.

–Lo sé. He enviado a Zac a buscarle.

–Creo que tengo que ir con él. Tenemos que hablar de lo que esto significa para nosotros.

Iris estaba de acuerdo, y como su amiga estaba demasiado alterada, se fue con ella.

Zac pidió dos bourbon Maker's Marks, solos, antes de acercarse a Nick. Le recordaba cómo se había sentido él cuando se fue del equipo del Reino Unido para intentarlo solo. No tenía ni idea de si alguno de sus amigos iba a acompañarlo en la aventura, y se sentía muy, muy solo.

–Nick, ¿quieres compañía?

Nick lo miró. Tenía los ojos enrojecidos y los nudillos arañados, como si hubiera golpeado una pared.

–He traído dos copas. He pensado que igual te venía bien.

Zac se sentó frente a él y tomó un trago de su copa. Nick hizo lo mismo con la suya.

–Iris me ha pedido que viniera. Habría venido por mi cuenta, pero no tenía modo de ponerme en contacto contigo.

–Gracias, tío. No estoy seguro de qué demonios está pasando, y sé que ahora mismo no soy la mejor compañía.

–Eso está bien. Me paso la mayor parte del tiempo en el mar, peleándome con los vientos y las olas, intentando demostrar que no me parezco al resto de mi familia.

–Tu familia…

–Que es la tuya también, ¿no? Verás, no tenemos que hablar de ello, pero quiero que sepas que no somos tan malos como te imaginas.

Nick se tomó de un trago el resto del whisky.

–No puedo hacer esto ahora. Ya estaba un poco nervioso con lo de la boda y empezar una nueva familia, para encima enterarme de que todo lo que sabía sobre la mía era mentira.

–No era mentira. No sé mucho de tu familia, pero tu padre es Tad Williams. No importa el material genético que pudo aportar mi padre. Tad te crio, y el hombre que he visto hoy es un buen hombre. Ha defendido a tu madre y a la mía.

–Es un buen hombre. Siempre he querido parecerme a él.

Zac se dio cuenta de que Nick podía no saberlo, pero él tenía una relación con Tad Williams bastante mejor de la que jamás tendría con August Bisset. A pesar de que se estaba suavizando con los años, August no era un padre fácil.

–Eso es bueno –dijo Zac–. Nada ha cambiado. ¿Sabías que no era tu padre biológico?

–Sí.

–¿Te habló tu madre alguna vez de mi padre?

–Dijo que se había enamorado de un hombre encantador y divertido, y que cuando supo que pertenecía a otra mujer, lo dejó. Me dijo que no tenía nada que ver con nuestra vida y que Tad era mi padre.

Ojalá hubiera sido así.

–Lo siento.

–Gracias –contestó Nick, haciendo girar el vaso entre las manos.

–¿Quieres otro?

–Sí, pero tengo que arreglar las cosas con Adler. Intentó calmarme y yo le he gritado.

–Creo que yo haría lo mismo en tu situación. Esa clase de noticia es muy difícil de digerir.

–Lo es, pero Adler no se merece ese trato. Ella también tenía miedo, lo sé, aunque no me ha dicho nada.

–Ella te quiere. Nunca la había visto tan feliz como ahora.

–Eso es lo peor de todo lo que ha pasado. Va a ser un nubarrón sobre la boda. Ni siquiera sé si va a seguir queriendo casarse conmigo después de haberla gritado así.

La puerta del bar se abrió y Zac vio a Iris y a Adler. Iris era la persona perfecta para reunir de nuevo a la pareja y para salvar el fin de semana. Esa era una de las cosas que admiraba en ella. No dudaba en hacer lo que fuera para que las cosas funcionasen.

–Solo hay un modo de saberlo –dijo Zac–. Adler acaba de entrar.

Nick se quitó las gafas y se irguió, cuadró los hombros y la duda y la ira que dominaban su expresión quedaron ocultas. Era como si estuviese poniéndose una máscara por Adler.

Volvía a ser el hombre seguro que Zac había visto la noche anterior en la cena. Se pasó las manos por el pelo y, al volver a verle los nudillos arañados, le ofreció su pañuelo.

–Toma.

–Gracias.

Los dos se levantaron y cuando Nick miró a Adler, Zac bajó la mirada. Se estaban abrazando, y era algo tan íntimo que nadie debería estar viéndolo.

Entonces miró a Iris y comprendió su anhelo. Quería lo que Adler y Nick tenían, pero se había conformado con un novio por contrato, y se preguntó por qué. ¿Por conveniencia? ¿O habría algo más hondo que le impedía comprometerse con un hombre?

–Démosles intimidad –dijo.

Ella asintió y le dio la mano para volverse. Zac miró sus manos entrelazadas. Después de la mañana que habían tenido, llena de mentiras, traiciones y secretos que deberían haber seguido siéndolo, se preguntó qué iba a hacer con aquella mujer con la que había firmado un contrato y que se le había colado bajo la piel desde que se conocieron. Debería haber hecho lo que la inteligencia exigía, que era alejarse, pero lo tenía ensartado, y lo cierto era que no le importaba, mientras que ella sintiera algo por él.

De lo cual no podía estar seguro.

Iris lo guio hasta el otro lado del bar del club náutico, que no estaba muy concurrido a aquellas horas. Estaba preocupada por él. Sabía que su padre y él tenían una relación tempestuosa, y saber que su padre había engañado a su madre… tenía que ser un golpe.

—¿Estás bien?

Él le ofreció una silla y asintió.

—¿Quieres beber algo?

—Estoy bien, pero tómate algo tú si quieres.

—No me gusta beber solo.

—Un Perrier con lima para mí —dijo. Necesitaba algo que hacer, estaba claro.

Mientras le veía acercarse a la barra, pensó que seguramente debía cancelar la grabación de imágenes que tenía preparada para el día. Envió un mensaje a su equipo, diciéndoles que la familia había decidido tener un día íntimo y que disfrutasen del día libre. También escribió a su amiga Quinn, que producía la ceremonia televisada, y le dijo que Adler no iba a estar disponible aquel día.

Zac volvió a la mesa, dejó las copas y miró al mar. Su maxilar firme y la nariz recta como la hoja de un cuchillo componían un precioso perfil, pero es que todo en él le parecía bien.

—¿Te gustaría estar ahí fuera?

Se volvió y tomó un sorbo de algo que parecía whisky.

—Sí y no. Mi madre habría estado sola en el momento de enterarse de la noticia si yo no hubiera estado aquí. Ha sido un golpe. Me alegro de haber podido escapar.

—Seguro.

Y tomó otro sorbo en silencio.

—¿Quieres hablar de ello?

—¿De qué parte?

—De la que quieras.

—No estoy seguro. Esto no estaba en el contrato.

—¿Y? Tú mismo lo dijiste. Somos amigos, ¿no?

—¿Lo somos?

No estaba segura de si pretendía ser elusivo por lo que había sabido de su padre o si tenía alguna queja de ella.

—Sí, lo somos. Mira, no puedo ni imaginarme lo que estarás sintiendo, pero si necesitas hablar, o gritar, salir a navegar, o…

—¿O sexo?

Iris abrió los ojos de par en par, pero asintió. Lo que necesitase. Odiaba ver sufrir a las personas a las que quería. Un momento… ¿Lo quería? No estaba segura, porque no había estado enamorada antes, pero se sentía… bueno, lo que sentía no se parecía a nada que hubiera experimentado antes.

—Sí. Incluso sexo. Lo que necesites. Estoy aquí.

Él tomó su mano.

–No sé lo que necesito. Supongo que estoy en shock. Siempre he sabido que mi padre no le era fiel a mi madre. Tuvo una aventura que se hizo pública antes de que naciera Mari, pero pensé que ya sabíamos lo peor de él. Que anduviera poniéndole los cuernos a mi madre mientras ella estaba embarazada de Logan es algo que no puedo perdonarle.

–No tienes que hacerlo. Tendrás que decidir lo que sientes sobre ello y, si no puedes tragarlo, no pasará nada. Siempre va a ser tu padre, pero no tienes la obligación de dejarle ser parte de tu vida.

Zac asintió.

–Comparto lo que dices, pero hay un problema, y es que quiero que esté en mi vida. Siempre he trabajado tan duro porque he querido que se sintiera orgulloso. Demostrarle que era mejor que él. Y ahora, sabiendo lo mezquino que quiero ser en esto, creo que no soy mejor que él.

Iris fue a sentarse a su lado, le pasó el brazo por los hombros y apoyó la barbilla en él.

–Nadie lo es. Eso es algo que yo he tenido que aprender por la vía dura. Pero nadie es mejor que nadie. Todos la liamos, y tenemos que encontrar el modo de salir airosos día a día. Tu padre también se ha llevado una buena sorpresa. La había liado bien, y seguramente pensó que quedaba en el pasado. Y de pronto, todos sus errores salían a la palestra, delante de toda su familia.

–Tienes razón. Sé que la tienes.

Y tiró de ella para acomodarla sobre su regazo y, simplemente, tenerla abrazada. Sabía que debería levantarse, que la gente podía verlos, pero es que no quería hacerlo. Quería darle tanto consuelo al hombre al que amaba como le fuera posible. Y le importaba un comino la imagen que pudieran presentarle al mundo.

Nick llevó a Adler a la casa nueva que había construido para los dos en Nantucket. Le vio ir y venir por el salón que ella había diseñado para su futuro juntos, pero al mirar a su alrededor vio que aquello era lo que ella quería que fuese, y quizás no lo que de verdad eran los dos.

–¿Qué vamos a hacer? –le preguntó.

–¿Con la boda?

–Sí.

¿De qué otra cosa podía creer que hablaba?

–No lo sé, la verdad. Tenemos a toda esa gente que va a venir a Nantucket. Si la cancelamos…

–¿Estás pensando en no casarte conmigo?

Por primera vez tenía que enfrentarse a sus miedos sobre Nick. Lo estaba cuestionando todo sobre sí mismo y su vida. Quizás se estuviera replanteando también el futuro con ella.

–No lo sé –dijo, pasándose las manos por el pelo–. Me instinto me dice que esto no se va a pasar así como así, y quiero manejarlo.

–Lo entiendo. Manejar las noticias sobre tu padre debe ser la prioridad, pero ¿lo vamos a hacer en equipo?

Se volvió de golpe y vio la ira brillarle en los ojos.

–¿Podemos tener un minuto en el que no todo gire en torno a ti, Adler? ¿Crees que puede ser?

Ella respiró hondo y asintió. Estaba al borde del llanto.

–Tómate el tiempo que necesites. Me voy a casa de mi abuela.

—Huir. Eso es lo que haces cuando la vida se vuelve demasiado real, ¿no?

—Es lo que hago con un toro que no hace más dar cornadas al aire porque no quiere admitir que está sufriendo —replicó, con la voz áspera por las lágrimas—. Hagamos la barbacoa esta noche y mañana decidimos si seguimos adelante con la boda o no. Viene mucha gente, así que intenta recordar también que no todo va sobre ti.

Adler salió de la habitación con las lágrimas rodando por las mejillas. Ojalá su madre estuviese allí para poder hablar con ella de todo aquello. No sabía cómo tratar a Nick en aquel momento.

¿Dónde estaba el hombre al que amaba? ¿Había desaparecido al saber que era hijo biológico de August Bisset?

Capítulo Quince

Iris y Zac acabaron teniendo un papel fundamental a la hora de entretener a los invitados que asistían a la barbacoa del jueves noche. Las dos parejas Williams y Bisset se habían pasado el día con Carlton analizando qué hacer en caso de que la historia acabase filtrándose a la prensa.

Iris permaneció al lado de su amiga y fue haciendo todo lo que ella le pidió. Era raro ver a Adler tan frágil. Nunca la había visto así.

Estaba claro que Nick y ella habían decidido seguir adelante con lo planeado, pero las cosas no estaban bien entre ellos.

Nick estaba bebiendo mucho y Zac estaba acompañándolo. Le sorprendió y le agradó ver que tenía un beber divertido. Su hermano Logan, cuya rivalidad con Nick era brutal, se había rodeado de un grupo de mujeres que dudaba formasen parte de la boda. Leo, el hermano menor, estaba atento a Zac y Nick, y les iba suministrando la bebida. Los hermanos de Nick, Asher y Noah, estaban con Leo, y Olivia, la hermana de Nick, estaba con Iris, ayudando a Adler.

Iris vio a Toby Osborn antes que Adler. Llevaba su legendaria guitarra con él, e iba rodeado de su séquito habitual, entre ellos su novia del momento. En cuanto Adler vio a su padre corrió a él y Toby la abrazó. Iris sabía que Adler siempre había deseado tener una crianza más normal, pero no podía negar que su padre la había querido con locura. Lo era todo para él.

–¿Qué me he perdido? –preguntó Quinn, acercándose a ella con un gin tonic en la mano. Adler, Quinn y ella eran buenas amigas desde su último año de universidad.

–Nada. Los mayores están en la casa reunidos, Nick se está emborrachando, Zac le está ayudando y Toby acaba de llegar.

–¿Estás saliendo con Zac? No es tu… tipo habitual.

–Uy, no. Graham me ha hecho cambiar de tipo.

–Graham era un imbécil.

–¿Es que todo el mundo lo odiaba?

–Pues sí. Me alegro de que ya no estés con él.

Miró a Nick y Zac, que estaban cantando *All For You*, de Sister Hazel. Era divertido ver cómo intentaban los dos dar la misma nota y que ninguno lo conseguía. Toby dejó a Adler y se unió a los dos cantantes.

–Ay, Dios, qué graciosos –dijo Iris, y los grabó con el móvil. Sabía que Nick querría ver aquel momento feliz más tarde, después de un día de tantos altibajos. Cuando la vio grabando, le hizo un gesto como diciendo que solo querría estar con ella.

Adler se acercó y se colgó de su brazo. Quinn hizo lo mismo por el otro lado. Después de aquellas horas de locura, se alegraba de tener a aquellas dos mujeres a su lado. No estaba segura de que fuera a salir algo bueno de lo suyo con Zac, pero tendría aquel recuerdo para siempre.

Y después de cómo el pasado había decidido irrumpir de nuevo en las vidas de August y Cora, se preguntó si no debería ser sincera sobre lo suyo con Zac. No quería que pudiera salir cuando los dos fueran ya mayores y estuvieran establecidos… quizás con otras parejas.

La idea rebajó la felicidad del momento, pero tenía que ser sincera consigo misma. Quería a Zac, pero no estaba ciega ante lo imposible que era para los dos.

Él estaba bajo los focos, bailando y cantando, disfrutando de la atención, y ella nunca se sentiría cómoda en esa situación. Necesitaba a su equipo de imagen y los guiones preparados para sentirse cómoda ante una cámara.

Dejó de grabar cuando terminó la canción. Toby comenzó a cantar algunos de sus éxitos y Adler se acercó a Nick y se fueron de paseo por la playa. El teléfono de Quinn sonó y se alejó para contestar, y ella se quedó sola. Zac estaba rodeado por sus hermanos. Viéndolo pensó que sabía cómo manejar todas las situaciones y lo envidiaba por ello, ya que ella solo sabía funcionar con reglas. Dio un paso atrás. Se había permitido amar a Zac porque no corría peligro, creyendo que el contrato y su fecha de expiración impedirían que saliera herida, cuando en realidad lo que debería haber impedido era que bajase la guardia.

No era un tipo determinado de hombre el que podía herirla, sino ella misma. Sus propios defectos y temores la habían llevado a aquel punto desde que llegó a la edad adulta.

Pensó en Adler, tan decidida a encontrar un hombre que no se pareciera en nada a su padre, para luego, la víspera de su boda, descubrir que albergaba un secreto escandaloso, aunque no fuese culpa suya. Entonces pensó en su propio secreto, uno del que ella era responsable al cien por cien.

No había modo de protegerse de sí misma. Ojalá se hubiera dado cuenta de todo aquello en Boston, antes de entrar en aquel bar y ver a aquel hombre tan sexy por primera vez. Ojalá hubiera tenido la fuerza necesaria para conocerse a sí misma y enfrentarse a la realidad de su miedo a estar sola. Ojalá… cuánto le dolía pensar aquello, pero ojalá nunca hubiese hablando con Zac Bisset.

Sin decir una palabra, se fue a su habitación.

Llevaba horas en la cama cuando oyó a Zac en la otra habitación. Iban varios tíos, riendo y mandándose callar los unos a los otros, y ella se quedó quieta en la cama. Y, al final, acabó dándose cuenta de que ni siquiera pagar a un hombre la había hecho cambiar.

Zac se despertó con la boca seca, tumbado en el sofá de la suite que compartía con Iris. Tenía un zapato puesto y el cinturón desabrochado, pero por lo demás, iba completamente vestido. Parpadeó varias veces, sorprendido de que no le doliera la cabeza. Volvió a parpadear al mirar hacia la luz de la ventana. Entonces vio a Iris, sentada en una silla frente a él, con esa expresión un poco remilgada de cuando se sentía en una situación extraña.

Se pasó la mano por la cara y se notó la barba y algo hinchado… ¿Le había dado un puñetazo a Logan anoche? Se obligó a sentarse y a sonreír, pero la luz era demasiado brillante y tuvo que cerrar los ojos.

–Si crees que vas a poder desayunar, te he pedido huevos, beicon y un bollito de mantequilla.

—Eres un ángel de verdad. ¿Y café también?

—También.

Sabía que debería ir a asearse. Las mujeres no siempre reaccionaban bien al hecho de que volviera a casa borracho y se desmayase en el sofá.

Se lavó la cara, los dientes y pensó si darse una ducha rápida. Le bastó con que le llegase a la nariz un efluvio de la ropa que llevaba para lanzarse y pasar tres minutos bajo los chorros del agua caliente.

Casi se sentía humano cuando salió del cuarto de baño, vestido con unos pantalones cortos de baloncesto y una vieja camiseta de la Copa América. La comida estaba en una mesa bajo una campana, al lado de una taza de café y un plato de fruta fresca.

Iris estaba sentada a la mesa, tan elegante y contenida como una mujer que tiene una misión en mente.

—Siento lo de anoche. Sabía que Nick necesitaba beber porque yo lo habría necesitado en su situación. Mis hermanos y los suyos también estaban tensos, así que alguien tenía que romper el hielo —explicó.

—No pasa nada. Estuviste muy gracioso, y seguramente eso era lo que todo el mundo necesitaba.

Quitó la campana y probó el beicon, los huevos y el panecillo, y cerró los ojos. Estaban perfectos.

—¿Y tú? Sé que no cumplí con mis obligaciones anoche.

—En cuanto a eso… creo que podemos estar de acuerdo en que ese comportamiento no se puede repetir. A partir de hoy, necesito que seas todo lo que te pedí en el contrato.

–Lo intentaré –contestó, dando otro mordisco al panecillo. La verdad es que solo la estaba escuchando a medias. La comida le estaba resucitando.

–Harás algo más que intentarlo, o estarás faltando a nuestro acuerdo y llamaré a mi padre para decirle que no me pareces una buena inversión.

Eso sí que lo oyó.

Dejó el panecillo y apoyó las manos a ambos lados del plato.

–¿Me estás amenazando?

–Exacto. Sé que tu familia va a tener que pasar por una situación complicada, pero tu prioridad debe ser el acuerdo que firmaste conmigo.

–Aparte de lo de anoche, ¿acaso he faltado a mis obligaciones?

–Es que anoche era la primera vez que ibas a cumplir con ellas delante de otras personas.

–¡Te canté, Iris! ¡Incluso Toby dijo que era romántico!

–Llegué a casa unas cuatro horas antes que tú sin que te dieras cuenta de que me había ido. No me parece tan romántico.

–Siento no haberte prestado el cien por cien de mi atención. Ya me ha disculpado por ello.

–Lo has hecho, sí, y yo te lo agradezco. Solo digo que no permitas que vuelva a ocurrir.

Se levantó e iba a volver a su dormitorio, pero él le sujetó la muñeca.

–¿Estás bien?

Ella asintió, se soltó y siguió avanzando.

Pero no era cierto. Debía haber hecho algo la noche pasada que había cambiado el modo en que Iris lo miraba, pero imposible recordar lo ocurrido.

Se terminó el panecillo y el café. Quería hacerlo bien, así que se acercó a la puerta y llamó. Estaba delante del armario cuando entró.

—Oye, que siento de verdad lo de anoche. Hoy estaré para todo lo que necesites. Creo que tenemos el golf y querías que posara para unas fotos, ¿no?

—Sí. Mi equipo te va a traer ropa y te escribiré cuando te necesite. Me gusta esa sombra de barba. Déjatela para lo de la mañana y luego te afeitas para esta noche, si es que sigue en pie el ensayo de la cena. ¿Viste a Adler anoche?

—No recuerdo. Cara de ángel, de verdad que lo siento. No pretendía beber así, pero uno no se entera todos los días de que tiene un hermano más.

Ella asintió.

—Lo sé, y sería un monstruo si no lo comprendiera. No me molesta que te emborrachases anoche.

—Entonces, ¿por qué estás enfadada conmigo? No te esfuerces en negarlo.

—Estoy enfadada conmigo misma porque pensé que eras algo que no eres.

Algo que no era. Había sido más él mismo con ella que con nadie más, y ahora ella pensaba que fingía.

Estaba cansado, y si fuera listo habría mantenido la boca cerrada. Pero era del dominio público que no era el más listo de la familia Bisset.

—¿Que no soy lo que tú pensabas? —preguntó, acercándose—. Iris, contrataste a un tío que conociste en un bar para que se hiciera pasar por tu novio en una boda de cuatro días. ¿Qué es exactamente lo que esperabas?

–No te pongas a la defensiva, que no te estaba atacando.

Y entrelazó, circunspecta, las manos delante de ella.

Y eso fue precisamente lo que lo empujó al borde del precipicio. Había visto destellos de la mujer de verdad debajo de aquel comportamiento tan remilgado y mojigato, pero la mayor parte del tiempo era precisamente esa fachada a la que tenía que enfrentarse. Una especie de fotocopia en cartón piedra de la mujer verdadera. No había hombre que quisiera eso. Nadie quería una relación con alguien que se escondía permanentemente detrás de la sonrisa perfecta, de la ropa y los modales perfectos.

–He hecho todo lo que he podido por ti. De hecho, me gustas como persona la mayor parte del tiempo, pero no puedo con esto –dijo, haciendo un gesto que englobaba su modo de sostener la taza de café con una mano mientras sonreía con absoluta serenidad–. No es real. Sé que tenemos un contrato, pero en todo momento he sido yo mismo contigo. ¿Quién hace eso?

–Según tú, yo.

–No podemos hablar así. Dime lo que piensas. No te preocupes de si vas a herir mis sentimientos o si te hace humana en lugar de una diosa de las redes sociales con una vida de película. Sé solo tú misma, Iris, si es que sabes quién eres, claro.

–¡Que te den, Zac! Lo que dices no es muy agradable. Por supuesto que sé quién soy.

–¡Eso es! ¡Enfádate! Demuéstrame qué es lo que de verdad te molesta.

No estaba seguro de adónde les conducía aquello, pero después de la noche anterior, de saber que su padre le había mentido prácticamente toda la vida, estaba cansado de medias verdades. Ya no le interesaba interpretar un papel, el que fuera. Iba a vivir la vida en sus propios términos, y no se iba a contener, e Iris debía hacer lo mismo.

–¿Que qué me molesta? No creo que te importe tanto, Zac. Los dos sabemos que estarás aquí hasta que mi padre y Collins Combined pongan los fondos sobre la mesa. Entonces desaparecerás durante tres años para entrenar y competir. Sabemos que estás interpretando un papel, aunque quieras fingir que eres, no sé… mejor que yo, más sincero que yo. Pues no lo eres. Aquí estás, con un pañuelo de seda en el bolsillo de la americana, afeitado e intentando encajar en un papel lo mismo que yo, pero solo me juzgas a mí, no a ti.

–¡Yo no he dicho que me hayas desilusionado!

–No era necesario. Me he desilusionado yo a mí misma. ¿Sabes qué es lo que está pasando esta mañana? Pues que mi padre me ha enviado unos documentos para los dos. Ha reunido a tus inversores y tendrás el dinero en la cuenta el lunes. Y sé que en ese mismo momento, saldrás por la puerta. Sí, lo harás con educación y dulzura, pero eso es todo. Pasarás página. Y anoche, cuando te vi cantando y bailando delante del fuego, me di cuenta de que no quiero que te vayas. No quería ver cómo salías de mi vida porque soy una idiota y me he enamorado de ti. Ya sé que no debería haberlo hecho. ¡Si ni siquiera eres la clase de hombre de la que yo me suelo enamorar! Y esa imagen que piensas que oculto… no es así. He estado siendo yo misma. Siento no ser más excitante, ni ser tan divertida como tú, pero esa era yo. Con la guardia baja y siendo yo misma.

Zac se quedó atónito. Estaba casi seguro de que, entre todas aquellas palabras, había dicho que lo quería. Iris Collins, la mujer más sofisticada, sexy, dulce, encantadora e inteligente que había conocido, lo quería. Había explotado así con ella porque sabía que no había estado a la altura. Incluso en aquel momento, era consciente de haberla dejado colgada. Otra vez.

Debería disculparse y lo sabía, pero la cabeza le iba lenta aquella mañana, e Iris se quedó mirándolo, movió la cabeza y salió de la habitación.

¿Por qué se iba?

No había tenido ocasión de decirle nada de lo que necesitaba decirle. Salió corriendo, pero había tomado el ascensor y ya no estaba allí, y su instinto le decía que, si la dejaba marchar, se arrepentiría el resto de su vida.

Volvió a entrar y salió al balcón. Estaban solo en el tercero, así que se descolgó al balcón del segundo, y al del primero, y llegó al bajo. La grava del camino se le clavaba en los pies, pero consiguió llegar a la puerta principal justo cuando Iris salía, parapetada tras unas enormes gafas de sol y su vestido ceñido, mientras que él iba descalzo y despeinado, más parecido a un pícaro de playa que a un Bisset.

Nunca iba a poder ser el hombre perfecto que la llevase del brazo, pero sabía que nadie la querría mejor o le daría más aventuras en la vida.

Ahora solo tenía que demostrárselo.

Capítulo Dieciséis

Iris pasó de largo sin detenerse y Zac pensó que quizás fuera mejor dejarla marchar. No estaba en sus cabales en aquel momento. Sabía que a las mujeres se les metían un montón de pensamientos románticos en la cabeza durante un fin de semana de boda, y Adler e Iris eran grandes amigas.

Se quedó allí plantado, viendo cómo la mujer que amaba se alejaba de él. Aquella sería la realidad de su vida en común. Los dos eran personas ocupadas y los fines de semana como aquel serían lo mejor a lo que podían aspirar. Se merecía más y, en sus propias palabras, esperaba más. ¿No debería dejar que lo tuviera?

Su hermano Logan eligió aquel momento para aparecer, escondido detrás de sus Ray-Ban Wayfarer. Tenía peor aspecto aún que él, lo cual era complicado, teniendo en cuenta que su mundo se estaba derrumbando. Todo cuanto pensaba de sí mismo se estaba viniendo abajo. No era el hombre que siempre buscaba el siguiente horizonte, sino el que buscaba a Iris, porque ninguna otra mujer le había hecho sentirse bien consigo mismo.

—Tío, tienes mala cara —le dijo Zac—. ¿Dónde has estado anoche?

—Caminando por la senda del recuerdo, y no sé cómo acabé en la cama con Quinn. Me parece que me va a salir el tiro por la culata.

–Y a ella.

Logan y Quinn habían sido novios mucho tiempo atrás. Quinn había decidido seguir su camino en televisión, y ahora era una de las mejores productoras, y él se había creado un nombre en Bisset Industries. Era interesante que volvieran a unirse. La distracción perfecta después de ver a Iris marcharse hundida.

–Sí, lo sé –contestó Logan–. ¿Qué haces en el vestíbulo así? Tío, si quieres tener la más mínima oportunidad de retener a una mujer como Iris Collins, tienes que subir las apuestas. Anda, ven a mi habitación para que te lleves algo de ropa decente.

–Gracias, hermano –respondió, intentando parecer despreocupado, pero supo que no lo había conseguido cuando su hermano le dio una palmada en el hombro. Todo el mundo se daba cuenta de que Iris y él no encajaban. Debería limitarse a recoger el dinero de la inversión y a centrarse en lo que era bueno: navegar. Capitanear un equipo de regatas.

–¿Estás bien?

–No. La he liado, Logan, y no tengo ni idea de cómo arreglarlo, o de si tan siquiera debería intentarlo. Estoy de resaca, incluso puede que aún esté algo borracho.

–¿Qué te ha pasado para estar así?

Zac movió la cabeza. No sabía ni por dónde empezar.

–No importa.

–Estoy de tu parte. Siempre lo voy a estar, pase lo que pase. Háblame. Si hay algo que se me da bien es solucionar problemas.

Eso era cierto.

—Vale. Accedí a hacerme pasar por la pareja de Iris para este fin de semana a cambio de que me consiguiera inversores para mi participación en la Copa América. Los dos dijimos que iba a ser solo temporal, pero ahora no quiero dejarla ir, aunque incluso tú te hayas dado cuenta de que es demasiado buena para mí. Tú, que nunca te das cuenta de esa clase de cosas.

Logan tiró de su brazo para sacarlo del vestíbulo. Por primera vez, Zac se dio cuenta de dónde estaban: en un lugar público, rodeados de gente que los miraba.

Mierda… ¿Cómo podía ser tan imbécil?

—¿Crees que me habrán oído?

—No sé, pero subamos a mi habitación y decidimos lo que vamos a hacer.

—¡La he arruinado, Logan! ¿Cómo he podido hablar sin pensar? ¡Iris vive de su imagen! Por eso decidimos…

Logan le tapó la boca para entrar en el ascensor, y solo la apartó cuando se cerraron las puertas.

—El hotel está lleno de paparazzi intentando pillar algo del escándalo Bisset. Tienes que dejar de hablar.

—Lo sé.

No dijo una sola palabra más hasta que llegaron a la habitación de su hermano.

—¿Por qué no te quedas en casa de la abuela?

—Porque no quería que Adler estuviera incómoda. Me he pasado mucho con Nick, y es el novio, pero a ella la quiero, así que lo menos que podía hacer era quitarme de en medio.

—Sí, ha sido una buena idea por tu parte. Nick no es mal tío.

–Lo sé. Lo que pasa es que, desde que tengo memoria, hemos competido en todo. A veces lo he ganado, y otras no. Odio perder y él es un Williams, así que es más difícil no hacerlo –explicó, quitándose las gafas–. Y ahora, volvamos a Iris. Tenemos que adelantarnos a los acontecimientos antes de que esto se sepa.

–¿Qué voy a hacer? La quiero, Logan. Iba a preguntarte qué podía hacer para recuperarla, pero ahora va a ser imposible, ¿no?

–Nada es imposible. Tú mismo me lo dijiste cuando éramos adolescentes. Si entonces ya eras lo bastante listo como para darte cuenta, podrás arreglar esto.

No estaba convencido de que su «sabiduría» de crío fuese algo más que pura pose, y no sabía cómo arreglar aquello, pero le dolía haberle hecho daño y tenía que intentar arreglar el destrozo.

Iris no tenía un destino en mente al salir del hotel. Solo una persona podía necesitarla de verdad aquella mañana, y era Adler. Quería escapar, sí, porque nunca había estado enamorada de nadie antes de Zac, y ver que apenas pestañeaba después de confesárselo no era la reacción que esperaba. Había encadenado dos rupturas, y esta le estaba afectando mucho más que la primera.

No es que Zac y ella hubiesen roto. En realidad, todo estaba tan enredado que tuvo que parar el coche en el arcén porque había empezado a llorar. Se sentía atrapada por sus malas decisiones.

Condujo a un aparcamiento público, se bajó del coche y decidió dar un paseo por la playa. En la arena se quitó los zapatos y las horquillas con que se había sujetado el pelo en un moño cuando aún fingía tenerlo todo bajo control.

Después de trabajar con Leta Veerland, se había prometido a sí misma que no malgastaría ni un momento. Que se labraría una vida exitosa que no dejase lugar al fracaso, y así lo había hecho en todos los frentes menos en el personal. El problema con los hombres, y con Zac en particular, era que no quería sentirse vulnerable con ellos. No quería que Zac viera que no era la persona que aparentaba ser, con una vida fabulosa y que siempre tomaba las decisiones correctas. Pero hasta que él había aparecido, no había sido capaz de encontrar el modo de sentirse cómoda consigo misma.

Ahora no tenía elección, y estaba fracasando.

Tenía el don de la oportunidad.

Respiró hondo y echó atrás la cabeza, dejando que el aire salado calmase sus nervios. Había decidido correr un riesgo, hacer una apuesta acercándose a Zac, y el resultado había sido mucho más abultado de lo que se esperaba.

El móvil vibró, pero decidió ignorarlo. Tenía que darse aquel paseo por la playa para recuperar el equilibrio. Sabía que era la dama de honor de la boda y Adler podía necesitarla.

Adler. Algo había pasado entre Nick y ella la noche anterior. Sacó el móvil y en la aplicación Find My Friends vio que Adler también estaba en la playa. Caminó hacia su ubicación y la encontró de pie en la orilla, contemplando el mar.

—Hola —le dijo, acercándose para abrazarla—. ¿Todo bien?

Adler se secó los ojos. Estaba claro que no.

–Nick y yo tuvimos una discusión horrible anoche. Quizás deberíamos cancelarlo todo. Esta mañana estaba demasiado resacoso como para hablar de ello, y me ha dicho que tomara yo la decisión y que él la aceptaría.

Eso no era propio del Nick que ella conocía.

–No creo que lo dijera en serio.

–No estoy tan segura. Saber que August es su padre lo ha descolocado por completo.

Iris tomó la mano de su amiga.

–Lo sé, pero te quiere.

–Me quería.

–No digas eso. Son los nervios de la boda. Nick debe estar fuera de sí por la noticia, pero estoy segura de que lo que sentía por ti no ha cambiado. ¿Quieres cancelar la boda?

Adler dudaba, e Iris sintió que su corazón, ya doliente y resentido, se rompía por su amiga.

–No puedo cancelarla. ¡Todo el mundo llega hoy!

–Si no estás segura de Nick, deberías posponerla. Vas a pasar el resto de tu vida con él.

Ella asintió.

–Odio esta situación. Es como cuando mi padre tuvo aquella aventura con esa idiota de dieciocho años. Los medios nos van a freír.

–¿La vas a cancelar?

–Tengo que hablar con Nick.

–¿Quieres que te acompañe?

–No. Tengo que hacerlo sola.

Se separaron. Adler hacia la casa que Nick y ella habían comprado en Nantucket, e Iris al hotel. Se sentó en un banco para calzarse y miró el móvil. Tenía dos llamadas: una de Quinn y otra de Zac.

Aún no estaba preparada para Zac. Escribió a Quinn y ella la llamó.

–Hola.

–¿Dónde estás?

–En la playa, preparándome para volver al hotel. ¿Por qué?

–Quédate ahí. Te estoy localizando. Espérame.

Levantó la cara hacia el sol.

–¿Sigues ahí? –preguntó su amiga.

–Sí. ¿Qué pasa? ¿Ya te están dando la lata los medios con Nick?

–Sí, pero eso no es todo. Ha surgido otra cosa que tiene que ver contigo.

–¿Qué?

–A Zac se le ha ocurrido decir que le habías pagado para que pasara contigo el fin de semana. Estaba en el vestíbulo del hotel, y unos reporteros lo oyeron. Se están volviendo locos con la historia.

–¿Qué?

La sorpresa, la ira y la traición se le mezclaron dentro.

–Sí, lo sé. Pero espera, que es peor. Alguien lo ha grabado contándolo por teléfono, así que no hay modo de negarlo.

–¿Qué voy a hacer? Estoy con el prelanzamiento de la línea de parejas. Esto afecta a todos los que trabajan para mí. Esto... –se interrumpió. ¿Lo había hecho para demostrar que no la quería? ¿Que todo terminaría después del fin de semana?

Rápidamente se colocó las gafas de sol porque los ojos se le habían llenado de lágrimas, y escribió a su equipo para que reservasen otra habitación en el hotel y se reunieran allí con ella en cuarenta y cinco minutos. Iba a tener que pasar a la ofensiva para salvar su negocio.

Quinn tardó un par de minutos en llegar y se sentó a su lado. Miró a su amiga, y la traición y el dolor la desbordaron. Quinn la abrazó.

—Es un idiota.

—Sí, pero me temo que yo lo soy aún más. Lo quiero, Quinn.

—Lo sé. Anoche me di cuenta.

—Voy a tener que parar esto.

—Yo creo que él también siente algo por ti.

—No importa. No podremos seguir juntos después de esto.

Y, con un poco de suerte, su corazón también captaría el mensaje.

Zac no tuvo ocasión de hablar con Iris antes del ensayo general, durante el cual ella lo ignoró por completo. Adler y Nick parecían destrozados y se separaron nada más terminar.

No podía culpar a Iris por no dirigirle la palabra. Un miembro de su equipo había ido a decirle que no lo iban a necesitar para ninguna promoción, ni para nada que tuviera que ver con Iris durante todo el fin de semana.

Cuando llegó a casa de su abuela, toda la familia parecía tensa. Incluso Mari, que siempre encontraba el modo de aliviar la tensión, parecía taciturna.

Estaban todos en el salón formal cuando se le acercó y le dio un abrazo.

—Te quiero, hermano, aunque a veces no te das cuenta de nada.

–No estoy acostumbrado a que la gente esté pendiente de lo que digo.

–Pero sabes que ella sí. Iris me cae muy bien. Me ha sorprendido mucho lo que has dicho, pero me parece algo a lo que ella accedería. Maneja con mucho cuidado su marca.

–Sí, hasta que he llegado yo y lo he echado todo a perder. No era mi intención.

–Nadie piensa que lo fuera. ¿Cómo la vas a compensar?

Había tenido pocas ideas y ninguna le había parecido buena. Esperaba poder hablar con ella. Estaba claro que iba a tener que demostrarle lo mucho que significaba para él, ante ella y ante el mundo.

–Espero que cuando llegue el momento, se me ocurra algo.

–No seas cobarde, Zac. Si ella es importante para ti, demuéstraselo y haz el esfuerzo.

–Lo estoy haciendo.

Llevaba todo el día pensando en todo lo que había llegado a saber de ella, a pesar del poco tiempo que llevaban conociéndose. Sabía el daño tan tremendo que le había hecho. La había humillado sin pretenderlo, e iba a tener que desnudar su alma para poder tener la posibilidad de recuperarla.

La cena se iba a celebrar en el salón de baile de la casa de su abuela. Se habían dispuesto mesas redondas para ocho comensales y una zona de baile en el centro, con orquesta en vivo. Toby Osborn iba a cantar también.

Había medios de comunicación presentes, y la mayoría de invitados habían llegado ya. Tenía una idea, y si quería que saliera bien, tenía que ponerse manos a la obra.

—Hasta luego, peque. Deséame suerte.

—¡Buena suerte!

Si había un hombre que sabía cómo sobrevivir a los escándalos era el padre de Adler.

Lo encontró fuera, fumando.

—Necesito tu ayuda, Toby. No soy bueno en esto, y anoche la lie con Iris.

—¿Después de anoche? Creía que ibas a pedirle que se casara contigo.

Mientras el alcohol saturaba su sangre, estaba preparado, pero por desgracia no iba a ser posible si antes no arreglaba las cosas con ella.

—Sí, la he liado bien hoy, y quiero hacer algo que le demuestre lo que significa para mí. ¿Puedes echarme una mano? Quiero usar *They Can't Take that Away From Me*. Es una canción que significa algo para nosotros.

Toby escuchó atentamente todo lo que Zac tenía que decirle y luego asintió.

—Bien. Y si eso no funciona, prepárate para arrastrarte por el barro.

—Ya lo estoy.

De nuevo en el salón, la banda estaba a punto de tomarse un descanso, pero les pidió que se quedaran un momento y que tocasen mientras él cantaba para Iris.

Accedieron.

—Tenemos una petición poco habitual, y espero que no les importe ayudar a este hombre dando la bienvenida a Zac Bisset al escenario. Tiene una canción especial que quiere dedicarle a Iris Collins.

Capítulo Diecisiete

Iris estaba a punto de levantarse de la silla. No quería tener que ver al hombre que le había roto el corazón tan guapo en el escenario, pero Mari se acercó y le puso una mano en el hombro.

–Dale una oportunidad –le dijo.

Respiró hondo y permaneció sentada.

–Gracias por permitirme ocupar el escenario –comenzó Zac–. Algunos de ustedes habrán oído hablar de un pacto que iris y yo sellamos para este fin de semana, y estoy seguro de que habrán pensado toda clase de cosas al enterarse, pero puedo decirles que no es la verdad. Lo siento mucho, Iris. Siento no haber tenido más cuidado al hablar. No estoy acostumbrado a que todo el mundo me preste atención, pero eso no es excusa. Me pediste un favor, al que yo accedí, y luego falté a mi palabra. Esto no te va a compensar, por supuesto, pero espero que me ayude a que aceptes mis disculpas. El sentimiento es mío propio, la canción es prestada y la letra ha sido revisada por Toby Osborn.

La banda comenzó a tocar las notas iniciales de *They Can't Take that Away From Me*, y los recuerdos de aquella noche, de bailar con él en su salón mientras tarareaba, le volvieron a la cabeza. Aquel fue el momento en que bajó la guardia por primera vez y comenzó a enamorarse de él.

Zac empezó a cantar la letra de la canción hasta

que llegó al estribillo. Iris contuvo el aliento. La letra no era la original. Era sobre ella y sobre cómo Zac esperaba que le diera otra oportunidad. Para terminar, decía:

—Por favor, no me quiten a mi carita de ángel.

Tenía el corazón en la garganta y había sido un día duro. Había tenido que grabar un vídeo dirigiéndose a sus seguidores y explicando lo ocurrido. Muchos de ellos habían cometido errores y comprendían lo difícil que era encontrar el amor. De todo ello había salido una intensa discusión.

Una de las marcas de patrocinio la había dejado, lo cual era comprensible, dado que necesitaban a alguien perfecto y no humano como ella.

Cuando acabó, se quedó esperándola al borde del escenario. Iris dudó, pero al final se levantó y se acercó a él. La banda continuó con otro tema mientras Zac la guiaba a un rincón del salón de baile.

—Esta mañana me has dicho que me querías, pero esas palabras estaban rodeadas de un montón de cosas más, y yo tenía la cabeza tan abotargada que no había terminado de procesarlo ni siquiera cuando tú ya estabas fuera de la habitación. Me descolgué por el balcón para alcanzarte y… allí estabas, tan perfecta, y yo, descalzo y desaliñado, y los dos sabemos que te mereces algo mejor.

—No —dijo. Sentía que no había terminado de hablar, pero no iba a permitir que siguiera pensando que no era suficiente para ella—. Creo que te he hecho sentir que no eras lo bastante bueno si no encajabas en mi imagen de la vida, pero me gusta la vida contigo. Me gusto a mí misma cuando estoy contigo.

—A mí me pasa lo mismo. Estoy enamorado de

ti, pero quizás los dos necesitemos un tiempo para creérnoslo. Siento mucho haber echado a perder nuestra tapadera. No era mi intención. Por primera vez en mi vida, navegaba en aguas bravas que no sabía cómo manejar, y me hizo falta confesárselo todo a Logan para darme cuenta de que eres mi quilla, carita de ángel. Tú eres la que mantiene mi rumbo. No sabía que lo necesitaba hasta que te encontré.

–A mí me ha pasado lo mismo. Te quiero, Zac. Lo quiero todo de ti. Abrazas la vida de un modo con el que yo nunca me he sentido cómoda. Imagino que pensé que nadie me aceptaría si no era perfecta, pero tú lo has hecho desde el primer momento.

Todo el mundo aplaudió cuando la rodeó con los brazos y la besó.

Un momento después hubo una conmoción, e Iris alzó la mirada para ver a Adler separándose de Nick y arrojando el anillo de compromiso a sus pies.

–No puedo hacer esto –dijo Adler, y salió corriendo de allí.

DESEO

KIRA SINCLAIR

PECADOS DE
UN SEDUCTOR

Capítulo Uno

Las dos semanas anteriores habían sido asombrosas y culminaban en aquel instante. Blakely Whittaker estaba junto a su nuevo escritorio, contemplando la pantalla en la que tenía que teclear sus datos de conexión.

No tenía ni idea de qué hacer a continuación.

La caja con sus pertenencias estaba en el coche. Sobre el escritorio había una carpeta con documentación del departamento de Recursos Humanos que le había dado Becky para leer.

Pero Blakely estaba paralizada, excepto por sus ojos, con los que recorría el despacho, desde la puerta hasta los ventanales con vistas a la ciudad.

No podía ser más distinto al cubículo atestado de cosas que había considerado su hogar los últimos años.

También la gente era muy distinta. Desde el carismático Finn DeLuca, el hombre que le había ofrecido el trabajo, a la recepcionista y el personal de Recursos Humanos, todo el mundo tenía un estilo animado y vital. Un cambio radical respecto al grupo apático de su anterior empleo.

Era un cambio a mejor y lo había necesitado desesperadamente, junto con la subida de sueldo de su nueva posición como directora de contabilidad de Stone Surveillance. Pero no podía dejar de sentir cierta inquietud, que era lo que le impedía acomodarse en la cara y extremadamente cómoda silla que tenía a su lado.

Blakely podía oír las voces de su madre y su padre en la cabeza, peleándose como un ángel y un demonio. Ella, práctica, escéptica, advirtiéndole que aquello parecía demasiado bueno para ser verdad, que había gato encerrado. Él, siempre optimista, resolutivo, por no decir inclinado a cometer delitos, diciéndole que si alguien le ofrecía el mundo, lo aceptara y huyera antes de que cambiaran de opinión.

Lo que la dejaba, como producto que era de ambos, paralizada por la indecisión. Pero eso tampoco era del todo cierto. Precisamente por haber tomado una decisión y haber dado un paso adelante, estaba en su nuevo despacho. Separó la silla del escritorio y se dejó caer en ella con un suspiro. Era cuero de verdad. La de su viejo despacho chirriaba cada vez que se movía y el almohadón del asiento había sido reparado con cinta americana.

Abrió la carpeta y empezó a leer la información sobre la política de la empresa, el derecho a vacaciones y los planes de pensiones. Había leído más de la mitad cuando se abrió la puerta. Blakely asumió que se trataría de Becky, o de alguien del servicio de informática con sus datos de conexión, pero no fue así.

Se le contrajo el vientre y le ardió la piel al ver al hombre que, apoyado en la puerta que había cerrado a su espalda, parecía un dios griego. Desafortunadamente, y a pesar de la opinión personal que tenía de él, siempre había reaccionado así al ver a Gray Lockwood.

En aquella ocasión, esa reacción fue acompañada de un total desconcierto. ¿Qué hacía allí el hombre al que había enviado a prisión ocho años atrás?

***

4

–Bastardo.

Gray Lockwood había recibido insultos mucho peores en su vida, y probablemente los merecía. Aquel día especialmente, aunque no por los motivos que Blakely Whittaker y de los que estaba a punto de informarla.

–¿Es esa la manera de saludar a tu nuevo jefe?

La incredulidad, el enfado, el rencor y, finalmente, la comprensión, cruzaron el rostro de Blakely.

Gray se irritó por no experimentar ni ápice de la alegría que había querido sentir al tirarle aquella jarra de agua fría de realidad a la cara, igual que la ficticia que le habían echado a él, en la que Blakely había sido instrumental.

Tal vez aquella ausencia de satisfacción se debiera a que nunca había estado seguro de si Blakely había participado de manera involuntaria en el engaño que le había hecho acabar en la cárcel o si había colaborado de buen grado en él.

Ocho años atrás, él ya se había fijado en Blakely Whittaker. Era una empleada de Lockwood Industries. Se había cruzado con ella un par de veces, habían coincidido en algunas reuniones y la había evaluado distraídamente, como por aquel entonces valoraba cualquier cosa hermosa. Eso había cambiado el día en que, sentado en el juzgado frente a ella, le había oído presentar una lista de pruebas contra él. Blakely había proporcionado al fiscal el arma humeante del caso.

Un arma que él jamás había disparado, aunque por aquel entonces no hubiera podido demostrarlo. Tampoco podía hacerlo en el presente, pero estaba decidido a encontrar la forma de exonerarse. No importaba que ya hubiera pagado por un crimen que no había cometido. Quería recuperar su buen nombre y su vida anterior.

Y Blakely iba a ayudarlo, aunque no supiera por qué había sido contratada por Anderson Stone para Stone Surveillance. Stone y Finn le habían preguntado por qué se empeñaba en seguir con la investigación. Ya había cumplido condena por desfalco y era libre. Tenía dinero para hacer lo que quisiera.

Antes de ser condenado, la empresa familiar le había sido indiferente. Y sí, era muy doloroso que su familia lo hubiera desheredado. Su padre lo había vetado en Lockwood y le había retirado la palabra. Su madre fingía que nunca había tenido un hijo. Pero ya se había hecho a la idea.

Por aquel entonces, le daba lo mismo lo que la gente pensara de él. Había sido vago, desconsiderado, consentido y arrogante. La cárcel le había cambiado. Contactar con Stone y Finn desde el interior lo había transformado. En el presente, sí le preocupaba lo que se murmurara a su espalda. Especialmente, porque no había hecho nada malo. Podía haber sido un irresponsable, pero siempre había cumplido la ley.

Blakely se puso en pie de un salto.

—Trabajo para Anderson Stone y Finn DeLuca.

—No. Trabajas para Stone Surveillance. Stone y Finn son dos de los socios. Yo soy el tercero.

—Nadie me lo había dicho.

—Porque les dije que no lo hicieran.

Blakely apretó los labios con la determinación que Gray ya había visto antes. Podía ser menuda, pero cuando quería, parecía un *pitbull*. Gray la había visto en las reuniones apasionarse por algún dato que para ella era importante; cómo se le sonrosaba la piel y le brillaban los ojos azules… Preciosa, tentadora, cautivadora. Pero también era el tipo de mujer que aplicaba la misma pasión a todo, y por entonces, Gray había sido demasiado perezoso como para querer experimentar ese tipo de intensidad, aunque disfrutara de ella en la distancia.

Blakely sacó de un cajón el bolso y se lo colgó del hombro.

—¿Por qué ibas a contratarme si me odias?

Gray esbozó una sonrisa.

—Odiar es una palabra muy fuerte.

—Contribuí a que fueras a la cárcel. «Odio» es probablemente la palabra adecuada.

—Yo no pondría la mano en el fuego.

Gray no mentía, porque, por más que le hubiera gustado, lo cierto era que no conseguía odiarla. Era posible, o más aun, probable, que estuviera completamente implicada en la trama que había acabado con él. Pero sin ella, no podría averiguar la verdad. Y dudaba que fuera a ayudarlo si creía que la culpaba de lo ocurrido.

—¿No? ¿Cuál te parece mejor?

Gray ladeó la cabeza.

—Reconozco que no eres mi persona favorita. Pero no creo que merezcas mi odio más de lo que yo merecía ir a la cárcel.

Blakely rio con desdén y fue hacia la puerta. Gray se interpuso en su camino. Ella se paró en seco para no tocarlo y a Gray no le pasó desapercibida ni su tensión ni cómo apretaba la correa del bolso.

Era una mujer lista.

Él había pasado los últimos años esperando el momento adecuado. Además de boxeando con otros prisioneros en el cuadrilátero que Stone, Finn y él habían montado. En esas peleas había aprendido a observar a sus contrincantes, fijarse en pequeños detalles físicos que adelantaban una acción.

Las intenciones de Blakely eran poco sutiles: quería huir y alejarse de él.

Desafortunadamente para ella, en las siguientes semanas iban a pasar mucho tiempo juntos.

—Quítate de en medio —masculló ella.

Su mirada encendida provocó un intenso calor en Gray. Había algo seductor en aquella muestra de forzada valentía. Recorrió a Blakely con una mirada depredadora. Era difícil no detenerse en sus tentadoras curvas, en cómo la falda se pegaba a su trasero respingón y la chaqueta se ceñía su estrecha cintura.

Una parte de él tuvo la tentación de provocarla, de ver cómo reaccionaba si la tocaba. Pero decidió que no sería una jugada inteligente. Se echó a un lado.

—Puedes irte cuando quieras, Blakely.

Ella lo observó entornando los ojos.

—Gra-gracias —dijo como si percibiera que le guardaba una sorpresa desagradable.

Él le dejó dar un paso adelante antes de apretar la tecla.

—Aunque no sé dónde vas a ir. Me he tomado la libertad de informar a tu anterior jefe de algunas actividades cuestionables en las que te has visto implicada.

—Yo no he hecho nada cuestionable.

—Claro que no, pero no es eso lo que sugieren las pruebas.

Blakely abrió y cerró la boca varias veces hasta que finalmente masculló:

—Bastardo.

—Eso ya lo has dicho. ¿Verdad que no es agradable que se usen mentiras en contra de uno? Lo cierto es que no tienes otro trabajo. Y los dos sabemos lo que te costó conseguir uno después de dejar Lockwood.

Los ojos azules de Blakely centellearon. ¡Qué guapa estaba cuando se enfurecía!

–¿Qué quieres? –gruñó–. ¿Es una venganza?

Gray se cruzó de brazos para evitar hacer una tontería.

–No. Quiero que me ayudes a probar mi inocencia.

–No puedo.

–¿Porque te niegas?

–Porque no eres inocente.

–¿Te has plateado alguna vez que estés equivocada, Blakely?

–Por supuesto –dijo ella, alzando la voz–. Pero las cifras y las pruebas no mienten. He visto con mis propios ojos que has malversado millones de dólares de las cuentas de Lockwood.

–Viste lo que alguien quiso que vieras –o lo que ella había querido que vieran otros.

–Me voy. Conseguiré otro trabajo.

–Seguro. La cuestión es si será en Charleston o si podrás pagar la educación de tu hermana, o la hipoteca de tu madre, o incluso tu coche. No es fácil encontrar trabajo si no se tiene coche.

–Bastardo.

–Deberías comprarte un diccionario de sinónimos. Aquí tienes un trabajo y, a pesar de todo, sé que eres una magnífica contable. Queremos que trabajes para la compañía. Solo pretendo que hagas una tarea antes de empezar a trabajar. Y te pagaremos generosamente por ambas cosas.

–¿Cuánto tiempo tengo que dedicar a demostrar que eres inocente? Podría tardar una eternidad.

Gray la observó. Cuando Finn se lo había preguntado no había sabido qué responder. ¿Cuánto tiempo estaba dispuesto a dejar su vida en suspenso por lo que tal vez fuera improbable?

—Seis semanas.

Blakely arrugó la nariz en un gesto de desagrado, y dijo:

—Está bien.

Y se marchó.

Blakely no tenía ni idea de dónde iba, pero tenía que alejarse de Gray antes de hacer alguna estupidez. Como empezar a creerle. O peor aún, dejarse arrastrar por la correa invisible que la ataba a él cada vez que entraba en una habitación.

El servicio de mujeres le sirvió de escape.

Gray era el pecado en persona. Tenía la reputación de perseguir el placer, el sexo, la adrenalina, los coches rápidos y el estilo de vida que acompañaba a todo ello.

Su nombre debería aparecer junto a la palabra «pecador» en el diccionario.

La vida era injusta. A él le había tocado la lotería al nacer. No ya por formar parte de una familia prominente del sur, con una buena educación y mucho dinero, sino porque había heredado de sus padres unos genes increíbles. Era espectacularmente guapo y lo sabía. Ocho años atrás, la decisión más importante que ella le había visto tomar era elegir con cuál de las mujeres que se echaban sus brazos acostarse. Exudaba seguridad en sí mismo, era extrovertido y tenía el aspecto de un dios griego.

También ella lo había encontrado atractivo, pero le había resultado fácil resistirse a él porque era superficial, consentido y arrogante. Gastaba el dinero como si jugara al Monopoly. Tenía la fama de comprar coches caros, que destrozaba en semanas, adoraba las fiestas y se contaba que había pagado los gastos de decenas de personas para pasar una semana de hedonismo en Las Vegas, Mónaco o Tailandia. Y durante el juicio, la acusación había proporcionado pruebas de que arrastraba enormes deudas de juego.

Pero… había cambiado.

El cuerpo perfecto se había musculado, probablemente por el ejercicio que había hecho en prisión. Y a Blakely no le había pasado desapercibida una cicatriz que trazaba una línea desde la ceja hasta el borde de unos de sus verdes ojos, una imperfección que solo lo hacía más atractivo.

Pero el mayor cambio se había producido en su actitud. Aunque seguía teniendo un aura capaz de imponerse en cualquier espacio al que llegara, su fuerza era más sutil.

La cuestión era si ella podría trabajar junto a él seis semanas sin querer matarlo o recorrer su cuerpo con sus manos. O, aún más dudoso, ¿podría trabajar por dinero en un proyecto en el que no creía?

Ni en el pasado ni en el presente le cabía duda alguna de que Gray Lockwood guardaba numerosos secretos. Ella había descubierto uno y su vida había descarrilado. ¿De verdad quería arriesgarse a descubrir más?

Blakely se pasó las manos por la cara con un gemido antes de inclinarse sobre el lavabo para lavárselas. Se miró al espejo. Llevaba toda la vida haciendo lo correcto. La integridad era importante para ella. Siendo hija de un criminal y un estafador… había que optar entre formar parte del negocio familiar o ser más recto que un mástil. Ver a su padre salir y entrar de la cárcel toda su infancia había facilitado su decisión.

Despreciaba a las personas que tomaban la salida fácil, a cualquiera que se aprovechaba de los demás. En lo que a ella respectaba, Gray Lockwood era el peor tipo de criminal, porque no había necesitado el dinero que había desfalcado.

Claro que debía más de un millón a un peligroso corredor de apuestas. Pero su patrimonio neto había estado cerca del billón. Gran parte de esa riqueza había estado inmovilizada en el activo fijo, pero en lugar de liquidarlo, había decidido meter mano en el frasco de galletas de la familia. Probablemente porque el malcriado niño rico creía que tenía derecho a hacerlo.

Nunca había entendido hasta qué punto ese dinero había puesto en peligro la posición financiera de la compañía, por no mencionar el trabajo de los empleados en Lockwood Industries.

Así que la cuestión era si ella podía pasar seis semanas fingiendo trabajar en un proyecto en el que no creía, a cambio de un salario que necesitaba desesperadamente.

Se le hizo un nudo en el estómago. No estaría mintiendo a Gray. Él sabía bien que no le creía. También que no sería la más motivada de sus empleadas. Aparte de que era evidente que él había maniobrado para que la contrataran, algo de lo que tendría que hablar con Anderson Stone y Finn DeLuca. Así que no le debía nada a Gray.

La cuestión de fondo era si podría dormir con la conciencia tranquila si aceptaba el trabajo.

En aquel momento, la respuesta era afirmativa. Podía no gustarle la situación en la que se encontraba, pero estaba segura de que Gray había hecho imposible que consiguiera otro trabajo. Dudaba que tuviera ese poder en todo el país, así que en algún momento podría encontrar algo, pero eso implicaría mudarse. Y aunque no le supusiera un trauma, por el momento no podía hacerlo.

Menos aún cuando le preocupaba que su padre estuviera volviendo a las andadas.

¿Cómo era posible que se encontrara en aquella encrucijada?

Tomando aire, Blakely se irguió. Se quedaría, aceptaría el dinero de Gray y trabajaría seis semanas. Al menos así podría reunir un colchón económico mientras pensaba algo.

Se secó las manos con una toalla de papel y salió. Dos pasos más adelante se paró en seco.

No necesitó volverse para saber que él estaba a su espalda. Todo su cuerpo reaccionó, la electricidad le recorrió la piel. Giró lentamente la cabeza.

De brazos cruzados, Gray se apoyaba en la pared ante las puertas de los servicios.

—¿Te encuentras mejor?

Capítulo Dos

Blakely lo miró con desconfianza.

–La verdad es que no.

Gray se encogió de hombros, porque en realidad no era su bienestar lo que le importaba.

–Sígueme –dijo, pasando junto a ella.

Su tentador aroma lo sacudió; era una dulce y sutil fragancia exclusiva de Blakely. Gray lo recordaba por una ocasión, años atrás, en la que habían discutido porque él había usado su jarra de leche. Después de eso, había evitado acercarse a ella porque había tenido la tentación de hacerla callar con un beso que le robara el aliento.

Blakely era preciosa, pero mantenía una actitud distante. Era cordial con sus compañeros de trabajo, pero no simpática. Todo el mundo valoraba su dedicación al trabajo, pero no se relacionaban con ella más que profesionalmente.

Además, por aquel entonces, a él solo le interesaban las mujeres apasionadas que quisieran sexo sin ataduras, y todo en ella apuntaba a la seriedad. Así que, a pesar de que no podía evitar seguirla con la mirada siempre que la veía, nunca le había hecho la menor insinuación.

Y tras lo que había pasado, sospechaba que la barrera que la separaba de los demás no era más que una forma de esconder sus perversas intenciones.

Al final del pasillo, Gray se detuvo y esperó a que Blakely decidiera qué hacer. Cuando oyó sus tacones en el suelo de mármol, continuó hacia la derecha.

—¿Dónde vamos? —preguntó ella a varios metros de él.

Gray contestó sin girarse.

—Tengo todo el expediente de mi juicio en otro despacho. Vas a repasar conmigo las pruebas que presentaste contra mí.

—¿Para qué? Tú estabas en el juicio.

Así era. Sin apartar los ojos de ella. Siguiendo su mano cuando se retiraba un mechón de cabello o la punta de su lengua cuando se humedecía los labios en actitud reflexionaba antes de contestar.

Gray abrió la puerta de un despacho, esperó a que Blakely entrara y cerró a su espalda.

—Desde luego que estaba en el juicio, pero entonces no sabía lo que sé ahora.

—¿Y qué sabes ahora?

Esa era una pregunta con muchas respuestas. Algunas de ellas, Blakely no las valoraría; otras, no tenía intención de compartirlas con nadie. Pero la que sí estaba dispuesto a darle era:

—Digamos que he usado mi tiempo en la cárcel para ampliar mi educación.

Blakely lo miró con desdén.

—Ah, eres uno de esos que aprovechan el dinero de los contribuyentes para recibir una educación que de otra manera no podrán permitirse.

—Los dos sabemos que no solo pude permitírmela, sino que me gradué de Empresariales en Harvard.

Eso sí, con un simple aprobado.

—No te sirvió de nada.

Gray no la contradijo, porque no tenía argumentos.

–Pero, teniendo en cuenta que soy inocente y he pasado siete años en prisión, lo mínimo que el estado me debía era una educación.

–¿Y qué has estudiado?

–Derecho.

–Claro.

Inicialmente, su plan había sido usar sus conocimientos para apoyar su causa, pero pronto se dio cuenta de que el sistema legal no iba a ayudarle en nada. Sus abogados habían presentado todas las apelaciones posibles, pero habían sido rechazadas. Así que había abandonado esa avenida.

Sin embargo, sí le había servido para asesorar a varios de sus compañeros de prisión, tipos que quizá eran culpables, pero que no habían contado con un buen abogado que los defendiera.

–Ese no fue mi único logro mientras estuve encerrado.

Blakely se cruzó de brazos y lo recorrió de arriba a abajo con sus fríos ojos azules.

–Evidentemente.

Gray esbozó una sonrisa burlona, pero eso no impidió que ella se sonrojara y que sus pezones se endurecieran y se marcaran contra la tela de su blusa.

Gray sabía el efecto que tenía en las mujeres, pero había dejado de aprovecharse de las que se echaban ciegamente en sus brazos. Era curioso que siete años sin sexo le hubieran llevado a apreciarlo más que cuando disfrutaba de orgasmos a diario.

Pero le divertía provocar a Blakely.

–¿Qué quieres decir con eso, Blakely?

–Ya lo sabes –dijo ella. Él negó con la cabeza, observándola fijamente. Blakely puso los ojos en blanco y respondió–: Es evidente que has ido al gimnasio a menudo.

–¿Por qué?

Blakely movió la mano en el aire.

–Estás más ancho, más musculoso que antes.

–No sabía que te fijaras en mi físico.

Blakely se sonrojó violentamente.

–Te encargaste de que lo notara yo y toda mujer en Lockwood. Te encantaba que te admiraran.

–Pero tú no me prestaste atención.

–No, yo no.

–¿Y eso fue porque no sentías interés por mí o porque yo no manifesté el más mínimo por ti?

Blakely apretó los dientes hasta que le dolieron las muelas. Gray se estaba divirtiendo, pero sabía que no debía distraerse. Blakely no iba a cooperar si seguía tomándole el pelo.

Sacudió la cabeza y se adentró en la sala.

–Perdona, ha sido un comentario poco profesional.

–Efectivamente –replicó ella.

–Acordemos dejar a un lado la animosidad del pasado para poder así trabajar juntas.

Blakely entornó los ojos. Era muy lista y Gray estaba seguro de que había notado que decía «apartarlas»; no, «olvidarlos». No estaba dispuesto a dar ese paso mientras no supiera qué papel había jugado en incriminarlo. Como ella no olvidaría lo que creía saber sobre él.

–Finjamos no saber nada el uno del otro y empecemos de cero –añadió Gray.

Blakely masculló algo así como «difícil», y Gray lo pasó por alto.

Señalando una torre de cajas de cartón que había en una esquina, dijo:

–Ahí está todo. Además, tengo la mayoría del material digitalizado, pero necesitamos todas las notas de los abogados y fiscales. ¿Por qué no empezamos con tu declaración?

Llevaban tres días repasando los informes de contabilidad presentados como prueba por parte de la acusación. La información que Blakely había descubierto mostraba una pauta de comportamiento que había pasado desapercibida durante varios meses. Se habían retirado pequeñas cantidades a diario de la cuentas de explotación y se habían transferido a una cuenta de haberes. Las cantidades habían sido variadas y por debajo de cualquier umbral que exigiera revisión o auditoría. Las dos últimas transacciones consistían en transferencias de fondos de la compañía a cuentas en un paraíso fiscal.

La primera de ellas fue la que puso a Blakely sobre aviso. Aunque, desafortunadamente, no la detectara hasta cuatro semanas más tarde, mientras realizaba la auditoría mensual.

Los veinte millones transferidos a la cuenta de Gray habían hecho que saltaran sus alarmas al instante, puesto que la operación no iba acompañada de la documentación exigida. Pero, teniendo en cuenta de quién se trataba, Blakely asumió que no se había molestado en cumplir el protocolo. Inicialmente. Una vez empezó a investigar, descubrió una segunda transacción.

Aquella había sido distinta. Aparentemente, era legítima, con la correspondiente documentación en los archivos digitales. Pero algo había despertados sus sospechas. Lockwood era una gran multinacional, por lo que no siempre se le avisaba de las transacciones internacionales de grandes sumas, pero lo habitual era que se le notificaran grandes movimientos de capital.

De haber estado realizando la auditoría otra persona quizá no habría investigado más, pero Blakely no lo dejó pasar. Había tardado un poco en ir tirando de distintos hilos hasta averiguar que las dos transacciones estaban relacionadas.

Lo que no había entendido, ni entonces ni nunca, era por qué Gray había cubierto sus huellas en un caso pero no en el otro. No tenía sentido. A no ser que se debiera a su conocida indolencia o a que pensara que nadie cuestionaría sus acciones.

A Blakely le había dado lo mismo que Gray fuera hijo de los dueños de la empresa. Había robado millones a la compañía, un dinero que esta no podía permitirse perder.

Así que había desvelado la información, sin ser consciente de hasta qué punto se convertiría en instrumental durante el proceso judicial. Había acudido a muchos juicios en su vida, siempre por su padre. Ninguno le había resultado agradable. Se había puesto nerviosa, no porque no estuviera segura de su declaración, sino porque odiaba ser centro de atención.

La revisión de los documentos le hizo recordar aquellas emociones. Llevaba días nerviosa y cada vez más cansada. O tal vez se debía a estar encerrada con Gray en una sala espaciosa, pero que su presencia empequeñecía hasta robarle el aire. Dejando escapar un gruñido, Gray lanzó unos papeles hacia una caja.

–Necesito un descanso.

–Muy bien –dijo Blakely, confiando en que la dejara por fin sola.

Gray se levantó y se echó hacia atrás con las manos en las caderas. Le crujieron los huesos.

Blakely intentó mantener la atención en el documento que estaba leyendo, pero era imposible no tensarse cada vez que él pasaba por detrás de su silla. Tenía los hombros y el cuello en tensión. Instintivamente, se llevó la mano al cuello y lo masajeó… hasta que Gray le retiró la mano y siguió él mismo. Blakely se irguió sobresaltada.

—Relájate —musitó él—. ¿Así mejor?

Blakely sentía un cosquilleo, le ardía la piel. ¿Debía mentir? Asintió lentamente.

Gray usó los pulgares con fuerza para soltarle los nudos. Al principio Blakely solo sintió dolor… hasta que este se transformó en bienestar. Y entonces se entregó a la deliciosa sensación que le trasmitían sus dedos y que se extendía hacia su vientre. Suspiró al tiempo que descansaba la espalda en el respaldo.

—Estás muy tensa.

—No lo estropees —masculló Blakely.

—Admite que no sabes relajarte.

—Tú, en cambio, es lo único que sabes hacer.

Gray dejó escapar una risita burlona y retiró las manos de sus hombros.

—No sabes nada de mí —dijo. Y se dirigió hacia la puerta—. Voy a ver qué puedo comer. ¿Quieres que te traiga algo?

Blakely estaba tan enfrascada en la documentación que no se había dado cuenta de la hora que era. Su estómago emitió un rugido.

—Asumo que esa es la respuesta —Gray sonrió.

Y se fue, antes de que Blakely pudiera decirle que no se molestara.

Necesitaba irse.

Nunca se había sentido tan excitado con solo tocarle los hombros a una mujer. Aunque lo que realmente le había excitado fue la forma en la que ella se había relajado y echado la cabeza hacia atrás contra su vientre. El delicado suspiro de alivio que había escapado de su garganta, el modo en que sus ojos se habían cerrado lentamente, como si saboreara las sensaciones que él le estaba proporcionando.

Ir por comida había sido una excusa rápida.

Al pasar junto al despacho de Stone, este lo llamó.

—¿Qué tal van las cosas? —preguntó Stone.

Gray no necesitó preguntar a qué se refería.

—Por ahora, nada.

—Lo siento. ¿Blakely está cooperando?

—Sí.

Inicialmente había tenido la impresión de que Blakely solo movía y ojeaba papeles, pero pronto se había concentrado en profundidad, lo cual no era extraño. Era el tipo de mujer responsable, que trabajaba duro y ponía lo mejor de su parte en cualquier tarea en la que se implicara.

—¿Qué vas a hacer si no encontráis nada?

—¿Honestamente? No tengo ni idea. Es probable que suceda, pero tengo que intentarlo.

—Lo entiendo.

—También tengo trabajando a Joker. Puede que él descubra algo.

Su *hacker* era una de los mejores. Gray había conseguido que se lo presentara uno de los tipos con los que boxeaba en la cárcel. Gray no había querido saber qué otros trabajos hacía. Tenía fama de ser muy selectivo en los proyectos que aceptaba y difícil de encontrar.

–Confiemos en ello. Avísame si Finn o yo podemos ayudarte en algo.

Gray sabía que podía contar con ellos plenamente, pero siempre era agradable oírlo, sobre todo, porque no tenía a nadie más de su parte.

–Gracias, tío –dijo. Y fue a salir.

–¿Quieres un consejo?

Gray giró la cabeza.

–No hagas el idiota –dijo Stone.

–¿Perdón?

Stone enarcó las cejas.

–Blakely es preciosa y prácticamente veo desde mi despacho las chispas que saltan entre vosotros. Has invertido demasiado tiempo en conseguir que viniera, como para arriesgarte a echarlo a perder porque no has tenido un rollo desde que saliste de prisión.

–Eso no es verdad –sí lo era, pero Gray no estaba dispuesto a admitir que el sexo no era una prioridad para él en aquel momento. Su objetivo era descubrir quién le había tendido la trampa. Y por qué.

–No lo bastante.

–No sabía que tenía que cumplir con una cuota de orgasmos. Quizá deberías incluirlo en mi lista de objetivos.

–Imbécil –dijo Stone sin la menor acritud.

Gray iba a responder en la misma línea cuando se oyeron gritos procedentes de la entrada.

–Señor, no puede pasar –gritó Amanda, la recepcionista.

Stone y Gray salieron a la puerta. Varios empleados

también se asomaron, pero ellos les indicaron que volvieran a sus despachos y cerraran la puerta. Dado a lo que se dedicaban, nunca podían ser lo bastante precavidos. Hacía poco tiempo Piper, la esposa de Stone, había sido secuestrada y retenida contra su voluntad.

Amanda seguía a un hombre por el pasillo.

—Estoy buscando a mi hija. Sé que está aquí.

—Si me dice su nombre, le ayudaré con mucho gusto.

El hombre la ignoró con un ademán.

—No tengo tiempo. Se me echarán encima.

Aunque llevaba buena ropa, parecía desaliñado. Llevaba la camisa por fuera del pantalón y este tenía los bajos manchados de barro.

Gray dio alcance a Amanda y la retuvo por el brazo.

—Yo me ocupo —dijo. Alzando la voz, preguntó—: Señor, ¿quién se le va a echar encima?

El hombre lo miró, pero sacudió la cabeza.

—¿A quién busca? —insistió Gray.

—A mi hija.

En ese momento se abrió la puerta del despacho en el que trabaja Blakely y esta salió al pasillo, interponiéndose en el camino del hombre.

Gray aceleró. Aunque no pareciera peligroso ni fuera armado, no podía poner en riesgo a Blakely.

—Vuelve dentro —exclamó, en el mismo instante en que Blakely decía:

—¿Papá?

Capítulo Tres

Blakely habría querido gritar. ¿Qué hacía allí su padre?

—¿Papá? —repitió Gray con incredulidad.

Blakely cerró los ojos, rezando para ser fuerte y superar la humillación de que Gray viera la peor imagen posible de su padre.

—Mi niña, apenas tengo tiempo —dijo su padre, completamente ajeno a la gente asomada al pasillo con los ojos desencajados por la sorpresa.

A su padre nunca le había importado el efecto de su comportamiento en los demás, ni siquiera en sus seres queridos.

Blakely miró hacia Gray, que se había detenido a varios metros, con los puños apretados y gesto amenazante. Un indeseado escalofrío de placer la recorrió. Había algo seductor en su actitud protectora.

Ahuyentando ese pensamiento, Blakely miró a Stone, que la observaba con incredulidad desde detrás de Gray. Pero no podía ocuparse de ninguno de ellos dos mientras su padre siguiera hablando sin sentido.

—¿Tiempo para qué? —le preguntó.

—Antes de que me arresten.

Era aún peor de lo que imaginaba.

—¡Papá!

—No soy culpable.

Si Blakely hubiera ganado un dólar cada vez que le había oído decir eso….

–Vale. ¿Cuál es el motivo esta vez?

–Conspiración para cometer un asesinato.

Blakely se quedó con la mente en blanco antes de reaccionar.

–¿Perdona?

Su padre era muchas cosas: un estafador, un soñador, un ladrón; pero no un asesino.

–Es una trampa, pero no tengo tiempo de explicártelo. Necesito que avises a Ryan para que lo resuelva.

Blakely contuvo un gemido de frustración. Ryan O'Sullivan formaba parte de su vida desde que tenía uso de razón… y su pesadilla más recurrente.

–Papá, me lo habías prometido.

La expresión entre abatida y pícara de su padre no contribuyó a disminuir su impaciencia. Estaba harta de ser la adulta de la relación.

–Es mi mejor amigo, cariño. ¿Qué quieres que haga?

–Mantenerte alejado del hombre responsable de que hayas acabado en la cárcel varias veces –dijo ella. Era evidente que, a pesar de sus esfuerzos para que su padre rompiera con Ryan, aquel hombre iba a llevarlo una vez más a la cárcel–. Quedamos en que ibas a cortar lazos con él.

–Lo he intentado

Blakely conocía bien la obstinación de Martin Whittaker. Quiso gritar y patalear, pero sabía que no contribuiría en nada a resolver la situación.

–Se ve que no lo bastante. Y ahora, mira lo que está pasando –Blakely alzó los brazos indicando la oficinas de Stone Surveillance. Cada vez asomaban más cabezas al pasillo para presenciar el jugoso escándalo.

Genial. Aunque no estuviera entusiasmada con la

idea de trabajar allí, tampoco tenía interés en que los trapos sucios familiares se airearan en público.

—Yo trabajo aquí, papá.

Martin suspiró y dio un paso hacia ella con un rictus compungido.

«Maldita sea». Así era como siempre la conquistaba. No era capaz de abandonarlo si creía que quedaba la mínima esperanza de salvarlo. Su madre y su hermana la consideraban una estúpida y una crédula. Y probablemente tenían razón.

Pero cuando Martin la abrazó, no tuvo la fortaleza de rechazarlo aunque no le devolviera el abrazo. No era una situación que se resolviera con una broma irlandesa y una palmadita en la espalda.

—Te prometo que no lo he hecho, Blakely —musitó él—. Por favor, contacta a Ryan. Él se ocupará de todo.

Blakely no pensaba llamar a aquel hombre ni aunque fuera el único superviviente del apocalipsis. Mentalmente, empezó a repasar una lista de buenos abogados. No conocía a demasiados. Su padre nunca se había podido permitir uno y había tenido que aceptar el que le tocara de turno. Pero en aquella ocasión, al menos ella tenía un salario con el que podría ayudarlo.

Aun así, tenía la intuición de que no serviría de mucho. Su padre podía decir lo que quisiera, pero eso no significaba que no fuera culpable ante la ley. Y más con un cargo como aquel. ¿A quién demonios le acusaban de haber intentado matar? Blakely sacudió al cabeza. Solo podía pensar en una cosa por vez.

Antes de que pudiera hablar, volvió a oírse una algarabía en la entrada. Dos oficiales de policía avanzaban por el pasillo, seguidos de Amanda. Aunque no blandían sus armas, llevaban la mano en la culata.

Con voz firme, uno de ellos dijo:

–Señor Whittaker, levante las manos.

Su padre obedeció lentamente sin dejar de mirarla, sus ojos azules cargados de pesar. Blakely sintió un nudo en la garganta y un frío helador le recorrió el cuerpo con una mezcla de miedo, tristeza y frustración.

El otro policía dio un paso adelante, pero entonces pasó algo inesperado: Gray le bloqueó el paso.

–¿De qué se acusa al señor Whittaker?

El policía entornó los ojos y lo miró de arriba abajo, pero Gray permaneció impasible.

–Conspiración para cometer un asesinato.

Oírlo de su padre había espantado a Blakely, pero escuchar esas palabras en boca de un policía la aterró. Más aún porque su padre no era precisamente conocido ni por ser hábil, ni por colaborar.

–Por favor, apártese –añadió el policía.

Gray permaneció inmóvil en medio de un silencio sepulcral.

El padre de Blakely se relacionaba con una de las familias criminales más conocidas de Charleston. Todo el mundo conocía a Ryan O'Sullivan; era el tipo de hombre que todo el mundo prefería evitar, al menos todo ciudadano respetable.

En aquel momento, no despertaba el menor temor en Gray. También él tenía contactos en los bajos fondos, y en cuanto tuviera la oportunidad, llamaría a alguien para hacer averiguaciones. Y aunque la información sobre Martin Whittaker pudiera serle de interés, lo que verdaderamente le importaba eran las conexiones que Blakely pudiera tener con la familia O'Sullivan.

O'Sullivan sí tenía el poder y la capacidad como para diseñar el robo y la cobertura que había acabado con Gray en la cárcel. Especialmente con la ayuda de un hombre, o mejor, una mujer, en el interior. Y veinte millones eran un gran incentivo.

Gray se cruzó de brazos. Podía mantener el paso bloqueado, pero no valía la pena. No solo no evitaría que Martin fuera detenido, sino que podría acabar con él tras las rejas. Sin embargo, no podía dejar escapar la oportunidad de obtener información valiosa. Sin volverse, alzó la voz y preguntó:

—Martin, ¿vas a acompañar a estos caballeros sin ofrecer resistencia?

—Sí.

Enarcando una ceja y alzando un dedo para pedir un momento, giró la cabeza hacia atrás. Pasó la mirada por Blakely, intentando atisbar cualquier pista que le indicara cuál era su estado de ánimo, pero solo descubrió un amasijo de miedo, rabia y determinación. Eso solo apuntaba a que era una buena hija que quería a su padre.

—Martin, voy a seguiros y a encontrarme contigo en la comisaría. Te aconsejo que cierres la boca hasta que llegue el abogado al que voy a llamar.

Blakely dejó escapar un sonido ahogado cuando abrió la boca para a hablar. Gary alzó la mano, indicándole que se callara.

Tanto Whittaker como ella cerraron la boca. Gray hizo un ademán con la mano y los agentes se acercaron. En lugar de prestar atención a cómo esposaban a Martin, Gray se fijó en Blakely. Tal vez por eso fue probablemente el único que percibió cómo se estremecía al oír las esposas cerrarse, y cómo sus labios se apretaron con tristeza al tiempo que se mordía las mejillas por dentro.

Gray supuso que no era consciente de lo que hacía.

Ella fue a seguir a los policías, pero uno de ellos dijo, por encima del hombro.

—Quédese donde está, señora.

Todo el mundo esperó en silencio. El sonido de la gente removiéndose con incomodidad, sin decidirse a volver al interior de sus despachos, fue como el de las hojas rozando una ventana en medio de la noche. Cuando Martin desapareció al fondo del pasillo, todos los ojos se volvieron hacia Blakely y esta se ruborizó violentamente.

Pero Gray no pudo menos de admirarla. En lugar de humillarse por la vergüenza, deslizó su mirada lentamente de un lado a otro, mirando a todos a los ojos, como si los retara a hacer algún comentario.

Nadie habló.

Lo último que Gray quería era que le impresionara la entereza de Blakely.

Acercándose a ella, la tomó por el brazo. Cuando hizo ademán de soltarse, se acercó para decirle al oído:

—Dudo que quieras hacer una escena aún mayor.

Gray habría preferido que el sonido de su respiración al ahogarse en la garganta y el roce de su cuerpo no tuvieran un efecto sobre él, pero lo tuvieron.

—¿De verdad crees que me importa? —susurró ella.

—Creo que sí.

Estaba lo bastante cerca de ella como para oír cómo apretaba los dientes, pero Blakely no lo contradijo. Los dos sabían que era verdad.

—Ahora, sé una buena chica, camina despacio conmigo y te llevaré junto a tu padre.

Blakely ahogó un gruñido.

—No te aguanto.

Gray rio.

—Cariño, el sentimiento es mutuo.

Empujándola suavemente delante de él por el pasillo, Gray prefirió ignorar la mirada que le dedicó Stone. No dudaba de que lo reprendería cuando estuvieran de nuevo a solas… Así que lo evitaría durante unos días.

Gray y Blakely caminaron en silencio hasta el aparcamiento. Ella aprovechó la primera oportunidad para acelerar y soltarse. Gary se dio cuenta de que pensaba ir en su coche, y decidió esperar a que se diera cuenta de que no tenía las llaves. Blakely estaba cerca cuando se detuvo bruscamente. Inclinó la cabeza y, aun sin verla, Gray imaginó que cerraba los ojos pidiendo ayuda a la divinidad.

Solo tardó unos segundos en alzar la cabeza, volverse y encaminarse hacia el edificio.

—No te preocupes. Yo te llevo —dijo él.

—No, gracias —dijo ella educada e impersonalmente.

En todo caso, Gray no pensaba dejarla ir sola. No porque le preocupara su estado de ánimo, o no solo. Quería asegurarse de que fuera testigo de lo que pasaba.

—Escucha, puedes perder el tiempo yendo por tus cosas o puedes venir conmigo. Algo me dice que preferirías que no llegara antes que tú y hablara con tu padre a solas.

—¿Por qué actúas así?

—¿Cómo? ¿Con amabilidad?

—No, metiéndote donde no te llaman.

—No pensaba que ayudar a tu padre fuera malo.

Blakely entornó los ojos y de sus labios escapó una colección de insultos de los más creativa que asombró a Gray, lo que no era fácil, teniendo en cuenta el tiempo que había pasado en la cárcel.

Pasando de largo, Blakely fue directa al coche de Gray. Este comprobó que sabía cuál era. ¿Se debía a que recopilaba información sobre él o a un interés personal?

Deteniéndose junto a la puerta del copiloto, Blakely lo miró con ojos centelleantes por encima del coche, entre la irritación y la impaciencia.

De no tener prisa, Gray habría disfrutado moviéndose con lentitud para provocarla Pero tenía el mismo deseo que ella, sino más, por ver a su padre.

El viaje hasta la comisaría transcurrió en silencio, el aire cargado de tensión y del perfume de Blakely. Dulce y exótico; floral y ácido a un tiempo. Llevaba días tentándolo. A pesar de que el despacho en el que trabajaban era grande, aquel aroma llenaba el espacio… Y en su Bugati era aún peor. Normalmente era su santuario, el único capricho llamativo que se había permitido al salir de la cárcel. En aquel momento, con Blakely tan cerca, le resultaba tan asfixiante como su celda.

No pudo evitar preguntarse si el olor sería tan fuerte entre sus muslos… Y al instante alejó ese pensamiento de sí.

Los quince minutos del trayecto se le hicieron eternos. En cuanto detuvo el coche en un espacio delante de la comisaría, Blakely bajó y casi había llegado a la puerta antes de que Gray apagara el motor. Pero este sabía que, por más que se adelantara, los agentes no le dejarían pasar.

Gray caminó pausadamente, En el interior oyó que Blakely elevaba la voz en tono crispado.

—Solo quiero verlo un momento.

—Señora, su padre está siendo procesado. No puede verlo.

Gray pasó de largo y se dirigió a un agente que estaba al final del mostrador, protegido por una pantalla antibalas.

–Disculpe, soy Gray Lockwood, vengo a ver a mi cliente, Martin Whittaker. Acaban de traerlo.

El sargento levantó la vista de unos papeles.

–¿Es su abogado?

–Sí.

–Les diré que ha llegado. Tome asiento. Le avisarán.

–Excelente.

Gray sonrió al hombre amablemente y se sentó en una fila de asientos que había en la pared opuesta. Blakely se dejó caer en otro, a su lado, con un resoplido de frustración.

–No me dejan verlo.

–¿De verdad? ¡Qué sorpresa!

Blakely hizo una mueca como respuesta a su sarcasmo.

–¿Para qué hemos venido si no podemos verlo?

–No sé por qué has decidido venir tú. Yo sí pienso verlo.

–¿Ah, sí?

–Sí.

–Ah.

Gray sabía que Blakely había llegado a la conclusión equivocada, pero no pensaba explicarle que no estaba en lo cierto hasta que le pareciera conveniente.

Pasaron varios minutos, pero Gray no tenía problema en esperar. Lo había hecho mucho en su vida de adulto y había aprendido que impacientarse solo era una pérdida de tiempo. Había desarrollado una gran habilidad para aceptar las cosas tal y como eran y no como querría que fueran. Le ahorraba dolor y desilusión.

En cambio Blakely era un manojo de nervios. No podía estar quieta y cruzaba y descruzaba las piernas constantemente. Hasta que Gray le puso una mano en la rodilla. Ella se quedó paralizada, conteniendo el aliento. El calor de su cuerpo se trasladó a la mano de Gray, cargándolo, a su pesar, de una inesperada energía.

—Señor Lockwood, sígame, por favor.

Gray dio gracias al cielo al tiempo que miraba al policía que lo llamaba desde una puerta. Se levantó y solo cuando estaba a medio camino se dio cuenta de que Blakely lo seguía.

¡Menuda sorpresa iba llevarse!

Sonrió al agente al cruzar la puerta.

—Señora, lo siento, pero no puede pasar —dijo el policía Blakely.

Gray se detuvo a tiempo de oír a Blakely decir:

—Voy con él.

—¿Es usted del equipo legal del señor Whittaker?

—No, soy su hija.

El agente sacudió la cabeza.

—Lo siento. El señor Whittaker está siendo interrogado. Solo los abogados pueden entrar.

—¿Y por qué entra él?

—¿El señor Lockwood? Porque actúa como su abogado.

Blakely miró a Gray entornando los ojos. Él se encogió de hombros.

—Ya te he dicho que era abogado.

—No ejerces.

—No, soy tan afortunado que solo acepto los casos que quiero, y he decidido aceptar el de tu padre.

33

Al menos por el momento. Estaba decidido a que sus contactos le devolvieran algunos favores que le debían para que alguien llevara el caso de Martin. Podía hacerlo él mismo, pero estaba ocupado con otras cosas que requería toda su atención.

Aun así, pensaba aprovechar aquella oportunidad para averiguar lo más posible de Martin sobre Blakely y sus conexiones con la familia O'Sullivan, y si eso podía haber tenido algo que ver con la trampa que le habían tendido.

—Dile que estoy contigo —exigió Blakely, refiriéndose al agente que le interceptaba el paso.

—Ah, pero no es verdad.

Capítulo Cuatro

Blakely habría querido tirarle algo a la cabeza, pero dado que había al menos diez personas cerca que podían arrestarla por asalto, decidió que no era una buena idea.

Gray Lockwood era tan irritante como sexy. Aquellos labios sensuales curvados en una sonrisa… ¿cómo era posible que quisiera sacudirlo y besarlo a un tiempo? ¿Estaba loca?

Blakely lo siguió con la mirada hasta que desapareció al fondo del pasillo. Volvió a sentarse y miró fijamente a la puerta, esperando.

Conspiración para cometer un asesinato.

¿Cabía la posibilidad de algo peor? Su padre iba a pasar un tiempo largo en prisión. Había entrado y salido de ella toda su vida, pero por crímenes menores. Diez meses, dos años. Aquel cargo era diferente.

Blakely quería creer en su inocencia, pero le resultaba imposible no albergar una duda. Su padre tenía el hábito de retorcer la verdad a su antojo.

Y Gray… tampoco confiaba en él. Igual que todos los criminales que había conocido, y eran unos cuantos, juraba ser inocente. En cambio, ella nunca había conocido a ninguno que verdaderamente lo fuera. Y menos, su padre.

Sin embargo, no conseguía llegar a imaginarlo cometiendo un asesinato. Podía ser un ladrón y un estafador, pero no era violento. Ni siquiera tenía un arma.

En cambio, Gray era extremadamente peligroso, aunque no necesitara un arma para serlo. El hervor en su sangre era la señal incuestionable. Ni siquiera le caía bien y, sin embargo, conseguía despertar su cuerpo a la vida.

No necesitaba conocer los detalles para saber que Gray había pasado por una experiencia complicada. La cicatriz de la ceja y la musculatura que lucía no eran solo producto del ejercicio en el gimnasio. Pero no resultaba intimidante solo por su físico. Era callado y observador. Nada le pasaba desapercibido.

Había estado estudiándolo los últimos días. Gray observaba y catalogaba, casi como si recopilara información privada sobre cualquiera con quien se relacionara, aunque solo fuera de pasada.

En el pasado no era así.

También era evidente que era valioso para Stone Surveillance. En más de una ocasión Stone y Finn había acudido a consultar su opinión sobre los casos en los que estaban trabajando.

Blakely no quería ver nada bueno en él. No quería creer que estuviera ayudando a su padre. Solo quería verlo como el criminal que era. De actuar así, le resultaría aún más difícil mantener las distancias, pretender que no había notado esa nueva capa de humanidad y sentido del honor en él. Y sobre todo, no quería que le cayera bien, porque entonces sí que no podría dominar la reacción instintiva de su cuerpo hacia él.

Afortunadamente, verlo alejarse sin ella tras la puerta era el recordatorio que necesitaba. Cuando volviera verlo le diría lo que pensaba de él… ¡maldito egoísta!

***

Gray se sintió asaltado por los recuerdos en cuanto entró en la sala de interrogatorios, pero contuvo un escalofrío, diciéndose que él no era el interrogado. Aun así, era imposible bloquear los sentimientos, las preguntas bombardeadas para las que no tenía respuesta; la sensación de estar a ciegas y fuera de su elemento, sin la más mínima red de seguridad.

Las primeras horas le habían desorientado porque no tenía ni idea de qué estaban hablando los investigadores. Y como era inocente, había exigido la presencia de un abogado. Ese había sido su primer error.

El inspector que se sentaba frente a Martin alzó la mirada al verlo entrar, pero no dijo nada. Martin lo miró sorprendido.

—¿Qué haces aquí?

La impresión inicial que Martin le había dado no era nada positiva. Era todo lo contrario a Blakely, caótico, vulgar, desagradable. O así había actuado hasta el momento.

—Formo parte de tu equipo legal, ¿por qué no iba a venir?

Martin enarcó una ceja, pero era lo bastante listo como para no decir nada delante del policía. Gray se volvió hacia este.

—Quiero pasar unos minutos con mi cliente.

El investigador frunció el ceño, pero se levantó y salió en silencio.

Martin abrió la boca para hablar, pero Gray le indicó que callara. Asumía que estaban grabándolos y debían actuar en consecuencia.

Sentándose frente a él, apoyó los brazos en la mesa.

—El resto de tu equipo legal vendrá pronto.

—¿Por qué haces esto?

Aunque era una pregunta esperable, Gray no pensaba responderla. Al menos no allí ni con completa honestidad.

—Blakely trabaja para mi empresa y nosotros cuidamos de los nuestros.

Martin resopló con desdén.

—Puede que pienses que soy un crédulo, y a veces lo soy, pero no nací ayer, chaval.

Quizá no, pero Gray tenía la impresión de que Martin Whittaker tampoco era especialmente astuto, o esa era la idea que le había trasmitido Blakely. Y aunque no confiara en ella, sí la consideraba extremadamente inteligente.

—Digamos que necesito que tu hija se concentre en un proyecto en el que está trabajando conmigo y si está preocupada por ti no va a poder hacerlo. Invertir dinero en que tengas la asistencia legal que necesitas es una manera de conseguir lo que quiero.

Martin asintió lentamente.

—Podrías haberlo hecho sin necesidad de mentir al agente para pasar a verme.

—Puede ser, pero no te conozco.

—Eso es verdad. Y no estoy seguro de que no vayas a cometer alguna torpeza cuando vengan los abogados. Además, no he mentido. He estudiado Derecho y estoy especializado en derecho criminal.

—Pero no vas a llevar mi caso.

—No, yo también tengo que estar centrado en otras cosas.

Martin resopló.

—Eso sigue sin explicar que te hayas molestado en venir.

Quizá era crédulo, pero Martin Whittaker tenía la

suficiente educación callejera como para no ser un ingenuo.

–Quiero hacerte un par de preguntas.

–¿Sobre los cargos que hay contra mí?

–No.

Martin tiró de la cadena de las esposas instintivamente.

–Entonces ¿sobre qué?

–¿Desde cuándo conoces a Ryan O'Sullivan?

Martin observó a Gray varios segundos en silencio.

–Ryan y yo crecimos en el mismo barrio. Lo conozco desde hace más de cincuenta años.

A Gray le sorprendió no haber oído nombrar a Martin con anterioridad.

–¿Y qué tal lo conoce Blakely?

–Poco.

La respuesta fue demasiado rápida como para resultar convincente. Cambió la pregunta:

–¿Qué tal conoce Ryan a Blakely?

Martin sonrió a Gray con un brillo de inteligencia que le hizo preguntarse si su aparente despiste era fingido.

–Ryan la conoce desde que nació, aunque ella preferiría que no fuera así. Él es su padrino y pagó su educación.

Bien. Gray miró a Martin, preguntándose cómo usar esa información para averiguar si Ryan y Martin había usado los contactos de Blakely en Lockwood Industries para robar veinte millones y cargarle a él el crimen. Pero no podía esperar que Martin lo admitiera, y menos en una comisaría.

Además, una pregunta directa descubriría sus cartas. Era preferible usar a Joker para hacer averiguaciones.

Hizo ademán de levantarse, pero lo siguiente que dijo Martin hizo que volviera a sentarse.

–Pero mi hija no lo sabe, y no volvería a hablarme si supiera que Ryan pagó su carrera. Ella es orgullosa y honrada hasta el exceso.

Mientras que la mayoría de los padres habrían dicho eso con orgullo, Martin sonó desilusionado. Gray sacudió la cabeza con incredulidad.

–Si Ryan estuviera ardiendo, Blakely sería capaz de echarle gasolina.

Ese era un comentario rotundo y no dejaba espacio a la duda sobre lo que Blakely pensaba de Ryan. Pero también Martin era su padre y podía querer librarla de toda sospecha. Así que Gray seguía sin estar seguro de si Blakely había estado implicada en el plan o simplemente había encontrado por azar la información que alguien había manipulado para inculparlo.

Una llamada a la puerta dio por terminada la conversación.

Al volver al vestíbulo lo esperaba una Blakely furiosa.

Blakely salió de la comisaría como una exhalación. Cuando estaba cerca del coche de Gray, este la tomó por el brazo para detenerla. Ella se volvió con rabia y tiró del brazo para soltarse, pero en lugar de seguir caminando se acercó a él y masculló:

–No me toques.

Blakely sentía la sangre en las venas, su sonido le retumbaba en la cabeza, respiraba con fuerza.

Tenía que recuperar el dominio de sí misma.

Era consciente de que Gray no era culpable de todo lo que estaba sucediendo, pero lo tenía a mano y le servía para dar rienda suelta a su ira. Pero no la aplacó.

Gray miró a su alrededor con el ceño fruncido. ¿No era una injusticia que incluso enfadado tuviera el aspecto de una estrella de Hollywood?

Ignorando el comentario de Blakely, él la tomó de nuevo por el brazo y tiró de ella hacia una equina del edificio, a la sombra de un alero. Allí la empujó contra la pared y la soltó. Luego dio un paso atrás.

—No es momento de perder los nervios, Blakely.

—¡Qué listo!

Gray enarcó una ceja, insultándola mentalmente por comportarse como no debía.

A Blakely le irritaba que tuviera razón. Echó la cabeza hacia atrás y descansó el peso de su cuerpo en la áspera pared.

—Estoy mosqueada contigo. Estoy mosqueada con él. Estoy…

—Mosqueada. Ya lo has dicho.

—Me lo prometió y soy tan idiota que lo creí. Como si no hubiera incumplido su palabra mil veces Pero siempre he conservado la esperanza, aun sabiendo que no debía.

Claro que lo sabía, pero no era capaz de romper los lazos. Y esa era la única manera de desentenderse de los líos de su padre. Para evitarlos, tenía que evitarlo a él, y no era capaz de hacerlo.

Al menos hasta entonces. Su madre y su hermana se habían dado por rendidas hacía años.

—Puede que no mienta y que sea inocente.

Blakely miró a Gray desconcertada. ¿Decía eso porque nadie, incluida ella, le había creído a él cuando decía que era inocente? ¿Estaba siendo tan ingenuo como ella?

—He oído esas mismas palabras muchas veces, Gray.

Y no, no se refería solo a su padre.

—Yo le creo. He hecho unas llamadas y le va a representar un amigo.

—¿Por qué?

—Martin me ha preguntado lo mismo y te daré la misma respuesta: porque necesito que estés plenamente concentrada en demostrar mi inocencia y no lo estarás si te preocupas por él. Además, tengo el dinero y los contactos necesarios.

Blakely sacudió la cabeza.

—No lo permitiré. No necesitamos ni tu dinero, ni tu ayuda.

Por muy vehemente que sonara, eso era mentira. Claro que necesitaba su ayuda y su dinero, aunque solo fuera por el salario que le pagaba.

—No queremos tu caridad —concluyó Blakely.

—Lo siento, porque vas a recibirla.

—No acepto tu ayuda, Gray —Blakely sabía cómo enfadarlo para hacerle cambiar de idea—. Eres tan criminal como Ryan. De la misma manera que no acudiría a él por ayuda, no pienso aceptar la tuya.

El semblante de Gray se endureció. Sus labios se afinaron y sus ojos brillaron amenazadores. Dio un paso adelante, salvando la distancia que los separaba. Blakely tragó saliva al tiempo que se estremecía por dentro, alerta.

Gray cambió el peso de pie y el leve roce de su cuerpo contra el de Blakely hizo que está sintiera que le quemaba la piel y que una lava ardiente se vertía en sus entrañas. Él se inclinó hacia adelante y con voz grave, murmuró:

—No me parezco en nada a Ryan O'Sullivan, como bien sabes. No te equivoques, soy diez veces más peligroso que él, porque apenas tengo nada que perder. La diferencia es que yo tengo principios y ética.

El calor de su aliento acarició la mejilla de Blakely. Sus labios estaban muy próximos y ella quiso sentirlos sobre los suyos.

No.

Echó la cabeza hacia atrás. Se pegó más a la pared, pero no tenía escapatoria… ni de él, ni de sí misma. A aquella distancia solo veía sus ojos, su expresión de desolación y esperanza, de dolor y de rabia, y se clavaban en ella con una insoportable intensidad.

Blakely sentía una palpitación en la intersección de los muslos. Su respiración quedó atrapada en sus pulmones al sentir el calor del cuerpo de Gray invadir cada poro de su piel.

Gray Lockwood era peligroso. Para su cordura, para su paz de espíritu, para sus principios morales. Llevaba toda la vida evitando a hombres como él, y no solo por su pasado criminal. Era algo más.

Gray era inteligente, observador, dinámico y exigente. En su juventud, esa combinación se había manifestado en una arrogancia que no resultaba atractiva. En el presente, esas mismas cualidades hacían que se le humedeciera el sexo. Su seguridad en sí mismo y su actitud dominante no debían excitarla, pero lo hacían.

Alzó el rostro hacia él con los labios entreabiertos, expectante. También él parecía al borde de algo que ninguno de los dos quería desear, pero que no podían detener. Estaban tan cerca que Blakely podía sentir la tensión acumularse en los músculos de Gray. Parecía un tigre a punto de saltar sobre su presa.

El silencio se prolongó. Se oyó una sirena a lo lejos. Dos agentes salieron de la comisaría.

Blakely respiró y sus pulmones se llenaron de una fragancia que llevaba días perturbándola: él

—¡Al diablo! —musitó finalmente Gray antes de presionar su cuerpo contra el de ella.

El aire salió de los pulmones de Blakely como si la hubiera lanzado contra la pared. La excitación la recorrió al ver los labios de Gray descender sobre los de ella. Él absorbió la exclamación que brotó de sus labios. Con un brazo le rodeó la cintura, atrayéndola hacia sí, mientras que con la otra mano le tomaba el rostro y se lo ladeaba.

El primer roce fue suave, pero en segundos, Gray abrió los labios y se adentró en su boca. Sus lenguas se entrelazaron, acariciándose y golpeándose, y convirtiendo el anhelo que Blakely se había obligado a ignorar en un incendio. Eso fue todo lo que Gray necesitó, unos segundos, para vencer su resistencia y convertirla en una masa de deseo estremecido.

Apoyó las manos en los hombros de él y lo atrajo hacia sí a la vez que el cerebro le gritaba que lo empujara.

El ángulo cambió y el deseo se intensificó. Gray pedía más y Blakely no dudaba en darlo. Poniéndose de puntillas, acudió a su encuentro, fuerza contra fuerza, deseo contra deseo.

Sin saber cómo, su pierna se enredó a la cadera de él, exigiendo también más por su parte. El centro caliente de su sexo palpitaba, gimió al tiempo que se ondulaba contra Gray, buscando aplacar su ansiedad. El sonido pareció sacar a Gray del estado en el que habían quedado atrapados. Sujetando los brazos de Blakely, separó sus cuerpos. Ella se inclinó contra él, empujando la barrera invisible que acababa de colocar entre ellos.

—Lo siento —dijo él.

—Yo, no —Blakely habría querido cerrar la boca, pero ya era tarde. Estaba claro que Gray le derretía el cerebro.

Gray dejó escapar una risa ahogada.

—Gracias por ser sincera. Pero no debería de haberlo hecho.

Blakely no iba a discutir.

—Tienes razón.

Supuso que Gray la dejaría allí para que volviera a la oficina por su cuenta, pero, acariciándole la mejilla, él susurró.

—Llevo días deseando hacerlo.

El comentario inquietó y calmó a Blakely a un tiempo. Era tranquilizador saber que no era la única luchando contra sí misma. Aun así, debía ser firme.

—Esto no puede volver a pasar —dijo, aunque una gran parte de ella no quería que fuera verdad.

Gray negó con la cabeza, pero contradijo el gesto con sus palabras.

—¿Por qué no? Somos dos adultos.

—Sí, pero ni yo te gusto ni tú me gustas a mí.

Gray la miró a los ojos.

—A mí tú me gustas mucho.

Blakely rio sarcástica.

—Tú me odias. Fui fundamental para que acabaras en prisión.

—Puede ser. Pero me atraes, Blakely. Trabajar juntos hace difícil ignorar la atracción física que despiertas en mí. Si me dijeras que no te interesa, me retiraría, pero sabiendo que no es así…

Blakely comprendió. Su cuerpo seguía vibrando como consecuencia del beso.

—Va a ser una pesadilla devolver al genio a la botella —concluyó él.

Capítulo Cinco

Habían pasado dos días desde el beso y Gray se negaba a aceptar que estaba obsesionado con él.

Sentado en su escritorio en la pared opuesta a la de Blakely, Gray intentaba centrarse en los papeles que tenía delante, pero llevaba horas distraído.

Por su parte, Blakely había optado por fingir que el beso no había tenido lugar. Inicialmente, Gray había pensado que era prometedor que no lo hubiera abofeteado, y después, era innegable que se había implicado en el beso tanto como él.

Pero a la mañana siguiente había adoptado de nuevo su rígida y distante actitud.

Claramente, él la prefería cuando estaba más emocional y dinámica, más real y auténtica. Había comprobado por sí mismo que no era un robot que seguía estrictamente las normas por temor a las consecuencias.

Su conversación con Martin, además, había resultado esclarecedora. Descubrir que Blakely había crecido en la proximidad de una famosa familia criminal le había hecho ver las cosas de cierta manera. Pero tras la charla con su padre, había tenido una idea clara: ni Blakely ni Martin contaban con veinte millones de dólares. En primer lugar, porque de tenerlos, Blakely no habría tenido problemas para pagar un abogado para su padre. En segundo lugar, porque, de poseer ese capital, no seguirían en Charleston.

Gray había decidido que aunque Martin se hiciera el tonto, distaba de serlo. Solo adoptaba esa apariencia a su favor. Pero aquel hombre no permanecería cerca de la escena del crimen si tuviera los medios para desaparecer y vivir bien.

Aunque eso no significaba que Blakely no hubiera estado implicada inadvertidamente en la trampa que le habían tendido, al menos sí la liberaba, a ojos de Gray, de haber participado intencionadamente.

Blakely había sido un peón más en la jugada, como él. Era posible que quienquiera que hubiera dejado la pista en las cuentas de Lockwood Industries, hubiera confiado en que alguien la descubriera. En realidad daba lo mismo quien lo hiciera. De hecho, incluso hubiera sido mejor que fuera alguien inocente y sin contactos con criminales. Si la policía hubiera hecho bien su trabajo, algo que Gray cuestionaba, habrían investigado el carácter de los testigos antes de hacerles subir al estrado.

Gray cerró los ojos con fuerza, apartó los papeles que estaba repasando y descansó la cabeza en la silla.

Blakely y él llevaban una semana revisando papeles, y por el momento no habían encontrado nada.

El único resultado que había obtenido de su esfuerzo era la creciente seguridad en que Blakely no había cooperado voluntariamente. Y eso no suponía ninguna ayuda. De hecho, complicaba más las cosas, porque le hacía sentirse culpable por haber maniobrado para hacerle cambiar de trabajo y que lo ayudara. O por cómo ansiaba cruzar la habitación, levantarla de su silla y besar cada milímetro de su piel desnuda.

Gray abrió los ojos y miró al otro lado. Quizá no había sido una buena idea poner los escritorios de frente si pretendía ignorar la pulsante sensación que le causaba verla.

Pero lo cierto era que ni siquiera necesitaba mirarla para percibir su presencia.

En aquel instante, sin embargo, hizo una mueca de contrariedad al observarla. Inclinada sobre un documento, se sujetaba la cabeza con una mano y fruncía el ceño con una expresión de la misma frustración y cansancio que él sentía.

Y, a pesar de todo, no quería que Blakely se sintiera así.

—Salgamos de aquí —las palabras escaparon de su boca antes de que supiera lo que iba a decir.

—¿Qué? —Blakely lo miró parpadeando. Tardó varios segundos en salir de su ensimismamiento.

—Vayámonos.

Blakely ladeó la cabeza. Gray había descubierto que era lo que hacía cuando evaluaba lo que debía frente a lo que quería hacer, o lo que los demás esperaban que hiciera frente a lo que sus instintos le dictaban.

Gray estaba harto de verla calcular cada paso que daba. Era verdad que, en el pasado, él no se cuestionaba nada porque tenía múltiples redes de salvación, tanto sociales como económicas. Y que, finalmente, ni unas ni otras le habían sacado sus problemas.

Pero eso no significaba que la actitud de Blakely fuera mejor. Si él había aprendido algo, era que la vida era corta. No se podía predecir el futuro; solo se podía actuar de la mejor manera posible en cada momento.

Gray sospechaba que Blakely raramente se concedía ese placer.

También sabía que si le daba suficiente tiempo como para inventarse una excusa, rechazaría la oferta, solamente porque la ponía nerviosa; y no porque le tuviera miedo, sino porque no quería que le cayera bien. O desearlo.

Pero eso a él ya no le valía. Deseaba a Blakely y no iba a permitir que el lío que intentaba desenmarañar le impidiera conseguir lo que quería.

Se puso en pie y fue hasta el escritorio de ella.

—Salgamos.

—¿Adónde?

—¿Acaso importa? Los dos necesitamos un respiro. No te he visto comer nada en todo el día. Debes de estar hambrienta.

Gray esperó con un nudo en el estómago que no quiso analizar. Para su sorpresa, Blakely esbozó una sonrisa y dijo:

—La verdad es que tengo bastante hambre.

¿Qué demonios estaba haciendo?

Por segunda vez en unos días, Blakely se encontraba en el deportivo de Gray. El asiento de cuero abrazaba su cuerpo, haciéndole sentirse cómoda y segura aún cuando Gray conducía a una velocidad diabólica.

Blakely sabía que debía haberse negado a salir, tanto para evitar estar con él en un espacio tan pequeño, como porque empezaba a pensar seriamente que Gray era inocente de los cargos por los que había sido condenado.

Y eso la dejaba con un amargo sabor de boca.

Habían pasado mucho tiempo juntos la última semana, y en ese tiempo había llegado a una conclusión: el hombre del presente no tenía nada que ver con el del pasado.

Pero eso no contribuía en nada a probar su inocencia. La reputación de Gray por aquel entonces había jugado en su contra pero, en retrospectiva, ¿había sido tan terrible? No. Gray era un arrogante hijo de papá que lo tenía todo, pero aun en los periodos de su vida que jugaba más y se divertía en fiestas y viajes por el mundo, había sido extremadamente generoso.

Blakely había descubierto que al mismo tiempo que gastaba dinero en caprichos, también había creado una fundación para proporcionar becas escolares a niños desfavorecidos. Además, había participado en un programa de arte local, financiando el Dibujo y la Música en los colegios donde corrían el riesgo de desaparecer. Había donado millones a programas de drogodependencia y prácticamente había dado dinero a cualquier organización sin ánimo de lucro que le pidiera una donación.

La información había surgido durante el juicio, pero el fiscal había insinuado que firmar cheques era sencillo, especialmente si implicaba una deducción fiscal.

Pero Blakely intuía que esa no había sido la razón de su generosidad. De hecho, la cantidad que había donado en los tres años anteriores al desfalco era casi la mitad de lo que se le acusaba de haber robado.

Y eso no tenía sentido. ¿Para qué iba a robar dinero para luego donarlo?

Eso mismo había argüido él todo el tiempo. No necesitaba los veinte millones. El fiscal había aducido que la necesidad no era su motivación, pero a Blakely le costaba creer que Gray fuera el tipo de persona que robaba solo para demostrar que podía hacerlo.

El fiscal también adujo una relación conflictiva con su padre. Varios empleados de Lockwood dijeron haber presenciado tensas discusiones entre los dos. El padre de Gray estaba harto de su comportamiento frívolo y quería que asumiera una mayor responsabilidad en la empresa. La acusación implícita era que el robo era una venganza contra su padre. Pero Blakely no creía que robar a Lockwood afectara al padre de Gray. Era cierto que la compañía se había encontrado en dificultades durante unos meses, pero se había recuperado sin problemas.

Todo llevaba al punto inicial de que Gray no necesitaba el dinero. Y a que Blakely se encontrara de nuevo en el asiento de copiloto de su coche.

Gray empezaba a caerle bien. Lo había juzgado mal en el pasado y en el presente. La cuestión era ¿cómo iba a actuar al respecto?

—¿Dónde vamos? –preguntó.

—A un sitio que conozco.

—¿Dónde?

Gray se volvió a estudiarla durante unos segundos. A aquella velocidad lo normal era que Blakely se hubiera puesto nerviosa, pero estaba segura de que Gray tenía un control absoluto de su coche.

—¿Confías en mí?

Esa era una pregunta cargada. ¿Confiaba en él? No, pero tampoco confiaba en nadie. Y que pensara que había sido injusta al juzgarlo no significaba que fuera a poner su vida en sus manos. Pero tampoco era eso lo que él le preguntaba.

—¿Para elegir un sitio en el que comer? Sí.

Gray esbozó una sonrisa.

—Excelente. Por algo tenemos que empezar.

¿Sí? Blakely sintió que el estómago le daba un salto ante la perspectiva. Era evidente que también ella

51

lo quería. Bastaba tenerlo cerca para que su cuerpo reaccionara de la manera más inexplicable. Sentía un cosquilleo en la piel y un intenso calor en el vientre. Estaba húmeda y ni siquiera la había tocado.

Gray la llevó a un pequeño local cerca de Rainbow Row, un lugar pequeño y con encanto que Blakely no conocía.

—No he estado aquí nunca —dijo, bajando del coche y mirando la fachada para evitar mirar a Gray, que le había abierto la puerta.

Tenía que ahuyentar la idea de lo fácil que le resultaría apoyarse en su cuerpo, presionar sus labios contra los de él y perderse en otro beso explosivo.

¿Era su imaginación o Gray permanecía inmóvil más de lo imprescindible antes de dejarle paso?

—Es bastante nuevo —dijo él—. La comida es excelente.

Había pasado la hora del almuerzo, pero algunas mesas seguían ocupadas. La dueña era una mujer agradable y simpática que observó a Gray largamente, pero Blakely pensó que, además de no poder culparla, no tenía derecho a sentirse celosa.

La mujer los acompañó a una mesa en una esquina, junto a una ventana con vistas a un frondoso jardín. Gray le separó la silla y le acarició los hombros al retirar las manos. Por primera vez en su vida, Blakely se dio cuenta de que aquel gesto de cortesía habitual podía servir de excusa para una caricia furtiva, y el simple roce hizo vibrar todo su cuerpo.

Tomó el menú y lo estudió para no mirar a Gray. Las palabras tardaron unos segundos en adquirir significado.

Su camarera era muy amable y era evidente que

conocía a Gray. Tomó el pedido de las bebidas y les señaló los platos especiales del día. Blakely pidió una ensalada de pollo rebozado en frutos secos y Gray unos pimientos rellenos de queso.

Una vez desaparecieron los menús, Blakely se quedó sin nada con lo que distraerse. Entonces se dio cuenta de que Gray había elegido para ella la silla que daba la espalda al comedor y que él era lo único que veía. ¿Lo habría hecho a propósito?

Blakely se estaba cuestionando si preguntárselo cuando sonó el teléfono de Gray, que estaba boca abajo sobre la mesa. Lo giró con el ceño fruncido y este se acentuó aún más al leer la pantalla. Mirando a Blakely, dijo:

—Lo siento, pero tengo que contestar.

Ella le indicó con un gesto que no importaba. Supuso que Gray se levantaría para tener algo de intimidad, pero contestó a allí mismo.

—Hola, mamá.

Aunque no lo hubiera estado viendo, su tono habría bastado para que Blakely intuyera su desagrado, y se preguntó si esa era su reacción habitual a su madre o si pasaba algo concreto entre ellos. En cualquier caso, no era de su incumbencia.

A ella no le costaba ponerse en esa situación. No daba saltos de alegría cuando el nombre de su padre aparecía en la pantalla. Nunca la llamaba si estaba bien.

—Tranquilízate —dijo él en tono irritado—. No sé de qué estás hablando —hizo una pausa mientras escuchaba. Suspiró—: Estaré ahí en unos minutos.

Colgó y dejó caer el teléfono bruscamente sobre la mesa.

—Lamento tener que cancelar la comida, pero debo ir a casa de mi madre.

—Eso me ha parecido entender.

Gray llamó a la camarera y, sin molestarse en pedir la cuenta, le puso cien dólares en la mano. Luego, alargó un abrazo indicando a Blakely que lo precediera.

Caminaron en silencio hasta el coche. Blakely no sabía qué decir.

Lo que no esperaba, una vez arrancaron, fue que Gray tomara la dirección opuesta a la oficina.

Por lo visto, estaba a punto de conocer a su madre.

Capítulo Seis

Gray no tenía la menor gana de enfrentarse a su madre y se sentía incómodo por arrastrar a Blakely consigo, pero su madre estaba diciendo tal cantidad de disparates y acusaciones sinsentido que había preferido no retrasarse por ir a dejar a Blakely a la oficina. Con un poco de suerte, no tardaría en tranquilizar a su madre y podrían volver al trabajo.

Aunque, más bien, tendría que ser mucha suerte.

Hacía once meses que no hablaba ni veía a su madre. Antes de eso, habían sido siete años. Al salir de prisión, había pasado por la casa familiar. No había esperado que lo recibieran con una fiesta de enhorabuena, pero sí que al menos su madre lo readmitiera en su vida. En lugar de eso, había seguido las directrices de su padre y le había prohibido cruzar la puerta.

Gray ni siquiera estaba seguro de que en aquella ocasión le diera permiso para entrar. Tampoco le importaba. Su madre no había sido nunca particularmente cariñosa. En cuanto a su padre lo había desheredado, ella había decidido actuar como si nunca hubiera existido.

Desde un punto de vista vengativo, lo único positivo para Gray de haber sido acusado de un crimen del que era inocente, era que las amigas de su madre hablaran mal a su espalda de ella.

En cuanto llegaron a la propiedad, Gray saltó del

coche y fue hacia la puerta principal. Blakely lo siguió lentamente. Él había decidido no pedirle que lo hiciera para que ella misma tomara la decisión.

Suponía, después de haber conocido a Martin, que no le escandalizaría ver a su madre en uno de sus arrebatos.

En lugar de llamar, Gray entró directamente. Fue como viajar en el tiempo. Todo permanecía exactamente tal y como lo recordaba: ni un espejo, ni un cuadro habían cambiado en ocho años. No le sorprendió, porque su madre era una mujer de costumbres. Si le daban a elegir, siempre optaba por el camino más fácil. Eso la había convertido en la perfecta esposa trofeo.

Gray subió la elegante escalera hacia el primer piso, en el que su madre se había instalado años atrás. La encontró en la galería, recorriéndola arriba y abajo agitadamente.

Estaba tan enfrascada en sí misma que no oyó la puerta, pero en cuanto lo vio, lo convirtió en objeto de su cólera. Dirigiéndose a él, gritó:

–¿Quién se cree que es esa zorra, chantajeándome después de todos estos años? Yo no tuve nada que ver con esto, maldita sea. No pienso pagar, y menos veinte millones.

Gray sacudió la cabeza, intentando comprender las palabras de su madre, pero ella siguió escupiendo palabras, que puntuaba dándole puñetazos en el pecho.

Eso desconcertó a Gray. Y más aún la reacción de Blakely que, interponiéndose entre ambos, empujó a su madre hacia atrás.

–¿Qué crees que estás haciendo?

–No tengo ni idea de quién eres. Quítate de en medio.

–Ni lo sueñes. Sea lo que sea lo que está pasando, no tienes derecho a golpear a tu hijo.

La madre de Gray rio con amargura.

–No es mi hijo.

–¿Perdón? –Blakely retrocedió, sorprendida, y chocó con el pecho de Gray.

–¿Qué demonios quieres decir? –preguntó él.

Su madre lo miró con los ojos cegados por una furia que se disipó lentamente.

–Mierda –masculló.

Ese parecía ser el mejor resumen de la situación.

Su madre indicó un sofá junto a la cristalera, pero Gray permaneció de pie y solo entonces se dio cuenta de que su madre tenía un papel en la mano.

–¿Qué ese so?

Su madre lo sacudió en el aire. Parecía un papel barato con unas líneas escritas.

–¿Esto? ¡Una carta chantajeándome!

–¿Quién lo ha mandado?

–Será mejor que te sientes.

–Estoy bien.

–Tu padre va a matarme.

–Puesto que hace años que no me habla, dudo que le importe lo que hagas o lo que digas.

Su madre negó con la cabeza con expresión de tristeza.

–Te equivocas.

Gray lo dudaba. ¿Qué padre actuaba como el suyo, cortando los lazos con su hijo a pesar de que este insistiera en su inocencia? Solo había sido un peón más para él, alguien a quien controlar. Y cuando se convirtió en un problema, lo sacrificó.

En cambio los padres de Stone habían apoyada a su

hijo aun antes de averiguar la verdad: que su hijo había matado al hijo de su amigo al evitar que violara a una mujer. Stone había guardado el secreto durante años para proteger a la mujer a la que amaba. Su familia lo había apoyado, consolado. Hasta le habían organizado una fiesta cuando salió de prisión.

Pero a pesar de ser inocente, a él su familia lo había dejado solo en el mundo. Y por más que se dijera que estaba mejor sin ellos, no podía evitar sentir un profundo dolor.

Su madre hizo una mueca.

—No me refiero a que le importe que tú lo sepas. Le importará que se conozcan los trapos sucios que tanto le obsesiona ocultar.

Eso sí sonaba a su padre.

—Pues entonces, dímelo. Me encantará tener algo en su contra.

Especialmente si llegaba a demostrar su inocencia y podía exigir que le devolvieran su posición en la compañía.

Blakely, que había aceptado la sugerencia de su madre y se había sentado en el sofá, intervino:

—No sé si me equivoco, pero, leyendo entre líneas, diría que Gray no es tu hijo, aunque sí lo es de tu marido.

La madre de Gray la miró detenidamente. Finalmente, dijo:

—Has dado en el clavo. Eres una chica lista.

Desde luego que lo era. Cuanto más tiempo pasaba con Blakely más apreciaba su aguda mente.

—¿La nota es de su madre biológica, exigiendo dinero para guardar el secreto?

—Así es.

–Veinte millones, según has dicho.

–Sí.

Blakely se volvió a mirar a Gray.

–Qué coincidencia.

Tenía razón. ¿Era una coincidencia que exigiera el mismo dinero que había desaparecido de las cuentas? Cabía la posibilidad. Era una cifra redonda y, además la prensa llevaba años vinculándola con él. Pero ¿y si no lo era? Seguían buscando los veinte millones desaparecidos. ¿Quizá su madre biológica creía merecerlos o estaba implicada en el fraude y nunca recibió el dinero que supuestamente le correspondía?

–¿Quién es la mujer?

–No lo sé.

Gray sabía que mentía, Su madre no había ido a la universidad y se había dedicado a organizar eventos y fiestas, pero no era una ignorante. De hecho, era una especialista en averiguar cotilleos y trapos sucios de la gente. Era imposible que no hubiera pagado por una investigación detallada de la amante de su marido. Y más si era la madre de su «hijo».

Blakely manifestó su escepticismo con un resoplido.

–Disculpa, pero no pareces una idiota.

–¡Qué amable, querida! –dijo la madre.

Blakely pasó por alto el sarcasmo.

–Sabes perfectamente quién es la madre de tu hijo. No habrías dejado escapar esa información crucial si antes no supieras quién es.

La madre de Gray esbozó una sonrisa ladeada.

–Me gusta esta chica. Deberías conservarla a tu lado.

–Lo tendré en cuenta. Entretanto, ¿por qué no contestas su pregunta?

–Vale, sé quién es. Tu padre no era tan discreto como se creía.

Gray no supo qué decir a eso, así que esperó.

–Trabajaba en el club –siguió su madre–. Era una de esas chicas que lleva bebidas a los hombres que están jugando golf. Al menos hasta que tu padre le puso un bonito piso y le pasó una mensualidad para tenerla a su disposición.

La cosa empeoraba.

–Cuando ella se quedó embarazada, se enfureció. Supuestamente tomaba la píldora, pero se ve que se le olvidó algún día. Como siempre, tu padre encontró la manera de resolver el problema a su favor. Nosotros llevábamos años intentando tener un hijo; los médicos no eran optimistas. Los tratamientos de fertilidad no eran tan frecuentes por aquel entonces. Me convenció de que había encontrado a una mujer que accedía a hacer una adopción privada.

–Pero tú sabías la verdad.

–Claro. No era el primer affaire que tenía, ni fue el último. Mientras fuera discreto, no me importaba demasiado.

–Accediste a aceptar al niño como tuyo –dijo Gray.

Su madre suspiró y fue hasta una butaca que había frente a Blakely.

–Sí.

–Pero sabías la verdad –intervino Blakely–: no solo que no era tuyo, sino que era de ella, la amante de tu marido.

Su madre miró a Gray con expresión compungida.

–Sí. Cada vez que te miraba, me recordabas la infidelidad de tu padre. Una cosa era saberlo, pero… te pareces a ella.

−¿Sí?

Su madre asintió.

−Y a él. Lo intenté, Gray, de verdad. Quería que fueras mi hijo. Y lo eres.

−Pero al mismo tiempo no lo soy.

−En cierta medida, te culpé por algo en lo que no tenías la menor responsabilidad.

Gray asintió. ¿Qué podía decirle? ¿Que debía haberse esforzado más en ser una madre de verdad? Eso no cambiaría nada.

−¿Quién es ella?

−¿Ahora? Trabaja en un espectáculo en Las Vegas. Mi única exigencia fue que abandonara el estado. Tu padre le pagó una gran suma de dinero, y se marchó.

Era evidente que a su madre biológica le importaba más el dinero que él, pero Gray decidió lidiar con eso más adelante.

−¿Sabes cómo localizarla? −preguntó. Su madre asintió−. Dame la carta y esa información y yo me ocuparé −concluyó Gray.

Ella le dio la carta. Sin mirarla, Gray se la pasó a Blakely, sabiendo que la guardaría. Cuando llegaran a la oficina, la mandaría al equipo forense para que la analizaran. También contactaría con Joker para ver qué podía averiguar antes de que él partiera para Las Vegas.

Alargando el brazo, indicó a Blakely que lo siguiera. Ella se levantó y fue hacia la puerta. Él esperó a que pasara primero y le sorprendió que Blakely, al hacerlo, le acariciara el pecho; un contacto leve que le ayudó a calmar el torbellino que sentía en su interior.

Gray la siguió. Los pasos de su madre resonaron a su espalda. Antes de salir, Blakely se detuvo ante la puerta principal, se volvió y preguntó a su madre.

–¿Por qué has llamado a Gray en lugar de a tu marido?

–Porque las indiscreciones de Malcolm son la razón de que estemos en este lío. Y sé que Gray es socio de una empresa de seguridad. He supuesto que estaría mejor preparado que su padre para manejar esta situación.

–Lo suponía –dijo Blakely.

Gray se sorprendió de nuevo cuando ella le tomó la mano mientras bajaban las escaleras. Apretándosela antes de soltarla, Blakely rodeó el coche y entró en él.

Gray adoraba la suavidad y gracilidad de sus movimientos. No se cansaba de observarla.

Se sentó tras el volante, pero antes de que arrancar, Blakely posó una mano tranquilizadora sobre la suya.

–¿Estás bien?

Gray no estaba seguro. La revelación de su madre debería haberlo sacudido, pero no era así. Ella nunca había sido afectuosa y, en cierta medida, descubrir que no era su hijo de verdad proporcionaba un contexto a su infancia. Le ayudaba a entender cosas que nunca había comprendido.

–Sí, estoy bien –dijo finalmente.

Blakely escrutó su rostro como si quisiera comprobar que decía la verdad. Tras unos segundos, sonrió, le apretó de nuevo la mano y dijo:

–Voy contigo.

Gray la miró confuso.

–¿Adónde?

–A Las Vegas. No finjas que no es eso lo que piensas. Voy contigo.

–No.

–Sí. ¿Qué pensaría Stone de que te fueras a Las Vegas intempestivamente para conocer a una madre biológica cuya existencia no conocías hace veinte minutos, una mujer que puede o no estar implicada en tu condena por desfalco?

Blakely era increíble.

—Eso es jugar sucio –dijo Gray.

Blakely le dedicó una sonrisa luminosa.

—Ya ves, aprendo rápido.

Blakely jamás se hubiera imaginado sentada en un avión privado, al otro lado del pasillo de Gray.

—Relájate –dijo él.

—Estoy relajada.

—No es verdad. ¿Qué te pasa?

—Nada.

Gray enarcó una ceja indicando que no la creía.

Blakely no estaba dispuesta a decirle la verdad. Cuando se había ofrecido a acompañarlo no había tenido en cuenta lo que implicaba. Una cosa era pasar horas en el mismo despacho, pero estar a su lado varios días… Al menos en Charleston podía volver a su casa para intentar despejar su mente.

—Recuérdame otra vez por qué tenemos que estar tanto tiempo en Las Vegas.

Esa había sido otra sorpresa. Había supuesto que volarían a Las Vegas, localizarían a la madre de Gray y volverían. Pero Gray le había dicho que preparara una bolsa para tres o cuatro días. Teniendo en cuenta que ya sabían dónde trabajaba y vivía, Blakely no entendía por qué necesitaban alargar su estancia allí.

—Quiero ir a ver a otro par de personas.

Blakely no podía evitar que la invadiera la sospecha. Había leído lo bastante sobre Gray en el pasado como para saber el tipo de entretenimiento en buscaba en Las Vegas: el juego y las aventuras sexuales.

Y ella no pensaba formar parte de una cosa ni de otra.

En el fondo, tampoco pensaba que eso era lo que Gray tuviera planeado, pero…

–No pienso pasar un fin de semana de desenfreno en Las Vegas, Gray.

–Me alegro, porque yo tampoco. Solo quiero contactar con alguna gente que conozco.

Blakely lo miró inquisitiva. Cada célula de su cuerpo quería creer en él, pero no conseguía acallar las voces que le aconsejaban ser cauta.

Finalmente se encogió de hombros.

–Vale, entonces me volveré después de hablar con tu madre.

–No. Necesito que me acompañes.

–¿Por qué?

–Porque voy a hablar con mi corredor de apuestas, Surkov.

Blakely no pensaba participar en eso.

–No me necesitas para jugar.

–Si crees que estoy aquí para apostar, debes pensar que soy idiota. La razón principal de que haya pasado siete años en la cárcel es que jugaba. Aunque no era un adicto al juego, no tenía medida.

–¿Por qué lo hacías? El principal argumento del fiscal fue que estabas endeudado hasta las cejas con una gentuza y que no quisiste pedirle a tu padre que te diera el dinero.

Gray arqueó las cejas.

–¿Y ahora qué piensas de eso?

Blakely ladeó la cabeza y reflexionó unos segundos. ¿Qué pensaba? En el pasado, solo contaba con la información que había salido en la prensa o con la impresión que tenía de él por sus escasos encuentros en Lockwood Industries, y ninguna había servido para que se hiciera una buena opinión de él.

Estaba segura, sin embargo, de que el hombre del presente no habría dudado en hacer lo que fuera necesario, incluido hablar con su padre por más tensa que fuera su relación. Pero eso no significaba que hubiera hecho lo mismo años atrás. De hecho, Blakely estaba convencida de que su paso por la cárcel había hecho de él un hombre mejor.

—No sé cómo eras, así que no puedo juzgar. Pero ahora sí creo conocerte, y dudo que te importara cómo hubiera reaccionado tu padre.

—Eso es verdad.

—Sin embargo, después de analizar la última semana tus cuentas personales, sé que tenías bienes más que suficientes como para cubrir tu deuda sin recurrir a tu padre.

—Estás en lo cierto.

—Lo que me lleva a preguntarte por qué solías pedir préstamos para jugar.

Gray frunció el ceño.

—Porque era joven, estúpido y vago.

—¿No explica eso la mayoría de las decisiones que tomamos?

Gray rio.

—Era un niño mimado y estaba acostumbrado a tener al instante lo que quería. Más de una vez me encontré en medio de una apuesta sin el metálico suficiente. Es más fácil solicitar un préstamo a altos intereses en mitad de la noche que contactar con el gestor de tu portafolio para que liquide unos activos. Sobre todo cuando sabía que podía devolver el préstamo sin que llegaran a cobrarme los intereses.

—Pero la última vez no pagaste de inmediato.

—No, porque mi vida cambió radicalmente cuando unos policías entró en mi casa y me arrestaron por desfalco. Estaba demasiado preocupado intentando limpiar mi nombre como para preocuparme del último préstamo. De haber sabido que se usaría en mi contra, me habría ocupado al instante. Pero, una vez más, actué inconscientemente. Ni siquiera me preocupé cuando el hombre a que le debía dinero me mandó un mensajero para recordármelo.

—¿Te mandó un matón?

Gray rio.

—Has visto demasiadas películas, Blakely.

—No, he crecido cerca del crimen organizado, Gray. He visto a muchos hombres hacer cosas despreciables. Dar una paliza por dinero está entre las más leves.

Gray la miró fijamente y Blakely se dio cuenta de que acababa de revelar más de sí misma de lo que le habría gustado. Lo último que quería era que Gray sintiera lástima de ella. O peor aún, que pidiera detalles.

Pero no fue eso lo que hizo.

—Solo vinieron a hablar. Por entonces pensé que era porque siempre había pagado mis deudas. Pero ahora…

Blakely sabía cómo terminaba la frase.

—¿Crees que tuvieron algo que ver con el desfalco?

Gray se encogió de hombros.

—No tiene mucho sentido, puesto que podían contar con que les pagara.

Eso era verdad. Pero a veces la gente se comportaba irracionalmente.

Gray continuó:

–Aun así, vale la pena comprobarlo, especialmente ya que estamos en la ciudad. Remover todas las piedras…

Ocho años era demasiado tarde. El sentimiento de culpa que Blakely llevaba conteniendo los últimos días se expandió en su interior. Cuanto más conocía a Gray, más segura estaba de su inocencia. Lo que significaba que ella había sido instrumental en que pasara parte de su vida en prisión. Y ya no podía hacer nada para compensarlo.

Había llegado el momento de disculparse.

–Lo siento.

Gray se encogió de hombros sin fingir que no sabía a qué se refería.

–No tienes la culpa.

En eso se equivocaba, y aunque Blakely no iba a discutirlo, sí estaba dispuesta a seguir protestando.

–Dado que no esperas conseguir nada, no me necesitas a tu lado.

Lo que significaba que podía escapar y tal vez, solo tal vez, evitar hacer algo estúpido, como echarse en sus brazos y pedir que la besara.

–¿Para hablar con Skuvo? No.

Blakely no esperaba que accediera tan fácilmente. Desconfió.

Gray alargó la mano desde el otro lado del pasillo y le retiró un mechón de cabello de la cara.

–Te quiero a mi lado por mí.

Capítulo Siete

A Gray le gustaba ponerla nerviosa, especialmente porque nada parecía alterarla. Pero estaba descubriendo que bajo su apariencia menuda y frágil. Blakely tenía un núcleo de acero.

Y aunque lamentaba que fuera así por lo que había padecido en su vida, disfrutaba sabiendo que la provocaba, porque no cabía duda de que ella tenía la habilidad de descentrarlo a él.

Tal vez no era lo más conveniente en aquel momento, pero una de las cosas que había aprendido en los últimos años era que no se podía tener todo controlado. En ocasiones, uno simplemente tenía que aceptar los golpes, vivir la experiencia y aprender la lección.

Y como había dicho antes, no era un idiota. Al presentársele la oportunidad de seguir algunas pistas y pasar unos días con Blakely… había decidido que no podía dejarla pasar.

Gray pasó rápidamente por recepción de camino a la suite. Aunque hiciera años que no se alojaba allí, el personal lo conocía bien y el manager había atendido encantado todas sus peticiones al hacer la reserva.

Tras marcar el código del ascensor privado, entró en él, seguido de Blakely. En cuanto se cerraron las puertas, la estrechó en sus brazos y la hizo retroceder hasta la pared.

En lugar de besarla, se limitó a estudiar su sorprendido rostro, Blakely entreabrió sus labios y de ellos escapó un suspiro que le acarició la mejilla. Con las pupilas dilatadas. Ella apoyó las manos en sus caderas y lo atrajo hacia sí.

Entonces Gray la tomó por la nuca y la besó. Sabía a menta y a pecado.

Intentó ser delicado, dejar que los dos fueran sintiendo la conexión, pero Blakely tenía otra idea. Con un gemido ahogado, se puso de puntillas para pegarse más a él y le rodeó la cadera con una pierna para darle la bienvenida a la uve entre sus muslos abiertos.

Su calor y su aroma lo envolvieron y Gray presionó sus caderas contra las de ella. Blakely hizo girar las suyas, acariciando su palpitante erección por encima de la ropa.

Gray se dio cuenta de que alguien en seguridad estaría disfrutando de la escena y, muy a su pesar, retrocedió un paso. Sin soltar a Blakely, apoyó la frente en la de ella.

Había algo reconfortante y seductor en la forma en la que el cuerpo de Blakely respondía al suyo. Jadeaba suavemente como si acabara de correr un maratón en lugar de haberlo besado como una hechicera. Y eso también le gustaba, porque Blakely le hacía sentir de la misma manera: como si un puñetazo en el pecho le cortara la respiración.

Blakely arqueó la espalda buscando un mayor contacto.

–Shhh –musitó Gray, acariciándole la frente con los labios–. Si sigo besándote no voy a poder parar, y por más que sea lo que quiero hacer, hay una cámara en el techo.

Sobresaltándose, Blakely se irguió y, tras unos segundos, susurró.

—¿Qué estamos haciendo? Esto es una locura.

Gray rio quedamente.

—¿Disfrutar el uno del otro?

—No nos caemos bien.

—Eso dices todo el rato, pero tú a mí me gustas, Blakely. Eres lista, competente y habilidosa; leal hasta la extenuación y extremadamente sexy.

Gray le retiró un mechón de cabello, mirándola mientras ella lo observaba. Los dos se quedaron inmóviles, al borde de algo indefinible, una posibilidad; algo que potencialmente podía serlo todo... o nada más que unos días robados de placer.

Gray no sabía qué pasaría, pero sí estaba seguro de querer asumir el riesgo de comprobarlo. Había pasado años sin opciones, sin poder hacer lo que quería. Aquella noche estaba decidido a aprovechar la oportunidad que se le presentaba.

Pero solo si Blakely quería lo mismo.

—Cuando el ascensor se detenga, iré a mi habitación. Si me sigues, voy a desnudarte, a besar cada milímetro de tu cuerpo desnudo y a seducirte hasta que estemos borrachos de placer. Si no quieres que pase eso, no te bajes.

Blakely apoyó la mano en la fría pared del ascensor. Gray no se molestó en volverse para ver si lo seguía. Sus palabras quedaron suspendidas en el aire. Blakely no tenía la menor duda de que quería lo que le había ofrecido. Todo su cuerpo vibraba con el beso que se habían dado.

Seguirlo no era sensato ni seguro.

Pero estaba harta de las dos cosas, de siempre cumplir con las reglas y ver cómo se premiaba a quienes no lo hacían. Aquella noche solo quería sentir, tomar una decisión alocada.

Las puertas estaban a punto de cerrarse, pero Blakely puso una mano en medio para evitarlo. Salió del ascensor y entró en el vestíbulo de la increíble suite.

Un techo alto se elevaba sobre ella; de frente una pared de cristal le dio la bienvenida. Blakely se acercó y contempló la vista de la ciudad en la oscuridad.

El aliento se congeló en sus pulmones al sentir a Gray a su espalda, presionando su cuerpo contra el de ella. La rodeó con sus brazos y subió una mano a su mandíbula, girándole la cara para poder besarla mientras ella se arqueaba contra él, descansando en su cuerpo para no perder el equilibrio.

Con la otra mano, él fue desabrochándole los botones de la blusa lentamente. Aquella mañana Blakely había elegido qué ponerse con cuidado para trasmitir una imagen informal, pero profesional, y marcar el tono del viaje. Abriéndole la blusa, Gray separó su boca de la de ella para contemplar lo que quedó al descubierto.

—Por favor, dime que llevas las bragas a juego con el sujetador.

Blakely sonrió provocativamente.

Por fuera había optado por la profesionalidad, pero al barajar las opciones en lencería, las manos se le habían ido hacia un conjunto de redecilla y encaje que dejaba prácticamente todo el seno a la vista. Hacía tiempo que estaba convencida de que la lencería provocativa estimulaba la autoestima de una mujer.

—Pues sí —dijo, sintiéndose gratificada por la mirada de deseo de Gray.

—Déjame comprobarlo.

Separándola de sí, Gray retrocedió. Blakely se volvió y la blusa se deslizó por sus hombros hasta el suelo. Ella solía sentirse incómoda en situaciones como aquella. Le iba más desnudarse y meterse en la cama, centrarse en el objetivo final.

Pero aquella noche era completamente diferente. Probablemente porque era Gray quien la miraba. Su mirada ardiente le puso la carne de gallina. Podía sentir sus ojos sobre ella como una caricia. Y el deseo que reflejaban le dio seguridad.

–Blakely, me estás matando –musitó él.

Ella se bajó la cremallera del pantalón y, haciendo girar las caderas, lo dejó caer junto a la camisa.

La exclamación ahogada de Gray significó más que mil palabras. Sus ojos verdes se oscurecieron. Blakely se quitó los zapatos y se acercó a él. Le dolían los pezones y sentía el sexo palpitante. Quería que Gray la tocara. Una corriente de aire fresco le acarició la piel, provocándole un escalofrío.

–Eres preciosa, Blakely.

Cruzando el espacio que los separaba, Gray la tomó por la nuca y, con suavidad, hizo que se pusiera de puntillas. La estrechó contra su sólido torso y fundió sus labios con los de ella.

Fue un beso poderoso, intenso, embriagador.

Un deseo líquido recorrió a Blakely. El roce de la ropa de Gray contra su piel desnuda le hizo recordar hasta qué punto era vulnerable. Un remolino de anhelo anticipado tomó forma en su interior con la pasión que Gray atizaba.

Echándose atrás, ella le sacó la camisa de los pantalones. Gray le dejó, consciente de que necesitaba nivelar el juego. Levantó los brazos para facilitarle que se la quitara. Verlo con el cabello alborotado hizo sonreír a Blakely porque le hizo sentir una intimidad casi mayor que la de su desnudez. Alzó las manos y se lo peinó con los dedos; luego los deslizó por sus hombros y por su torso.

Todo en Gray era musculoso y duro, pero lo que atrajo la atención de Blakely fueron las cicatrices que salpicaban su piel. Las recorrió con los dedos, queriendo memorizarlas. Gray se tensó, pero no evitó la exploración. Blakely habría querido preguntarle por ellas, pero supo que no era el momento.

Mirándolo a los ojos, besó una especialmente marcada en uno de sus pectorales, y luego fue descendiendo hasta atrapar entre sus labios uno de sus pezones. El gemido que emitió Gray cuando lo succionó le hizo sonreír. Él le agarró el cabello, arqueándole el cuello al tiempo que presionaba contra ella. Blakely respondió mordisqueándole el pezón.

Él entonces entró en acción, la tomó por la cintura y la colocó sobre la isla de una cocina en la que Blakely ni siquiera se había fijado.

La fría superficie en contacto con su trasero le hizo exclamar de sorpresa. Gray alargó las manos hacia su espalda, le soltó el sujetador y, en segundos, sus labios estaban sobre sus senos.

Blakely se arqueó contra él, deleitándose en las sensaciones que su húmeda boca le provocaba. Gray extendía una mano sobre su coxis, manteniéndola inmóvil. Blakely se sintió ahogada en oleadas de placer mientras él mordisqueaba, succionaba y lamía. Un hormigueo le recorría la espalda. Gray le separó las piernas y se colocó entre sus muslos. Acarició la delicada piel de su ingle, recorriendo la línea de sus bragas, provocándola, tentándola con lo que sabía que quería.

Ella se retorció anhelante, ansiosa.

—Por favor —suplicó.

Gray obedeció, deslizando un dedo por debajo de la tela y encontrando el húmedo y caliente centro de su sexo. Blakely gimió y se enarcó contras su caricia.

–¡Dios, estás tan húmeda! –gimió él.

Acercándola al borde, Gray le quitó las bragas. Luego se arrodilló a sus pies y el deseo con el que la miró casi hizo estallar a Blakely. Desnuda y expuesta a su mirada, en cualquier otra ocasión se habría sentido incómoda, pero en lugar de eso, se sentía poderosa y sexy.

Gray le abrió aún más las piernas y fue dejando un rastro de besos por su muslo hasta que llegó con los labios al pulsante núcleo de Blakely, que clamaba por encontrar desahogo.

Su boca actuó mágicamente. Blakely descansó sobre los codos porque no podía mantenerse erguida. Cerró los ojos y ráfagas de colores brillantes atravesaron su cerebro al compás de los latigazos de placer de la lengua de Gray.

El orgasmo la sacudió haciendo temblar todo su cuerpo. Alzó las caderas y galopó sobre las contracciones que se sucedieron en lo que le pareció una eternidad. Respiró agitadamente, como si no consiguiera inhalar bastante oxígeno; le temblaron los codos, pero consiguió mantenerse relativamente erguida; le habría dado vergüenza colapsar sobre la encimera delante de Gray. Aunque, en realidad, dudaba que le hubiera importado.

Él se incorporó entre sus piernas con los labios brillantes por su húmedo sexo y sonrió con una satisfacción que Blakely quiso borrar de su rostro, empezando por dejarlo desnudo.

Alargando las manos hacia su pantalón tiró de él para acercarlo. Se incorporó, abrió la cremallera y le bajó los pantalones y el bóxer. Gray se quitó los zapatos y dejó caer la ropa al suelo.

Tenía un cuerpo perfecto. La luz marcaba los volúmenes y los valles de su torso. En la parte baja de las caderas arrancaba un bosque que descendía hacia la tierra prometida.

Su erección, dura y firme, se proyectaba orgullosamente hacia fuera. Una pequeña perla húmeda colgaba de su hinchado extremo. Blakely se pasó la lengua por los labios, ansiando saborearlo.

Él gimió con voz ronca.

—No me mires así.

—¿Cómo? —preguntó Blakely sorprendida.

—Como si fuera una chocolatina y estuvieras muerta de hambre.

Ella sonrió.

—Eres mucho mejor que eso, Gray. Eres supersexy.

—¿Ah, sí? —preguntó él provocativamente.

Blakely le indicó que se acercara.

—Eres un pecado andante. Ven y cállate.

Gray obedeció, colocándose de nuevo entre sus piernas. Blakely fue a saltar de la isla, pero él la retuvo donde estaba.

—Te quiero ahí —dijo.

—Puede que yo quiera estar en otra parte —dijo ella. Por ejemplo, de rodillas, con él en su boca.

Gray sonrió. Ni siquiera después de un orgasmo se volvía más dócil.

—Se siente.

Blakely pensó que igual cambiaba de idea si le decía lo que tenía en mente, pero no tuvo la oportunidad, porque la capacidad de pensar se le nubló en cuanto él hundió los dedos en su sexo.

–Dios, qué prieta estás –dijo Gray jadeante.

Ella asintió porque no podía hablar. Gray empezó a mover sus dedos dentro y fuera, profundamente. Blakely sintió que se le iba vaciando el cerebro a medida que se prolongaban la caricia. Sintió el cuerpo al rojo vivo al tiempo que sus caderas salían al encuentro de los dedos de Gray. Estaba a punto de… Y Gray se detuvo de pronto. Con los dedos todavía dentro de su cueva, le hizo una señal con la otra mano.

–¿Qué? –preguntó ella desconcertada.

Con la respiración entrecortada, él contestó:

–Échate hacia atrás, abre un cajón a tu espalda y saca un condón.

Blakely parpadeó, pero no hizo preguntas. Apoyándose en un codo, se giró para alcanzar el cajón y abrirlo. Efectivamente, había un montón de condones. Tomó uno y preguntó:

–¿Cómo lo sabías?

–No es la primera vez que me alojo aquí.

Blakely no quiso marginarlo allí con otras mujeres.

–Y puede que le haya pedido al encargado que dejara condones en todas las habitaciones –añadió Gray con picardía.

Blakely sintió una mezcla de risa e irritación.

–Caradura.

Gray se encogió de hombros.

–Creo estar preparado.

Eso estaba claro. Volviendo a sentarse, Blakely abrió el paquete. Gray alargó la mano para que se lo diera, pero ella se la apartó de un golpe. Entonces, sujetándolo por las caderas, lo atrajo hacia sí y acarició su sexo, arriba y abajo, sintiendo su peso y su calor. Gray empujó la ingle hacia adelante y los músculos internos de Blakely se contrajeron. Lo quería dentro.

Le colocó el condón y lo posicionó delante de su sexo. Gray la sujetó por las caderas y se detuvo un instante. Mirándola fijamente, dijo:

—Lo siento.

—¿El qué?

—Hace tiempo que no practico. Va a ser rápido.

—¿Cuánto tiempo?

—Casi ocho años.

—No.

Blakely no podía creerlo. Mientras había estado en prisión, era lo lógico, pero llevaba un año fuera.

—¿Por qué iba a mentirte?

Claro que no había motivo para que la mintiera.

—No me refería a eso. Es solo que… me asombra que alguien tan atractivo y sensual como tú no haya…

—De joven no tenía criterio, pero los últimos años me han enseñado a saber qué es importante. Y hasta ahora, no he encontrado nadie con quien quisiera estar.

Blakely no supo cómo interpretar esa información, pero tampoco tuvo tiempo para reflexionar, porque Gray la penetró en ese momento. Ella dejó caer la cabeza hacia atrás y cerró los ojos, concentrándose en la sensación de tenerlo dentro. Gray le dio unos segundos para adaptarse a él. Con las manos en sus caderas la mantuvo firme mientras se mecía dentro y fuera, a un ritmo que fue incrementando la tensión y el placer dentro de Blakely.

El sexo en la encimera de la cocina de una suite debería haberle hecho sentir decadente, algo completamente ajeno a su vida normal, y en cierto sentido, aquel instante con Gray tenía esas cualidades. Si ocho años atrás alguien le hubiera descrito aquella escena, se habría reído. Pero en aquel momento…

Gray estaba profundamente dentro de ella y, sin embargo, lo quería aún más cerca, necesitaba más de él. Y no era solo algo físico.

Gray atrapó sus labios e imitó con su lengua la conexión entre sus cuerpos, penetrándola con ella como lo hacía con su sexo.

Blakely sintió la proximidad de otro orgasmo. Él aceleró y se meció dentro de ella con más fuerza. Y entonces el mundo estalló alrededor de los dos al tiempo que Gray dejaba escapar un profundo y ronco gemido de plenitud y su cuerpo temblaba contra el de Blakely. Ella lo abrazó con fuerza y los estrechó contra sí.

La agitada respiración de Gray resonaba en el oído de Blakely mientras ella intentaba enfocar la vista. Tras varios segundos, Gray se separó de ella.

Blakely supuso que diría algo ingenioso, que haría una broma para relajar la tensión y quitar importancia a lo que acababa de pasar entre ellos, en parte porque era lo que ella necesitaba para centrarse.

Pero Gray le acarició la mejilla y, tomándola por el mentón, atrajo su rostro al de él.

—Ha sido tan increíble como lo imaginaba, o mejor.

Blakely sintió que se le henchía el corazón y que la recorría por dentro algo dulce.

Pero la sensación fue breve y se transformó en algo muy distinto cuando él deslizó la mirada sobre ella con un fuego que le quemó la piel y dijo:

—Pero no va ser ni mucho suficiente por esta noche.

Capítulo Ocho

Una noche con Blakely no era ni mucho menos suficiente, aun cuando esa noche hubiera supuesto el mejor sexo de su vida. Y eso era decir mucho.

Blakely era tan atrevida y libre en la cama como reservada y discreta en su vida normal. Había sido un descubrimiento maravilloso pero, por más que quisiera pasar el resto del día explorándola, tenía otros asuntos que resolver. Recorriendo con besos su espalda desnuda, Gray dijo:

—A levantarse, Bella Durmiente.

Blakely emitió un gemido de protesta y hundió la cabeza en las almohadas. A Gray le llegó un murmullo farfullado, cuya idea general comprendió. Contestó:

—No podemos retrasarnos.

Ya le había dejado dormir de más. Tras tomar la almohada bajo la que se ocultaba Blakely, la tiró al suelo. Girándose hacia él, Blakely abrió un ojo.

—Vete por ahí.

¿Cómo podía estar tan encantadora por la mañana? Gray tomó el café que había dejado en la mesilla y se lo acercó a la nariz.

—Si quieres, lo haré. Pero ayer insististe en venir conmigo.

—¿Qué clase de monstruo programa una cita al amanecer?

Gray rio.

—Son casi las doce.

Blakely se incorporó de un salto.

—¡No puede ser!

—Lo es.

—¿Por qué no me has despertado antes? Nunca duermo hasta tan tarde.

Por eso mismo lo había hecho. No necesitaba que se lo dijera para saber que Blakely acostumbraba a levantarse temprano y trabajar hasta la noche. Pero también era evidente que no tenía la costumbre de pasar la noche haciendo el amor.

—Dejarte dormir era lo mínimo que podía hacer después de lo de anoche.

Blakely lo miró con escepticismo. Era evidente que lo que había pretendido como una broma había sido interpretado erróneamente.

—¿Me pagas el sexo con descanso?

—Esa no era la idea.

Blakely lo miró con una mezcla de desdén y deseo.

—Se ve que tú, en cambio, no has necesitado descansar.

Gray se había levantado dos horas antes, se había duchado y resuelto un par de asuntos.

—No duermo demasiado —normalmente se habría limitado a decir eso, pero en aquella ocasión explicó—: Antes de ir a prisión solía despertarme a mediodía porque pasaba la mitad de la noche de fiesta. En la cárcel todo está regido y pautado por el reloj. Sabes cuándo dormir, comer y salir al patio. Ahora me cuesta quedarme en la cama una vez me despierto, aun cuando lo intente.

El rictus de Blakely se relajó. Se dejó caer sobre las almohadas con gesto arrepentido.

–Perdona.

–¿Por qué?

–Por despertarme a la defensiva. No suelo hacer esto y no sé qué esperas de mí.

Gray lo suponía. Dejó la taza en la mesilla y se sentó en la cama.

–Blakely, no espero nada. Los dos decidimos lo que hacemos y lo que queremos el uno del otro. Lo demás no importa.

Ella lo miró pensativa.

–Eres muy distinto a lo que pensaba.

–Eso ya lo has dicho antes.

Blakely reptó hacia arriba hasta apoyarse en el cabecero de la cama, con la sábana bajo los brazos, de manera que sus hombros y sus clavículas quedaban expuestos.

Gray habría querido inclinarse y besarle los senos pero, reprimiéndose, le acercó la taza de café. Ella lo tomó entre las manos y aspiró su aroma con los ojos cerrados. Su expresión de gozo hizo que el sexo de Gray se endureciera. Era la misma expresión que se había reflejado en su rostro cuando él le había dado placer con la lengua.

La mirada de sorpresa que ella le dirigió después de dar el primer sorbo justificó el trabajo que se había tomado en prepararlo tal y como sabía que le gustaba.

–¿Cómo lo sabes? –preguntó Blakely.

Gray no fingió no saber a qué se refería.

–Llevamos días trabajando juntos. He estado atento.

Inclinándose hacia adelante, Blakely dejó la taza en la mesilla y se puso de rodillas.

–¿Cuánto tiempo tenemos?

–No suficiente.

Blakely se acarició la piel desnuda, amasándose los senos y dejando ver sus pezones endurecidos entre los dedos.

—¿Estás seguro?

Gray gimió de frustración.

—Desafortunadamente, sí.

Tomó las muñecas de Blakely y, retirándole las manos, le pasó la lengua por uno de los pezones antes de decir:

—Pero te aseguro que tengo planes para ti más tarde.

—¿Ah, sí?

—No lo dudes.

Tras un día extraño. Blakely se encontraba arrellanada en el sofá de la suite, leyendo los correos que habían llegado a su cuenta de Stone Surveillance. Aunque resultara raro, empezaba a sentirse parte del equipo y, de hecho, uno de los investigadores le pedía que revisara unas cuentas de otro caso. Había resultado sencillo y en menos de una hora había podido mandar un informe con algunos detalles de interés.

Estaba apagando el ordenador cuando la sobresaltó una llamada a la puerta. El sonido resonó en el espacio vacío, recordándole que estaba sola. Tras una improductiva visita a Surkov, Gray la había dejado para ir a hacer «un par de cosas», según le había dicho.

Blakely fue hacia la puerta.

—¿Quién es? –preguntó, mirando por la mirilla.

Solo pudo ver un carro lleno de bolsas y cajas, y un par de zapatos que asomaban por debajo.

—¿Señorita Whittaker? El señor Lockwood le manda varias prendas de la boutique del hotel.

Blake abrió la puerta desconcertada.

–Siento que le haya hecho perder el tiempo. No necesito nada.

Una mujer menuda asomó la cabeza por el lateral del carro y le dedicó una sonrisa encantadora.

–Me advirtió que diría esas mismas palabras.

–¿Ah, sí? –Blakely no supo qué pensar de eso.

La mujer asintió y el flequillo le bailó sobre la frente.

–También dijo que no podía marcharme sin que me dejara entrar. Y me prometió una propina tan grande como el salario de un mes, lo que sería maravilloso. Por favor, ¿me deja pasar?

Blakely miró a la mujer y decidió que ni su constitución, ni sus ojos marrones, ni su sonrisa luminosa parecían peligrosos. Además, en la bolsa reconoció los logos de las marcas que había en la boutique. Dando un suspiro, se echó atrás y le indicó que entrara. No sería ella quien negara a aquella chica la posibilidad de ganar un poco de dinero extra.

La joven entró dando prácticamente saltos de alegría y guio el carro al medio del salón.

–Me llamo Desiree –dijo. Miró a su alrededor sin prestar particular atención ni a la opulencia de la suite ni a las increíbles vistas y se concentró en las prendas del carro, mirando ocasionalmente a Blakely con gesto pensativo–. No veo gran cosa.

–¡Oiga! –protestó Blakely.

–¡No me refería a usted! –se apresuró a decir Desiree–. Quería decir que, viéndola con una sudadera holgada y descalza, no puedo deducir cuál es su estilo. Supongo que no es lo que lleva habitualmente.

–Supone bien.

–El señor Lockwood me ha dado una idea de cómo le gustaría verla, pero quiero saber su opinión. Está claro que nos vestimos para el hombre más importante de nuestra vida, pero es usted quien debe sentirse guapa con lo que se ponga.

–No es tan importante –replicó Blakely automáticamente, refiriéndose al comentario sobre Gray.

Una cosa era que se sintiera atraída por él y que le gustara cada vez más. Pero de ahí a convertirlo en el centro de su universo…

Desiree la miró con ojos chispeantes.

–Créame, conozco a la gente. Sí es importante.

–Puede ser, pero no para mí.

Desiree la miró como diciendo: «sí, ya», y se encogió de hombros.

–Como usted quiera.

–Lo digo en serio. Es… complicado.

–Querida, siempre lo es. Las compilaciones hacen la vida más interesante.

–Lo interesante puede ser peligroso.

Desiree sacudió la cabeza.

–Lo interesante es interesante –abrió la cremallera de una de las bolsas y sacó un mono negro–. El señor Lockwood dijo que tiende a llevar ropa clásica con la que transmite una imagen de autoridad y control.

A Blakely le sorprendió una vez más que Gray fuera tan observador.

Alzando el mono, Desiree continuó:

–Sugirió que esta sería el tipo de prenda con la que se sentiría cómoda, pero también mencionó que quería darle la oportunidad de probar algo nuevo, algo que la sacara de su zona de seguridad.

¿Qué quería decir con eso? ¿Era una manera de juzgarla? Blakely sintió una mezcla de vergüenza e indignación.

—Mi estilo no tiene nada de malo.

—No creo que el señor Lockwood pretendiera criticarla.

—Entonces ¿qué pretendía?

—Comentó que sospechaba que no había tenido la oportunidad de mimarse a sí misma, ni siquiera de pequeña. Eso me dio mucha pena: toda niña debe poder jugar a vestirse elegante.

—¿Así que quiere convertirme en una muñeca?

Blakely se sentía incómoda, pero también le sorprendía la clarividencia de Gray. Nunca había sido de esas niñas que se ponían el maquillaje de su madre o sus zapatos de tacón. De hecho, ni siquiera recordaba su infancia como feliz o divertida.

Tampoco había sido una desgraciada. Había niños que verdaderamente sufrían, pero…

—Yo creo que lo único que pretende es darle la oportunidad de que se sienta hermosa.

Blakely parpadeó. No recordaba haberse sentido nunca especialmente guapa. Los trajes de chaqueta le hacían sentir poderosa y competente, capacitada para enfrentarse a cualquier cosa.

Ni siquiera había ido a su fiesta de graduación, ni había tenido nunca un vestido largo, o la excusa para ponérselo. Y, en cualquier caso, no estaba segura de querer cambiar su estilo.

—No me interesan los vestidos rosas de volantes.

Desiree la sorprendió con una carcajada sonora que no se correspondía con su aspecto frágil.

—Me alegro, porque no he traído ninguno.

Con aire divertido, Desiree sacó un par de prendas

más de las bolsas: un vestido largo de gasa roja que se pegaría a cada una de sus curvas y le haría sentirse desnuda; otro, de color esmeralda con cola de sirena.

Ninguno la convenció y la mirada de Blakely volvía una y otra vez hacia el mono que Desiree le había mostrado inicialmente. Tenía un brillo sutil y unos reflejos iridiscentes.

Desiree le enseñó otros dos vestidos, uno blanco y otro morado. Blakely no se veía en ninguno de ellos.

–¿Cuál quiere probarse primero?

–El mono negro –dijo Blakely sin titubear.

–Lo sabía. ¿No quiere ver cómo le queda ninguno de los otros, aunque sea por diversión?

–Para nada –dijo Blakely. No le interesaban lo más mínimo.

–Muy bien –Desiree descolgó el mono de la percha y se lo pasó–. Aquí tiene.

Dando un profundo suspiro, Blakely fue al dormitorio, se quitó al sudadera y, metiendo un pie y luego otro en el mono, se lo subió hasta los hombros. Solo entonces se dio cuenta de que la prenda, que parecía relativamente conservadora en la percha, resultaba muy sexy. La espalda quedaba desnuda, se ajustaba a la cintura, realzando sus formas, y se ataba en la parte de atrás del cuello, estrechándose sobre sus clavículas. La tela caía suavemente en la parte baja de la espalda y acariciaba la curva de su trasero, descendiendo hasta el suelo y creando el efecto de unas piernas largas y esbeltas.

Como la espalda quedaba a la vista, no podía ponerse sujetador. Sus senos libres rozaban la delicada tela con cada respiración. Con solo imaginarse así vestida ante Gray, sus pezones se endurecieron. Alzando las manos, se cubrió ambos senos y se los masajeó para liberarlos de tensión.

–Esto sí es encontrarse con una imagen sexy.

Blakely se sobresaltó al oír la voz de Gray y bajó las manos como si la hubiera descubierto haciendo algo inapropiado.

–No, no. Vuelve a poner las manos donde estaban.

Blakely siguió con la vista fija en espejo del tocador que tenía ante sí. Gray miró su reflejo con una expresión depredadora que le aceleró la sangre.

Él permaneció con la cadera y la cabeza apoyadas en el quicio de la puerta y las manos en los bolsillos, con una aparente calma que el brillo de sus ojos contradecía. Las mangas de la camisa, dobladas, dejaban a la vista sus musculosos brazos.

Dio un paso adelante y cerró la puerta.

–Estamos solos –dijo, enarcando una ceja para indicar a Blakely que hiciera lo que le había pedido.

Blakely alzó las manos lentamente hasta sus senos.

–¿En qué estabas pensado? –preguntó él.

–En ti.

La respuesta fue directa, pero no era eso lo que Gray quería saber.

–¿Y más específicamente? ¿Por qué tenía tu precioso rostro esa expresión de placer?

Había algo liberador en hablarse a través del espejo. Creaba una capa añadida de distancia que permitió a Blakely actuar con más osadía de lo que habría hecho de otra manera.

–Te imaginaba desnudándome; tus labios succionando mis pezones. El roce de la tela estaba siendo una tortura; por eso intentaba mitigar el dolor.

–¿Ha servido de algo?

—No.

¿Por qué no?

—Porque no era lo que quería.

Gray esbozó una sensual sonrisa.

—¿Y qué querías?

—A ti.

Gray sacudió al cabeza.

—Puedes hacerlo mejor que eso.

—Quiero que me beses como lo hiciste anoche, como si fuera el aire que necesitas para seguir vivo. Quiero que tus dedos recorran cada milímetro de mi piel. Quiero tu sexo en mi interior, meciéndose dentro y fuera hasta que, jadeantes, alcancemos juntos el clímax.

Sin sacar las manos de los bolsillos, Gray caminó lentamente hacia ella. Blakely sintió su cuerpo tensarse de deseo, esperando a que Gray hiciera realidad su fantasía.

Pero él se limitó a colocarse detrás de ella e inclinar la cabeza para besarle los hombros al tiempo que posaba las manos en sus caderas. Lentamente, las subió hacia sus senos y sus hombros. Con una mano le sujetó el cuello y colocó el pulgar bajo el mentón, obligándola, con suavidad, a mirarse a sí misma en el espejo.

—¿Qué ves?

—A mí.

—Más detalles.

Blakely se encogió de hombros.

—Tengo el pelo revuelto; el mono es precioso, aunque dudo que tenga la oportunidad de ponérmelo. Soy baja, y debería haberme maquillado esta mañana. Parezco cansada.

—Eso es verdad, pero porque has pasado la mitad de la noche disfrutando del sexo, y eso es bueno.

–Estoy de acuerdo.

–Entonces ¿por qué suena como si te arrepintieras?

Porque no le gustaba tener tan mal aspecto, y menos, por contraste con el de él.

–Tú parece que hubieras salido de la portada de una revista de moda de hombres. No es justo.

Gray rio.

–Me lo tomaré como un cumplido –bromeó, antes de añadir–: ¿Quieres que te diga lo que yo veo?

–Sí –dijo Blakely, aunque temía lo que fuera a oír.

–Eres increíblemente hermosa, Blakely. Tienes la piel blanca y suave; tus ojos azules me atrapan cada vez que te miro. Pero no solo por su peculiar tono, sino por la inteligencia, curiosidad e integridad que reflejan.

–Querrás decir «severidad».

–Quiero decir exactamente lo que he dicho. Tu cabello alborotado me recuerda que anoche fui yo quien te lo dejó así. Recuerdo sujetarte por él y mantenerte exactamente donde quería. Y que tú me dejaste. Eres una mujer asombrosamente fuerte, Blakely. Siempre lo he sabido. Pero anoche… te sentiste lo bastante segura conmigo como para dejarte ir. Y eso me lleva a querer ofrecerte más oportunidades para que lo hagas.

–¿De eso se trata esto?

–¿Qué «esto»?

–La ropa.

–En parte. Además, nos han invitado a una fiesta exclusiva en un club y he pensado que sería divertido acudir.

–Te habrán invitado a ti.

Blakely no recordaba haber sido invitada a muchas fiestas en su vida, y menos a una exclusiva en Las Vegas.

Gray se encogió de hombros.

—Porque todavía no te conoce nadie por aquí. Eres hermosa, inteligente y decidida; unas cualidades que todo el mundo valora. Y cuando te relajas, puedes ser muy divertida. Esta noche vas a ser todo un éxito.

Blakely resopló con desdén. Dudaba mucho que eso fuera verdad.

Gray añadió:

—Y con este mono, voy a tener que poner una señal sobre tu cabeza para proteger mi propiedad.

Blakely enarcó las cejas.

—Yo no soy tuya ni de nadie, chico. Nadie me posee.

Gray sonrió de oreja a oreja.

—Lo sé. Solo quería oírte responder precisamente eso.

Capítulo Nueve

Gray sabía que estaba jugando con fuego, pero en su fuero interno estaba convencido de que valía la pena.

Durante el tiempo que había estado estudiando a Blakely había aprendido mucho sobre ella. Pero incluso más la noche anterior. Verla relajarse y bajar las defensas había sido… la perfección. Un regalo.

El problema era que también le había hecho darse cuenta de que quería más de ella que un fin de semana y que no estaba seguro de que ella fuera a abrirse a la posibilidad de estar con él más permanentemente.

Aquella tarde había mentido al decir que tenía cosas qué hacer. En realidad había necesitado tiempo para aclarar su mente. Y en cierto momento había llegado a la conclusión de que no importaba demasiado lo que Blakely quisiera porque le correspondía a él convencerla de que podían compartir más que unos instantes robados, por más explosivos y excepcionales que hubieran sido.

Por eso se había embarcado en la misión de seducirla, no solo física, son también mentalmente. Y el primer paso era darle la oportunidad de pasarlo bien y relajarse, algo que sospechaba que no hacía casi nunca. Quería ver sus ojos brillar con asombro y placer; disfrutar de su maravillosa sonrisa, que tanto costaba arrancarle, pero que compensaba el esfuerzo de conseguirla con creces.

Gray observó a Blakely en el espejo. Estaba preciosa aun antes de que llegara el equipo de maquillaje y peluquería. Él mismo había elegido el mono sabiendo que le quedaría perfecto. También le había pedido a Desiree que llevara algunas prendas más por si se equivocaba.

Pero había estado en lo cierto. Blakely estaba espectacular. Y aunque ansiaba acariciar la piel desnuda de su espalda, tuvo que contenerse, porque estaba seguro de que, si lo hacía, no saldrían de la suite. Y por mucho que la idea fuera tentadora, primero quería que Blakely disfrutara de una noche de fiesta.

–Relájate y disfruta de la experiencia, Blakely.

–Para ti es fácil decirlo –masculló ella.

–No te creas.

En el pasado, ponerse un esmoquin para ir a una fiesta era la norma para él, pero hacía mucho tiempo que ya no le interesaban aquel tipo de celebraciones. Habría sido fácil recuperar sus viejos hábitos al salir de prisión, pero los años que había pasado encerrado le habían ayudado a madurar.

Eso no significaba que no estuviera deseoso de contribuir con algo de glamour y diversión a la vida de Blakely. Estaba seguro de que había carecido de ambas y que merecía disfrutar de su momento Cenicienta.

–Tienes media hora antes de que llegue el personal para ayudarte.

–¿A qué demonios te refieres?

–Maquillaje y peluquería.

–¿No me crees capaz de ocuparme yo misma? –preguntó Blakely airada.

–Claro que sí. Pero a la mayoría de mujeres les gusta mimarse de vez en cuando con ese tipo de cosas.

–Yo no soy como la mayoría de mujeres.

Gray se acercó a ella y posó las manos en sus hombros.

–Lo sé perfectamente –dijo, antes de inclinar la cabeza para besarla.

Fue un beso profundo y ardiente que prendió una hoguera en cuestión de segundos. Habría sido sencillo dejarse arrastrar por esa intensidad y perder el control, pero Gray consiguió reunir la fuerza de voluntad suficiente como para retroceder.

–¿Puedes hacerme un favor? –preguntó, mirando fijamente a Blakely.

Ella asintió con los ojos nublados por el deseo. Cuando lo miraba así, Gray apenas podía pensar.

–Deja de asumir que tengo intenciones siniestras.

–Tengo la costumbre de esperar lo peor de los demás.

Gray sintió una presión en el pecho.

–Lo sé –musitó.

Alzando la mano, le acarició la mejilla. Le perturbaba que Blakely hubiera aprendido a desconfiar incluso de aquellos que deberían de haberla protegido.

–Tengo las mejores intenciones respecto a ti, Blakely. Eres una mujer excepcional y solo quiero demostrarte cuánto valoro tu compañía.

–No necesito ropa cara y sirvientes a mi disposición.

La mayoría de las mujeres habría aceptado su gesto sin pestañear, pero no Blakely.

–Por eso mismo quería hacerte ese regalo. Permíteme que te lo haga.

Ella asintió lentamente.

–Excelente –dijo entonces Gray–. Y aunque lo que

más me gustaría en el mundo es quitarte ese mono, tendré que esperar. Tienes veinte minutos para ducharte antes de que vengan a arreglarte.

Y girando a Blakely por los hombros hacia el cuarto de baño, le dio un golpecito en el trasero que le ganó una mirada entre divertida y airada de ella.

Luego, Gray volvió al salón y pidió a Desiree que dejara los accesorios que acompañaban al mono antes de marcharse.

Ya a solas, se dejó caer en una butaca y miró sus correos en el teléfono. El callejón sin salida al que había llegado con Surkov no lo había tomado por sorpresa, pero aun así, le había dejado decepcionado, porque se encontraba tan lejos de averiguar quién le había tendido una trampa como hacía meses.

Cuanto más tardaba en encontrar un hilo del que tirar, más nervioso se ponía. Su mayor temor era que mientras no comprendiera lo que había sucedido, pudiera volver a suceder. Y estaba decidido a hacer lo que fuera necesario para evitarlo.

Por otro lado, que Blakely hubiera acabado implicada en su investigación la ponía en riesgo, y esa circunstancia lo perturbaba. Dando un suspiro, se concentró en un correo de Joker de hacía unas horas. Lo abrió esperanzado, pero pronto vio que solo era un informe sobre su madre biológica, nada relacionado con el desfalco.

Leer sobre la mujer que lo había tenido, que básicamente lo había vendido y luego había chantajeado a su madre no despertó en él ningún sentimiento cariñoso. Por lo que parecía, había disfrutado de una vida de lujo en Las Vegas. Al menos hasta que su belleza y su talento habían languidecido y no había podido utilizarlas para seguir manteniendo su acomodado estilo de vida.

Había pasado de ver su nombre en los carteles luminosos de los espectáculos a ocupar una anónima última fila del coro de baile. Sin siquiera conocerla, Gray asumía que las cosas no le iban bien. Y más, viendo que tenía relación con gente de reputación cuestionable y que, según Joker, su novio era un delincuente conocido.

Después de leer el informe dos veces, Gray dejó el teléfono sobre una mesa. En aquel momento no quería ocuparse de aquel tema. Al día siguiente se enfrentaría a su madre y le diría que no contara con el dinero del chantaje.

Dando un nuevo suspiro, se frotó los ojos, que sentía arenosos por el cansancio, lo que no era de extrañar, dado que Blakely y él habían pasado media noche despiertos.

Debió de quedarse dormido, porque un momento estaba pensando en levantarse y al siguiente Blakely estaba inclinada sobre él, sacudiéndole el hombro y llamándolo.

–Gray…

Parpadeó para enfocar la mirada. Blakely tenía un halo, como el que rodeaba la imagen de las madonas. Toda ella parecía brillar con una luz que irradiaba desde dentro.

–Gray, ¿estás bien?

Gray se incorporó y finalmente pudo enfocar. Blakely retrocedió un par de pasos y la pudo ver por completo.

–Estás espectacular.

Blakely se sonrojó violentamente. Era evidente que no recibía suficientes cumplidos. Él se ocuparía de remediarlo.

Pero en aquel momento tenía que sacarla de aquella

suite o todo el esfuerzo que el equipo de maquillaje y peluquería había hecho se desperdiciaría porque no saldrían nunca de la suite.

Levantándose, Gray envío un mensaje al chófer avisándole de que bajaban, luego le tendió la mano a Blakely y esta le sorprendió al entrelazar sus dedos con los de él. De camino al ascensor, le rodeo la cintura y la estrechó contra sí. Adoraba la forma en la que encajaba en su cuerpo; sentir sus senos contra su pecho. Su tentador perfume le despertaba los sentidos y su aliento le acariciaba el cuello.

—¿Dónde vamos?

—Al Excess, un club en el centro. Conozco a su dueño.

—¿Has ido mucho?

Gray sonrió con picardía.

—En mis tiempo, sí.

El viaje tuvo lugar en silencio. Blakely no era una mujer que necesitara hablar por hablar, y esa era otra de las características de ella que más le gustaban: si tenía algo que decir, lo decía; si no, permanecía callada, pensando en sus cosas.

Y eso le intrigaba, porque despertaba en él el deseo de saber qué pasaba detrás de aquellos preciosos e inteligentes ojos azules.

Menos de veinte minutos más tarde, estaban instalados en la zona VIP del segundo piso del local, con vistas a la animada sala de abajo y con camareros y una pista propios.

Gray pidió un par de copas. Su misión aquella noche era que Blakely se relajara lo bastante como para bailar, algo que suponía que no había tenido la oportunidad de hacer muy a menudo.

Llevaban sentados un cuarto de hora cuando una mano se posó con fuerza en el hombro de Gray. El corazón de este se aceleró y la adrenalina le recorrió el cuerpo. Automáticamente, sujetó la mano por la muñeca y estuvo a punto de usar su posición y su fuerza para romper el brazo del hombre y voltearlo sobre la silla para tirarlo a sus pies. Por suerte, se recordó a tiempo que no estaba en un combate.

Blakely se echó hacia adelante, vertiendo parte de su copa al dejarla en la mesa. Con los ojos desorbitados, fue a levantarse, pero Gray la detuvo. Sacudió la cabeza y, aunque su respiración agitada pudiera indicar lo contrario, le dijo que no pasaba nada.

—Bienvenido, amigo mío —lo saludó la voz familiar de alguien a su espalda que, claramente, no era consciente de lo cerca que había estado de que le rompiera el brazo.

Respirando profundamente, Gray ordenó a su cuerpo que se calmara. Sonrió forzadamente y se puso de pie al tiempo que se giraba.

—Me alegro de estar de vuelta —dijo, dando una palmada en la espalda a Dominic.

Blakely seguía teniendo el corazón en la boca cuando Gray se volvió para presentarla.

Antes de que la reprimiera, había visto la reacción instintiva de Gray: su cuerpo en tensión, las venas hinchadas en sus brazos, sus ojos verdes, fríos y pétreos como esmeraldas.

Siempre había intuido que había en Gray algo peligroso, pero nunca había estado tan cerca de verlo en primera persona. Era una suerte que tuviera tal control sobre sí mismo.

Blakely se dio cuenta de que se había puesto también en pie y que se asía con fuerza a la mesa. Soltándola, tendió la mano al hombre que Gray le estaba presentando.

–Blakely Whittaker, este es Dominic Mercado.

Dominic le tomó la mano y la estrechó entre las suyas.

–Por favor, dime que vas a dejar este capullo y que pasarás la velada conmigo.

Gray enarcó una ceja.

–¿Yo soy el capullo? Tú eres el que está intentando robarme a mi cita.

Dominic sonrió.

–La vida me ha enseñado que hay que aprovechar las oportunidades. Y no me perdonaría dejar pasar a esta beldad sin al menos intentarlo.

–Lo siento mucho, pero no está libre.

En esa ocasión, fue Dominic quien enarcó una ceja.

–Quizá deberíamos consultar con la dama. ¿Vas a elegir a este sinvergüenza en lugar de a un ciudadano y empresario ejemplar como yo?

Blakely miró a los dos hombres alternativamente. Estaba claro que era amigos, pero también que había entre ellos una rivalidad soterrada.

Gray la observó, esperando su reacción. Finalmente, ella se volvió a Dominic, tiró de la mano para soltarse y dijo:

–Me siento halagada.

Dominic suspiró y sacudió la cabeza.

–No es verdad.

Blakely puso los ojos en blanco.

–Gray no es un sinvergüenza. Y algo me dice que tú no eres tan «ejemplar» como dices.

Dominic volvió a sonreír.

—Es intuitiva, ¿eh?

Gray se relajó.

—Desde luego, además de inteligente.

—Eres muy afortunado.

—No sabes hasta qué punto –tendiendo la mano a Blakely, Gray tiró de ella hacia sí–. Gracias por la información que te he pedido.

—De nada –dijo Dominic con una sonrisa genuina–. Pídeme lo que necesites, aunque no sé por qué te interesa una *vedette* de Las Vegas con gusto cuestionable por los hombres. Dime que no está pensando invertir en un espectáculo ni nada de eso.

—Claro que no. Soy socio de una empresa de investigación y esa mujer está relacionada con un caso en el que trabajamos.

Dominic hizo una mueca.

—Desde luego, su novio tiene muy mala reputación y no me extrañaría que ella estuviera metida en algo.

—De eso hay mucho en esta ciudad.

Dominic miró en torno.

—Qué razón tienes. Bueno, voy a ponerme un whisky para aplacar mi humillado ego –se llevó dos dedos a la frente a modo de saludo–. Pasadlo bien. Si necesitáis cualquier cosa, pedidlo a mi personal.

Gray asintió y estrechó a Blakely contra sí. Ella siguió con la mirada a Dominic, que se paró en varias mesas para hablar con gente. De la nada, surgió una pelirroja alta y llamativa, con un vestido de lamé, y se dirigió a él. Blakely no podía oír lo que decían, pero fue evidente que mantenían una discusión acalorada. Y el Dominic socarrón y afable despareció bruscamente. Su cuerpo en tensión, tiró del brazo de la mujer hasta que sus rostros quedaron pegados, y luego la soltó bruscamente, alejándola de sí. Ella dio media vuelta y se perdió entre la gente. Dominic la siguió con la mirada, con los puños cerrados y la respiración agitada, mientras se marchaba.

—Vaya, qué curioso.

El comentario de Gray hizo que Blakely lo mirara.

—¿En qué sentido?

—Esa pelirroja es la mejor amiga de su hermana pequeña. Yo salí con Annalise, su hermana, durante unos días cuando teníamos unos veinte años; así fue como conocí a Dominic. La relación no duró, pero nuestra amistad sí. No sabía que Meredith siguiera por aquí —Gray sacudió la cabeza—. Se ve que han pasado muchas cosas en mi ausencia, aunque tampoco es que me importe.

La música tecno que había estado sonando pasó a un tempo más lento con un bajo sostenido de fondo. Sin molestarse en preguntar, Gray tiró de Blakely hacia la pista.

El cuerpo de ella se acomodó contra el suyo. Blakely deslizó una mano por debajo de su chaqueta y le acarició la cintura por detrás, pero no podía sacarle la camisa del pantalón para tocarlo más íntimamente. Sin embargo, Gray sí pudo encontrar piel desnuda en la espalda de Blakely al deslizar los dedos por la abertura de la espalda. Estrechándola contra sí, dobló el otro brazo entre sus cuerpos, usando estratégicamente la posición mientras bailaban para pasarle el dedo por el endurecido pezón.

—Eso no es jugar limpio —susurró ella, ahogando una exclamación.

—Lo que no es juego limpio es el mono que llevas.

—Tú lo elegiste.

—Eso es verdad. No tenía ni idea de que fuera masoquista. Saber que no llevas nada debajo me tiene loco.

Blakely lo miró fijamente.

–¿Por qué seguimos aquí?

Gray esbozó una sonrisa.

–Qué buena pregunta –dijo. Pero por más que quisiera aceptar el reto que brillaba en la mirada de Blakely, tenía un asunto pendiente–: Todavía tenemos que hacer otra parada… Ha llegado el momento de conocer a mi madre.

Capítulo Diez

Gray nunca había tenido problemas para pasar a los camerinos, y años atrás, tener acceso a lugares vedados a los demás le había hecho sentirse importante. Aquella noche, en cambio, se le encogió el estómago cuando un guarda aceptó el dinero que le ofreció y les dejó pasar con gesto impasible.

Había dado varios pasos en el oscuro pasillo cuando Blakely le hizo detenerse para preguntarle:

—¿Estás bien?

La verdad era que no. Normalmente, se habría guardado esa confesión para sí mismo, pero por alguna razón, Gray la compartió con ella:

—Estoy hecho un puñado de nervios.

La risa de Blakely fue inesperada.

—No lo parece. Estoy empezando a darme cuenta de que tras tu fachada tranquila y reservada hay un volcán.

Entonces fue Gray quien rio, porque Blakely tenía razón. Ya antes de entrar en prisión, su padre le había enseñado que las emociones solo debilitaban. El mundo recompensaba la dureza, aun cuando solo fuera aparente.

Pero Gray podía contar con los dedos de la mano a quienes se habían dado cuenta, y eran las personas más importantes de su vida. La idea de que Blakely se uniera a ese grupo le puso incluso más nervioso que saber que iba a conocer a Cece, su madre.

102

Apoyándose en la pared, estrechó a Blakely entre sus brazos y su boca buscó la de ella en un beso brutal que le dio la fuerza que necesitaba. La forma en la que ella se entregaba y fundía con él le hacía sentir fuerte y protector. Dejó pasar los segundos, empapándose de aquella sensación de conexión con ella que lo centraba como solo lo había hecho antes el cuadrilátero.

Fue Blakely quien rompió el beso y susurró:

—Tenemos que irnos.

Gray asintió, pero una gran parte de él quería seguir donde estaban. Presionó la frente contra la de ella y cerró los ojos.

—Gracias por estar aquí —susurró.

Ella puso las manos en sus caderas y contestó:

—No querría estar en ninguna otra parte. No estás solo, Gray.

Hacía mucho tiempo que Gray no creía en esas palabras. Sus padres le habían dado la espalda porque habían creído las mentiras antes que a él. Stone y Finn lo apoyaban, estaba seguro de ello, pero tenían sus propias vidas. Estaban casados y dedicaban toda su energía a la empresa. No dudaba que lo dejarían todo por ayudarlo, pero no tenían por qué estar pendientes ni de sus problemas ni de su vida.

Blakely… le hacía sentir que su vida importaba. Era la mujer más maravillosa que había conocido, y que ella pudiera sentir algo por él le hacía albergar la esperanza de ser, en el fondo, una buena persona, merecedora de ese afecto.

Gray estaba a punto de mandarlo todo al infierno y olvidar la misión que los había llevado allí cuando se oyó un silbido al fondo del pasillo y alguien gritó:

—¡Alquilaos una habitación!

Un destello pícaro brilló en los ojos de Blakely al tiempo que se separaba de Gray. Buscó su mano y entrelazó los dedos con los de él antes de continuar avanzando.

El matón de la puerta les había dicho que Cece estaba en la penúltima puerta, a la izquierda. Cuanto más se acercaban, más se oía el murmullo de voces y risas, y el sonido de perchas contra barras metálicas.

Pasaron junto a una habitación en la que había un grupo de mujeres medio desnudas a las que no parecía importarles que la puerta estuviera abierta. Bombillas brillantes rodeaban los espejos sobre los que las mujeres se inclinaban hacia ellos, maquillándose.

Mientras que aquella cacofonía no sorprendió a Gray, Blakely miraba todo atentamente. Su expresión contenida no permitió a Gray saber en qué estaba pensando, pero si hubiera tenido que adivinar, habría dicho que la idea de estar medio desnuda en la misma habitación que media docena de mujeres la espantaba. No era pudorosa, pero sí valoraba su privacidad.

Se lo preguntaría más tarde. En aquel momento estaba concentrado en terminar con lo que les esperaba a continuación. No suponía que su madre fuera a recibirlo con los brazos abiertos. Después de todo, no estaban en una película de Hollywood.

Sus nervios no habían disminuido, pero iban acompañados de una capa añadida de rabia que tendría que dominar si no quería que determinara el inminente encuentro.

Al contrario que las habitaciones que habían pasado, la que les había indicado el guarda estaba cerrada y no se oía ningún ruido en el interior.

Gray abrió sin llamar. La mujer que estaba frente al

espejo se volvió y su expresión de sorpresa se transformó en enfado y sus cejas se fruncieron en un profundo ceño.

Gray no sabía qué había esperado. Tal vez sentir una conexión cósmica, o experimentar un reconocimiento primario. Pero no sintió nada. La mujer que lo miraba le resultaba una completa extraña.

Claro que sí podía reconocer algunas facciones; la línea de los labios le resultaba familiar; también la forma de los ojos, aunque los de ella fueran marrones y los suyos verdes. Pero eso fue todo.

Gray la analizó fríamente como mujer. Era evidente que había sido guapa. Su piel había perdido tersura y estaba marcada por las arrugas, pero los frascos que tenía sobre el tocador indicaban que gastaba tiempo y dinero en cuidarse. Tenía un hermoso cabello que le caía por la espalda en grandes ondas. También había hecho un esfuerzo por mantenerse en forma y se conservaba delgada y fibrosa.

Cece se puso en pie.

—¿Qué haces aquí?

Gray cerró la puerta a su espalda.

—Sabes quién soy —afirmó él. Su reacción no dejaba lugar a dudas.

—Por supuesto que sí.

Gray resopló, dejando escapar una risita sarcástica.

—El «por supuesto» no está claro, dado que yo no sabía de tu existencia hasta hace un par de días.

—¿Y de quién es la culpa?

—Yo diría que tuya, puesto que me vendiste de recién nacido.

La boca de Cece se torció en una fea mueca.

—¿Eso es lo que él te ha dicho? Es lógico que me dibuje como la mala.

–Mi padre no me ha dicho nada. No me habla desde hace ocho años.

Los ojos de Cece brillaron con maldad.

–Lo que te haya dicho esa zorra no puede ser mucho mejor.

–Asumo que la zorra a la que te refieres es mi madre.

–No, yo soy tu madre.

Gray sintió náuseas. Aunque supiera la verdad, oírle decir esas palabras con aquel tono de desdén le hizo estremecer.

–No lo eres. Ni tampoco ella, pero eso no es asunto tuyo. Estoy aquí para decirte que ya no es un secreto. No puedes chantajear a nadie.

Cece golpeó uno de los botes de maquillaje, que se abrió, dejando escapar una nube de polvo.

–Si algún día vuelvo a verla, la mataré.

Gray dio un paso hacia ella, pero Blakely lo sujetó por el brazo.

–¿Acabas de amenazar a mi madre?

Aunque no hubiera ejercido de tal, y menos aún cuando más la necesitaba, no estaba dispuesto a que aquella mujer la amenazara impunemente.

–No, me importa una mierda lo que haga tu madre. Voy a matar a tu hermana. Ha vuelto a estropearlo todo.

De entre todos los descubrimientos que Gray había hecho los últimos días, aquel lo sacudió como ninguno. Retrocedió como si acabara de recibir un gancho al mentón.

–¿Qué hermana? –preguntó atónito.

Una mueca frunció los labios de Cece.

–Tu hermanastra.

–¿Dónde está?

–Qué gran pregunta. No la he visto en ocho años.

¿Era una coincidencia que fueran los mismos años que él había pasado en la cárcel? A Gray le saltaron las alarmas en la cabeza.

—¿Por qué?

Cece lo miró en silencio antes de decir:

—Está bien —se dejó caer en la silla—. Ya no puedes hacer nada al respecto.

Algo le indicó que no iba gustarle lo que iba a oír.

—Esa cerda desapareció la misma noche que transfirió veinte millones a tu cuenta. Se suponía que iba a mover otros tantos a la mía, pero, evidentemente, no lo hizo.

Su hermana era quien le había tendido la trampa. Una hermana que nunca había sabido tener.

¿Por qué haría algo así? ¿Qué había hecho él para que quisiera destrozarle la vida? ¿Seguía siendo una amenaza?

Gray sintió un nudo en el estómago. La conversación había dado un giro inesperado.

—¿Por qué iba a incriminarme en un desfalco?

—Por error. La idea era incriminar a tu padre. Yo creo que se equivocó de cuenta. Ni siquiera lo supe hasta que la noticia llegó a los periódicos.

¿Su padre había sido el objetivo original? Tenían el mismo nombre. Gray era un apodo que había adoptado de pequeño, pero su nombre legal era el mismo que el de su padre, aunque nunca hubiera reparado en ello.

—¿Por qué querías incriminar a mi padre?

—Porque yo me encontraba en un situación complicada y él no estaba dispuesto a ayudarme.

—¿Así que decidiste robarle? ¿Qué tiene eso que ver con mi hermana?

—Tu hermana es un genio de la informática. Puede piratear cualquier sistema.

¿Su hermana era una *hacker*?

–¿Cómo aprendió?

No era un tipo de habilidad innata; había que tener aptitud, pero era imprescindible aprender, sobre todo si se usaba para cometer crímenes.

–Michael, su padre, detectó su talento muy pronto. Ya de niña, dedicó horas a desmontar un ordenador que le regalé para luego volver a montarlo. Pronto, era capaz de romper cualquier código. Así que su padre la tomó bajo su ala y la entrenó. Le produjo muchos beneficios.

Ilegales. Dominic le había hablado a Gray de Michael al pasarle información sobre Cece, así que no necesitó preguntar quién era.

–¿Qué edad tenía? –preguntó sin poder dar crédito a que una madre dejara que su hija fuera utilizada de aquella manera.

–¿Cuándo te inculparon? Dieciséis –dijo ella con indiferencia–. Fue un error. Ella ni siquiera sabía de tu existencia. Pero huir con mi dinero sí estuvo planeado.

Gray no pudo evitar sentirse orgulloso de su hermana por escapar de aquella mujer, incluso aunque él hubiera tenido que pagar con siete años de su vida. Si es que verdaderamente había actuado por error…

–¿No sabes dónde está?

–¿Crees que habría mandado esa nota a tu madre si lo supiera? –preguntó ella.

Gray suponía que no. Miró a la mujer que tenía ante sí, su aspecto cansado, el maquillaje que no podía ocultar los surcos de su rostro, y la encontró patética. Había vivido a costa de una belleza que se diluía y no tenía recursos para el futuro.

–No vuelvas a mandar cartas amenazadoras. No recibirás un céntimo de mi familia.

—Acudiré a la prensa.

—¿Crees que un escándalo sexual de hace treinta y cinco años puede tener alguna repercusión?

Cece dejó escapar una risa amarga.

—Tu apellido sigue siendo importante.

—No creas. Llevo más de un año fuera de la cárcel.

Blakely le presionó el brazo. Aunque no había dicho una palabra, Gray había sentido su presencia, apoyándolo, todo el tiempo.

—Como dice Gray, dudo que te sirva de algo —dijo Blakely.

La expresión abatida de Cece impactó a Gray, pero intentó recuperar la indiferencia diciéndose que aquella mujer no era nada para él.

En cambio, su hermana sí era alguien con quien quería hablar.

Blakely observó a Gray desde el otro lado del pasillo. Desde que habían visitado a su madre, estaba callado y distante. Inicialmente, le había preocupado que la agrediera, pero se dio cuenta de que era una idea absurda: Gray Lockwood era capaz de conservar el dominio de sí mismo en las circunstancias más adversas. Ella misma estaba todavía digiriendo la bomba que su madre había dejado caer, y ni siquiera tenía relación con ella.

Finalmente, decidió romper el silencio.

—¿Qué vas a hacer?

Gray la miró con expresión distraída, parpadeó y aguzó la mirada antes de contestar:

—Encontrar a mi hermana.

Eso ya lo suponía.

–¿Vas a denunciar a Cece?

Gray suspiró y se frotó los ojos.

–No tengo pruebas.

–Me tienes a mí de testigo.

–Sí, pero dudo que den validez a tu declaración teniendo en cuenta que estamos enrollados.

–Nadie lo sabe.

Gray la miró unos segundos.

–Pero sí saben que estamos trabajando juntos.

–Tiene que haber alguna manera de que tu madre y su novio paguen por lo que hicieron.

–Lo dudo, aunque veré qué puede encontrar Joker. Aun así, sospecho que será imposible rastrear la pista del dinero hasta ellos.

–Tu hermana es la clave de todo.

–Así es. Necesito que Joker la localice. Solo así sabremos por dónde empezar.

Blakely estaba de acuerdo, pero la madre de Gray había dicho que ellos llevaban ocho años buscándola infructuosamente. Ocho años eran mucho tiempo. Blakely no quería decirlo en alto, pero cabía la posibilidad de que hubiera muerto. No podía ser fácil para una chica de dieciséis años quedarse sola y tener que cuidar de sí misma, por mucho dinero que tuviera.

Blakely sentía que su padre la había abandonado, pero al menos había contado con una madre en la que refugiarse. La hermana de Gray no había tenido a nadie. Era imposible imaginar el más mínimo instinto maternal en Cece.

–Cuando lleguemos le diré a Stone que te asigne otro proyecto –dijo Gray.

–No.

Gray frunció el ceño.

–No seguirás pensando en dejar la compañía, ¿verdad? Este trabajo te gusta, no lo niegues.

–Claro que me gusta, para mí es como reunir piezas para resolver un puzle. Y me encanta sentir que lo que hago es valioso para alguien. Pero…

–Entonces ¿por qué quieres irte?

–Yo no he dicho que quiera irme. Me refiero a que mi colaboración contigo no ha terminado.

–Claro que sí. Accediste a ayudarme hasta que supiera qué había pasado, y ya lo sé.

–Puede, pero solo son migajas. Te debo mucho más que eso.

–No me debes nada, Blakely.

Muy al contrario: le debía siete años de su vida.

–Te equivocas. Mi testimonio fue crucial para que te encarcelaran por un crimen que no cometiste.

Gray fue a protestar, pero ella alzó la mano:

–No lo niegues. Los dos sabemos que es verdad. ¿Cómo crees que me hace sentir no solo los años en prisión, sino que fueras desheredado por tu familia y expulsado de tu empresa?

En lugar de relajar su expresión, los ojos de Gray se nublaron.

–No necesito tu compasión –dijo airado.

–Me alegro, porque no es eso lo que siento.

Gray rio con desdén.

–Prácticamente irradias culpabilidad y lástima, Blakely. Lo que me pasó no es tu responsabilidad, como no lo es redimirme.

–¿Eso crees, que estoy buscando la redención?

–¿Me equivoco?

Blakely empezaba a enfurecerse. ¿Cómo podía ser tan testarudo?

–Sí. Soy plenamente consciente de que los únicos responsables son aquellos que te inculparon en un crimen: tu madre, su novio y tu hermana.

El estremecimiento que percibió en Gray hizo que se arrepintiera de sus palabras, pero eran la verdad. Continuó:

–Hemos empezado esto juntos y no voy a abandonarte porque hayamos obtenido un par de respuestas. Y más cuando solo han dado lugar a más preguntas.

–Puede que ya no quiera tu ayuda.

En esa ocasión fue Blakely quien se estremeció como si le hubiera dado un golpe en el pecho.

–¿Eso es lo que piensas?

–No –dijo Gray abatido–. No habría llegado hasta aquí si no fuera por ti.

–Entonces ¿por qué intentas alejarme?

Gray cerró los ojos y, ahogando un gemido, apoyó la cabeza en el respaldo.

–Porque me aterrorizas.

La confesión fue más sorprendente que cualquier otro comentario que Blakely hubiera esperado.

–¿Que yo te aterro? Soy insignificante.

En esa ocasión, Gray la miró con un enfado que iba dirigido a ella.

–No vuelvas a decir eso jamás. Claro que me asustas. Solo te conozco verdaderamente desde hace algo más de una semana y ya te has convertido en la persona más importante de mi vida. Pero en este momento mi vida es un puro caos, y no quiero arrastrar a nadie a ella, menos aún a alguien que me gusta y a quien valoro cada vez más.

Blakely fue a decir algo, pero las palabras se revolvieron en su boca hasta que finalmente solo dijo:

–Oh.

–Sí, «oh».

¿Cómo demonios podía contestar a eso?

–Tú también has pasado a ser una de las personas más importantes de mi vida, Gray.

En cuanto las palabras escaparon de sus labios, se dio cuenta de que había sido más sincera de lo que habría querido. Y no porque no fuera verdad, sino porque la hacía más vulnerable de lo que jamás se había permitido ser en su vida.

Las relaciones nunca había sido su fuerte; de hecho, varios de sus novios la habían acusado de frialdad. Y no habían estado equivocados. Su padre le había enseñado a no confiar en nadie, y esa lección se había grabado a fuego en su mente. Incluso en aquel momento, acercarse a Gray, permitir que este se convirtiera en alguien tan importante para ella, hacía saltar las alarmas de su mente. Y no podía evitar preguntarse si no estaba cometiendo un grave error.

Hacía una semana, se habría convencido de que su pasado criminal descartaba la posibilidad de confiar en él. Pero después de lo que había descubierto en los últimos días, esa excusa ya no le servía.

Eso no significaba que le resultara mucho más fácil bajar sus defensas.

–Deberías aprovechar la salida que te ofrezco y alejarte de mí –dijo él.

El instinto de preservación de Blakely le dijo que hiciera exactamente lo que sugería Gray, pero no prestarle atención. No quería hacerle caso.

–No.

Decir ese monosílabo fue la decisión más sencilla de toda su vida.

Capítulo Once

Gray no podía decidir si la decisión de Blakely era estúpida o noble. Quizá las dos cosas. Lo mejor para ella sería marcharse y a Gray no le cabía duda de que era lo más inteligente para ambos.

En sus entrañas sentía una maraña de emociones: rabia, frustración, dolor, aprensión. Y no podía apartar de sí la sospecha de que todavía estaba por llegar algo peor.

Ese temor seguía presente dos días después, cuando Joker reunió a Gray y a todas las personas fundamentales de su vida, Finn, Stone y Blakely, para explicarles lo que había descubierto sobre su hermana.

–¿Me dijiste que Kinley, tu hermana, tenía dieciséis años cuando huyó?

–Eso dijo mi madre biológica.

–Sigo sin hacerme a la idea de que tengas una hermana de la que no sabías nada. Imagino lo difícil que te resulta. No sabes cuánto lo siento.

Como siempre, Stone se disculpaba por algo de lo que no tenía culpa, cargando sobre sus hombros la responsabilidad ajena.

Por su parte, Finn dijo con sorna:

–Míralo por el lado positivo. Al menos ella no te ha desheredado.

Gray rio.

–No, pero me incriminó en un desfalco.

—Por accidente.

Eso había dicho su madre, pero Gray no estaba convencido. Joker pareció leerle la mente al apuntar:

—Yo no lo tengo tan claro.

Gray sintió un nudo en el estómago.

—Explícate.

Joker sacó una carpeta y deslizó varios documentos sobre la mesa. Blakely se los acercó para inspeccionarlos.

—Es una chica increíble —dijo Joker—. ¿Quién dices que la entrenó?

—Según mi madre, su padre la formó al ver que tenía un talento natural.

—Tiene sentido. Hay algunos genios de la tecnología capaces de hacer algo así, pero esto es impresionante en alguien tan joven.

Según los cálculos de Gray, su hermana debía de tener veinticuatro años. Ni siquiera sabía cuándo era su cumpleaños… De pequeño, siempre había querido tener alguien en su vida. A su padre le había resultado indiferente hasta que le fue de utilidad y su madre había estado encantada de dejar su educación en manos de cualquiera a quien pudiera pagar para que cumpliera esa función.

Descubrir que tenía una hermana y averiguar al mismo instante que había sido la causa de la peor parte de su vida era una forma de expiar un pecado que no sabía haber cometido.

—Vale, vale, es genial —masculló Finn—. ¿Puedes darte prisa? Tengo cosas que hacer, como asaltar un par de casas.

Gray puso los ojos en blanco. Era típico de Finn mostrarse indiferente y estar ansioso por seguir con una investigación. Afortunadamente, y aunque la describiera de aquella manera, se trataba de una actividad legal.

–No lo entiendes, tío. Jamás me había encontrado con un *hacker* al que no lograra localizar en unas horas. Por mucho que intenten limpiarlas, siempre se dejan huellas. Pero esta chica… –Joker alzó las manos–, es increíble; mejor que yo.

Gray se irguió. Esas palabras procediendo de Joker eran especialmente significativas. Hasta ese momento él había sido el mejor, por eso lo habían contratado en Stone Surveillance.

–¿Quieres decir que no puedes encontrarla?

Joker lo miró indignado.

–Quiero decir que he tardado más de lo que me gustaría.

Gray se apoyó en el respaldo y agradeció sentir el peso de la mano de Blakely sobre su muslo. Él posó la suya sobre la de ella y se la apretó en un silencioso agradecimiento.

Joker continuó:

–Finalmente, he podido seguir sus pasos desde que se fue de Las Vegas. La mayoría del tiempo ha estado saltando de un sitio a otro: unos meses en París, luego Tailandia, Venezuela, Brasil, Islandia. Sus movimientos no responden a ninguna pauta, al menos que yo pueda encontrarla.

Gray supuso que si Joker no la encontraba, nadie lo haría. Este continuó:

–Apenas se queda en el mismo sitio y solo ha vuelto a Estados Unidos ocasionalmente. Uno de los periodos más largos que ha pasado aquí fue durante tu juicio.

–¿Aquí, en Charleston? ¿Para qué? –preguntó Gray incrédulo.

No tenía sentido. Sabían que era responsable de incriminarlo y que había robado otros veinte millones. ¿Por qué iba a arriesgarse a estar tan cerca mientras se celebraba el juicio?

—¿Para asegurarse de que iba tal y como quería? —especuló Stone.

—O quizá porque se sentía culpable —comentó Blakely.

—Podemos especular tanto como queramos sin llegar a ninguna conclusión —dijo Gray.

Lo que estaba claro era que la intención de su hermana no había sido librarlo de un crimen que no había cometido.

—Las cosas se complican aún más —dijo Joker.

—¿Más? —preguntó Finn enarcando las cejas.

—Una vez la localicé, descubrí varias cuentas a su nombre.

—¿Me equivoco si la primera tuvo un depósito de veinte millones?

Joker sonrió sarcástico.

—Exactamente.

—¿Cuánto le queda?

—Más de treinta millones.

—¿Cómo?

—Y eso solo en una cuenta.

Finn esbozó una sonrisa astuta.

—Así que la muchachita es un verdadero genio. No solo ha esquivado la ley, sino que ha incrementado su capital.

—Mucho más que eso.

Gray se dio cuenta de que Joker hablaba con respeto y admiración de su hermana; era evidente que estaba impresionado.

–Explícate –dijo.

–Kinley no solo ha estado invirtiendo estos años tu dinero. Cada vez que usa un poco, lo devuelve con intereses.

–¿Cómo lo ha conseguido? –preguntó Stone.

–Robando a terceros.

–¿Por qué no se sabe de esos robos? ¿Ha cambiado de táctica o han sido sumas pequeñas que le permitían actuar sin ser detectada? –preguntó Gray.

–Al contrario. Tus veinte millones son calderilla. Ha llegado a robar casi un billón de dólares de distintas personas.

–Entonces me impresiona menos que tenga treinta millones en su cuenta –dijo Finn con sorna.

–Eso es porque no conserva el dinero, o no todo. Solo guarda un par de millones en otra cuenta, que usa cuando tiene que desaparecer.

–¿Y qué hace con el resto del dinero?

–Lo da a organizaciones benéficas.

–Repítelo.

–Me has oído bien.

–¿Ha robado un billón de dólares para donarlos? –la incredulidad de Finn no era de extrañar.

Lo único que lo mantenía a él dentro de la ley era su mujer, Genevive. Sin ella, Gray estaba seguro de que su amigo seguiría delinquiendo.

–No solo eso: sus robos no han salido en la prensa porque roba a gente que no puede denunciarla.

–Porque es dinero negro.

–Exactamente. Sus objetivos son los mayores sindicatos del crimen del mundo: rusos, chinos, americanos. Se apropia de dinero procedente del tráfico humano y de la venta de drogas y armamento.

No era de extrañar que Joker pareciera idolatrar a su hermana.

—A ver si lo entiendo: mi hermana, una excepcional *hacker*, desapareció hace ocho años, después de incriminarme en el desfalco de las cuentas de la empresa familiar. Se llevó el dinero y no lo ha tocado.

—Lo ha tocado para tomar parte prestado, pero lo devuelve con intereses.

Nada tenía sentido.

Joker continuó:

—Lleva ocho años robando a criminales para donar el dinero a causas benéficas. Al menos la mayoría. Lo que se queda suele servirle para organizar el siguiente golpe.

Gray miró a Joker sin verlo. Al comenzar la investigación, había asumido que averiguaría cosas inesperadas, pero jamás había imaginado que fuera a descubrir que su madre no lo era de verdad, o que tenía una hermana que era la causa de que él acabara en la cárcel, pero que, por otro, actuaba como el Robin Hood de los *hackers*.

No sabía qué hacer ni cómo digerir aquella información. Se sentía como si estuviera en el combate más importante de su vida y fuera perdiendo.

—¿Dónde está ahora? —la voz de Blakely haciendo la pregunta que él no podía articular, rompió el silencio.

—En Bali. Lleva allí desde que saliste de prisión. Nunca había pasado tanto tiempo en el mismo sitio.

Gray estaba demasiado aturdido como para preguntarse si eso tenía algún significado.

Joker añadió:

—Pero eso no es todo.

Gray no estaba seguro de poder asimilar nada más. Joker siguió:

–Te ha estado vigilando.

Stone se puso alerta.

–¿Qué quieres decir?

–Tiene acceso a todos sus dispositivos. Ha monitorizado sus correos y su tráfico en internet. Yo diría que ha estado escuchando y siguiendo todos sus movimientos.

Lo que explicaba que Joker les hubiera pedido que dejaran los teléfonos fuera de la sala.

–Podrías habérnoslo dicho –saltó Gray.

–Quería daros la información para que sacarais vuestras propias conclusiones.

–¿Qué conclusiones? ¿Que mi hermana me vigila para qué? ¿Para volver a tenderme una trampa? ¿Para volver a robarme?

Blakely le tiró del brazo. Gray no se había dado cuenta de que se había puesto de pie. Volvió a sentarse.

–No creo. Yo diría que está decidiendo cómo devolverte el dinero.

Genial. Su hermana se había arrepentido y lo espiaba para hacer las paces.

–¿Por qué no se limita a mandarme un cheque? –preguntó, sin poder contener su irritación.

–Gray –dijo Blakely intentando aplacarlo–. Con esa actitud no vas a conseguir nada.

Él lo sabía, pero por un instante le hizo sentir bien perder los nervios. Sin embargo, era consciente de que lo que tenía que hacer era aplicar la lógica y sabía quién le ayudaría a hacerlo. Se volvió hacia Blakely.

–¿Cuál es el siguiente paso?

Blakely esbozó una sonrisa que relajó parcialmente el nudo que Gray sentía en el estómago.

–Vamos a buscarla. Intuyo que te está esperando.

¿Estaría Blakely en lo cierto? Gray no estaba seguro de estar preparado para ese encuentro, pero Blakely tenía razón. Era lo que debía hacer.

Aquel vuelo fue muy distinto al anterior.

En cuanto el avión alcanzó la altitud de vuelo, Gray desabrochó el cinturón de seguridad e, inclinándose sobre Blakely, hizo lo mismo con el de ella. El cierre de metal resonó al chocar contra los bordes del asiento.

—¿Qué haces? —preguntó ella.

—Aprovechar el tiempo.

Tomándola de la mano, Gray la guio por el pasillo hacia la parte de atrás y abrió una puerta en la que Blakely no había reparado. Al entrar, descubrió que era un dormitorio perfectamente equipado.

En cuanto entraron, Gray la abrazó y la besó con pasión. Físicamente, siempre pasaban de cero al rojo vivo en segundos, pero en aquella ocasión, Blakely percibió un nuevo anhelo en Gray.

Levantando la cabeza, él la miró con el habitual deseo en sus ojos verdes, pero también con algo más poderoso y, al tiempo, delicado. Una mirada que despertó la esperanza y la inquietud en Blakely.

Él la condujo lentamente hasta la cama. Sin mediar palabra, buscó el borde de su blusa y se la quitó por la cabeza; el resto de la ropa la siguió, hasta que Blakely se quedó desnuda ante él.

En cualquier otra ocasión se habría sentido vulnerable, pero la mirada de adoración y deseo con la que Gray la observó le dio fuerzas.

Ella quiso tocarlo y sentirlo, al instante, y en cuestión de segundos la ropa de Gray se sumó a la de ella en el suelo.

Él le rodeo la cintura con un brazo y la echó sobre la cama. La tela bajo su espalda era suave y fresca, pero esa sensación duró solo una fracción de segundo antes de que el ardiente calor del cuerpo de Gray la envolviera. El roce y la fricción de su piel hicieron a Blakely arquearse pidiendo más. Siempre quería más de Gray; nunca se saciaba de él.

Gray dejó caer una lluvia de besos por su cuerpo, deteniéndose a intervalos, mordisqueando y succionando; venerándola y provocándola. Blakely hizo lo mismo, explorándolo con sus manos y su boca con una lánguida urgencia que era a un tiempo sensual y decidida.

Aunque las palabras eran innecesarias, Gray las susurró. Lo preciosa que era; lo que pensaba hacer con su cuerpo; cómo la haría retorcerse de deseo y placer.

Y cumplió cada una de sus promesas.

Blakely sintió que se quedaba sin aliento, como si su cuerpo estuviera demasiado ocupado con otras cosas como para acordarse de respirar. Quería hacer que el cuerpo de Gray vibrara con la misma maravillosa energía que él le transmitía.

Encontrando su sexo, largo y duro, lo rodeó con sus dedos y tiró de él. El gemido de Gray reverberó en su interior. Rodando, se colocó sobre él y lo condujo con la mano a su interior. Un suspiro de satisfacción escapó de sus labios; echó la cabeza hacia atrás y gozó de la sensación de sentirlo profundamente metido en ella.

Pero en unos segundos dejó de ser suficiente y empezó a mecer las caderas, alzándolas y girándolas en torno a él. Gray la tomó por las caderas y aceleró el ritmo hasta que Blakely empezó a gemir.

Entonces Gray rodó sobre ella y Blakely se encontró boca arriba, con él entrando y saliendo de ella. Sin que ella se diera cuenta de cómo, al tiempo que cambiaba la posición, Gray había entrelazado sus dedos con los de ella y le mantuvo las manos sujetas contra el colchón al tiempo que usaba su lengua para imitar en su boca los movimientos de su sexo.

Blakely sintió la explosión de su orgasmo unos segundos antes de que Gray gimiera al alcanzar el suyo, embistiéndola varias veces con fuerza antes de colapsar sobre ella; sus piernas entrelazadas, sus cuerpos sudorosos y saciados.

Tras unos segundos, Blakely se incorporó sobre el codo y lo miró. Gray, con los ojos abiertos, sonrió.

—¡Qué práctico resulta tener una cama a treinta mil pies de altitud! —bromeó ella.

Capítulo Doce

Blakely se reclinó sobre las almohadas. Aunque suponía que debían levantarse, se sentía demasiado extenuada como para intentarlo. Gray tampoco parecía tener prisa por volver a su asiento, así que Blakely decidió disfrutar de la vista: Gray estaba echado a través, sobre la cama, con las sábanas enredadas entre las piernas, la mitad de su perfecto trasero estaba desnuda y aunque Blakely tuvo al tentación de tirar de la sábana para verlo al completo, sabía que si lo hacía, terminarían haciendo el amor de nuevo, y necesitaba unos minutos para recuperarse.

Gray, apoyaba la cabeza en su cintura y con los dedos trazaba líneas acariciadoras por la cadera y el vientre. Como desde que habían subido al avión, estaba callado y pensativo.

Blakely le tiró del cabello suavemente para que la mirara.

—Oye, todo va a ir bien —dijo para calmarlo.

—Lo sé —sus palabras decían una cosa, pero el velo que cubría su mirada indicaba la contraria.

—Has recibido muchos golpes en los últimos años, Gray. Quiero creer que este es el comienzo del cambio. Tu hermana puede ayudarte a probar tu inocencia.

—Sí, pero solo si reconoce su culpabilidad.

Eso era cierto. Y aunque Blakely quisiera creer que la mayoría de las personas eran honradas, sabía de primera mano que no era así. De hecho, unas semanas antes ni siquiera habría pensado de esa manera, pero Gray… Estaba logrando que pensara que seguía habiendo buenas personas en el mundo.

Tal vez su hermana fuera una de ellas.

–¿Por qué crees que te ha estado vigilando?

–Ni idea.

–Pero tienes una teoría.

Gray frunció el ceño. Blakely le retiró el cabello de la frente para ver mejor sus verdes ojos mientras esperaba a que continuara hablando.

–Me gustaría pensar que se siente culpable y está intentando arreglar lo que hizo. Por otro lado, me digo que ha tenido mucho tiempo para hacerlo. ¿No estará esperando otra oportunidad para volver a arruinar mi vida?

Blakely negó con la cabeza. No sabía si estaba siendo ingenua, pero dudaba que esa fuera la intención de la hermana de Gray.

–¿Para qué? Ya no tienes acceso a la compañía. Claro que tienes mucho dinero, pero sabemos que podría haberse hecho con él en cualquier momento.

–Eso es verdad.

–Y solo roba a seres despreciables.

–Yo soy un criminal convicto.

–Porque ella te inculpó –dijo Blakely en tono de frustración.

Gray miró a un punto en el vacío sin dejar de dibujar en la piel de Blakely.

–¿Sabes? Ir a prisión me salvó la vida.

Blakely le acarició la espalda hasta llegar a la cicatriz marcada bajo su omoplato derecho. Le costaba entender que alguien considerara que una situación que había dejado múltiples marcas en su cuerpo hubiera sido una salvación.

—¿En qué sentido?

Gray sonrió con tristeza.

—Antes de entrar, era un niño consentido sin rumbo.

Blakely no lo contradijo porque era verdad. Él siguió:

—Tenía todo lo que quería, nunca había tenido que luchar por nada. En prisión fue todo lo contrario. Pero la lección más importante que aprendí fue ganarme mi propio respeto y el de los demás.

Blakely sintió que se le encogía el estómago. Habría querido abrazarlo con fuerza, pero algo le dijo que no era el momento.

—Por supuesto que al principio estaba furioso con todo y con todos —continuó Gray—. Pensaba que la vida había sido injusta conmigo.

A Blakely le sorprendía que no siguiera sintiéndose así. Gray había perdido siete años de su vida por un delito que no había cometido. Y ella, personalmente, sabía que había jugado un papel fundamental en ello.

—Pero entonces conocí a Stone y a Finn. Separados, éramos vulnerables frente a las bandas del interior. Pero juntos, teníamos poder, y pronto aprendimos cómo ganarnos el respeto de los otros presidiarios —Gray hizo una pausa—. La experiencia hizo que me diera cuenta de que la persona que había sido hasta entonces no me gustaba particularmente.

Pocas personas tenían la fortaleza de analizarse y admitir que no se gustaban.

—Eso requiere mucha integridad, Gray.

Él dejó escapar una risa seca.

—No estoy tan seguro. Pero sí sé que no fue una

126

experiencia especialmente fácil. Stone fue una gran ayuda. Es una de las personas más decentes que he conocido.

Esa era la impresión que Blakely tenía del socio de Gray.

–Fue un proceso complicado –continuó él–. Nunca contaré a nadie algunas de las cosas que pasaron en el interior. Porque no me siento orgulloso de ellas y porque, a no ser que hayas pasado por algo parecido, es imposible comprenderlas.

Blakely acarició la cicatriz de nuevo. En parte, habría querido que Gray lo compartiera todo con ella, pero comprendía perfectamente. Había algunas cosas de su pasado, sobre todo de su infancia, que no tenía la menor intención de compartir con nadie, ni siquiera con Gray.

–Stone, Finn y yo nos dimos cuenta de que para ganarnos a los presidiarios y a los guardas teníamos que hacer algo que interesara a las dos partes. Dentro, el aburrimiento es un serio problema. Las horas de ociosidad son caldo de cultivo de conflictos.

Blakely no tenía ninguna dificultad en imaginarlo.

–Terminamos organizando un círculo de combate clandestino. Stone organizó los detalles y compró a los guardas.

–Es decir, que se ocupó de atar los hilos y hacer los contactos oportunos.

Ese parecía ser también el papel de Stone en Stone Surveillance. Era la cara pública de la empresa.

–Exacto. Finn llevaba las cuentas y las apuestas. También usó su encanto y personalidad para alimentar rivalidades amistosas y crear expectación antes de los combates.

Blakely creía saber cuál era la respuesta, pero tenía que hacer la pregunta:

—¿Y qué hacías tú?

Gray esbozó una sonrisa ladeada.

—Peleaba.

Blakely sintió un nudo en el estómago. Gray continuó:

—Antes de ir a prisión jamás me había peleado. Me había bastado mi estatus y el dinero para librarme de cualquier situación incómoda.

—¿Y por qué asumiste ese papel? ¿Por qué no se lo dejaste a Finn?

Gray soltó una carcajada.

—Finn es muchas cosas, pero no lo bastante fuerte. Y sus manos son demasiado valiosas como para estropearlas.

Blakely puso los ojos en blanco. Gray se refería a su habilidad como ladrón de joyas, su especialidad.

—A mí se me daba bien. Con el entrenamiento descubrí la disciplina; por fin tenía que trabajar para algo o arriesgarme a que me dieran una paliza.

—¿Con qué frecuencia pasaba eso?

Gray sonrió.

—Al principio, a menudo. Al final… nadie podía ganarme. En el proceso aprendí mucho sobre mí mismo pero, sobre todo, me convertí en un hombre del que poder sentirme orgulloso.

Blakely se desplazó de manera que la cabeza de Gray reposó sobre la cama y ella se tendió sobre él y entrelazó las piernas con las suyas. El sexo de Gray palpitó contra su vientre, despertando una respuesta equivalente en el de ella. Tomándolo por la nuca, inclinó la cabeza hasta posar la frente en la de él y le dijo:

—Eres uno de los mejores hombres que haya conocido, Gray Lockwood. Eres honesto, fuerte, discreto y capaz. Lamento lo que has tenido que pasar para ser así, pero te has convertido en un hombre increíble.

Gray miró a Blakely con una ardiente intensidad y hundió los dedos en su cabello, al tiempo que elevaba la cabeza para atrapar sus labios con los de él.

Y las palabras ya no fueron necesarias.

Aterrizaron en Kuta. Gray estaba seguro de que la ciudad era preciosa, pero Bali nunca había sido uno de sus destinos cuando era más joven. Tal vez porque entonces buscaba aventuras salvajes y no bellas vistas y estancias apacibles.

Tampoco Blakely pareció especialmente interesada, y eso le sorprendió más. Actuaba con su habitual eficiencia y concentración, siguiendo por la pista al hombre que los fue a recibir al pie de la escalerilla. Esa vista sí atrapaba toda la atención de Gray: los movimientos de su firme y voluptuoso cuerpo; el sensual y redondeado globo de su trasero envuelto en unos ceñidos vaqueros.

Le gustaba verla relajada e informal, y aunque sabía que no debía valorar demasiado que se sintiera cómoda con él, no podía evitar que le resultara reconfortante.

Llegaron a un jeep sin capota ni puertas. Los hombres que los seguían con el equipaje lo colocaron en la parte trasera. Sin la mínima vacilación, Blakely se asió a una barra metálica y se impulsó para subir. Buscó en su bolso y sacó una goma con la que se recogió el cabello. Gray sacudió la cabeza y masculló:

—Siempre preparada.

—¿Qué? –preguntó ella.

—Nada –dijo Gray.

Pero así era Blakely: ni había hecho preguntas, ni se había inquietado. Se había limitado a ver qué vehículo iban a tomar y se había adaptado correspondientemente. Jamás se le habría ocurrido quejarse o pedir algo diferente. Las mujeres que Gray había tratado en su vida anterior habrían montado una escena al ver el jeep, negándose a viajar en él porque el viento las despeinaría.

Sentándose a su lado, Gray tomó la mano de Blakely y la colocó sobre su regazo. Necesitaba tocarla.

El viaje al otro lado de la isla fue precioso, pero cuanto más cerca estaban de la villa que había alquilado, más tenso se iba poniendo. Después de un detallado rastreo, Joker había conseguido mandarle una dirección. Su hermana había alquilado una casa en la playa, cerca de donde ellos se iban a alojar. En menos de una hora, podía enfrentarse a la persona responsable de que hubiera ido a prisión. Y era su hermanastra.

Llegaron a la villa. Era espectacular, y aunque Gray apenas se fijó en ella, tal vez porque estaba acostumbrado a alojamientos de ese tipo, Blakely la miró con ojos desorbitados y, bajando del jeep de un salto, la contempló admirada.

Gray tardó unos segundos en darse cuenta de su reacción. Pero en cuanto la notó, se dijo que volverían a Bali en cuanto tuvieran la primera oportunidad. Quería volver a verla con aquella expresión de asombro y perplejidad.

Tras entregarle una bolsa a un miembro del personal que salió a recibirlos, Gray fue hasta Blakely y la estrechó un abrazo.

—Es preciosa –musitó ella.

–Espera a ver la vista desde el dormitorio.

Blakely levantó la cabeza para mirarlo.

–No hacía falta que alquilaras una casa completa, Gray. Solo somos nosotros dos.

–Ya, pero pensé que querríamos un poco de privacidad.

Blakely lo miró inquisitiva.

–¿Porque vas a hacer que grite tu nombre una y otra vez o porque temes que las cosas vayan mal con tu hermana?

Gray rio.

–Por las dos cosas.

Blakely sonrió con picardía.

–Me apunto a lo primero y confío en que lo segundo no suceda.

Gray también quería creerlo, pero no las tenía todas consigo. Nada relativo a su hermana parecía tener sentido, así que no se atrevía a hacer ningún pronóstico.

Iba a hacer esa reflexión cuando sonó su teléfono. Al ver quién era se le encogió el corazón.

–Joker –dijo, contestando.

–Tu hermana está a punto de marcharse. Ha empezado a mover dinero hace un par de horas. Yo diría que va a huir.

¿Porque sabía que él estaba cerca?

Gray había dejado todos sus dispositivos en Charleston, incluido su teléfono. El que llevaba pertenecía a la compañía.

–¿Cómo se ha enterado de que estamos aquí?

Joker masculló algo ininteligible, pero era evidente que no estaba contento. Finalmente, dijo:

–No lo sabe. La ha encontrado otra persona.

Gray lanzó un juramento.

—¿Quién?

—Un jefe de la mafia rusa a quien robó hace un par de años.

—¿Puede suponer un problema?

—Si tú llegas primero, no.

Gray tomó la mano de Blakely y tiró de ella hacia el jeep. Silbó para llamar al chófer y señaló el vehículo. El hombre bajó la última maleta y se sentó tras el volante.

Entonces Gray tomó a Blakely por la cintura y la subió. Luego rodeó el jeep y, tras enseñarle la dirección al conductor, subió a su vez.

Había confiado en poder prepararse un poco para el encuentro con su hermana, pero tal vez era mejor así.

Capítulo Trece

Blakely permaneció tranquila y en silencio. Gray no se había molestado en decirle qué estaba pasando porque su mente trabajaba aceleradamente, intentando imaginar qué podría pasar si el matón ruso llegaba antes que ellos. La ansiedad lo atenazaba.

Nadie merecía algo así.

El acceso desde una sinuosa carretera a la casa de su hermana era muy distinto al que llevaba a la villa. La densa vegetación la ocultaba a la vista. La casa era también muy distinta. Pequeña y vieja, presentaba un avanzado estado de deterioro.

Puesto que su hermana podía permitirse las mismas cosas que él, Gray dedujo que había elegido aquel lugar a propósito, tanto porque estaba bien escondido como para evitar llamar la atención.

Gray tocó el hombro del conductor y le indicó que parara a unos metros de la puerta. Cabía la posibilidad de que su hermana hubiera oído el jeep, pero no quería asustarla.

Saltó del coche, lo rodeó para ayudar a Blakely a bajar y, tomándole la mano, caminaron juntos hacia la casa.

Estaba silenciosa y oscura. No se veía ninguna luz en el interior. Gray sintió un nudo en las entrañas. ¿Llegaban demasiado tarde?

En lugar de llamar a la puerta, probó a abrirla, pero

no le sorprendió comprobar que estaba cerrada con llave. Nadie que se dedicara a robar a personas poderosas dejaría la puerta abierta. Y, por lo que sabía, su hermana era extremadamente inteligente.

Indicando a Blakely que lo siguiera, rodeó la casa. Podía no ser nada lujosa, pero las vistas quitaban el aliento. En la parte trasera había un porche con butacas desde el que partía un sendero hacia la playa. Había unas puertas de cristal que estaban abiertas de par en par, lo que indicaba que, o bien su hermana había salido huyendo, o estaba en el interior.

Gray se acercó y, alzando la voz, la llamó:

—Kinley.

El nombre resonó en las baldosas de terracota. Gray aguzó el oído. Desde el oscuro interior le llegó un juramento ahogado.

—Kinley, no he venido a hacerte daño. Solo quiero hablar.

Su mirada se adaptó lentamente a la oscuridad. La luz de la luna dotaba a todo de un aire espectral. Gray dio un paso adelante. Una voz suave brotó del interior.

—Detente.

Blakely sujetó a Gray del brazo. Kinley salió de las sombras, avanzando despacio.

—No te acerques más.

Gray alzó las manos en señal de que no pretendía hacerle mal. Repitió:

—No vengo a hacerte ningún daño.

—Mientes. ¿Cómo no vas a querer hacerme daño si arruiné tu vida?

—Así que sabes quién soy.

—Por supuesto.

Gray tomó aire y lo exhaló lentamente, librándose

de parte de la tensión que se acumulaba en sus hombros.

—Solo quiero hablar.

—Lo que quieres es hacerme pagar por lo que hice.

Gray estudió el rostro de su hermana. Aunque no se parecía a su madre, era extremadamente guapa. Tenía el cabello negro y ondulado, y una piel nacarada que brillaba bajo la luz de la luna. Aunque no podía ver bien sus ojos, eran oscuros, quizá marrones. Era alta y delgada, de constitución deportiva.

Bastó verla para saber que era capaz de cuidar de sí misma, tal y como había hecho los últimos años de su vida, quizá siempre. Y en ese momento, Gray se dio cuenta de que tenían más en común que una madre.

—Quiero entender qué pasó. No quiero que pagues por nada. Sé que solo tenías dieciséis años cuando nuestra madre te convenció de que robaras el dinero.

Kinley se adelantó varios pasos, acercándose más a la luz.

—¿Qué quieres decir con «nuestra» madre?

¡No lo sabía! Gray abrió la boca y la cerró. Cece no se lo había dicho. ¿Por qué iba a hacerlo? El plan iba dirigido a su padre, no a él. Kinley lo había implicado a él accidentalmente. De no haber cometido ese error, él no se habría visto afectado, así que no había motivo para decirle a Kinley que tenía un hermano.

Blakely posó la mano en el hombro de Gray y tomó la palabra al ver que él no podía continuar.

—Gray es tu hermanastro. Tu madre estaba furiosa con su padre porque no quería darle más dinero, por eso te pidió que robaras a Lockwood Industries. Pero en lugar de transferir el dinero a la cuenta de su padre, lo enviaste a la de Gray.

Kinley miró perpleja a la mujer que acababa de volver su mundo del revés, y luego a Gray, el hombre cuyo rostro había acabado por resultarle más familiar que su propio reflejo después de haberlo observado durante horas a lo largo los últimos meses. ¿Cómo era posible que no hubiera hecho la conexión?

Había indagado en su pasado y leído todo lo relacionado con vida. Sabía que había sido un prodigio de las matemáticas, que le habían operado de apendicitis a los once años; hasta sabía qué marca de ropa interior prefería.

—No es posible.

De ser cierto, habría encontrado algún rastro, algún documento.

—No solo es posible, sino que es la verdad. Mi padre tuvo un affaire con tu madre. Ella se quedó embarazada. Como mi madre no podía tener hijos, pagaron a Cece para que me diera en adopción. Mi partida de nacimiento fue falsificada.

Kinley rio con sarcasmo.

—El dinero lo compra todo, ¿eh?

—Algo así.

Kinley miró a Gray. Le recordaba a los hombres que en aquel momento iban tras ella. Había en él algo amenazador. Era alto y fuerte y, evidentemente, era capaz de protegerse y atacar en caso necesario.

—¿Por qué he de creerte?

Gray se encogió de hombros.

—Estoy dispuesto a hacerme la prueba que demuestre que somos hermanos. Pero ahora mismo, hemos de que salir de aquí. Tenemos noticia de que los rusos que te están buscando pueden llegar en cualquier momento.

Kinley maldijo entre dientes. Siempre había sabido

que si seguía metiéndose con gente peligrosa, algún día le harían pagar. Y lo había asumido, o eso creía. Pero llegado el momento de la realidad…

Había hecho mucho bien a mucha gente, tendría que conformarse con eso. Después de todo, no hay nadie en el mundo a quien fuera a importarle que desapareciera. Los rusos acabarían con ella y su muerte pasaría desapercibida.

Esa era la vida que había elegido.

Pero todavía no estaba preparada.

Girando sobre los talones, volvió hacia el interior y entró en la habitación donde había instalado su despacho hacía meses. A pesar de su aspecto destartalado, la casa estaba conectada como si fuera un centro de operaciones de alta tecnología. Al menos, desde que ella se había instalado allí.

Empezó a meter cosas en las cajas abiertas que había dejado a medias cuando Gray había hecho saltar la alarma silenciosa. La mayor parte de los ordenadores, servidores y el resto del equipo estaban guardados. Solo necesitaría unos cinco minutos. La cuestión era poder cargarlo todo en el coche a tiempo.

Su hermano, aunque le costara pensar en aquel hombre como tal, y la mujer que lo acompañaba, aparecieron en la puerta y la observaron en silencio.

Al levantar la primera caja, no pudo contener un resoplido por el esfuerzo. Su hermano se adelantó, se la quitó de las manos y se dirigió al exterior. Kinley salió tras él. En aquella caja iba equipo muy valioso y no estaba dispuesta a permitir que desapareciera con él.

Pero se detuvo. Si luchaba contra él, perdería. Era mejor ocuparse del resto, tomar otra caja y llevarla al coche. Tenía el dinero necesario para reponer lo que perdiera, por más que le resultara una complicación. Salió y percibió que, a su espalda, la seguía la acompañante de Gray con otra caja.

Delante de ella, vio que su hermano se acercaba a un jeep y colocaba la caja en la parte de atrás. Luego le hizo un gesto con la mano para que hiciera lo mismo, pero Kinley no estaba dispuesta a hacerle caso, así que se dirigió a su propio coche.

La mujer pasó de largo y dejó su caja en el jeep, antes de volver al interior de la casa a por otra.

«¡Maldita sea!».

No valía la pena discutir o intentar detenerlos. Dejó la caja en su coche, pero Gray apareció a su espalda, la sacó y la llevó al jeep. Entonces Kinley no pudo contenerse por más tiempo y lo empujó con fuerza.

—¿Qué crees que estás haciendo? ¡Deja mis cosas en paz!

—Kinley, no voy a dejarte sola ante los rusos. Deja que te ayudemos a salir de aquí. Tengo un avión privado en al aeropuerto esperando a llevarnos donde quieras.

—¿Por qué demonios ibas a hacer algo así si te he destrozado la vida?

—En eso te equivocas, pero ya hablaremos de ello. Ahora, tenemos que irnos.

La mujer llegó con otra caja y la puso sobre las demás. Kinley sentía una mezcla de rabia, temor, desesperación y esperanza. Los dos actuaban como si verdaderamente quisieran ayudarla.

Se oyó el rumor de un motor a lo lejos.

—Mierda —dijo Gray—. Están aquí. Sube.

—Me faltan cosas.

—No hay tiempo —sujetándola por el brazo, Gray la levantó por la cintura y la sentó en el asiento trasero.

La mujer que lo acompañaba se sentó a su lado y él, en el asiento del copiloto. El conductor arrancó a toda velocidad siguiendo la orden de Gray.

Otro de los motivos por los que Kinley había elegido la casa era que tenía dos caminos de acceso, algo que era evidente que el conductor sabía, puesto que tomó el opuesto al del coche que se aproximaba.

Todos permanecieron en un tenso silencio, esperando a ver si el coche se paraba en la casa o los perseguía. Kinley se giró y suspiró aliviada al ver que el amplio círculo que iluminaban las luces se detenía y enfocaba directamente a la casa. Un puñado de hombres bajó, agrupándose en el porche.

Eso fue lo último que vio antes de que tomaran una curva cerrada y la casa desapareciera de la vista.

La mujer sentada a su lado se inclinó y le tendió la mano.

–Hola, soy Blakely. Trabajo con tu hermano.

El aire en el jeep podía cortarse con cuchillo. Blakely habría querido decir algo para rebajar la tensión, pero no sabía qué. Aunque Gray estaba en el asiento delantero, lo sentía de pronto muy lejos. No se había girado a mirarla ni una sola vez. Ni a Kinley.

A Blakely se le formó un nudo en el estómago.

Tomaron a toda velocidad la entrada privada al aeropuerto y se dirigieron hacia el avión que esperaba en la pista. Varios hombres corrieron hacia el jeep, sacaron las cajas de Kinley y fueron a cargarlas.

–Espera –protestó Kinley, sujetando a uno por el brazo–. Yo no voy con vosotros.

El hombre la miró como si tuviera dos cabezas y,

soltándose, siguió haciendo lo que se le había mandado.

Gray se acercó a su hermana.

–Kinley, te llevaremos donde quieras; no puedes quedarte aquí. Corres peligro.

–¿Por qué haces esto? ¿Por qué me ayudas? –preguntó ella con desconfianza.

Gray esbozó una sonrisa.

–Sé que robas dinero a criminales y se lo das a quien lo necesita.

–Te robé a ti.

–Sí. ¿Lo hiciste deliberadamente?

Kinley levantó las manos en el aire.

–¡Claro que no!

Gray vaciló.

–Estate tranquila. Tengo una cuenta bancaria muy saneada.

–Yo tengo el dinero; te lo puedo devolver. Llevo tiempo buscando la manera de hacerlo sin delatarme y sin crearte un problema aun peor.

–Lo sé.

–¿Cómo puedes saberlo?

Gray dio un paso hacia ella.

–Conozco un *hacker* que es casi tan bueno como tú.

–¿Quién?

Gray sonrió.

–Esa información no puedo dártela, pero tengo la impresión de que llegaréis a conoceros.

Blakely vio que Gray ponía una mano sobre el hombro de Kinley. Hermano y hermana, cara a cara. Ella con expresión de perplejidad; Gray, esperanzado. Blakely se emocionó y se sintió privilegiada por ser testigo de aquel momento.

Gray había perdido tanto… La única familia que había conocido lo había abandonado. Había descubierto que su madre biológica nunca lo había querido y que había estado dispuesta a venderlo. Por más que hubiera hecho dos amigos tan cercanos que eran casi como hermanos, nunca era lo mismo que compartir la misma sangre.

Blakely confiaba en que Gray tuviera razón y Kinley no volviera a perjudicarle. Quería tener esa esperanza, pero le costaba desterrar el escepticismo con el que su infancia lo había teñido todo.

–Tengo una empresa de seguridad. Siempre nos viene bien alguien con tus habilidades.

–No –Kinley no titubeó–. Yo trabajo sola.

–Y puedes seguir haciéndolo. Solo digo que si quieres ganar algo de dinero… –Gray sacó un teléfono y se lo pasó–. Mi número está programado. Llámame para lo que quieras.

–¿Así, sin más? ¿Vas a dejar ir veinte millones de dólares y todo lo demás?

Gray se encogió de hombros.

–No necesito el dinero. Úsalo para algo bueno, Kinley.

–¿No vas a entregarme?

–No –dijo Gray, sacudiendo la cabeza.

Blakely retrocedió un paso. Aunque la decisión de Gray no le sorprendiera, no pudo evitar que se le encogiera el corazón. Estaba renunciando a aquello por lo que tanto y durante tanto tiempo había luchado.

Capítulo Catorce

Blakely guardaba silencio desde que habían subido al avión. Hacía unas horas había hecho una parada en Hong Kong para repostar. Allí había desembarcado Kinley.

A Gray le había resultado doloroso verla partir, no solo porque estuviera en peligro, sino porque una gran parte de él habría querido tener la oportunidad de llegar a conocerla mejor, pero eso no dependía de él. Le había ofrecido trabajar para Stone y de ella dependía lo que hiciera con su vida. De él, lo que hiciera con la suya.

Miró por la ventanilla. Pronto llegarían a Charleston, y no le sorprendió que Blakely eligiera ese momento para sentarse a su lado.

Desde que habían embarcado, se habían mantenido distanciados. Tal vez ella hubiera intuido que necesitaba espacio; o tal vez lo estaba evitando.

Se sentía tan agotado mental y físicamente que ni siquiera sabía si importaba; solo era consciente del vacío que se había abierto entre ellos.

–¿Y ahora qué?

La pregunta de Blakely era en apariencia sencilla. Desafortunadamente, la respuesta no lo era. Pero solo había una posible.

–Nada. Volvemos al trabajo y retomamos nuestras vidas.

Blakely apoyó los codos en las rodillas y dejó caer la cabeza.

–Temía que fueras a decir eso. No vas a notificarlo a las autoridades ni a tu padre.

–Solo conseguiría ponerla en la diana, y ya hay suficiente gente intentando localizarla.

–¿Y qué hay de ti?

–¿Qué pasa conmigo?

–Mereces recuperar tu vida, Gray. No hiciste nada malo y lo has perdido todo.

¿Era eso verdad? Gray no lo tenía tan claro.

–Recuperar mi vida significaría destruir la de ella.

Y no estaba dispuesto a hacer eso. A fin de cuentas, Kinley era tan víctima como él. Se negaba a castigarla por lo que habían hecho sus padres y por un error que había cometido con dieciséis años.

–No necesariamente. Podrías presentar pruebas de que fuiste incriminado injustamente sin tener que proporcionar información que permita rastrearla.

–Puede ser, pero no estoy dispuesto a correr ese riesgo. Mi padre tiene medios y determinación. Ahora, cree que yo tengo los veinte millones. Si llega a enterarse de que están en manos de otra persona, no se detendría ante nada para averiguar de quién se trata.

–Kinley está dispuesta a devolver el dinero.

–Y eso puede ser de ayuda, pero no lo detendrá. Es mejor que mi padre nunca lo sepa. Yo ya he pagado mi deuda con la sociedad, Blakely. Haga lo que haga, no voy a recuperar esos años.

–Claro que no, pero sí a tu familia, tu reputación y tu legado.

Gray rio con amargura.

–En realidad, nunca he tenido una familia. A mi padre nunca le he importado; la mujer que creía mi madre tampoco quiere saber nada de mí, y a mi madre biológica solo le interesa lo que pueda sacar de mí. No, gracias, estoy satisfecho con la vida que tengo.

–¿Qué vida? Gray, he pasado las últimas semanas contigo. Has concentrado toda tu energía en demostrar tu inocencia. Solo quiero decir que no tomes una decisión precipitada.

A Gray se le formó un nudo en el estómago. Blakely lo miraba con sus ojos azules, atravesándolo. Los había visto cargados de pasión y deseo, esperanza y frustración. En aquel momento lo miraban con culpabilidad y desilusión.

–No pierdas la oportunidad de limpiar tu nombre. Todo el mundo debe saber que no eres un criminal.

Gray se dio cuenta entonces de hasta qué punto eso era importante para Blakely. La imagen de ella plantada delante de la gente de la oficina después de la aparición de su padre acudió a su mente, así como su voz cuando hablaba abatida de haber crecido con un padre criminal.

Que limpiara su nombre era fundamental para ella, y no solo porque se sintiera culpable por haber participado en llevarlo a la cárcel. Blakely trazaba una línea nítida entre el bien y el mal; había vivido con el estigma de ser hija de su padre toda su vida, y se había esforzado para distanciarse de todo ello. Si él no limpiaba su nombre, estar con él, en cierta manera, la mancharía a ella.

Gray no se sentía capaz de pedirle eso, pero tampoco estaba dispuesto a usar la información que acababa de obtener, porque hacerlo suponía delatar a su hermana.

–Lo pensaré –dijo, aunque no tuviera la menor intención de hacerlo–. Cuando llegue a casa haré un par de llamadas.

Y después de decir esas palabras, se fue hacia el dormitorio.

Gray no salió del dormitorio hasta unos minutos antes de aterrizar. Blake casi se había arrepentido de lo que había dicho, pero no soportaba la idea de que Gray dejara escapar la oportunidad de probar su inocencia cuando la tenía al alcance de la mano.

Quizá necesitaba un tiempo para reflexionar sobre ello, y aunque entendía su posición no conseguía dejar de pensar que era un error.

Cuando aterrizaron ya era de noche. Desembarcaron y Blakely intentó no preocuparse por la distancia que Gray había puesto entre ellos; ni siquiera la tocaba.

Pero cuando bajaron a la pista, vio que había dos coches esperándolos y que, mientras su equipaje se cargaba en uno, el de Gray se llevaba al otro.

–¿Qué está pasando? –preguntó a Gray.

–¿Qué quieres decir?

–¿Por qué vamos en coches separados?

–Porque nos vamos a casa.

Blakely no pudo contener la pregunta, aun sabiendo la respuesta.

–¿Solos?

–Sí.

–¿Por qué?

Gray tomó are y lo exhaló lentamente.

–Has cumplido con tu parte del acuerdo y me has ayudado a probar que soy inocente.

–Aunque no vayas a hacer nada con esa información.

–Precisamente. También yo voy a cumplir con mi

parte del acuerdo. Mañana recibirás una llamada de una empresa de la ciudad. Con ellos podrás empezar de nuevo.

Blakely miró atónita a Gray, sintiendo que el suelo se abría a sus pies. Ella no quería eso.

–¿Eso es todo? –el bolso se le resbaló de los dedos. Dio unos pasos hacia Gray, pero él la miró fríamente.

Aquel no era el hombre que había sacudido su mundo y pasado horas venerando su cuerpo. El hombre que tenía ante sí era orgulloso y distante, volcado en alcanzar la victoria a cualquier costa.

–¿Pretendes fingir que los últimos días no han tenido lugar? ¿Que no los has pasado con tus manos y tu boca sobre mi cuerpo?

–¿Por qué iba a hacer eso? He disfrutado cada momento, igual que tú. Pero solo ha sido cuestión de química y atracción mutua, Blakely. Ahora el trabajo ha terminado y no tenemos por qué volver a vernos.

–¿Y si quisiera seguir en Stone?

Blakely había disfrutado enormemente trabajando con él, ayudándole a resolver el caso. Y a ello había contribuido que hubieran estado buscando hacer justicia, algo fundamental para ella desde su infancia. Formar parte de eso le había hecho sentirse… valiosa e importante.

–No creo que sea una buena idea.

–¿Por qué te comportas como un imbécil, Gray? Tú no eres así.

Él esbozó una sonrisa desdeñosa.

–Te aseguro que puedo serlo. Ha sido divertido mientras ha durado, pero se acabó.

Blakely miró a Gray con una mezcla de dolor, orgullo y rabia que le hizo sentirse físicamente enferma.

Se negaba a suplicarle aunque en su cabeza una voz clamaba por que le convenciera de que se equivocaba. Ella se merecía estar con un hombre que la quisiera, no un hombre que pensara que era de usar y tirar.

En ningún momento se había planteado que Gray fuera de ese tipo de hombres, pero era evidente que se había equivocado. Retrocediendo, sacudió la cabeza.

–Está bien. Eso es exactamente lo que necesito.

Dio media vuelta y se fue. O actuaba así o Gray vería rodar por sus mejillas las lágrimas que le quemaban los ojos.

–¿Qué demonios te pasa? Llevas unos días insoportable –Finn preguntó a Gray con su habitual estilo insolente.

Gray contuvo el impulso de inclinarse sobre el escritorio y darle un puñetazo.

–Tiene el corazón roto –fue la lacónica contribución de Stone a la conversación.

–Ah, ¡pobre paria! –dijo Finn.

Stone se encogió de hombros.

–Es su culpa, así que no me da demasiada pena.

Finn esbozó una sonrisa.

–Sí, pero recuerda que también nosotros hicimos unas cuantas estupideces hasta que sentamos la cabeza.

–Habla por ti. Yo no recuerdo ninguna estupidez.

Finn resopló con desdén.

–No digas idioteces. Que no lo admitas no quiere decir que no pasara.

–La cuestión es que estamos hablando de Gray, no de nosotros –dijo Stone.

–¿Qué apuestas a que no tardará en recobrar la cordura e ir a buscarla?

Stone miró a Gray como si fuera un espécimen de laboratorio.

–Yo diría que está a punto de estallar. Puede que tarde… dos días.

–No. Yo diría que mañana. Tengo entendido que es cuando el caso de su padre se presenta ante el juez.

–Eso no vale. Tienes información privilegiada.

Finn sonrió.

–Siempre hay que tener un as en la manga, amigo mío.

Cansado de oírlos hablar como si no estuviera presente, Gray gruñó.

–¡Podéis dejar de hablar de mí!

–Vaya, estaba escuchando.

–Claro que sí –Gray se volvió a Finn–: ¿El juicio del padre de Blakely es mañana?

Finn enarcó ambas cejas.

–El abogado que contrataste ha presentado una apelación de sobreseimiento. La audiencia con el juez es mañana. Creía que lo sabías.

Y lo habría sabido de no haberle dicho al hombre que había llamado el día anterior para informarle sobre el caso del padre de Blakely que no quería saber nada sobre ese asunto.

Pero la información de Finn lo puso alerta. Blakely debía de estar inquieta esperando la resolución. Tenía que ocuparse en algo antes de cometer la estupidez de llamarla para ver cómo estaba.

–Vais a tener que terminar la reunión solos –dijo, poniéndose de pie.

–Por favor, dime que vas a buscar a Blakely.

Gray miró a Stone.

—No.

Su amigo resopló.

—Estás siendo un idiota —Stone movió la mano en el aire y añadió—: Vete. Pero no vuelvas hasta que te hayas serenado. Amanda no se atreve a acercarse a ti. Dice que no haces más que gritarle.

—Me ha traído la documentación equivocada.

—Aun así…

Stone tenía razón, pero Gray no quería admitirlo.

—Como quieras —dijo, encogiéndose de hombros.

Estaba ya en la puerta cuando Finn preguntó:

—¿Quieres un consejo amistoso?

Gray se volvió lentamente.

—La verdad es que no.

—Aun así, te lo voy a dar. No sé qué ha pasado entre vosotros dos. Solo sé que nunca te había visto tan contento como con ella. Y eso es decir mucho teniendo en cuenta que han sido unas semanas especialmente complicadas para ti.

Gray no podía negar que Finn tenía razón. Además de haber cumplido condena por un crimen que no había cometido, había averiguado que su madre no lo era, que su padre había pagado para cubrir sus pecados y que su madre biológica lo había vendido… no podrían describirse como buenas noticias.

—Aun así, no te he visto furioso ni irritable, sino con una sonrisa de oreja a oreja. Blakely te hace feliz, y eso no se encuentra fácilmente.

Stone añadió a las palabras de Finn:

—Haz lo que haga falta para no perderla. Los tres sabemos que la vida es impredecible y que no se pueden dejar pasar las oportunidades.

–Y cuando encuentras a la mujer con la que quieres pasar el resto de tu vida, haces lo que sea por conservarla –añadió Finn.

Gray miró a sus amigos y dijo en tono solemne:

–Esto es lo mejor para ella. Me recobraré.

–No –dijo Stone con vehemencia–. Yo dejé a Piper antes de entrar en prisión y mis sentimientos nunca pasaron; en todo caso, se fortalecieron. Si quieres a Blakely, díselo.

–Lucha por ella –añadió Finn–. Eso se te da bien, tío. Sabes luchar. ¿Por qué estás huyendo de lo más importante de tu vida?

Gray miró a sus amigos alternativamente. Aparte de Blakely, ellos eran lo más importante en su vida. Lo que le decían le asustaba y al mismo tiempo le daba esperanzas. Quizá tenían razón. Stone había intentado actuar honorablemente, como él. Pero al final, Piper no había querido que se sacrificara, sino permanecer junto a él.

Dejar a Blakely había sido lo más difícil que había hecho en toda su vida. Pero Finn estaba en lo cierto: jamás había rehuido una pelea. ¿Por qué evitaba la que más le importaba?

–Esa es una buena pregunta.

Capítulo Quince

Blakely estaba sentada detrás de su padre. Este tenía ante sí una mesa y, a su lado, al abogado que Gray había contratado y que, al contrario de lo que ella había supuesto, había seguido con el caso.

Blakely no sabía si sentirse agradecida o enfadada. En parte le habría resultado más fácil enfadarse con él si hubiera hecho algo tan despreciable. Pero no tuvo suerte.

El juez entró en la sala y todo el mundo se puso de pie. Una vez se sentaron, el secretario enumeró el orden de los casos. El del padre de Blakely era el primero.

Se oía un murmullo de voces y de papeles. Blakely sentía un nudo en el estómago. Durante los últimos días había pasado tiempo con su padre, hablando de lo que había sucedido. En el pasado, sus prejuicios le habrían impedido hacerlo, pero gracias a Gray... había escuchado de verdad a su padre y había decidido creerlo. No era ni mucho menos perfecto, pero estaba convencida de que intentaba sinceramente cambiar su vida.

Lo que hacía que la vista de su caso tuviera una importancia trascendental.

Inclinándose hacia adelante, apretó el hombro de su padre. Sin volverse, él posó una mano sobre la de ella. Su piel callosa recordó a Blakely que, a pesar de todo, su padre había trabajado duro toda su vida para intentar

151

mantener a su familia. Tal vez no como ella habría querido... pero de la única manera que él sabía.

La vista comenzó y el fiscal hizo un resumen del caso. Blakely escuchó angustiada la enumeración de pruebas que parecían condenar a su padre.

El abogado estaba a punto de empezar cuando se abrió la puerta del fondo de la sala. Blakely se volvió mecánicamente y se quedó paralizada.

Gray.

¿Qué estaba haciendo allí?

Deteniéndose, él la miró directamente unos segundos con expresión impasible. Ella sintió un torbellino de emociones recorrerla, chocando unas con otras y haciendo imposible separarlas. Apretó los dientes y giró la cabeza al frente para concentrarse en la vista.

El abogado fue enumerando cada punto del fiscal, abriendo grietas en sus argumentos y presentando un caso convincente para la desestimación de los cargos. También hizo un alegato convincente sobre los esfuerzos de su padre para cambiar de vida, distanciándose de las malas influencias e intentando ser mejor ciudadano. Insistió en que nadie debía de ser juzgado por su pasado, y menos cuando estaban intentando cambiar.

Y en aquel instante. Blakely se sintió orgullosa de su padre por primera vez en su vida.

Cuando las dos partes acabaron, el juez se reclinó en el respaldo de su silla y, recorriendo la sala con la mirada, la fijó en el padre de Blakely.

–Señor Whittaker, tras una atenta reflexión sobre los hechos que se me han presentado, no creo que haya suficientes pruebas como para que este caso merezca ser juzgado.

Blakely dejó escapar un suspiro de alivio. Delante

de ella, su padre se hundió en la silla con los hombros encorvados. El juez continuó:

—Sin embargo, quiero advertirle algo: aunque no debamos juzgar a la gente por sus errores pasados, es inevitable que lo hagamos. Personalmente, creo que todos merecemos una segunda oportunidad. Hasta ahora, ha dado pruebas de querer cambiar su vida. Siga por ese camino y asegúrese de que no vuelva a verlo nunca más en un juzgado —el juez hizo una pausa de unos segundos—, porque la próxima vez, puede que no sea tan afortunado.

Su padre se puso en pie.

—Gracias, señoría. Lo comprendo y le estoy muy agradecido.

Se oyó un murmullo general. El abogado de su padre se puso de pie y empezó a ordenar papeles, se volvió hacia su padre y le dijo algo al tiempo que le daba unas palmadas en la espalda.

Su padre se volvió hacia ella con una enorme sonrisa. Blakely se inclinó para abrazarlo, pero no pudo evitar susurrarle:

—Has tenido suerte, papa. No lo estropees.

—No lo haré, cariño. Prometo no volver a decepcionarte.

Blakely lo miró fijamente y dijo:

—Papá, no lo hagas por mí. Hazlo por ti.

La sonrisa se desdibujó levemente de los labios de Martin, pero asintió y apretó el hombro de Blakely.

Salieron de la sala juntos y Blakely no pudo contener el impulso de buscar a Gray con la mirada, pero no lo vio. El corazón se le desplomó al confirmar que no había acudido por ella, sino para asegurarse que había invertido bien su dinero al pagar el abogado de su padre.

Y en ese momento, se borró todo atisbo de esperanza en ella.

Gray observó a Blakely y a su padre salir de la sala. Martin subió a su coche y arrancó mientras ella lo seguía con la mirada. Tenía las manos temblorosas y Gray habría querido estrecharla en sus brazos y calmarla.

Todo el mundo la consideraba extremadamente fuerte, pero por primera vez, Gray se dio cuenta de que eso significaba que no tenía nadie en quien apoyarse.

Bueno, eso no era del todo verdad. Lo tenía a él.

Y entonces decidió olvidar toda cautela, dejar de preocuparse por que ella estuviera enfadada con él, o por si lo rechazaba por su mala reputación. Buscarían la manera de resolverlo.

Cruzando la calle, le tomó las manos y se las apretó.

—¿Qué haces aquí? —preguntó ella con más indiferencia que sorpresa.

—No querría estar en ninguna otra parte —dijo él, tomándole el mentón para que lo mirara a los ojos—. Blakely, sin ti estoy perdido —le resultó mucho más fácil decirlo de lo que había esperado—. Echo de menos tu risa, tu olor, que te acurruques contra mí mientras duermes; echo de menos que discutas conmigo y me retes. Te echo de menos.

Blakely apretó los labios y sus ojos se llenaron de lágrimas.

—Me echaste de tu lado, Gray.

—Lo sé. Tenía miedo.

—¿De qué?

—De que estuvieras conmigo solo porque te sintieras culpable —esa era solo una verdad parcial. Si había una ocasión en la que debía ser completamente sincero, era aquella–: Temía no merecerte, Blakely. Puede que no fuera un criminal cuando entré en prisión, pero…

Blakely lo interrumpió:

–Y sigues sin serlo.

En eso se equivocaba.

–He hecho muchas cosas legalmente dudosas. Y te conozco como para saber que si supieras todo, no querrías estar conmigo.

–Eso es mentira, Gray. Dices que me conoces, pero yo también te conozco a ti. Hayas hecho lo que hayas hecho, estoy segura que los motivos lo justificaban. Punto. Te conozco y confío en ti.

Blakely abrió los brazos, abarcando el juzgado.

–He pasado la última hora ahí dentro con mi padre. Hace unas semanas me habría sentido avergonzada y dolida por su comportamiento. En lugar de eso, hoy estaba esperanzada, y no solo porque tú hubieras pagado por un abogado de lujo, sino porque en el fondo de mi corazón le he creído cuando me ha dicho que quiere cambiar, creo en él como no lo había hecho hasta ahora. Y eso me lo has dado tú –Blakely sacudió la cabeza–. No, nos lo has dado a los dos. Porque mi apoyo va a ayudar a mi padre a conseguir cambiar.

–Me alegro mucho por él y por ti –dijo Gray conmovido.

–¿Y por qué no me dejas que te apoye como tú me has apoyado a mí? –Blakely se acercó hasta pegarse a él y tomar su rostro entre las manos–: Te amo, Gray.

Gray sintió un calor que se expandía desde su pecho por todo su cuerpo.

Blakely lo amaba. Y aunque no se sentía merecedor de su amor, lo tomaría. Apoyó la frente en la de ella.

—Yo también te amo.

—Puede que hubiera un tiempo en el que pensaba que eras una mala persona, pero estaba equivocada. Gray Lockwood, eres el hombre más bueno y generoso que he conocido.

Gray, emocionado, inclinó la cabeza y buscó sus labios. El beso fue tan apasionado como siempre, pero contenía algo más: consuelo, apoyo, respeto.

Era el comienzo de un camino en el que ambos ansiaban adentrarse.

DESEO

JULES BENNETT

AMOR EN LA CIUDAD
DE LA MÚSICA

HARLEQUIN™

Capítulo Uno

Will Sutherland se acomodó en la mesa de banco corrido en un rincón del Rise and Grind y observó a Hallie Banks moviéndose entre las mesas.

Ese breve encuentro no debería irritarle, pero no podía evitarlo. Will no quería ver a Hallie, sino a Hannah, la hermana gemela de Hallie.

Pero evidentemente, Hannah Banks, estrella de la música *country* adorada en toda América, no podía perder el tiempo en algo tan mundano como encargarse del programa de grabación de su siguiente álbum ni del programa de la próxima gira.

Solo la había visto unas cuantas veces, todas ellas en eventos del mundo de la música. Le parecía una mujer atractiva, como a todo el mundo. Los hombres volvían la cabeza para mirar a Hannah Banks y él no era diferente.

En cuanto a su personalidad, no podía decir gran cosa. Lo único que sabía era que ese primer encuentro, de tipo profesional, no iba como debería.

La antigua empresa discográfica de Hannah podía haberle consentido su desconsideración, pero ahora que había firmado un contrato con Elite, iba a tener que aceptar el hecho de que no era ella quien dirigía la discográfica, sino él.

Hallie le dedicó una sonrisa y le dio la mano.

—Buenos días. ¿Llevas mucho esperando?

Will se puso en pie y estrechó la mano de ella, sorprendido de su delicadeza y suavidad.

No debería haberlo notado. No quería que le atrajeran unas gemelas. No era bueno para los negocios y no era su estilo mezclar el trabajo con el placer.

Hallie era más conservadora en la forma de vestir que su hermana. Quizá se debiera a que Hallie era la manager de Hannah y su trabajo no le exigía lucirse en público; al contrario que Hannah, esplendorosa, no la clase de mujer que debiera atraerle. No obstante, cada día que pasaba era más consciente de la presencia de su nueva estrella.

Necesitaba controlarse.

—Acabo de llegar —Will indicó un asiento frente a él—. Por favor, siéntate.

Ella dejó el bolso en el asiento vacío y se sentó. Un camarero se acercó y, después de pedir lo que querían, se marchó.

—¿Por qué no ha venido Hannah en persona? —preguntó él con la esperanza de obtener una respuesta.

—En realidad, no estoy segura —respondió Hallie pestañeando—. Me llamó para pedirme que viniera yo a la reunión contigo. Después de que hablemos, le llamaré para explicarle el programa. Pero sí me ha pedido que te diga que quiere que la grabación se realice en el estudio de su casa.

Por supuesto. No debería sorprenderle. Beaumont Bay estaba recuperándose de la horrorosa tormenta que había arrasado la zona apenas unas sema-

4

nas atrás. Todo el mundo estaba trabajando en las reparaciones de las casas de lujo y algunos negocios de aquella comunidad de Nashville.

Beaumont Bay se recuperaría pronto. Era en esa comunidad a orillas del lago donde se firmaban contratos y donde la élite de la música *country* ocultaba sus secretos. Y también era la ciudad que Mags Dumond, la legendaria productora de música, tenía en propiedad o… creía que tenía en propiedad.

No obstante, había que reconocer el mérito de Mags. Había construido Beaumont Bay con su difunto marido y antiguo alcalde. Con su visión de futuro y su insistencia durante décadas en dar todas sus fiestas allí había conseguido que la gente importante de Nashville tuviera allí, en Beaumont Bay, su casa o su casa de vacaciones.

La familia de Will era de ahí, aunque no tenía nada que ver con el mundo de la música. Travis y Dana Sutherland trabajaban en la industria inmobiliaria y eran propietarios de todo... lo que no era de Mags.

Pero los hermanos Sutherland habían elegido la industria de la música y más o menos habían logrado no tener altercados con Mags. Su familia y esa mujer llevaban años de relaciones conflictivas, pero él se negaba a pensar en ello en esos momentos. Su nueva estrella de la música *country*, Hannah Banks, iba a permitir a su familia dar el siguiente paso en la creación de un imperio de la música y a concluir la renovación de sus estudios de grabación tras los daños causados por la tormenta.

Desgraciadamente, las obras se estaban alargando demasiado. Tenía que componer y muchos cantantes dependían de él, eso sin contar con la organización de las giras de promoción de nuevos discos.

La situación era una pesadilla en esos momentos. Y Hannah Banks, la superestrella que él le había robado a Mags y con la que contaba para que sus planes se hicieran realidad, no había encontrado tiempo para reunirse con él en persona. Una reunión con la hermana de Hannah, su manager, no era lo mismo.

–Antes de acceder, tendría que ver el estudio de grabación de Hannah –le dijo Will a Hallie–. Vamos a tener que empezar el proceso de producción la semana que viene. Dile a Hannah que iré a primera hora de la mañana a su casa para ver su estudio de grabación.

Hallie apretó los labios y sacudió la cabeza.

–Mañana por la mañana va a ser imposible –Hallie agarró su móvil y pasó los dedos por la pantalla–. ¿Qué te parece el martes a las diez?

Teniendo en cuenta que era viernes, Will no estaba dispuesto a esperar hasta el martes. Respiró hondo y suspiró. ¿Iba Hallie a ponerle tantos obstáculos como la diva de la música *country*? El mohín de ella le indicó que sí, y le inquietó.

Fue entonces cuando se dio cuenta de que pasaba algo raro.

–No sé cómo trabajaba con Mags en su productora Cheating Hearts, pero en Elite soy yo quien dirige la empresa y quien dice cuándo se tienen que hacer las cosas.

Hallie empequeñeció los ojos.

−¿Sí? En ese caso, quizá debería haberme quedado en Cheating Hearts.

Ella maldijo en voz baja y Will apretó los dientes. Se había dado cuenta de que pasaba algo raro, pero jamás habría imaginado que su nueva estrella fuera tan infantil como para hacerse pasar por su hermana gemela.

No estaba dispuesto a dejarse engañar. Hannah Banks iba enterarse de quién estaba al mando.

Maldición. ¿Cómo había podido hacerse pasar por su hermana, vestirse como ella e incluso ponerse gafas y no ser capaz de morderse la lengua?

Hannah enderezó los hombros, miró al malditamente atractivo Will Sutherland y se dio cuenta de por qué. Con él perdía la cabeza. Solo podía pensar en qué sentiría si le acariciara el cabello. Y esos labios… ¿Se le daría bien besar?

¿Por qué era ese hombre el que la atraía? Había esperado que haciéndose pasar por Hallie perdería algo de la atracción que sentía por él, pero le había salido mal la jugada.

Y ya tenía bastantes problemas como para crearse más. Mags era la mandamás de esa ciudad y le había sentado mal que ella dejara Cheating Hearts y se fuera con Elite. Pero Elite y Will se ajustaban más al giro que quería darle a su carrera como cantante y había albergado la esperanza de ignorar su atracción hacia uno de los hombres más sensuales de Beaumont Bay.

–¿A qué estás jugando? –dijo Will inclinándose hacia delante, sus ojos azules oscurecidos.

Entrelazó las manos debajo de la mesa. No iba a dejarse llevar por el deseo. Si Will respondía a sus insinuaciones… ¿qué pasaría? Los medios de comunicación les destrozarían, la acusarían de acostarse con él para conseguir un contrato. Todo lo que había luchado por conseguir estar donde estaba no le serviría de nada.

No, no iba a arriesgar su reputación ni la de Elite Records. Cantar era su vida. Ya había arriesgado bastante al dejar Cheating Hearts con el fin de emprender algo nuevo. No iba a jugárselo todo solo porque él le gustara.

Además, otro de los motivos por el que había elegido a Elite era por ser un negocio familiar. Will y sus tres hermanos trabajaban en la industria de la música. Sabía que el nombre de Elite la ayudaría en la nueva fase de su carrera profesional.

–No estoy jugando –le espetó ella con fingida dulzura.

–Entonces, ¿a qué se debe el engaño?

El camarero les llevó la bebida, interrumpiéndoles momentáneamente antes de volver a dejarles solos. Hannah agarró su taza de té chai con una nube de leche de almendras. Perfecto. Algo normal, algo a lo que estaba acostumbrada, era la medicina perfecta para calmarla en ese momento.

–Hannah…

Hannah le miró a los ojos y encogió los hombros antes de responder.

–Quería saber un poco más de ti como persona, en un ambiente relajado, y sin que supieras que era yo.

Will continuó mirándola sin contestar.

«Cálmate, Hannah. Podría destruir tu carrera si quisiera».

–No te conozco muy bien –continuó ella, tratando de centrarse en el trabajo y no en lo que sospechaba era una mutua atracción–. Pero he arriesgado mucho al pasarme a tu productora. Quería conocerte un poco mejor como persona antes de hablar contigo como yo misma.

–Lo que dices no tiene ningún sentido –dijo él–. De ahora en adelante, nada de juegos tontos.

–Yo no estoy jugando –insistió ella–. Me tomo muy en serio mi trabajo, mi carrera.

Hannah no estaba dispuesta a revelarle todos los motivos por los que había cambiado de compañía discográfica. Lo único que Will sabía era que ella había tenido dificultades con Mags últimamente. Y eso era lo único que necesitaba saber.

Su abuela y Mags se conocían de muchos años, cuando ambas irrumpieron en la escena de Nashville. Su abuela era la mundialmente famosa Eleanor Banks, la mujer que había vendido más discos que ninguna otra de música *country*, incluida Dolly Parton.

Nadie se aproximaba a la fama que Eleanor había alcanzado, y Mags le había tenido envidia. Mags se había casado con el alcalde de Beaumont Bay, que también tenía intereses en la industria inmobiliaria.

El marido de Mags le había comprado una empresa discográfica para tenerla contenta y mantenerla en el mundo de la música. Mags había interferido en la vida de todo el mundo.

A pesar de los años que habían transcurrido, la envidia de Mags no se había apagado, y por eso, diez años atrás, había querido que Hannah firmara contrato con ella.

Ahora, después de una década de encontrarse sometida a la voluntad de Mags, Hannah quería un cambio en su vida, quería dar rienda suelta a su creatividad. Además de cantar, quería componer y sabía que podía hacerlo.

Por eso se había cambiado a la compañía discográfica de Will y había accedido a grabar una canción compuesta por Cash Sutherland, uno de los hermanos de Will, y a que esta fuera la primera canción que interpretara en su próxima gira. Cash no tenía muy buena fama y Will estaba convencido de que haciendo equipo con ella su imagen mejoraría mucho.

—Grabaremos en mi casa —añadió ella con voz firme—. Puedes venir a mi casa a ver el estudio, pero te aseguro que, para mí, es el mejor lugar para grabar. En mi casa me siento cómoda y mi estudio tiene todo lo que podamos necesitar. No encontrarás mejor equipo de grabación en ninguna otra parte.

—Ya veremos —respondió él encogiéndose de hombros—. Una vez que hayamos acabado con las reparaciones de mi estudio, trabajaremos ahí. ¿Has echado un vistazo a la canción de Cash? Se la envié a tu hermana.

Hannah asintió.

—De eso quería hablar contigo. No creo que deba ser la primera canción que salga en un *single*.

Teniendo en cuenta que quería relanzarse con un nuevo sonido, no le parecía lo mejor utilizar la letra de una canción escrita por otra persona. Ella había compuesto ya varias canciones, pero aún no se lo había dicho a nadie, ni siquiera a su hermana.

—Está en el contrato que firmamos —le contestó Will—. No es negociable.

A Hannah se le encogió el corazón. A pesar de ser Hannah Banks y de haber ganado cinco veces el premio a la mejor vocalista femenina del año durante los últimos seis años, se sentía insegura. Tenía mucho miedo al rechazo y debía ganar confianza en sí misma pronto.

—Necesito ir a ver tu casa y tu estudio —declaró él, sacándola de su ensimismamiento.

—¿Cuándo?

No pudo evitar contemplar la forma como los largos dedos de Will agarraban la taza. Todo en él era fuerza, sensualidad y muchas más cosas en las que prefería no pensar. Él suponía un riesgo, un riesgo que quería evitar. Tuvo que hacer un esfuerzo ímprobo para recordarse a sí misma que debía rechazar toda atracción hacia él. Will y Elite eran el medio para dar un nuevo impulso a su carrera, nada más.

—Ya que mañana no va a poder ser, iremos ahora.

Hannah lanzó una carcajada.

—¿Ahora? Eso no va a ser posible.

11

–Está bien. En ese caso, dentro de una hora –gruñó Will.

Hannah suspiró y sacudió la cabeza.

–Dentro de una hora es prácticamente lo mismo que ahora.

Will soltó su taza y se inclinó hacia ella.

–No sé qué tipo de relación tenías con Mags, pero conmigo… voy a estar presente todo el tiempo, vas a tener que consultarme para todo. Mi nombre está asociado a la marca discográfica, así que no voy a permitir ningún contratiempo.

–¿Crees que quiero que salgan mal las cosas? –le espetó ella–. Se trata de mi carrera profesional…

–Perdone…

Hannah volvió la cabeza y vio a una adolescente con una nerviosa sonrisa delante de ella.

–Perdone –repitió la chica–. Pero es que es usted mi cantante preferida y… ¿le importaría firmarme un autógrafo?

–No, claro que no me importa –respondió Hannah con una sonrisa–. ¿Tienes algo en lo que quieres que escriba?

La chica hizo una mueca de disgusto mientras rebuscaba en su bolsa.

–Toma –dijo Will agarrando una servilleta y sacándose un bolígrafo del bolsillo–. ¿Te sirve esto?

–Perfecto –Hannah agarró la servilleta y el bolígrafo y se volvió hacia la chica–. ¿Cómo te llamas?

–Tasha. Pongo su música todos los días y bailo. Desde que mis padres se separaron, hace que me sienta mejor.

Hannah estampó en la servilleta su autógrafo habitual, un corazón. Todos los que le pedían autógrafos le decían lo mismo, que su música les afectaba mucho, y a ella le encantaba escucharles. Influir en la gente de forma positiva era justo lo que quería. Le encantaba que le dijeran que su música les ayudaba a sobrellevar momentos difíciles.

—Siento mucho lo de tus padres —dijo Hannah a Tasha al darle la servilleta—. Me alegro de que mi música te sirva de escape.

Tasha miró la servilleta y volvió a sonreír.

—Muchas gracias. Estoy deseando enseñárselo a mis amigas.

Hannah echó su silla hacia atrás y se puso en pie. Después, abrazó a la chica.

—Ha sido un placer, Tasha. Me alegro mucho de haberte conocido.

La adolescente se marchó, encantada, y Hannah volvió a ocupar su asiento. Se quedó muy quieta al sorprender a Will mirándola fijamente.

—¿Qué?

—Nada. Solo que no todas las estrellas de la canción interrumpirían un encuentro para firmar un autógrafo a una adolescente.

—Si te ha ofendido que haya interrumpido nuestra conversación para firmar un autógrafo, lo siento. Pero será mejor que te vayas acostumbrando, porque no pienso dejar de hacerlo. Si no fuera por mis fans no sería una cantante famosa y tú no ganarías dinero a mi costa.

Will esbozó una sonrisa que a ella le pareció frustrante y sexy a la vez. Lo que solo significaba problemas.

–No me estaba quejando –explicó él–. Estoy de acuerdo en que hables con tus fans, me parece perfecto. Lo único que he dicho es que no todos los famosos lo harían.

Ruborizada y afectada por el atractivo y la actitud de Will, Hannah lanzó un quedo gruñido y cruzó las piernas. De no haberse traicionado a sí misma, seguiría fingiendo ser Hallie y estaría más tranquila. Hallie era una persona pacífica, sensata y decidida. Al contrario que ella, que con frecuencia se dejaba llevar por las emociones y perdía el control, y dejaba que otros, como Mags, decidiesen la imagen pública que debía dar. Todavía seguía tratando de encontrarse a sí misma.

Por eso necesitaba centrarse en su carrera profesional en esos momentos.

–No quiero discutir –dijo Hannah–. Así que, si quieres ir a mi casa, vamos ya. Tengo cosas que hacer hoy.

Lo que tenía que hacer era asunto suyo y no le iba a dar explicaciones. El hecho de que apareciera en las revistas del corazón y en montones de páginas web de internet no le impedía sentirse insegura. Y aunque le encantaba esa vida, valoraba mucho su intimidad. Y el hecho de que Will ahora controlara su música no significaba que la controlara como persona.

También iba a costarle un gran esfuerzo demostrar a sus fans que no era la diva que Mags les había hecho creer, incluido Will.

Capítulo Dos

Will no solía sorprenderse de nada, pero cuando vio el moderno estudio de Hannah apenas pudo contener su asombro. Le complació enormemente darse cuenta de que ella prestaba atención hasta los mínimos detalles de su carrera profesional.

Aunque no debería haberle extrañado, teniendo en cuenta que la abuela de Hannah era Eleanor Banks. Sin duda, a Hannah debían haberle inculcado desde pequeña acercarse tanto como le fuera posible a la idea de perfección.

No obstante, dada la fama que tenía de diva y de la importancia que daba a su aspecto físico, le agradaba que no se limitara a cuidar de su imagen y prestara atención a los aspectos técnicos de su trabajo.

—Sí, podremos grabar aquí.

—¡Gracias por el cumplido! —exclamó ella riendo.

Will la miró e ignoró la súbita excitación sexual que sintió. Hannah se había cambiado de ropa y ahora llevaba unos pantalones vaqueros negros tan ceñidos que deberían estar prohibidos y un top azul que acababa a unos cinco centímetros por encima de la cinturilla de los pantalones. Se había puesto más maquillaje y se había hecho algo en el pelo, no sabía qué, que le daba mucho más volumen.

¿Cómo había conseguido transformarse de esa manera en tan poco tiempo? ¿Iba así también cuando estaba en su casa? ¿Se comportaba siempre como una estrella de la canción, incluso en la intimidad? ¿No podía ser ella misma?

Lo mejor era concentrarse en el estudio de grabación y dejar de pensar en ella como persona.

–Quiero que Cash esté aquí cuando grabemos *Kiss My Heart* –dijo Will–. Me parece lógico, ya que es su canción y él también va a ir contigo a la gira.

–Bien –respondió ella–. ¿Quieres que tu hermano grabe aquí también? Hay más canciones que vamos a cantar a dúo.

Will sacudió la cabeza.

–No, no será necesario, solo para esa. Mi hermano grabó bastantes canciones antes de la tormenta. Aún le queda poner la voz a un par, pero lo haremos en su estudio. Pero, por supuesto, haremos *Kiss My Heart* aquí ya que mi estudio de grabación no va a estar listo hasta dentro de tres semanas como pronto.

Tres semanas que se le iban a hacer eternas. Hannah y Cash no eran los únicos talentos en su marca discográfica, tenía que ponerse en marcha lo antes posible para recuperar el tiempo perdido.

No disponer de su propio estudio le desesperaba. Estar a merced de Hannah, y en el territorio de ella, le incomodaba. Aquel lugar olía a flores y era sensual, como ella. Era un estudio mucho más femenino que el suyo, con una alfombra amarilla en la zona de grabación. En las paredes, había fotos de Eleanor Banks; había ejercido una gran influencia en Hannah.

Eleanor se había ido a vivir a Beaumont Bay unos años atrás, a una enorme mansión de tres pisos en las montañas. Seguía apareciendo en fiestas de entregas de premios y, de vez en cuando, producía a nuevos cantantes. Era todo un símbolo.

Y él esperaba que Hannah se convirtiera en la Eleanor Banks de su generación.

–Cash puede venir aquí a grabar cuando quiera –declaró Hannah–. Le conozco de vista, nos hemos cruzado en algún festival, pero no estaría mal conocerle mejor, dado que vamos a pasar meses juntos este verano.

–Sí, le conocerás –dijo Will asintiendo–. ¿Te parece bien el lunes?

Hannah hizo una mueca mientras parecía pensarlo y él sintió una súbita excitación sexual. Esa mujer iba a darle muchos problemas.

El mundo de la música *country* estaba lleno de mujeres hermosas, pero… ¿por qué le atraía Hannah de esa manera? ¿Por qué le excitaba hasta ese punto?

Quizá porque nunca podría tener relaciones con ella.

Will estaba acostumbrado a conseguir lo que quería y cuando lo quería, pero también sabía que no podía tener una aventura amorosa con ella, no se debía mezclar el trabajo con el placer. Y había invertido demasiado en ella profesionalmente.

–El lunes por la mañana no puedo, tengo una cita importante, un asunto personal –contestó ella–. Pero podría a partir de las dos.

–Yo no puedo el lunes al mediodía, tengo una reunión con el maestro de obras.

–Da igual, dile a Cash que venga solo –sugirió ella encogiéndose de hombros–. No es necesario que tú vengas.

Claro que era necesario, aunque solo fuera como carabina, pensó Will tras un repentino ataque de celos. No iba a permitir que el casanova de su hermano estuviera a solas con Hannah. Lo que menos necesitaba era una aventura amorosa entre Cash y ella, cosa que encantaría a los medios de comunicación. Lo importante era relanzar la carrera profesional de Hannah y limpiar la reputación de su hermano.

Algo que tenía que recordarse a sí mismo: Hannah era fruta prohibida para los Sutherland.

Los hermanos Sutherland estaban todos solteros y bien situados. Cash era un artista de la música *country*, Gavin era abogado y sus clientes eran estrellas de esa música, y Luke era propietario de varios bares y restaurantes frecuentados por los famosos. Gustaban a las mujeres, pero terminantemente prohibido gustar a Hannah.

–No pasa nada, cambiaré mi reunión con el maestro de obras –dijo Will–. Quedamos el lunes a primera hora de la tarde.

Hannah empequeñeció los ojos y dio un paso hacia él.

–¿Tienes miedo a que Cash y yo nos peleemos si tú no estás? Te prometo que me portaré bien e incluso le entretendré –dijo Hannah, dedicándole una brillante sonrisa que le llegó a cierta parte de su anatomía a la velocidad del rayo.

–No se trata de entretener a nadie, sino de trabajar. Cuanto más se trabaje, mayor la cuenta bancaria.

Hannah alzó los ojos al techo.

–Dinero, dinero, dinero. Te pareces a Mags.

–No me compares nunca con esa mujer –le espetó él, y Hannah agrandó los ojos–. Yo no me parezco en nada a Mags.

Sin darse cuenta de lo que hacía, Will tiró de ella hasta sentirla contra su pecho. Hannah abrió los labios, le miró la boca y después los ojos. Al momento, él vio hasta qué punto había cometido un error. Demasiado tarde. Había perdido el control, algo que no solía ocurrirle.

Consiguió soltarla antes de consumirse en el fuego que había prendido él mismo.

–Así que Mags no te cae muy bien, ¿eh? –Hannah se cruzó de brazos; al parecer, sin que el incidente la hubiera afectado–. A ella le pasa lo mismo respecto a ti. Te considera una amenaza.

–En eso tiene razón.

Hannah esbozó una sonrisa ladeada, un gesto que la hizo aún más adorable.

–El hecho de que yo haya dejado su compañía discográfica le ha perjudicado. Creo que va a intentar ganarse a Cash.

Will lanzó una carcajada.

–Si se acerca a Cash, mi hermano se va a reír en su cara y le va a dejar muy claro lo que piensa de ella.

–¿Tus hermanos son todos como tú? –le preguntó Hannah.

–¿Como yo? ¿En qué sentido?

–No sé… –Hannah se encogió de hombros–. Directos, tenaces, arrogantes…

Will volvió a echarse a reír.

–Gracias por tanto halago.

–Sí, ya me temía que te lo ibas a tomar como un halago –murmuró ella.

–¿Es que no vamos a dejar de discutir? –preguntó Will metiéndose las manos en los bolsillos.

–Suelo llevarme bien con la gente en general. Cierto que Mags y yo discutíamos, pero era porque Mags intentaba controlarme. No sé, me daba la impresión de que ella vivía su vida a través de mí, aunque no sé si eso tiene sentido.

Sí, lo tenía. Margaret Dumond, de joven, había aspirado a ser una estrella de la música *country*, pero la abuela de Hannah, Eleanor, le había hecho sombra. Los aficionados habían preferido a Eleanor. Pero entonces Mags se casó con Edward Prescott, el alcalde de Beaumont Bay, incluso entonces una comunidad de gente adinerada.

Edward había adorado a su mujer y por eso le compró la empresa discográfica Cheating Hearts. A partir de entonces y con unos cuantos cantantes en su firma discográfica, había tenido poder, fama y ego suficientes para atraer a todo tipo de artistas de la canción *country* de Nashville a Beaumont Bay. Mags se había autodenominado «La Primera Dama de Beaumont Bay», y la industria de la música *country* le había seguido el juego.

–Yo también suelo llevarme bien con la gente

–declaró Will–. Siempre y cuando hagas lo que yo diga y dejes de ponerte en plan respondón.

Hannah volvió a alzar los ojos al techo.

–Necesitas relajarte. Eres demasiado mono para enfadarte tanto.

¿Mono?

–No te va a servir de nada coquetear conmigo.

Hannah ladeó la cabeza y le dedicó una sonrisa que le dejó sin respiración. Esa mujer sabía cómo utilizar su encanto, pero él no iba a caer en la trampa. Lo único que quería de ella era vender sus discos y, de paso, que ayudar a su hermano a relanzar su carrera.

–Cariño, no puedo imaginar con qué mujeres has estado saliendo si piensas que estoy flirteando contigo.

Will no había estado saliendo con nadie, dedicaba todo su tiempo al trabajo, a conseguir que Elite siguiera siendo una de las principales compañías discográficas desde que se hizo con la empresa a los vientisiete años.

A Will le fascinaba el mundo de la música *country*; algo natural, habiéndose criado en Beaumont Bay. Ese era el lugar al que las estrellas de esa música iban a tocar.

Will no vivía lejos de Hannah, pero nunca antes había estado en su casa. Se habían encontrado solo una vez, brevemente, en el estudio de él. Después, había conocido a Hallie, la hermana gemela y manager de Hannah, y habían iniciado las negociaciones. Durante esas reuniones con Hallie, nunca había sentido por esta el deseo que sentía por Hannah.

Lo que Hannah estaba haciendo con él era fuera de lo normal.

Si Hannah flirteaba con él, estaba convencido de que también lo haría con Cash. Quería mucho a sus hermanos, pero Cash y Gavin era unos casanovas, mientras que Luke y él eran bastante más contenidos.

–Lo que yo haga o deje de hacer en mi vida privada no es asunto tuyo –replicó Will.

–Aunque no sea asunto mío, a los medios de comunicación les encanta sacarnos fotos juntos. Y siento decírtelo, pero esa mujer con la que saliste a cenar hace un par de semanas no es trigo limpio.

Will no pudo evitar echarse a reír.

–¿Que no es trigo limpio? ¿A qué viene ese comentario?

–Viene a que sé que es una chismosa –respondió Hannah–. Solía trabajar en una revista digital, estoy segura de que lo que quería era sonsacarte.

Solo ligeramente ofendido, Will dio un paso hacia ella, obligándola a alzar la cabeza para mirarle a los ojos. ¿Por qué continuaba acercándose a ella? ¿Por qué se torturaba a sí mismo de esa manera?

–¿Quieres decir que no salió conmigo por mi irresistible encanto y atractivo? –preguntó él, apenas conteniendo una sonrisa.

Hannah le dio una suave palmada en el rostro.

–No ha sido mi intención ofenderte. Seguramente ha visto cierto encanto en ti, pero me han contado que está tratando de encontrar trabajo en una nueva revista del corazón y… En fin, ¿qué más puedo decir?

Esa sonrisa y esos ojos… ¡Maldición, esa mujer le estaba afectando demasiado!

Will dio un paso atrás y le sorprendió que ella pareciera algo decepcionada al verla dejar de sonreír y bajar los hombros.

Si la atracción era mutua, aquello iba a resultar un desastre total. ¿Qué pensaría el público si tenían una relación? ¿Pensarían que Hannah se había cambiado de compañía discográfica porque él la había seducido?

–Vendré el lunes con Cash –dijo Will, dispuesto a salir de esa situación–. A las dos.

Sin esperar respuesta, Will salió del estudio de Hannah antes de hacer una tontería.

Capítulo Tres

Will agarró la fría jarra y apoyó la espalda en el cojín de una de las sillas a lo largo de la pared de cristal del bar de Luke, en un ático. El bar, Cheshire, siempre estaba lleno; pero después del cierre, a las dos de la madrugada que era en esos momentos se respiraba una tranquilidad que encantaban a sus hermanos y a él.

Después del encuentro con Hannah el día anterior, necesitaba desesperadamente relajarse con una buena cerveza.

–¿Qué demonios te pasa, por qué tienes esa cara?

Will miró a Gavin, uno de sus hermanos, sentado frente a él con otra cerveza. Gavin siempre tenía el cabello revuelto, era un distintivo suyo, y le quedaba bien. Era un gran abogado, y también el abogado de Elite Records.

–No me pasa nada –respondió Will–. Simplemente estoy relajándome.

En la última planta del hotel más lujoso de la ciudad, el hotel Beaumont, Cheshire era uno de los bares más frecuentados por famosos del lugar. Luke abría las puertas de sus bares a todo aquel que quisiera pasar un buen rato.

–Tienes mala cara desde que has llegado –dijo

Luke aproximándose con una copa en la mano–. ¿Problemas con el trabajo o con las mujeres?

Con las dos cosas, lo que nunca le había ocurrido, y eso era lo que le tenía de mal humor. Nunca había mezclado el placer con el trabajo y no tenía intención de hacerlo ahora. Se enorgullecía de ser un profesional y Hannah Banks no iba a cambiarlo.

–Hannah Banks –dijo Will simplemente, y Cash lanzó un gruñido.

–Es una diva, ¿verdad? –preguntó Cash, de pie, detrás de la silla de Will, también con una cerveza en la mano–. Es muy sexy y canta de maravilla, pero no sé si voy a poder trabajar con ella.

–Sí que podrás, ya lo verás. Hannah es… frustrante.

Luke se echó a reír al tiempo que se sentaba.

–Trabajáis en el mundo de la música, ¿qué esperas? Los músicos son frustrantes.

No como Hannah. Estaba obsesionado con ella. La noche anterior había soñado con Hannah. Ahora, se sentía frustrado sexualmente y la culpa la tenía él.

–¿Lo del lunes sigue en pie? –preguntó Cash–. Tengo ganas de empezar a trabajar con ella.

Eso era, el trabajo, en eso era en lo que tenía que pensar.

–Sí, sigue en pie –respondió Will–. Su estudio de grabación es magnífico. Me ha impresionado.

–Vaya, viniendo de ti, debe serlo –comentó Gavin–. Eres un snob.

Will bebió un sorbo de cerveza y suspiró.

–No soy un snob. Lo que pasa es que, en lo que

respecta al trabajo, busco la perfección. Eso es lo que pasa.

Pero sabía que, en cierto modo, su hermano tenía razón. Buscaba la perfección en todo, tanto en el trabajo como en lo personal. Quizá fuera por eso por lo que aún no estaba casado. Elite era más que un trabajo, le acaparaba todo el tiempo. Casi nunca pensaba en que, cuando volvía a su casa por las noches, la encontraba vacía. Había construido una casa de tres pisos a orillas del lago con ocho dormitorios, diez cuartos de baño, dos cocinas y zonas de estar.

En esa casa, solo, controlaba su propio destino. A los veinte años le habían despedido de una compañía discográfica de Nashville debido a un error que había cometido. Desde entonces, se había negado a fracasar y no permitía que nadie controlara su futuro, tanto en la vida privada como en el aspecto profesional.

Sus hermanos también estaban solteros y, si uno de ellos se casaba, su mujer tendría que encajar en un grupo tan unido. Luke había tenido una novia, pero se habían dejado y Luke nunca hablaba de ella. No obstante, a su madre le encantaría verlos a todos casados y con hijos.

–Tengo ganas de oír a Hannah cantando mi canción –dijo Cash–. Cuando la compuse, me di cuenta de que tenía que interpretarla una mujer y creo que ella es perfecta.

Will casi pudo oír a Hannah cantando la composición de Cash. Iba a ser algo mágico.

–¿Vais a empezar la gira en Beaumont Bay? –preguntó Luke–. Lo digo porque conozco un sitio…

Will se echó a reír.

–De hecho quería hablar contigo de eso precisamente.

–¿Qué bar? –preguntó Cash.

Luke era el propietario de varios bares lujosos en la zona y todos ellos eran famosos, pero Will prefería el Cheshire para tomarse unas cervezas.

Will paseó la mirada por la terraza del ático, con un bar a un extremo y una pista de baile en el otro; en el centro, asientos bajos y algunas mesas altas.

–Este –respondió Luke–. Dispongo de unos cuantos clientes VIP a quienes les encantaría una exclusiva. Lo hago varias veces al año, pero sin decirles quién es el músico. Hannah cantó aquí una vez, hace años, pero me encantaría ver a mi propio hermano en el escenario.

Cash sonrió y Will se enorgulleció de su hermano menor. Quería promocionarle no como a un donjuán, sino como a un caballero del sur. Cash también tenía una voz excepcional.

Los cuatro hermanos Sutherland habían elegido diferentes caminos en la vida, pero estaban muy unidos y se apoyaban en todo. Se complementaban y se profesaban una lealtad férrea.

–¿Por qué Hannah no ha vuelto a cantar aquí?

Luke sacudió la cabeza.

–Lo intenté en varias ocasiones, pero Mags se interpuso y… Esa mujer es agotadora; además, no soportaba sus coqueteos.

Will se atragantó con la cerveza.

–¿Que coqueteaba contigo?

Gavin y Cash se echaron a reír, pero a Luke no parecía hacerle gracia, a juzgar por su expresión. Mags era muy difícil de tratar, tanto en Beaumont Bay como en Nashville.

–Esa mujer es una amenaza pública –gruñó Luke–. Me desnuda con los ojos cada vez que me ve.

–Coquetea con todo el mundo –interpuso Gavin–. Estaba convencida de que todo el mundo la adora simplemente porque su familia es una de las familias fundadoras de Beaumont Bay y es la última Dumond.

–Yo no creo que se trate de eso –objetó Will–. Aunque es asquerosamente arrogante, así que… ¿quién sabe lo que pueda pensar?

Will evitaba a Mags tanto como le era posible. Le gustaba pasearse con su coche blanco de tracción a cuatro ruedas, dando la impresión de que todo lo que veía le pertenecía. Intentaba por todos los medios hacerse oír en el ayuntamiento y controlar a los músicos de su compañía discográfica.

Por el contrario, él prefería llegar a un consenso con los músicos de su marca discográfica, hablar, en vez de dar órdenes. Cierto que controlaba el negocio, pero no las carreras de los músicos.

Will terminó su cerveza, dejó la jarra en la mesa y se puso en pie.

–Bueno, creo que me voy ya a casa.

–¿Por qué? –preguntó Luke–. No te espera nadie.

–Mañana por la mañana, temprano, tengo que hablar con un cliente que se va al extranjero –respondió Will. Después, se dirigió a Cash–. Entonces te veo el lunes en casa de Hannah, ¿de acuerdo? Deja el coche fuera de la verja, entraremos juntos.

–Muy bien –contestó Cash asintiendo.

–¿No vas a invitarnos a Gavin y a mí? –preguntó Luke.

–El lunes no puedo –dijo Gavin riendo–. En otra ocasión.

Will sacudió la cabeza.

–No voy a invitaros a ninguno a su casa. Ya la veréis cuando cante aquí.

Gavin lanzó los ojos al cielo.

–Lo que pasa es que la quieres para ti solo.

Will no estaba dispuesto a admitir que no quería ver a Hannah entre sus hermanos. Con solo parpadear se arrodillarían todos a sus pies.

Era absurdo el modo en que sus pensamientos estaban traicionando su sentido común. No estaba acostumbrado a sentirse celoso y no quería que le ocurriera.

–Creedme, no estoy dispuesto a tener relaciones con Hannah Banks, ya me va a dar bastantes quebraderos de cabeza en lo profesional. Debe ser una mujer muy difícil en lo personal. Además, las aventuras amorosas en el mundo de la música no suelen durar.

Lo había visto constantemente. Cantantes al principio de sus carreras en relaciones amorosas con cantantes de renombre, todo canciones de amor, giras y, en un abrir y cerrar de ojos, se separaban. No quería que su nombre apareciera en los medios de comunicación por eso, sino por ser el mejor productor de música.

Will se despidió de sus hermanos y se dirigió al ascensor privado. Le encantaba estar con ellos, pero ahora necesitaba dormir. Quizá esa noche consiguiera no soñar con esa mujer que cantaba como los ángeles y le desnudaba con la mirada de una pecadora.

El corazón lo sabe… El corazón…
Hannah lanzó un gruñido.

No conseguía que la letra le saliera como quería. Sonaba casi infantil, justo lo contrario a lo que quería.

Sentada en el suelo de su estudio, Hannah arrancó del cuaderno la hoja con las anotaciones que había hecho. Hizo una bola con el papel y lo tiró; después, se colocó bien la guitarra y volvió a intentarlo. Tocó un par de acordes y volvió a cantar.

Había días en los que se sentía inspirada; pero otros días, como ese en concreto, no lograba concentrarse.

La culpa la tenía su nuevo productor, Will Sutherland. Él era el motivo de que no tuviera la cabeza donde tenía que tenerla.

Le gustaba demasiado. Los hombres influyentes y atractivos no escaseaban en Beaumont Bay, los había por todas partes. Pero Will la hacía sentir algo que no sentía desde hacía mucho tiempo.

No obstante, sabía que debía poner toda su energía y concentración en su carrera; sobre todo, ahora que había cambiado de compañía discográfica. Cambiar de empresa discográfica era algo muy serio. En ese caso, ¿por qué creía que podía coquetear con él? No era una principianta que sonreía con la esperanza de que se le abrieran algunas puertas. No, ahora era una mujer independiente que conocía bien el mundo de la música y que quería desarrollar su propio estilo.

Aunque en el contrato que había firmado con Elite se mencionaba que tendría más control sobre las canciones que iba a cantar, aún no había hablado con Will de sus composiciones. Había compuesto muchas, pero quería algo perfecto, algo que no pasara de moda. No obstante, no tenía la cabeza para ello en esos momentos.

Will y Cash iban a llegar pronto y ella aún no se había arreglado. En ocasiones, se vestía discretamente, como Hallie, pero sabía que la gente esperaba de ella otro aspecto.

Dejó la guitarra y se levantó. Después de recogerlo todo, agarró su cuaderno y se dirigió a su habitación. Dejó el cuaderno en la mesilla de noche, donde siempre; en ocasiones, cuando no podía dormir, agarraba un bolígrafo y el cuaderno para anotar algo, eso la relajaba.

Abrió el armario empotrado, pero no sabía qué ponerse en su primer encuentro oficial con Cash Sutherland. Le había visto en distintas ocasiones, tanto en entregas de premios como en las calles de Beaumont Bay, pero no así. Ahora que Cash y ella estaban en la misma casa discográfica e iban a trabajar juntos, se verían con frecuencia; además, estaba la gira.

Cash estaba ascendiendo en su carrera de cantante y había ganado algunos premios, y ella estaba segura de que sus fans le adoraban. Pero se había mostrado algo pendenciero en algunos espectáculos y demasiado directo en sus entrevistas.

No obstante, era muy guapo y tenía una sonrisa encantadora, y una voz maravillosa. Contaba con esa edad en que gustaba tanto a las hijas como a las madres.

Pero no era a Cash a quien quería impresionar. Por razones que se negaba a admitir, quería gustar a Will. Le atraía esa fuerza tranquila de él.

Por supuesto, era un error sentir lo que sentía por Will, pero no podía evitarlo.

Hannah agarró un vestido pantalón rojo y, después de ponérselo, sonrió al sentarse delante de la cómoda para completar su imagen de superestrella.

¡A ver si conseguía que Will se fijara en ella! No, eso no estaría nada mal.

Capítulo Cuatro

Will contuvo la respiración cuando Hannah abrió la puerta. No necesitó mirar a su hermano para saber que Cash estaba gozando de la vista.

¿Le había dicho a alguien que el rojo era su color preferido? ¿Y cómo era posible que Hannah presentara un aspecto tan despampanante en su propia casa?

–Hola. Entrad –dijo Hannah con una amplia sonrisa. El color de sus labios hacía juego con su atuendo–. Me alegro mucho de que hayas venido, Cash.

Will vio a su hermano estrechar la mano de Hannah. Se le veía claramente interesado en su nueva compañera en la gira que iban a hacer. En el escenario, el hecho de que hubiera una buena relación entre los intérpretes se notaba, pero él no quería que su hermano y Hannah establecieran una relación de tipo más íntimo. Punto.

–Es un placer, Hannah –respondió Cash.

–Bueno, vamos al estudio. ¿Os apetece beber algo?

–No, gracias –respondió Will–. Mejor nos ponemos a trabajar ya.

–¿Es siempre tan gruñón? –dijo Hannah mirando a Cash.

–Siempre está pensando en el trabajo –replicó Cash con una leve carcajada–. Ya te acostumbrarás.

Will se negó a seguir el juego a su hermano y a esa mujer que era como un sueño convertido en realidad. Cuanto antes se le despejara la cabeza, antes comenzarían a grabar y el dinero empezaría a correr.

Cash y Will siguieron a Hannah hasta el estudio. Allí, Cash miró a su alrededor y lanzó un silbido.

–¡Esto es increíble!

–Gracias –respondió Hannah, claramente orgullosa de su estudio–. Mi abuela me enseñó todo lo que sé.

–Puede que te haya enseñado los aspectos técnicos, pero la voz es tuya –declaró Cash.

Aunque Cash tuviera razón, Will no quería que su hermano halagara a Hannah ni flirteara con ella. Por supuesto, se negaba a reconocer que tenía celos, no los tenía. En los negocios no había cabida para las emociones.

–Gracias –respondió ella sonriendo y pestañeando.

Esa mujer sabía mostrar su encanto. No era de extrañar que sus fans la adoraran, tanto jóvenes como mayores. Hannah Banks gustaba a todo el mundo.

–¿No se te ha ocurrido nunca cantar a dúo con Eleanor? –preguntó Cash.

Will enderezó los hombros. ¿Por qué no se le había ocurrido eso a él? La respuesta era clara, estaba demasiado obnubilado con ella como para pensar con la cabeza. Sin embargo, que Hannah y su abuela cantaran a dúo sería todo un éxito comercial.

34

–La verdad es que cantamos juntas con mucha frecuencia –admitió Hannah–. Pero solo en el porche de su casa los domingos por la tarde. Hallie también viene. Solemos cantar las viejas canciones de la abuela. Lo llevamos haciendo desde que Hallie y yo éramos pequeñas.

Volver a grabar las canciones de Eleanor con su nieta era algo de lo que tenían que hablar en otro momento. Ganarían muchísimo dinero.

–La tradición es importante –comentó Will–. Nunca he oído cantar a tu hermana.

Hannah se echó a reír.

–Ni la oirás, no lo permitiría. Pero aunque canta muy bien, no le gusta el estrellato. He intentado muchas veces que cantara conmigo en el escenario o hacer de coro, pero se niega en redondo.

–¿No podríamos convencerla? –dijo Cash–. ¿Te imaginas lo que pasaría si tú, tu abuela y tu hermana cantarais juntas en un escenario?

Eso sería perfecto para una fiesta de entrega de premios, pero Will no quería hacerlo todo de golpe. Primero tenía que tantear el terreno y ver cómo se llevaban profesionalmente Hannah y él.

Para controlar las situaciones no se podía ser demasiado ambicioso ni ir demasiado rápido al principio, eso lo sabía por experiencia.

–Sería estupendo –respondió Hannah entusiasmada–, pero no te hagas demasiadas ilusiones.

–Has ensayado la letra de la canción de Cash? –preguntó Will tratando de centrar la conversación en el motivo que les había llevado allí.

–Sí, lo he hecho –respondió Hannah con un suspiro–. Pero hay algo con el coro que no está bien, y no sé qué es.

–Bueno, vamos a probar –dijo Cash–. Hasta el momento, yo soy el único que ha cantado la canción. Cántala tú, con tu melodía, y ya veremos qué es lo que tenemos que cambiar y lo que no.

–¿La has cantado tocando la guitarra? –preguntó Will.

Hannah asintió y agarró la guitarra. Apoyó una cadera en el taburete, debajo del micrófono que colgaba del techo. Con el cabello cayéndole por el rostro, tocó el primer acorde. Levantó el rostro y cerró los ojos.

Will estaba hechizado.

Hannah Banks se convirtió en la canción que cantaba. No coqueteaba ni sonreía, sentía cada nota y cada palabra de la canción.

Vaciló al llegar al coro y se detuvo, miró su guitarra para encontrar el acorde adecuado.

Will había oído a Cash cantar esa canción, pero el modo como Hannah la interpretaba resultaba en una balada completamente distinta.

No era de extrañar que Hannah gustara tanto. Tenía el mismo acento dulce del sur, el mismo que Eleanor, pero mucho más suave. Eso junto con su belleza la convertían en el ejemplo perfecto de la música *country*.

–Continúa –le dijo Will–. No pares.

Sus ojos se encontraron.

–No está bien.

–Es perfecto –repuso Will.

–Estoy de acuerdo –interpuso Cash–. Estás dudando de ti misma, pero suena mucho mejor de lo que pudiera imaginar.

Hannah apretó los labios y volvió a mirar su guitarra. Empezó de nuevo la canción y no paró, pero cambió el coro que Cash había escrito y… el cambio era perfecto.

–En directo es cautivadora –murmuró Cash a Will.

Sí, lo era. Su aspecto, físico, su voz… todo en ella era cautivador.

Justo en el momento en que Hannah terminó la canción, sonó el móvil de Will.

–Perdona, un correo electrónico, no es nada –dijo Will a Hannah–. En cuanto a la canción, mucho mejor de lo que esperaba.

Hannah sonrió ladeando la cabeza. Un gesto adorable que le excitó. Eso junto con el vestido pantalón rojo ceñido, unos labios del mismo color y una cabellera rubia. Esa mujer era un pecado.

Y debía haberse dado cuenta de que le gustaba.

¿Acaso estaba jugueteando con él? Al menos ya no fingía ser Hallie.

–¿Qué te ha parecido, Cash?

Cash sacudió la cabeza y lanzó una queda carcajada.

–No imaginaba que mi canción pudiera sonar tan bien.

–No tenía intención de cambiar nada, me ha salido así al tocar.

—Y te ha salido perfecto.

Hannah se bajó del taburete, dejó la guitarra y miró a los dos hermanos.

—Mi abuela solía decirme que, por lo general, cuando a una cantante le sonaba bien una canción, al público le ocurría lo mismo —dijo Hannah—. Se intenta que la gente sienta lo mismo que siente uno al cantar, que vivan la música.

—Tal y como la has cantado es perfecto, tanto para la gira como para la grabación —respondió Will—. Será el primer *single* que publiquemos.

Hannah dejó de sonreír.

—No es la canción que me gustaría sacar primero.

Will respiró hondo y se pasó una mano por la mandíbula.

—Habíamos quedado en eso, está en el contrato que firmamos.

—Sí, es verdad —contestó Hannah asintiendo—. Pero me gustaría que fuera otra canción.

—¿De quién es la canción? ¿Quién la ha escrito? —preguntó Will.

—Nadie conocido —respondió ella tras vacilar unos instantes—. Cuando la oí me encantó.

—Insisto en que habíamos quedado que fuera la canción de Cash tu primer *single*.

Hannah apretó los labios y Cash fue a hablar, pero Will alzó una mano, acallando a su hermano.

—¿Vamos a tener problemas?

La dulce mirada de Hannah había desaparecido, ahora parecía dispuesta a retorcerle el cuello.

Y le pareció más atractiva que nunca.

–¿Qué te parece si canto la canción primero? Luego me dices qué te parece –sugirió ella.

–A mí no me importa –murmuró Cash.

Will se volvió hacia su hermano.

–Es una decisión que debo tomar yo, no tú. Iba a ser el primer *single* de ella con Elite y eso es justo lo que vamos a hacer.

Hannah avanzó hacia él, deteniéndose a escasos centímetros de su cuerpo. Alzó el rostro y le miró con esos ojos castaños y esos labios rojos. Will cerró las manos en dos puños para no tocarla. Pero no pudo evitar preguntarse cómo reaccionaría Hannah si la besara hasta dejarla sin sentido. Y, de repente, eso era lo único que quería hacer.

Por suerte, su hermano estaba allí. ¿Iba a necesitar una carabina cada vez que se viera con Hannah?

–Tú eres el jefe –declaró ella con voz casi ronca, algo amenazante y completamente sensual.

Le encantaría ser el jefe en la intimidad. Aunque no creía que Hannah cediera el control en la cama, lo que le excitó aún más.

–Que no se te olvide –respondió él con una sonrisa.

Los ojos de Hannah echaron chispas y, durante un segundo, le miró la boca antes de volver a mirarle a los ojos. Esa mujer era capaz de hacer que un santo tuviera sueños eróticos, y él no era un santo.

Iba a pasarlo muy mal, sin que tuviera nada que ver con la música.

Cash carraspeó.

Cuando Will miró a su hermano, Cash sonreía

con condescendencia. Cash iba a hacerle pasar un mal trago después, cuando se marcharan. Pero sabía cómo tratar a su hermano. Lo que no sabía era controlar esas emociones que le estaban consumiendo.

–Venga, vamos a trabajar –dijo Will dando un paso atrás–. Quiero oír esa canción desde el principio al fin. Después, quiero ver cómo suena con Cash haciendo el coro.

–Lo que tú digas –dijo Hannah con ironía.

Sí, esa mujer iba a causarle muchos quebraderos de cabeza.

Capítulo Cinco

–Ha sido increíble –le dijo Hannah a Cash mientras le acompañaba a la puerta–. Hasta el jueves entonces.

Cash se agachó y le besó la mejilla.

–Hasta el jueves.

Hannah cerró la puerta. El público se iba a volver loco con ese tipo tan guapo y encantador. Cash lo tenía todo, era dulce, sexy y fuerte. Tenía modales y una sonrisa que podía derretir a cualquiera.

Se volvió hacia la escalera. El hombre que la tenía hechizada estaba esperándola en sus estudio porque quería tener una conversación con ella en privado.

¿Iba a regañarla por haber dejado clara su opinión? ¿Estaba enfadado porque ella no estaba de acuerdo con lo que habían acordado en el contrato?

Fuera lo que fuese, había dejado claro que quería ver a Cash más tarde, pero ahora necesitaba hablar con ella a solas.

Excitada, se encaminó hacia el estudio. Un tipo tan arrogante y dominante no debería resultarle tan atractivo. Debería mantenerse firme e insistir en lo que ella quería hacer. ¿Acaso no había dejado Cheating Hearts Records precisamente porque quería más control sobre su carrera como cantante? Mags la había controlado hasta el punto hacerla sentirse como si ya no supiera quién era.

Estaba harta de que la mangonearan.

Hannah respiró hondo y entró en el estudio.

–Hacéis un buen dúo. Cantáis bien juntos –comentó Will.

Hannah apoyó una cadera en el tablero cerca de él y se echó a reír.

–¿Bien? Canto bien en la ducha, Will. Cash y yo vamos a batir récord de ventas y tú vas a ganar millones.

–¿Sueles cantar en la ducha? –preguntó él.

¿Era su imaginación o la voz le había salido ronca a Will? ¿Y por qué ella había hecho el comentario de la ducha? Sabía lo que le estaba pasando a Will por la cabeza en esos momentos y no tenía nada que ver con la música.

–Canto todo el tiempo –respondió ella–. Para mí no es un trabajo. Me encanta lo que hago y se me da bien.

Will dio un paso hacia ella.

–¿Siempre estás tan segura de ti misma?

–Sé que tengo talento –contestó Hannah–. No quiero dar la impresión de ser arrogante, pero creo que las ventas van a corroborar lo que he dicho.

–Tener confianza en uno mismo es importante en el mundo de la música –dijo Will–. Retiro lo que he dicho. Cash y tú habéis estado espectaculares.

–Así está mejor –Hannah sonrió–. Me cae bien tu hermano. ¿Vuestros otros dos hermanos son tan encantadores como Cash?

–¿Encantadores? No sería el calificativo que yo usaría al referirme a Gavin y a Luke.

–Entonces, ¿cómo les describirías?

–Trabajadores, arrogantes a veces, insoportables otras veces… pero siempre puedo contar con ellos para lo que sea.

–También son guapos –añadió Hannah–. Sin embargo, ninguno tiene novia.

Will tensó la mandíbula.

–¿Cómo sabes tú eso?

Hannah lanzó una carcajada y alzó los ojos al techo.

–¡Por favor! Esto es Beaumont Bay. Nashville es otro mundo. Aquí todo del mundo habla de todo el mundo.

Will se cruzó de brazos, parecía incómodo súbitamente.

–¿Por qué tanto interés en mis hermanos?

–Tú lo sabes todo sobre mi familia –contestó Hannah encogiéndose de hombros–. ¿Tan raro te parece que yo quiera saber algo sobre la tuya?

–Tu familia ha estado en el candelero desde antes de que tú nacieras.

–Cierto –concedió ella–. Precisamente por eso me gustaría saber más de la tuya. Al fin y al cabo, Cash también se va a hacer famoso. Pero, aunque quiero que me hables de Luke y de Gavin, empecemos contigo, ¿te parece?

Will la miró de una forma que la hizo retroceder… hasta toparse con el taburete. Se sentó en él y esperó a que Will dijera algo.

El silencio se hizo tenso. El corazón le latía con fuerza y se le hizo un nudo en el estómago. Le miró el rostro, esos sorprendentes ojos, esa mandíbula cuadrada, la incipiente barba…

Y esos labios. Unos labios que la tenían obsesionada. Un hombre como Will, dominante en todo lo que hacía, seguro que besaba a una mujer con fuerza y pasión.

¿Y en la cama? Estaba convencida de que, en la cama, sería dominante y exigente.

Hannah tembló y cerró los ojos.

–¿Qué quieres saber de mí?

Hannah abrió los ojos y le sorprendió ver que Will se había acercado hasta el punto de poder tocarse… y quería tocarle.

Hannah alzó una mano y le rozó el ceño con las yemas de los dedos.

–Quiero saber por qué siempre tienes el ceño fruncido como si estuvieras constantemente preocupado.

Will le agarró la muñeca y, despacio, le bajó la mano, pero no la soltó. Por el contrario, dio un paso más hacia ella.

–¿Estás preocupada por mí? –murmuró él.

–Estoy más preocupada por mi carrera –repuso ella tragando saliva–. No me conviene que estés estresado.

Le miró los labios y volvió a clavar los ojos en los de él.

–¿Y te parece que mirarme así me va a calmar?

Hannah contuvo la respiración. No había supuesto que Will fuera a ser tan directo, aunque no debería sorprenderla. Un hombre como Will no rechazaría un reto. No tenía motivos. La confianza en sí mismo era uno de sus atractivos.

Pero estaba adentrándose en terreno peligroso, debía contener sus emociones.

–El ego te nubla la razón –contestó ella–. No quiero besarte.

–¿No? –dijo él arqueando una ceja.

Hannah alzó la barbilla y abrió la boca…

Y Will le cubrió los labios con los suyos, acallando lo que hubiera sido que quería decir.

Hannah tuvo que agarrarse a los hombros de Will para no caerse del taburete. El cuerpo entero se le tensó. Lo que sentía era indescriptible. La cabeza le daba vueltas. Ningún hombre había provocado ese efecto en ella.

Will se apartó y Hannah parpadeó. Mientras recuperaba la respiración, se preguntó qué demonios había pasado. Se había besado con su nuevo productor de discos y quería más, pero no sabía qué hacer.

¿Debía desnudarse y rogarle que continuaran?

Will comenzó a pasearse por el estudio murmurando palabras ininteligibles. De espaldas a ella, se llevó las manos a las caderas y bajó la cabeza.

El beso solo había durado un instante, pero el efecto había sido más potente de lo que podría haber imaginado.

Will se pasó una mano por el cabello y se volvió de cara a ella. La miró a los ojos con oscura intensidad.

—Esto no puede volver a ocurrir –declaró él.

—Mmmm… de acuerdo –confusa, Hannah se puso en pie, pero permaneció cerca del taburete–. Me has besado tú a mí, así que supongo que eso debes decírtelo a ti mismo.

Los teléfonos de ambos sonaron simultáneamente.

Se miraron a los ojos, pero fue ella quien desvió la mirada.

Hannah agarró su móvil y lanzó un gruñido al ver que el mensaje que acababa de recibir era de Mags.

—Es insufrible –dijo Hannah.

—Yo también he recibido un mensaje de ella.

Hannah vio a Will abrir el mensaje. ¿Qué querría Mags?

Cuando abrió el mensaje, vio una imagen y se dio cuenta de que era una invitación. Al parecer, Margaret Dumond quería hacer una fiesta con el fin de recaudar fondos para la restauración de partes de Beaumont Bay dañadas por la tormenta. Mags estaba dispuesta a cualquier cosa con el fin de ser el centro de atención, incluso a hacerse pasar por una ciudadana modelo.

Mags hacía todo lo posible por saberlo todo sobre la comunidad en la que vivían. Era una chismosa redomada.

La invitación decía que habría varias subastas con objetos donados por la gente de Beaumont Bay.

Mags no era una malvada, aunque hacía lo que fuera por conseguir lo que quería. Pero, sobre todo, era una mandona, una entrometida y se consideraba superior a todos los demás. No obstante, la fiesta ayudaría a recaudar fondos y, obviamente, se esperaría que la élite de Beaumont Bay participara.

A pesar de que Mags fuera tan manipuladora, Hannah no la detestaba. Mags había hecho posible que ella grabara su primer álbum y la había acompañado en su carrera durante años. Pero sus puntos de vista eran divergentes y Hannah había tenido que dejarla para protegerse a sí misma.

—Me parece que vamos a ir a una fiesta —declaró Will metiéndose el móvil en el bolsillo.

—No una fiesta cualquiera, sino una fiesta de traje largo y esmoquin —aclaró ella.

Will lanzó un bufido.

—Claro, no podía ser una fiesta normal con esa mujer. No podía ser una barbacoa a orillas del lago o un festival con familias y niños. No, esto es Beaumont Bay, y Mags tiene que hacerlo todo a lo grande: estrellas de la canción, gente de las finanzas, multimillonarios… La *crème de la crème*.

Esa mujer tenía que dar que hablar siempre. Bien o mal, le daba igual. Lo importante era ser el centro de atención.

—¿Quieres que hablemos de ello? –preguntó Will.

Hannah dejó su móvil y sonrió.

—Creo que veo a ir de blanco porque la mayoría van a ir de negro.

—Sabes perfectamente que no me refería a eso.

Sí, lo sabía. Pero no quería hablar del beso.

—No creo que sea necesario hablar de por qué nos hemos besado —respondió ella–. Ha estado bien y se acabó.

Will enarcó las cejas.

–¿Bien? ¿Llamas a eso bien?

¡Vaya, le había ofendido!

–Sí, bien, como mi forma de cantar –dijo ella.

Will empequeñeció los ojos y dio unos pasos hacia delante, hasta quedar a un par de centímetros de ella.

A Hannah comenzó a latirle el corazón con fuerza y, sin pensar, se pasó la lengua por los labios.

Will se inclinó hacia delante. El aliento de él le acarició el rostro. Casi podía saborearle.

–Ese beso ha sido tan espectacular como tu forma de cantar –murmuró Will.

Y después de decir eso se dio media vuelta y se marchó.

Will se marchó del estudio, de su casa. Oyó la puerta al cerrarse en el piso de abajo.

Maldito hombre. El sentido común le decía que besar a su productor era una estupidez y que solo le acarrearía problemas.

Pero eso no le impedía querer más.

Hannah agarró su cuaderno y empezó a escribir la letra de una canción.

Capítulo Seis

—Es un hombre insufrible —se quejó Hannah.

Hallie continuó rebuscando entre las perchas, pero no se le pasó nada desapercibido.

—Desde que hemos salido de tu casa lo has repetido tres veces. ¿Te importaría decirme qué te pasa?

Hannah no estaba de humor para comprar nada. Hallie le había llamado para preguntarle si quería ir con ella a Vintage Closet y Hannah había respondido que sí. Vintage Closet era la boutique más nueva de Beaumont Bay y la propietaria era una prima segunda de la mismísima Dolly Parton.

El plan le había parecido estupendo: ir de tiendas y después almuerzo en Cowbells y Shotgun Shells, un café con sándwiches y zumos extraordinarios.

Hannah había sentido la necesidad de salir de casa, dejar el cuaderno donde escribía las canciones y no pensar en Will.

Desde la marcha de Will el día anterior, había escrito dos canciones, las dos sobre un hombre inalcanzable para ella. Un amor imposible. Un auténtico cliché.

Desear a Will no era un problema en sí. El problema era que habían empezado a trabajar juntos en un mundillo en el que una relación entre ambos podía dar paso a todo tipo de habladurías.

Hannah debía tener mucho cuidado, todo lo que hacía aparecía en las redes sociales. A la gente le fascinaba la vida de los famosos. Debía evitar que la vieran saliendo con un hombre porque no sabía qué acabarían diciendo sobre ellos.

Cuando Jake Carver, un consejero de gente famosa, se trasladó a Beaumont Bay, ella le había contratado inmediatamente. Eso había dado mucho que hablar, a pesar de que solo eran buenos amigos. Jake trabajaba con mucha gente de la localidad, para ayudarles a vivir con los efectos psicológicos que la fama podía tener en ellos. Jake era sumamente atractivo, pero no era su tipo.

Will tampoco era su tipo. No podía serlo.

—No dices nada.

Hannah parpadeó y notó que su hermana tenía un vestido de verano amarillo en una mano y un vestido pantalón verde en la otra, pero la miraba fijamente a ella.

—Estoy pensando —respondió Hannah a regañadientes.

Will también tenía la culpa de que estuviera de mal humor. No conseguía pensar con lógica ni hablar con coherencia, y Hallie se lo iba a notar.

No le gustaba tener secretos con su hermana; pero tampoco le apetecía hablar de lo que había pasado con Will ni de lo que eso la hacía sentir.

—No suelo estar de mal humor —añadió Hannah.

—¿Me lo estás preguntando o me lo estás diciendo? —preguntó Hallie tras una carcajada.

—Ni yo misma lo sé —respondió Hannah encogiéndose de hombros–. ¿Lo ves? Me está volviendo loca.

–Oh, no.

–¿Oh, no, qué? –espetó Hannah.

–Te gusta. Ya sabes a quién me refiero.

Hannah volvió la cabeza y solo vio a dos dependientas con dos clientas.

Hannah se acercó a su hermana y dijo en voz baja:

–¿Es que no me has oído? No me gusta. Me irrita y hace que me sienta confusa.

–Justo lo que he dicho. Te gusta.

Hannah alzó los ojos al techo.

–No. Lo único que quiero es que me ayude profesionalmente, nada más. Y, por supuesto, no quería que me besara.

–¿Qué? ¿Qué has dicho?

Hannah se dio cuenta de lo que acababa de decir y sacudió la cabeza.

–Olvídalo. No he dicho nada.

–Sí, claro que sí. Vamos, cuéntamelo –Hallie paseó la mirada por la tienda justo en el momento en que entraba otra clienta–. Bueno, quizá será mejor que esperemos a estar en el coche, así no podrá oírnos nadie. Pero me lo vas a contar todo con pelos y señales.

De repente, Hannah no quería salir de la boutique. Agarró una prenda de una estantería y fingió examinarla con interés. Necesitaba escapar, el vestuario era lo mejor en esos momentos. Además, quería comprar algo para una sesión de fotos que tenía programada, algo también para la fiesta de Mags y, además, algo para la cubierta del nuevo álbum. Por supuesto, tenía ropa de sobra, pero estaba decidida a pasar el mayor tiempo posible en el vestuario mientras decidía qué contarle a Hallie.

–Voy a probarme algunas cosas –anunció ella.

Hallie empequeñeció los ojos.

–¡Vaya! ¿Ahora quieres comprar ropa?

–Necesito algunas cosas.

Hallie se echó a reír.

–¡Por favor! Acabas de recibir un montón de ropa de Nueva York, de la diseñadora que más te gusta.

Era verdad. Los diseñadores le enviaban ropa anticipando la temporada. Para ellos, que una persona famosa exhibiera su ropa en público era publicidad gratis. Ella solía quedarse con las prendas que más le gustaban y el resto las donaba a organizaciones de caridad.

No obstante, era importante para ella pasar ratos de ocio con su hermana. Hallie era la persona que mejor la conocía, la persona que sabía cómo era realmente. Por eso precisamente necesitaba pensar cuidadosamente qué iba a decirle a Hallie. Aunque quizá necesitara que su hermana le aconsejara. Quizá a Hallie se le ocurriera alguna cura milagrosa para hacerla dejar de pensar en Will.

–Dime, ¿qué tal besa?

Hannah no pudo evitar sonreír. Casi podía saborear ese beso.

–¡Oh, no! –Hallie lanzó una carcajada–. Te has metido en un lío.

Sí, justo, estaba metida en un lío.

Will se paseó por el desastre de lo que había sido su estudio. Los albañiles trabajaban duro, pero la obra iba a llevar tiempo.

Por suerte, su casa no había sufrido daños, al contrario que muchas otras viviendas.

–Señor Sutherland.

Will se volvió al oír la voz de la maestra de obras.

–Buenos días, Carrie.

Ella le sonrió mientras se le aproximaba.

–Ya sé que no lo parece, pero la obra va bien y vamos a terminar en el plazo que le dijimos.

No faltaba mucho para que el plazo se cumpliera. No sabía cómo se las iban a arreglar, pero confiaba en Carrrie. Estaba deseando ver su estudio en condiciones, con todo nuevo. Tenía pensado hacer una fiesta e invitar a los cantantes de su compañía discográfica y a otros profesionales del mundo de la música.

Esa era otra de las peculiaridades de Beaumont Bay, la gente daba fiestas constantemente por una razón u otra. Los residentes de la zona estaban dispuestos en todo momento a charlar o a mostrar sus últimos logros.

–Confío en ti –dijo Will sorteando una pila de azulejos.

–Tienes suerte, porque me encanta lo que hago.

Había oído que la empresa de construcción de Carrie era la mejor. El estudio nuevo iba a ser más grande y mejor que el anterior, incluso la zona de recepción estaba siendo remodelada. En realidad, lo único que iba a seguir igual era su despacho.

—Ya he comprado el equipo nuevo —le dijo a Carrie—. Me lo han llevado a casa, así que avísame cuando pueda traerlo aquí.

Carrie asintió.

—Mi equipo puede ir a su casa a recogerlo y traerlo. Pero me alegro de que haya venido, quería consultarle sobre la posición de las tomas de luz, he pensado en algunos puntos que me parecen mejor que los que habíamos acordado al principio.

Will inspeccionó la zona con Carrie. El móvil vibró en varias ocasiones, pero él lo ignoró. La obra del estudio era prioritaria, ya contestaría a los mensajes o las llamadas más tarde.

Con un poco de suerte sería Hannah, la mujer en la que no podía dejar de pensar desde que había salido de su casa. Y había salido a toda prisa porque, de haberse quedado un segundo más, habría hecho mucho más que besarla.

Y eso era algo que no debería haber hecho.

Trató de prestar atención a lo que Carrie le estaba diciendo. Jamás en la vida nada le había distraído del trabajo. Hannah Banks no era la primera cantante guapa que había firmado un contrato con su empresa, pero era la única que le había quitado el sentido.

Cuando Carrie y él terminaron, se marchó de la obra, contento del proceso de remodelación. Las próximas semanas iban a ser una pesadez, pero los nuevos cambios le iban a facilitar enormemente el trabajo.

Los músicos que estaban con él eran personas comprensibles y, aparte de Hannah, no tenía ninguna grabación con nadie al menos en dos semanas. Lo que no significaba que no estuviera deseando volver a la rutina normal.

El móvil sonó mientras conducía a su casa. Will tocó la pantalla en el tablero de mandos del coche y respondió por el altavoz.

–Aquí Will.

–¡Qué profesional!

La seductora voz de Hannah invadió el interior del vehículo. Will sintió un temblor en todo el cuerpo. Aunque no la veía, Hannah tenía la habilidad de trastocarle. ¿Cómo iba a mantener con ella una relación estrictamente profesional?

Hannah Banks iba a poner a prueba su fuerza de voluntad hasta extremos insospechados.

–Buenos días, Hannah. ¿En qué puedo ayudarte?

–Hallie ha recibido un mensaje electrónico de la revista *Craze Magazine*. Al parecer, me han elegido como una de las diez mujeres famosas del país que son un ejemplo a seguir.

Will, ya delante de su casa, metió el coche en el garaje. Después de apagar el motor, se desabrochó el cinturón de seguridad y se relajó en el asiento.

–Buena noticia –dijo él–. Y te lo mereces.

–Gracias –repuso ella–. Quieren hacerme una fotos en mi casa la semana que viene. Y como estamos trabajando en un nuevo álbum y con otro estilo a los anteriores, me gustaría que me dieras tu opinión sobre qué imagen proyectar.

A Will le vino una imagen a la cabeza, pero eso le llevaría a un juicio. ¿Por qué fantaseaba con ella de esa manera? No era profesional.

—¿Se te ocurre a ti algo en particular?

—Con Cheating Hearts era todo brillante y ostentoso —repuso Hannah—. Tengo que seguir apareciendo despampanante y algo excesiva porque así es como soy, pero quizá con un toque de sofisticación. Algo que demuestre que he madurado, pero que sigo siendo un ejemplo de la música *country*, una persona con los pies en la tierra y accesible.

Y esa era una de las muchas razones por la que quería a Hannah Banks en su equipo. Esa mujer cantaba como un ángel, era la mujer más guapa que conocía, pero también tenía la cabeza sobre los hombros. Se preocupaba por todos y cada uno de los aspectos de su trabajo, y eso era algo que él agradecía infinitamente.

Le gustó la idea de Hannah, de que quisiera hacer la transición de veinteañera a mujer adulta.

—De acuerdo con lo que has dicho —contestó Will—. ¿Quieres que me pase luego por tu casa para discutir los detalles?

—Hallie está aquí conmigo, en casa, y estamos hablando de ello. Mañana voy a almorzar con unos amigos, así que supongo que podríamos vernos esta tarde, ¿te parece bien?

—Yo también tengo cosas que hacer, pero intentaré ir a tu casa más tarde.

–Bien.

Will cortó la comunicación y se preparó mentalmente para volver a casa de Hannah, con ella a solas, con esa mujer que le tenía obsesionado.

–No me gusta –declaró Hannah mirando a Hallie con el vestido largo de color rosa sin tirantes. Ser gemelas era una ventaja con frecuencia. Hallie se probaba ropa para que Hannah viera como le quedaba.

Estaban en el dormitorio de Hannah con un montón de ropa encima de la cama, en un sillón y en perchas colgando de los pomos de las puertas.

El problema era que no sabía qué ponerse. Esperaba que algo le gustara al ver a Hallie con ello puesto.

–¿Qué te parece ese vestido pantalón blanco con un hombro cubierto y el otro no? –sugirió Hallie–. Con unos pendientes y un collar de oro quedaría perfecto, elegante y, a la vez, destacaría.

A Hannah le encantaba ese vestido pantalón que le había enviado uno de sus diseñadores preferidos. Había estado esperando a que se le presentara la ocasión para ponérselo. A Dominic le encantaría para las fotos de la revista.

–Pruébatelo –dijo Hannah–. Yo me voy a poner ese negro sin tirantes estilo Audrey Hepburn y un poco Marilyn Monroe.

Hallie hizo una mueca.

–No me parece que sea apropiado para la imagen que quieres dar, hermana.

Hannah no sabía lo que quería. La sesión de fotos era la primera oportunidad que iba a tener para lanzar su nueva imagen en relación con el álbum que iba a lanzar. Todo tenía que salir bien. No quería decepcionar a sus fans ni tampoco a Will. Aunque no tenía nada que ver con lo que sentía por él, se trataba solo de una estrategia profesional.

¡Maldito Will! No podía dejar de preguntarse qué sentía por él. ¿Y Will? ¿Le gustaba ella más de lo que parecía? ¿Pensaba en el beso tanto como ella?

Su teléfono móvil sonó. Sonrió al ver el nombre en la pantalla y respondió.

—Abuela, ¿cómo estás?

—Bien. Necesito que me hagas un favor, si no estás demasiado ocupada.

Eleanor Banks raramente pedía nada a nadie; pero, cuando lo hacía, nadie le decía que no. Ni la gente del mundo de la música, ni su marido ni sus nietas.

—Por supuesto. ¿Qué quieres? Hallie está aquí conmigo.

—Verás, estoy cenando con unos amigos y me acaban de enviar un mensaje diciéndome que me van a llevar a casa un paquete que yo creía que me iban a enviar mañana. ¿Podrías ir a mi casa, firmar y meter el paquete dentro de la casa?

—Claro, abuela –respondió Hannah–. ¿Qué hay en el paquete?

Eleanor se echó a reír.

—Siempre tan curiosa. Es un cuadro que me envían desde Milán. Quiero ponerlo en la pared de la escalera y quitar ese horroroso que me regalaron hace unos años. Creo que ya lo he sufrido lo suficiente, ¿no te parece?

–No te preocupes, yo me encargo de ello –respondió Hannah riendo–. Que lo pases bien en la cena.

Hannah cortó la llamada y lanzó un suspiro.

–Tengo que ir a casa de la abuela a recibir un paquete y firmar.

–¿Quieres que vaya yo en tu lugar? –preguntó Hallie.

–No, no hace falta. Tú quédate aquí y continúa seleccionando la ropa, si no te importa. Y si consigues elegir cinco vestidos entre todo esto, estupendo.

Hallie asintió.

–No, claro que no me importa. Estoy encantada de poder ayudarte.

–Lo sé –respondió Hannah sonriendo–. Eres la mejor hermana y la mejor amiga del mundo.

–Por supuesto que lo soy –Hallie se echó a reír–. Bueno, vete ya y deja que yo elija la ropa perfecta.

–Volveré enseguida.

Hannah esperaba que el encargo de su abuela no le llevara mucho tiempo.

Capítulo Siete

Will llamó a la puerta de Hannah y a los pocos segundos la puerta se abrió y ella apareció con un vestido ceñido, hasta los pies, de mangas largas, pero sin hombreras. El maldito vestido mostraba todas y cada una de sus curvas.

–¡Will! –exclamó ella, claramente sorprendida de verle–. ¿Qué haces aquí?

Él entró en la casa sin esperar a que Hannah le invitara.

–¿No te acuerdas que habíamos quedado para que te ayudara?

–La verdad es que…

–No creo que este vestido sea el adecuado para la sesión de fotos. Es demasiado sexy para la imagen que quieres proyectar para esta canción.

Hannah enderezó los hombros, apretó los labios y se le quedó mirando.

–¿Lo dices en serio? Pues da la casualidad de que este vestido es uno de mis preferidos para la ocasión, después de probarme casi todos los que tengo.

–Yo no he visto los vestidos que tienes y has sido tú quien me ha pedido que te ayudara a elegir –Will lanzó una mirada en dirección a la escalera–. Venga, vamos a ver lo que tienes.

Hannah se cruzó de brazos, como si no estuviera segura de qué hacer. Algo raro pasaba, pero no sabía qué juego se traía Hannah entre manos.

–No es necesario que subas –respondió ella antes de indicarle que la siguiera al cuarto de estar–. Mejor espera aquí y yo bajaré con unos vestidos, ¿te parece?

¡Eso era lo que pasaba! Esa no era Hannah, sino Hallie. Y ahora que lo sabía, podía ver que había ciertas diferencias físicas entre las dos. Las curvas de Hannah eran más pronunciadas, lo que no siempre era evidente ya que Hallie no solía vestirse con ropa ceñida.

En ese caso, ¿dónde estaba Hannah?

Will agarró su móvil y tecleó.

–¿Qué haces? –preguntó ella.

–No me gustan estos juegos –respondió él sin levantar la mirada del móvil.

–¿Juegos?

Will envió un mensaje a Hannah y se guardó el móvil en el bolsillo antes de mirar a Hallie.

–¿Dónde está tu hermana?

Hallie arrugó el ceño.

–Pues… está en casa de la abuela. ¿Por qué?

–Porque estoy harto de que os hagáis pasar la una por la otra.

–¿Te has dado cuenta de que soy Hallie?

–Al principio, no –admitió él–. Pero sí, he acabado dándome cuenta. ¿Os divierte hacer esto?

–Ahora ya no solemos hacerlo –respondió Hallie encogiéndose de hombros–. Pero de pequeñas lo hacíamos bastante.

–Tu hermana se hizo pasar por ti la semana pasada –declaró Will–. ¿Lo sabías?

Hallie se echó a reír y descruzó los brazos.

–No, no lo sabía, pero no me sorprende. A veces, cuando no quiere que la reconozcan, se viste con más discreción, como yo, y pasa más desapercibida.

Will lo entendía… hasta cierto punto. Pero no tratándose de una reunión con el productor de sus discos.

Su móvil vibró, pero lo ignoró. Su frustración estaba alcanzando un alto grado.

–Lo mejor será que te vayas mientras yo espero aquí a que vuelva Hannah.

Hallie arqueó una ceja con un gesto típico de Hannah. Las gemelas podían engañar a cualquiera, aunque no a él. A él ya no le engañaban porque sabía cómo se movía Hannah, sus expresiones cuando estaba irritada, las curvas de su cuerpo y la forma como su propio cuerpo reaccionaba.

–¿Me estás echando de casa de mi hermana? –preguntó ella en un tono que sugería que él acababa de cometer un error.

Will encogió los hombros.

–No te lo tomes a mal, pero quiero hablar en privado con Hannah cuando vuelva. Mejor que no estés aquí.

Hallie esbozó una sonrisa.

–Me encantaría estar aquí, pero la verdad es que he acabado lo que estaba haciendo. Más tarde llamaré a mi hermana para darle mi parecer sobre la ropa. En realidad, casi hemos acabado.

–¿Adónde has dicho que ha ido?

–A casa de mi abuela, para encargarse de algo que ella le había pedido –respondió Hallie al tiempo que se volvía hacia la escalera–. No creo que tarde. Así que voy a subir a cambiarme y me marcharé.

Will la vio subir las escaleras y sacudió la cabeza. ¿Cómo había podido confundir a Hallie con Hannah? Sus voces eran distintas. Hannah ladeaba la cabeza cuando algo le irritaba, mientras que Hallie lanzaba chispas por los ojos.

Will cruzó el vestíbulo y se dirigió al cuarto de estar. No había estado en esa estancia y se tomó su tiempo examinándola.

Le sorprendió que la decoración fuera mucho más sencilla que el vestuario de Hannah. El ambiente, con sofás blancos, cojines grises y plantas de interior, era relajante. Desde luego, por la decoración no se adivinaba que fuera el salón de una estrella de la canción. Había fotos de la familia aquí y allá, las del dintel de la chimenea llamaron su atención.

Will se acercó y sonrió al ver fotos de Hannah y Hallie de niñas, de unos cinco años de edad, a ambos lados de Eleanor Banks con esta sosteniendo uno de los muchos trofeos que había ganado a lo largo de su carrera. Hallie y Hannah lucían enormes sonrisas con falta de algunos dientes.

Pasó a mirar otra foto, las gemelas algo más mayores, una de ellas maquillando a Eleanor y la otra peinándola.

Miró a su alrededor y se dio cuenta de que todas

las fotos eran de las gemelas con su abuela. Sin duda, la familia era fundamental en la vida de Hannah.

Will sabía que Hallie y Hannah habían vivido con su abuela debido a que sus padres, por motivos de trabajo, habían viajado constantemente. Hannah no hablaba de sus padres en público y a él tampoco le había contado nada sobre ellos. Lo único que sabía era que la persona con la que estaba más unida, aparte de su hermana, era su abuela.

Recordaba fotos en revistas de Eleanor con sus nietas por la calle, o en entrega de premios.

Sin duda, Eleanor había tenido una gran influencia en sus nietas, y por eso ambas se habían dedicado a la música, aunque en diferentes aspectos. No le extrañaba que estuvieran tan unidas a su abuela.

La importancia que le daban a la familia era otra de las cosas que tenía en común con Hannah. Sus hermanos lo eran todo para él. Aunque discutieran y se enfadaran a veces, estaban muy unidos. Gavin, Luke y Cash siempre contarían con su apoyo y él con el de ellos.

—Will.

Will se volvió y vio a Hallie en el umbral de la puerta. Se había cambiado de ropa y llevaba unos pantalones vaqueros y un sencillo jersey verde.

—Solo quiero decirte una cosa antes de marcharme —dijo ella—. Mags controlaba la vida de mi hermana, no quiero que eso vuelva a ocurrirle.

Interesante. La hermana discreta cada vez más envalentonada. Quizá Hallie fuese la más dura de las dos.

—¿Crees que quiero controlarla? —preguntó él.

—Todavía no lo sé —admitió Hallie—. Sé que quieres ganar dinero con Hannah y, por supuesto, Hannah te va a hacer ganar dinero. Pero también sé que mi hermana tiene otras aspiraciones.

¿Otras aspiraciones? ¿Ser la estrella número uno de la música *country*? ¿Rivalizar con su abuela? Hannah no le había hablado de ello, lo único que le había dicho era que quería dar un giro a su carrera, dar una imagen más madura. ¿Había algo más? Si así era, debería haberlo hablado con él durante las negociaciones antes de firmar el contrato.

—Supongo que es ella quien debería decírmelo.

Hallie respiró hondo y alzó la barbilla.

—Hannah es más vulnerable de lo que parece.

Will dio un paso hacia Hallie mirándola fijamente a los ojos.

—Todos tenemos puntos débiles.

—Es posible, pero no todo el mundo está tan expuesto al público —le contestó Hallie—. Hannah no está tan segura de sí misma como la gente cree.

En su opinión, Hannah estaba demasiado segura de sí misma. Era atrevida, desafiante y apasionada. Desde luego, no había notado que dudara de sí misma.

La puerta de la casa se abrió y se cerró. De repente, Hannah se plantó al lado de su hermana.

—¿Una reunión sin mí? —preguntó Hannah con una sonrisa—. Siento haberme retrasado. ¿Qué ha pasado en mi ausencia?

Ahora que estaban juntas, Will pudo ver sutiles

diferencias entre ambas, aparte de la ropa que llevaban. Hannah, por supuesto, lucía un vestido despampanante.

–Me marchaba ya –dijo Hallie dirigiéndose a su hermana–. El vestido blanco es uno de los dos que más me gustan, el otro es el rosa. Ya me dirás qué te parecen.

–Gracias por la ayuda –dijo Hannah con una sonrisa.

Hallie abrazó a su hermana.

–De nada. Bueno, os dejo ya para que tengáis vuestra reunión.

–No tenemos ninguna reunión –dijo Hannah riendo.

–Claro que sí –interpuso Will–. Me dijiste que me pasara por tu casa.

Hannah le miró arqueando las cejas.

–Y tú lo habías dejado en el aire, no era fijo que vendrías.

–Yo creía que sí –respondió Will encogiéndose de hombros.

Will se negó a apartar la mirada de ella durante el tenso silencio que siguió. ¿Le molestaba a Hannah que él hubiera ido a su casa? En ese caso, a él también le molestaba que continuara excitándole. Y más con ese vestido tan ceñido.

–Bueno, yo me voy –declaró Hallie quebrando el silencio.

Hallie se marchó y Will continuó mirando a Hannah. Ella parpadeó, pero sin moverse. Los dos estaban irritados.

–Bueno, ¿de qué habéis hablado mi hermana y tú?

Will se acercó a ella sin dejar de mirarla.

–De esto y lo otro.

Hannah agrandó los ojos, Will no sabía si por miedo, preocupación o excitación.

–No me digas…

Will se plantó delante de ella.

–De vulnerabilidades ·e inseguridades. De por qué ha intentado hacerse pasar por ti cuando yo he llegado.

Hannah sonrió y ladeó la cabeza, como solía hacer.

–Hallie sigue la corriente a la gente cuando alguien la confunde conmigo –declaró Hannah–. Hemos hecho eso toda la vida.

–Hallie es tu manager, no tú –replicó él–. En la cafetería, te advertí que no hicierais esto conmigo. ¿O lo has olvidado?

–No he olvidado nada –le espetó ella–. No me dijiste cuándo ibas a venir exactamente, así que no puedes culparnos ni a Hallie ni a mí de esto. Es problema tuyo.

Hannah fue a darse la vuelta, pero él la agarró por el brazo.

–¿Adónde vas?

Hannah volvió la cabeza.

–A mi habitación, que era donde estaba cuando me llamó mi abuela. ¿Vienes?

El cuerpo entero se le tensó. Seguirla al piso de arriba no era profesional. Podían hablar ahí, en el salón. Hallie no debería haberse ido. Los tres podían haber discutido sobre la sesión de fotos.

Hannah estaba esperando una respuesta que tendría consecuencias irreversibles.

–Adelante, te sigo.

Capítulo Ocho

No era una jugada muy inteligente, pero ahí estaba, en su habitación con Will Sutherland.

Hallie llevaba toda la vida diciéndole que era una bocazas y que eso la iba a meter en líos. En parte, no le importaría nada tener un lío con Will, pero el maldito sentido común le estropeaba la diversión.

Will la hacía sentirse confusa. ¿Por qué continuaba luchando contra sí misma? ¿Por qué no podía tomar una decisión?

–¿Qué pasa con el vestido que llevas? –le preguntó Will.

Hannah se volvió y no pudo contener una carcajada. Él seguía sin traspasar el umbral de la puerta, como si entrar en la habitación fuera un paso decisivo.

–Mi hermana y yo estábamos probándonos vestidos para la sesión de fotos cuando mi abuela llamó y he salido así, sin cambiarme.

El modo como Will la miró no le ayudó a calmarse. Quería que pusiera las manos donde estaba poniendo los ojos. Daría cualquier cosa por tener otro tipo de relación con Will. Su relación profesional era un obstáculo para la relación que realmente quería con él.

A Hannah no le gustaban las aventuras pasajeras

y tampoco se lo podía permitir ya que estaba en el punto de mira de los medios de comunicación. Todo lo que hacía acababa saliendo en las revistas y en las redes sociales. Tener relaciones amorosas con Will acabaría destruyendo su carrera como cantante ya que la gente se preguntaría si no había cambiado de compañía discográfica debido a su relación sexual con él. Querrían saber más sobre su relación con él y dejarían de prestar atención a su nueva imagen y a su nuevo estilo de cantar.

Además, teniendo en cuenta que Mags le había controlado la vida durante años, estaba harta de que la controlaran. Y si se liaba con Will, este tendría en ella más influencia que nadie. No podía permitir a nadie fuera de su familia semejante influencia en su vida tanto privada como profesional.

No y no, nada de sexo.

Pero eso no le impedía desearle.

—Ponte otra cosa.

—¡Qué! —exclamó ella reaccionando al autoritario tono de voz de Will.

—No vas a hacer la sesión de fotos con ese vestido.

¿Por qué el tono de Will la irritaba tanto? ¿Por qué se enfadaba con él y le deseaba al mismo tiempo? ¿Cómo era posible?

—Este es justo el vestido con el que voy a hacer la sesión de fotos —le informó ella, aunque seguía sin tener ni idea de qué ropa quería ponerse para la ocasión.

Will eligió ese momento para entrar en el dormitorio. Mientras se acercaba a ella, clavó esos ojos azules en los suyos.

–No, no lo es –insistió él–. Es demasiado sexy para la imagen que quieres proyectar.

–¿Sexy?

Vio cómo se le tensaba la mandíbula al detenerse a un paso de ella. Esperó a que dijera algo, a que hiciera algo. Esperaba que él diera el primer paso para así no cargar sobre sus hombros la responsabilidad de lo que iba a pasar.

Cuando fuera que pasara, porque iba a ocurrir.

Todo iba a complicarse mucho y ella no podía hacer nada por impedirlo.

Sí, por supuesto, podía decir que no. Podía solucionar el asunto de la ropa para la sesión de fotos solo con su hermana; en realidad, era Hallie como manager quien tenía que dar una opinión, no Will.

Sin embargo, en ese momento, le estaba dando a Will todo el control sobre sí misma. Nunca antes lo había hecho voluntariamente, pero ahora sí.

–Sabes perfectamente que sí, Hannah.

Hannah respiró hondo, ladeó la cabeza y paseó la mirada por el rostro de Will. Mandíbula cuadrada, ojos de un azul profundo, pestañas oscuras y una boca…

–No sabía que tenías por costumbre halagar a clientes –dijo ella–. Pero como has dicho que soy sexy… supongo que significa que me encuentras atractiva, ¿no?

Bien, había sido suficientemente directa, a ver ahora cómo respondía él.

71

–¿Te gustaría que me parecieras una mujer atractiva?

Se lo iba a poner difícil. Iba a obligarla a ser ella quien diera el primer paso. Bien, lo haría, pero él la seguiría.

–Lo que me gustaría, sobre todo, es que me respetaras –respondió ella con honestidad–. Y quizá también me gustaría saber qué piensas de mí a nivel personal.

Los ojos de Will se oscurecieron mientras le recorrían el cuerpo. ¿Por qué no hacía algo? ¿Acaso tenía que entregarle una invitación en mano?

–¿No te parecen suficientes los halagos de tus fans? –preguntó él en voz baja y grave.

–Estoy hablando de lo que tú piensas.

Will dio un paso más hacia ella, pero Hannah se negó a retroceder. Quería sentirle cerca, quería desafiarle, quería que se enfrentara a lo que les estaba pasando. Si no hacían algo, iba a volverse loca.

–Lo que pienso es que tenemos que dejarnos de tonterías, de flirtear.

Hannah tragó saliva y clavó los ojos en los de él.

–¿Flirtear?

–Tú coqueteas con todo el mundo –declaró él–. Cuando estás en el escenario coqueteas con el público, aunque comprendo que eso es parte del espectáculo. Flirteaste con Cash cuando vino aquí y coqueteas conmigo cada vez que me ves.

–Contigo me muestro tal y como soy –respondió ella–. Y fue lo mismo con Cash. Tu hermano y yo nos entendemos. ¿No quieres que nos entendamos?

Sobre todo, teniendo en cuenta que vamos a hacer una gira juntos.

Will esbozó una traviesa sonrisa y dio un paso atrás, justo lo contrario a lo que ella quería que hiciera. Aunque quizá fuera lo mejor. Debería tranquilizarse y centrarse en su trabajo, no obsesionarse con Will e imaginarle desnudo con ella en la cama.

No obstante, la realidad era que estaban en su dormitorio. La cabeza le daba vueltas y el corazón le latía con mucha más fuerza que de costumbre. No quería perder esa oportunidad.

Por extraño que pareciera, Will la inspiraba. Despertaba en ella un sinfín de sensaciones que debía canalizar. Necesitaba su cuaderno y su guitarra. De no ser por la música, no sabría qué hacer respecto a lo que estaba sintiendo.

–Tengo que ir al estudio –dijo ella–. Dejemos para otro momento lo de la ropa.

–¿Qué? –Will enarcó las cejas.

«Desear. Esperar. Necesitar…».

Una nueva canción, la tenía en la cabeza. Era imprescindible anotar en su cuaderno la letra y los acordes.

–Voy al estudio.

Hannah salió del dormitorio y corrió hacia el estudio. Palabras inundaban su mente. Tenía que ser una canción pegadiza, de ritmo rápido, no quería una balada, ya había compuesto muchas que tenía guardadas.

Iba a componer una canción sobre ese primer beso y lo que la estaba haciendo sentir.

Hannah se acercó a la zona del estudio donde tenía el equipo de grabación y se sentó en el suelo al lado del soporte donde estaba su guitarra. Agarró el instrumento y tocó el primer acorde. Probó otro. Cantó un par de frases buscando el sonido perfecto.

Agarró el cuaderno y el lápiz que tenía encima de una mesa baja al lado de la guitarra. Después de hacer unas anotaciones, continuó tocando y cantando…

–¡Eso es! –exclamó en voz baja.

–¿Qué es lo que te ha inspirado?

Hannah volvió la cabeza y vio a Will en el umbral de la puerta. Apoyado en el marco, parecía haber pasado ahí un tiempo. Había estado tan concentrada que no le había oído, y no se le había ocurrido que fuera a seguirla hasta allí.

–Estábamos hablando de ropa –añadió él.

–No es verdad, no habíamos empezado a hablar de eso.

Hannah cerró el cuaderno, dejó la guitarra en el soporte, se puso en pie y se ajustó el ceñido vestido mientras Will se adentraba en la estancia.

–¿Por qué no me habías dicho que compones canciones?

Hannah apretó los labios, no sabía qué responder al respecto. Componer canciones era su sueño, pero nunca las había cantado ni tocado en público. Le daba miedo dar ese paso.

–Era algo de lo que quería hablar contigo, pero más adelante.

–¿Por qué no ahora? –preguntó Will.

–No estoy preparada todavía –Hannah se encogió de hombros.

Will se detuvo y se la quedó mirando, pero a ella no le gustó el escrutinio. Estaba acostumbrada a todo tipo de intrusiones en su vida, pero ahora estaba a solas con Will hablando de sus canciones, de sus sueños. Eso la hacía sentirse vulnerable.

–No hay mejor momento que el presente –insistió Will–. Enséñame lo que tienes.

Hannah tenía los nervios a flor de piel. Había pensado en enseñarle sus composiciones; pero ahora que se le presentaba la ocasión, no estaba segura de que lo que había compuesto fuera bueno. ¿Y si a Will no le gustaba? Entregar a alguien un cuaderno en el que había escrito cosas íntimas le asustaba.

Era capaz de actuar en un escenario delante de miles de personas, pero le daba miedo enseñar un cuaderno a un hombre que, supuestamente, iba a ayudarla en su carrera profesional.

Como no respondía, Will se la acercó y agarró el cuaderno que ella había dejado en el sueño. Hannah fue a quitárselo, pero Will no se lo permitió.

–Todos tenemos secretos –declaró Will.

Un escalofrío le recorrió el cuerpo. Sabía que Will no se iba a reír de ella, pero eso no significaba que iba a gustarle lo que ella había escrito. Además, las últimas anotaciones se referían a él claramente.

Hannah cerró los ojos.

–No estoy preparada para esto, Will.

–¿Te refieres a la música?

Will se le había acercado tanto que sentir su aliento en el rostro.

–¿A qué otra cosa iba a referirme?

Will abrió el libro y Hannah cerró los ojos otra vez. No se atrevía a mirarle. Le encantaba lo que había escrito y quería que a los demás les ocurriera lo mismo. Ni siquiera Hallie había visto las letras de las canciones.

Abrió los ojos, se mordió los labios y miró en todas direcciones, excepto a Will.

Le oyó pasar una página tras otra y, de pronto, se detuvo. Le oyó tomar aire.

–Eres muy apasionada.

Hannah le miró entonces y después clavó los ojos en la página en la que Will se había detenido.

–Mi trabajo siempre me ha apasionado –dijo ella.

–Esto es más que trabajo –Will indicó la página–. Esto habla de la pasión que sientes por un hombre, no tiene nada que ver con la música. Escribir letras de canciones es una terapia para ti.

¡Había dado en el clavo!

–Sí –concedió ella.

Will cerró el cuaderno y lo dejó caer al suelo. Entonces, se acercó hasta rozarle el cuerpo con el suyo y Hannah contuvo la respiración.

–¿A quién te referías en esta última letra? –preguntó Will mirándole los labios–. ¿Quién ha despertado en ti tanto deseo?

Hannah no podía soportarlo más.

–Sabes perfectamente quién es.

Entonces, Hannah le besó.

Capítulo Nueve

Will no se sorprendía con facilidad, pero el beso de Hannah le dejó perplejo. Escribir sobre ello, pensar en ello y soñar con ello era completamente diferente a actuar.

No obstante, estaba encantado con que lo hubiera hecho.

¡Por fin!

A pesar de que ella había tomado la iniciativa, Will decidió tomar el control. En el momento que había leído la letra de la canción de Hannah se había dado cuenta de lo que ella sentía, lo mismo que él. Hannah había conseguido plasmar en la letra a la perfección, sus pensamientos, sus sentimientos, su deseo…

Will le puso las manos en el rostro y se lo alzó para facilitarse a sí mismo el acceso a esa boca que cada vez le tentaba más.

Hannah dejó escapar un suave gemido y el deseo aumentó en él. Quería saber cómo procurarle placer, quería conocer los deseos de ella, sus fantasías…

Lo quería todo.

Will le puso las manos en las caderas y tiró de ella hacia sí hasta que sus cuerpos se juntaron, pero no era suficiente. A pesar de que el vestido que ella llevaba era ceñido, quería quitárselo.

Hannah le subió el bajo de la camisa y, en el momento en que ella le rozó la piel desnuda, Will no se hizo de rogar.

Se apartó de ella para sacarse la camisa por la cabeza y miró a Hannah fijamente, en caso de que se estuviera arrepintiendo de lo que estaban haciendo. Pero solo vio deseo en esos expresivos ojos.

En ese momento, no iba a preocuparse por las consecuencias de sus actos. Los dos eran adultos y nadie tenía por qué enterarse.

Hannah, con una traviesa sonrisa, se agarró el escote del vestido, comenzó a bajárselo y... ¡No llevaba nada debajo!

Ahí estaba Hannah, delante de él, completamente desnuda y mucho más hermosa de lo que había imaginado, y eso que su imaginación se había disparado.

—¿Te daba vergüenza que viera lo que has escrito y no te la da desnudarte delante de mí? —preguntó Will.

Hannah se encogió de hombros.

—Esto es diferente. Lo físico es superficial. Las letras de las canciones me salen del corazón.

El corazón. Con eso no quería tener nada que ver.

—Solo quiero una relación física —añadió ella, que se había dado cuenta de su aprensión—. Te deseo, Will. Es así de simple.

Simple. Hannah no tenía nada de simple. Pero él también la deseaba. Solo iban a conseguir torturarse retrasando lo inevitable.

Cuando Hannah fue a desabrocharle el botón de la cinturilla de los vaqueros, Will contuvo el aliento. Hannah era delicada y, al mismo tiempo, atrevida y exigente. Era una mezcla de contradicciones que le excitaba constantemente. No podía luchar contra ello.

–Will, ¿te pasa algo? –le preguntó ella.

La forma como le miraba, dejando entrever su vulnerabilidad, le enterneció.

Al demonio con el trabajo y las consecuencias.

Sin responder, Will se desvistió rápidamente y no perdió tiempo en abrazarla. Juntos, se tumbaron en la alfombra que cubría parte del suelo.

Hannah estaba tumbada bocarriba, con el cabello esparcido por la alfombra, mientras él, arrodillado, la contemplaba. En esos momentos Hannah no era una estrella de la canción y él no era su productor, sino un hombre y una mujer simplemente. No tenía idea de lo que ocurriría después, pero lo único que le importaba era el momento.

Hannah estiró los brazos hacia él.

–Deja de pensar –murmuró ella–. Los dos necesitamos esto y nadie se va a enterar de lo que pase aquí.

–Solo tú y yo –confirmó él.

Hannah asintió y dobló las rodillas.

¿A qué esperaba él? No había motivo para seguir hablando y tampoco había motivo de preocupación. Era sexo simplemente, tal y como Hannah había dicho.

Pero algo le decía que se estaba equivocando, que lo que estaban haciendo era una equivocación.

–Sigues pensando –Hannah le atrapó entre con las dos piernas y se arqueó–. Vamos, Will.

Will le agarró las caderas, se inclinó sobre ella y acercó los labios a los de Hannah hasta que sus alientos se mezclaron. Le acarició la mandíbula con la boca y, por fin, se tumbó sobre ella. Hannah se abrió de piernas para permitirle el acceso y él la penetró, uniendo sus cuerpos.

Hannah lanzó un gemido y, de nuevo, a Will le costó un gran esfuerzo permanecer quieto. Quería grabar ese momento en su memoria, el sensual cuerpo de Hannah bajo el suyo y rodeándole.

Hannah enterró los dedos en sus cabellos, sujetándole la cabeza mientras le acariciaba la boca con la lengua. No había nada más sensual que una mujer que sabía lo que quería y no le daba miedo ir a por ello.

Quizá fuera ese el motivo de su atracción. Por supuesto, era una mujer sumamente sexy, pero su osadía y determinación podían compararse con su propio modo de ser.

Nunca había conocido a una mujer como Hannah, era única.

Will empezó a moverse dentro de ella y Hannah le siguió. Pronto, los dos encontraron el ritmo perfecto. En unos momentos, él comenzó a moverse con más dureza, más rapidez.

A juzgar por los jadeos y los gemidos de Hannah, y por el modo como arqueaba las caderas, le faltaba poco. Bien, porque no sabía cuánto más podía aguantar.

–Will… –murmuró ella colocando una pierna alrededor de su espalda–. Por favor…

El ruego de ella le encendió. Quería hacerla estallar, quería que Hannah gritara su nombre.

Y Hannah no le decepcionó. Le clavó los dedos en los brazos mientras se desmoronaba. Con los ojos cerrados, alzó el cuerpo echando la cabeza hacia atrás. Y él la siguió en sus estallido.

Will apretó los dientes mientras una gloriosa sensación se apoderaba de él. Hannah le obligó a sentir esa pasión que había estado reprimiendo.

Una vez que su cuerpo dejó de temblar, Will la miró y vio que Hannah le sonreía. La imagen de ese exquisito cuerpo, con el cabello revuelto, le conmovió.

¡No, no podía ser, no podía permitir que ella le gustara tanto! Y eso no debería repetirse. No obstante, no pudo evitar volver a sentir deseo por ella.

Will se separó de Hannah, asustado. Se puso en pie y le ofreció a Hannah la mano para ayudarla a levantarse.

Una vez en pie, Hannah agarró su vestido y se lo puso.

A partir de instante, Will sabía que no podría volver a ver esa prenda sin recordar ese momento. No iba a permitir que Hannah se pusiera ese vestido para la sesión de fotos, ni que saliera con ese vestido en la portada del próximo álbum. Solo él podía verla vestida así.

–¿Y ahora qué? –le preguntó Hannah mientras él se vestía.

Will se abrochó los vaqueros y se puso la camisa.

–¿Quieres hablar de lo que ha pasado?

«Di que no, por favor».

–¿Hablar? –dijo ella–. Encanto, no voy a hablar sobre ello, voy a cantar sobre ello.

Entonces Hannah se echó a reír y se peinó con los dedos. Presentaba el aspecto de una mujer que acababa de levantarse de la cama de su amante… y el cuerpo entero se le puso tenso.

¿Por qué reaccionaba así? Por una parte, se alegraba de que Hannah se hubiera reído y no pareciera darle importancia a lo que habían hecho; por otra parte, quería volver a desnudarla.

–Sería la primera vez –dijo él.

–¿Qué? ¿Ninguna mujer ha escrito una canción después de acostarse contigo? –Hannah sonrió traviesamente–. Me cuesta creerlo. Quizá debiéramos repetir más tarde, por si acaso se me olvida lo estupendo que ha sido.

De nuevo, esa osadía típica de Hannah.

–¿Crees que sería buena idea repetir? –preguntó Will.

Hannah se encogió de hombros.

–Hacerlo una vez no ha sido una idea brillante, pero lo hemos hecho. Y nos ha gustado a los dos. Así que… ¿por qué no seguir? No tiene por qué interferir con el trabajo, podemos separar las dos cosas.

Eso era algo que Will no sabía. No lo había pensado. ¿Cómo era posible que una relación sexual no afectara su relación profesional? ¿No se les notaría en público? ¿Y si la tocaba o la miraba de una forma reveladora sin darse cuenta?

–Ya veo que necesitas pensarlo –añadió ella–.

¿Qué te parece si nos ponemos a trabajar en lo de la sesión de fotos?

Trabajar. Sí. Necesitaba hacer algo que pudiera controlar.

–¿Se enfadó mucho Will ayer? –preguntó Hallie.

Hannah jugueteó con la copa de vino vacía y suspiró.

–¿Si se enfadó? No, yo no diría eso.

Will era uno de los mejores amantes que había tenido, pero no estaba dispuesta a decírselo a nadie, ni siquiera a su hermana.

–Al principio, cuando me tomó por ti y luego se dio cuenta de que yo era Hallie, se molestó. Le pareció que estábamos jugando con él –dijo Hallie.

Las dos hermanas habían ido a casa de su abuela a almorzar con ella y a pasar un rato juntas. Eleanor acababa de entrar en la casa para sacar el postre.

–Ya que tenemos que trabajar juntos por el bien de tu carrera profesional, no me gustaría disgustarle –declaró Hallie–. Aunque admito que se pone guapo cuando se enfada.

–Sí, ya lo creo que es guapo –confirmó Hannah.

«Y sexy y delicioso».

–Sus hermanos tampoco están mal –declaró Hallie–. Y todos han tenido mucho éxito profesionalmente. Will, como productor de discos; Luke, el misterioso propietario de varios bares; Cash, el chico malo más atractivo de la música *country*; y Gavi, un reconocido abogado. ¿Te acuerdas de la entrevista que les hicieron a los cuatro juntos hace unos meses? ¡Los cuatro estaban guapísimos!

–¿Quién estaba guapísimo? –preguntó Eleanor saliendo al jardín sosteniendo una bandeja con tarta de fresas que dejó encima de la mesa, bajo la sombrilla–. Me encantan los hombres guapos.

Eleanor se sentó al lado de Hannah.

–Estábamos hablando de los hermanos Sutherland –respondió Hallie.

–Ah, ya –Eleanor agarró un plato con un trozo de tarta–. Si fuera más joven os aseguro que iría a por uno de esos macizos.

Hannah se echó a reír. Su abuela había estado felizmente casada, pero seguía viva y no estaba ciega. También era honesta y directa. Y Hallie y ella habían heredado eso de su abuela.

–De todos modos, no quiero un novio –declaró Hannah–. Lo único que me interesa es progresar en mi carrera.

Su abuela se echó a reír.

–Cielo, no mientas. Admite que te gusta tu productor.

–Abuela, no estoy para tonterías –insistió Hannah con una carcajada que esperaba sonara convincente–. Quiero cambiar de estilo, hacer algo distinto, y eso es lo único que me importa en estos momentos.

–Hallie me ha dicho que tu primer *single* va a ser una de las canciones de Cash –dijo Eleanor antes de llevarse un trozo de tarta a la boca–. Me encantaría oírla. Vais a tener un gran éxito en la gira. ¿Cuántas entrevistas tienes programadas ya?

–Hallie se encarga de eso –dijo Hannah–. Cash y yo ya hemos ensayado juntos un día, y nos hemos entendido muy bien.

–Ah, os habéis entendido, ¿eh? –Eleanor se recostó en el respaldo del asiento y miró a Hannah–. Parece prometedor.

–Nos hemos entendido musicalmente hablando, nada más –aclaró Hannah.

Cash era muy atractivo, pero a ella quien le gustaba era Will.

Y eso había sido antes de acostarse con él. Ahora, solo sabía que quería volver a estar con él.

–¿Te gusta la canción de Cash?

–Sí, me encanta –respondió Hannah–. Eso no significa que quiera que sea mi primer *single* con Elite, pero ya hemos discutido sobre ello y voy a ceder.

–Está en el contrato –le recordó Hallie.

–Sí, sí, ya lo sé –respondió Hannah–. Lo que pasa es que sugerí otra cosa el otro día cuando nos reunimos.

–Es demasiado tarde para cambiar eso, cielo. Lo sabes perfectamente –declaró su abuela riendo–. El disco va a salir dentro de unos pocos meses.

Sí, y eso la tenía muy estresada. Aún no había grabado ninguna canción, tenía que prepararse para la gira, tenía que decidirse respecto a la imagen a proyectar en la sesión de fotos, prepararse para una ceremonia de entrega de premios y, para colmo, no lograba controlar sus sentimientos.

–¿Qué te vas a poner para la entrega de premios? –preguntó Hannah a su abuela, tratando de evitar seguir hablando de Will y sus hermanos.

–Dominic ha diseñado para mí un vestido verde con una hombrera y una manga y el otro hombro y el otro brazo desnudos. También me va a conseguir unos zapatos y joyas que hagan juego.

–¿Vas a ir a la fiesta de recaudación de fondos de Mags? –preguntó Hannah.

Eleanor alzó los ojos y rio.

–Claro que voy a ir, no me queda más remedio. Se espera que vaya.

–Tengo un vestido negro muy sexy que creo que es el que voy a llevar a esa fiesta –declaró Hannah–. Por supuesto, también tengo uno blanco sin mangas que estaría muy bien para la ocasión.

Era el vestido con el que había destruido las defensas de Will. No le importaría recordárselo.

–¿El vestido que estabas pensando en ponerte para la sesión de fotos? –preguntó Hallie.

Hannah asintió.

–Sí. Porque supongo que casi todo el mundo va a ir vestido de negro y quién sabe lo que Mags se va a poner.

–Sin duda algo que llame la atención –murmuró Hallie.

–¿Así que vamos a ir las tres? –preguntó Hannah paseando la mirada por su familia.

–Eso parece –respondió Hallie–. Este lugar necesita dinero para paliar los destrozos de la tormenta y la fiesta es una buena oportunidad para ello.

–Y Mags sabe que eso es lo que va a hacer que la gente asista a la fiesta –declaró Eleanor–. Se nos echaría en cara que no fuéramos e hiciéramos una contribución. No obstante, no me gusta el estilo de Mags, hace la fiesta solo para aparecer en público y para que la halaguen.

Hannah agarró la botella de vino, se sirvió un poco en la copa y bebió.

–¿No podríamos hablar otra vez de los hermanos Sutherland? –preguntó Eleanor con un brillo travieso en los ojos–. Tengo el presentimiento de que van a ejercer una gran influencia en la familia Banks.

Capítulo Diez

−¿Seguro que es buena idea?

Hannah estaba con Cash detrás del escenario del Cheshire, el bar de Luke en el ático del hotel. A Hallie y a Will les parecía muy bien, pero ella seguía sin estar convencida.

−¿Dónde mejor para ensayar vuestro dúo que aquí, antes de empezar la gira? −dijo Will−. Nadie lo sabe todavía, aquí podremos hacernos una idea de cómo lo va a recibir el público en general. Y, si no os sale bien, no se va a enterar nadie.

Era un argumento válido, pero el problema para ella era que solo habían ensayado juntos dos veces. Cierto que no les había salido mal, pero ella era una perfeccionista.

−Ya verás como les va a encantar −le aseguró Hallie con una sonrisa.

Hannah apoyó la mano en su guitarra y asintió.

−Sí, supongo que sí. Es una canción genial.

Luke había anunciado que iban a tener invitados especiales y hacía solo una semana que había puesto las entradas en venta, pero las había vendido todas en cuestión de minutos. Todo el mundo sabía que, si Luke tenía un invitado especial, iba a ser bueno. De hecho, Hannah había tocado allí como telonera.

–Está bien –concedió ella–. Si a todos os parece bien, a mí también.

Will la contemplaba con esa mirada que indicaba que estaba excitado, irritado o frustrado. Y si Will sentía lo mismo que ella desde que se acostaron juntos la semana anterior, eran las tres cosas a la vez.

Había decidido ponerse un vestido de verano con falda de volantes y botas camperas. Un atuendo perfecto para ese bar y para excitar a Will.

–¿Os puedo presentar ya? –preguntó Luke.

–Adelante –respondió Cash.

Luke miró a Hannah y ella asintió.

–Lista.

Al momento, Luke salió al escenario y animó más a la clientela. A Hannah le encantaba ese aspecto de su profesión. Le encantaba actuar en lugares pequeños, eran más íntimos, más próximos a sus raíces. Había empezado a cantar en lugares como ese con la esperanza de que alguien se fijara en ella por su voz y en su estilo, no porque se apellidara Banks.

Luke continuó hablando por el micrófono…

–Eh.

Hannah se volvió al oír a Will.

–No te preocupes, va a salir bien –le aseguró Will.

Hannah se le quedó mirando mientras se preguntaba si animaba siempre a la gente que trabajaba con él o si lo hacía por lo que había pasado entre ellos. No habían hablado de aquella tarde ni de si iban a repetir, y eso la estaba volviendo loca.

Pero en ese momento, iba a actuar y debía olvidarse de su vida íntima.

Cuando Luke anunció sus nombres, los presentes rompieron en gritos y silbidos.

–Vamos, a por ellos –le dijo Will.

No le dedicó una sonrisa, pero así era Will, siempre serio. Incluso en los momentos de más intimidad.

Hannah salió al escenario con Cash. Se había jurado a sí misma que su deseo por Will no iba a interferir en su trabajo y ya estaba faltando a su juramento.

–Son muy buenos juntos –comentó Luke.

Will no podía negar la química en el escenario entre su hermano y Hannah. Justo lo que había querido que ocurriera al firmar el contrato.

Lo que no había previsto era que su hermano le provocara celos.

–¿Te pasa algo?

Will se volvió hacia Luke y negó con la cabeza.

–No, es solo que últimamente tengo mucho lío.

–¿Qué tal la obra del estudio?

Sí, el estudio. Eso era lo que debía preocuparle; sin embargo, lo que le preocupaba era que se había acostado con su estrella de la canción. No solo se había acostado con ella, sino que le había encantado y quería volverlo a hacer.

–Bien –respondió Will–. Estoy deseando terminar y trabajar en el nuevo estudio.

Así dejaría de pensar en el estudio de Hannah y en lo que había pasado allí.

–A muchos les ha afectado la tormenta más que

a nosotros –comentó Luke con los ojos en el escenario.

–Sí, es verdad.

Había gente que había perdido sus casas y otros sus pequeños negocios, era por eso por lo que Will iba a ir a la fiesta de Mags.

Hannah continuó con una de sus canciones, a la gente le encantó. Cash continuó sentado en un taburete detrás de ella hasta que Hannah terminó. Después, la gente empezó a pedir a gritos que Cash tocara una de sus composiciones. Por supuesto, habían hablado de ello previamente, pero parecía que a los presentes les había encantado el dúo.

Will estaba convencido de que la gira iba a ser un éxito.

–Podríamos convencerles de que cantaran aquí con regularidad, ¿no te parece? –comentó Luke–. ¿O voy a tener que sobornarte?

–Hablaré con Hallie a ver qué opina –respondió Will.

Luke miró a la hermana en cuestión, que estaba tomando una copa algo apartada, como de costumbre.

–Es muy diferente a Hannah –comentó Luke–. Pero una chica muy dulce.

Will miró a su hermano.

–No se te ocurra acercarte a las hermanas Banks.

Luke se echó a reír.

–Solo era un comentario. Hablas como si te pertenecieran. ¿Interesado en alguna de las dos?

¿Interesado? Era una cuestión de libido y de hormonas.

–Simplemente estoy dejando claro que mi cantante y su hermana son intocables.

Luke sonrió traviesamente.

–Estoy deseando ver cómo acaba esto –murmuró Luke.

Will se negó a picar el anzuelo y permaneció en silencio hasta que Cash terminó y Hannah y él se despidieron de la gente prometiendo volver. Cash incluso comentó bromeando que conocía al dueño del establecimiento.

Hallie se reunió con ellos entonces.

–Ha sido fantástico –exclamó Hannah dirigiéndose a Cash–. Te ha salido de maravilla.

–Nos ha salido de maravilla –le corrigió él antes de mirar a Luke–. Espero no haber metido la pata al decir que Hannah y yo íbamos a volver.

–No, en absoluto. Will y yo hemos hablado de ello también.

Uno de los camareros les llevó una bandeja con bebidas. Hannah agarró un vaso de agua y bebió.

Will no podía apartar los ojos de ella. Estaba deseando estar a solas con Hannah otra vez. Se sentía frustrado sexualmente.

–El dúo me ha encantado –dijo Hallie–. Os ha salido perfecto.

–Estoy de acuerdo –dijo Hannah colocándose una hebra de pelo detrás de la oreja.

La suave brisa que corría por la terraza revolvía el cabello de Hannah y Will no podía apartar los ojos de ella.

–Estoy muy contento de que hayamos actuado

aquí –dijo Cash con una jarra de cerveza en la mano–. El principio de lo que está por venir.

–¿Te apetece comer algo o beber algo, aparte de ese vaso de agua? –le preguntó Luke a Hannah.

–No, nada, gracias. Creo que me voy a ir a casa ya a descansar y a tomarme una copa tranquilamente en el jardín –Hannah vació el vaso de agua y suspiró–. Ha sido estupendo. Gracias por dejarnos tocar en tu bar.

–Hacía mucho que no actuabas aquí, ya era hora –le dijo Luke.

–Sí, estoy de acuerdo –repuso ella.

Cuando Hannah clavó los ojos en él, Will enderezó los hombros.

–Tengo que hablar contigo –dijo él–. Saldré contigo, pero por la parte de atrás.

Hannah agrandó los ojos ligeramente y asintió.

–Sí, muy bien.

Después de despedirse, Hannah y él se dirigieron al ascensor del servicio, que solo utilizaban unos pocos empleados. En el momento en que entraron y las puertas se cerraron, la besó. La necesitaba. No podía aguantar un segundo más.

Hannah le agarró los hombros y le besó también. Al parecer, ella también le deseaba.

El elevador se detuvo y Will se apartó de Hannah.

–Will –dijo ella cuando las puertas se abrieron–. ¿De qué querías hablar conmigo?

Al ver que no había nadie esperando al ascensor en el piso de abajo, Will apretó un botón y las puertas se volvieron a cerrar.

–¡No tengo ni idea! –admitió él–. Lo único que sé es que no podía aguantar ni un momento más.

–¿Aguantar qué? ¿Estar cerca de mí? –Hannah le acarició los labios con la yema de un dedo–. Porque yo llevo soñando con besarte y tocarte desde que te marchaste la otra noche.

El cuerpo entero se le tensó y dio a una tecla. Las puertas del ascensor volvieron a abrirse.

–Sígueme –dijo él al salir.

Hannah le siguió hasta la entrada posterior del hotel Beaumont. Will había aparcado el coche donde solía hacerlo cuando iba allí, cerca de la salida trasera del hotel. Recorrieron unos pasillos, donde estaban localizados los despachos, y no vieron a nadie. Al llegar a la puerta, Will alzó una mano.

–Un momento, voy a ver si no hay nadie –dijo a Hannah–. No quiero que nos hagan una foto metiéndonos en mi coche juntos.

–¿Adónde vamos?

Will volvió la cabeza y la miró a los ojos.

–A mi casa.

Capítulo Once

Con impaciencia, Hannah esperó a que Will rodeara el coche y le abriera la puerta.

Cuando por fin salió del vehículo, Will la aplastó contra el lateral y la besó.

¡Cómo lo había deseado! Llevaba siete días pensando en la boca de él, en su cuerpo…

Desnudarle en el garaje de la casa de Will era aún menos sofisticado que en su estudio. ¿No podía esperar a hacerlo donde estuvieran más cómodos?

Will debía haber estado pensando en volver a hacer el amor con ella; de lo contrario, no la habría llevado a su casa.

Will dejó de besarla, pero no se apartó de ella.

—Me dijiste que pensara sobre lo de repetir —murmuró él junto a sus labios—. Estoy harto de pensar.

—Ya era hora.

Will volvió a besarla, pero solo por un segundo, antes de agarrarla de la mano y llevarla dentro de la casa. Estaba segura de que debía haber unas vistas espectaculares del lago y una decoración exquisita; pero en ese momento, lo único que le interesaba era el dormitorio. Sus bragas y su vestido estaban a punto de derretirse.

—¿Crees que se ha enterado alguien de que hemos

salido juntos y de dónde estamos? –preguntó ella mientras subían una escalinata curva.

Mientras caminaban, suaves luces se iban encendiendo, iluminando el camino. Al llegar al rellano de la escalera, un rayo iluminó un enorme ventanal y ella se sobresaltó.

–Tranquila, aquí no te va a pasar nada –le aseguró Will poniéndole las manos en los hombros.

–Después de la última tormenta, cada vez que oigo un relámpago o veo un rayo me asusto –admitió Hannah.

Will le acarició los brazos y después la cintura.

–En ese caso, pasa aquí la noche.

¿Toda la noche? Eso era mucho más íntimo que el sexo.

–Will, yo…

Will le cubrió la boca con la suya y la levantó en sus brazos. Ella le rodeó el cuello con los suyos y continuó besándole.

–Quiero ir despacio esta vez –murmuró Will–. Quiero hacer el amor contigo en la cama, no en el suelo. Quédate.

¿Cómo iba a llevarle la contraria? Quería todo lo que él había dicho. Y la ternura, a la vez que autoridad, con que él la había hablado, la había derretido.

Su relación no debía ser romántica, eso lo sabía de sobra. No tenía tiempo para eso. No obstante, no podía negar que hacía mucho tiempo que no tenía relaciones amorosas con nadie. Quizá fuera eso lo que le daba miedo.

–Ahora eres tú quien está pensando demasiado

–le susurró él–. No lo hagas, Hannah. Nadie sabe nada.

Nadie sabía nada. Y eso fue lo que volvió a centrar su atención en lo físico. Entre ellos no había nada más, debía metérselo en la cabeza y disfrutar el momento.

Will la dejó en el suelo y ella se quitó las botas. Después, fue a bajarse los tirantes del vestido, pero Will le cubrió la mano.

–No me vuelvas a quitar ese placer –dijo Will, la ronca orden de él alimentando su pasión.

Will volvió a alzarla en sus brazos y comenzó a subir el siguiente tramo de la escalera que daba al primer piso.

–Déjame en el suelo, puedo andar.

–Lo sé perfectamente, me he dado cuenta de cómo mueves esas caderas –dijo Will al llegar al primer piso–. Y, para colmo, ahora llevas este vestido que me está volviendo loco.

–¡Vaya, he conseguido llamar tu atención!

–Descarada.

–Gracias.

Will recorrió un pasillo suavemente iluminado y se dirigió a una habitación que ella supuso sería la suya.

¿A cuántas mujeres había llevado allí? Se preguntó Hannah con un súbito ataque de celos. Tuvo que recordarse a sí misma que no tenían una relación amorosa y que Will no era un santo. Tampoco lo era ella. Ambos habían tenido amantes, pero no quería pensar en eso ahora.

Cuando Will cruzó la habitación y se detuvo al

borde de la cama, la soltó hasta dejarla en el suelo, muy despacio, con sus cuerpos rozándose todo el tiempo.

La falda del vestido se le había subido hasta la cintura y Will, sin perder el tiempo, le puso las manos en las caderas, agarró la cinturilla de las bragas y se las bajó. Entonces, Will le agarró las nalgas y ella apretó la pelvis contra la de él.

–No podemos volver a esperar siete días –le susurró Will al oído–. Voy a ir despacio.

–No te esfuerces –dijo Hannah–. Haz lo que quieras conmigo.

Tras un gruñido o un gemido, Hannah no sabía qué, Will le subió el vestido y se lo sacó por la cabeza.

–¿No llevas sujetador?

–Como no tengo mucho pecho no siempre me lo pongo. No se nota.

Will bajó la mirada.

–En mi opinión, tus pechos son perfectos.

¡No, no, no! Will no debía decir esas cosas si no quería que su relación fuera algo más.

–Bueno, está claro que te quedas aquí esta noche –declaró él–. Quiero hacer muchas cosas contigo y, además, el tiempo está empeorando por momentos.

Hannah asintió. No iba a discutir y no quería estar en ningún otro sitio.

–Bien, me quedaré –respondió ella.

Will soltó el aire que había estado conteniendo mientras esperaba la respuesta de ella. Hannah no sabía el lío en el que se estaba metiendo, pero ya pensaría en eso en otro momento. Lo mejor que podía hacer era disfrutar.

—¿Por qué no te has desnudado todavía? —preguntó ella al tiempo que iba a agarrar la hebilla del pantalón de Will.

—Estaba esperando a que me desnudaras tú.

Will dio un paso atrás y la miró a los ojos con gesto desafiante. Evidentemente, no la conocía bien, ella jamás rechazaba un reto que le procuraría tantos beneficios. Desnudar a Will era como tomarse un trozo de tarta con doble ración de nata.

Hannah se lanzó a la tarea con entusiasmo. Le desabrochó el cinturón. Después, le desabrochó los botones de la camisa lentamente, hasta dejar al descubierto el pecho de Will.

Plantó las palmas de las manos en ese fuerte torso; después, le acarició los hombros y le sacó la camisa por los brazos, dejándola caer al suelo.

—Si mi pecho fuera como el tuyo, jamás iría con camisa —dijo ella.

Will lanzó una carcajada.

—Si tu pecho fuera como el mío no estarías aquí. Pero, por mí, puedes ir desnuda de cintura para arriba cuando quieras. Me encanta la vista.

¡Qué simples eran los hombres! Aunque Will no era tan simple y eso la fascinaba y a veces la sacaba de quicio. No podía mantener la distancia con él.

Después de la cremallera, Hannah le bajó los pantalones por las piernas y él se los sacó por los pies. Con solo los calzoncillos, Will esbozó una traviesa sonrisa.

Ese hombre raramente sonreía y Hannah se estremeció de placer.

–Deberías sonreír más a menudo, te sienta muy bien.

–Sonrío todo el tiempo –dijo él mientras se quitaba los calzoncillos.

–Casi nunca.

–No mientras trabajo.

Con un rápido movimiento, Will la alzó otra vez y la tiró a la cama; después, se tumbó encima de ella.

–Esta noche no vamos a trabajar –le prometió él con un gruñido–. Y ya está bien de hablar.

Will la hizo volverse hasta sentársela encima a caballo. Hannah rio y plantó las manos en su pecho.

–Cuando quieres algo no tardas en ir a por ello –dijo Hannah.

–Pues esta semana me ha parecido muy larga –contestó Will agarrándole las caderas.

–La culpa ha sido tuya, lo has pensado demasiado.

Will lanzó un gruñido cuando ella se frotó contra él y le acarició con la yema de los dedos.

–Reconozco que estaba equivocado –dijo Will apretando los dientes–. Por eso es por lo que vas a pasar la noche aquí. Necesito más.

Tras esas palabras, Will la movió hasta juntar sus cuerpos. Hannah lanzó un grito y echó la espalda hacia atrás.

Will le cubrió los pechos con las manos. La fuerza y calidez de estas la excitó más. Le absorbió tanto como pudo, necesitaba todo lo que Will estuviera pudiera darle. Claramente, Will la había hecho colocarse encima para cederle el control, otra de las cosas que le gustaban de Will.

Hannah bajó la cabeza y le besó. Entonces, Will le sujetó la espalda y tomó el mando. La hizo sentir más y más. No podía contener el orgasmo, pero quería verle y quería verle contemplándola.

Hannah enderezó la espalda de nuevo y apoyó las manos en el pecho de Will mientras movía las caderas. Se miraron a los ojos y ella vio algo en los de Will que no reconoció. ¿Qué veía él en sus ojos?

Pero, en ese momento, su cuerpo alcanzó el éxtasis y sus pensamientos se desvanecieron. Hannah gritó y cerró los ojos como si así pudiera prolongar ese momento por una eternidad.

Con las manos aún en la espalda de ella, Will se movió con más rapidez hasta que el orgasmo le sobrevino. Puso una mano en la nuca de ella y la obligó a bajar la cabeza para besarla.

Se quedaron así durante un tiempo, Hannah encima de él con la frente apoyada en la de Will. Nunca había pasado una noche entera con un hombre, así que no sabía exactamente cuál era el protocolo.

Pero no tenía por qué preocuparse, Will se hizo con el control de la situación. La hizo tumbarse a su lado, subió la ropa de la cama y la besó en la frente.

Todo eso era muy íntimo, más íntimo que el sexo.

Con una tormenta afuera, Hannah se preguntó si no debería escribir una canción sobre la tormenta que sentía en su interior.

Capítulo Doce

–No suelo comer pizza fría en la cama a las tres de la madrugada –bromeó Hannah.

Hannah se había puesto una de sus camisas y Will, lo único que quería, era apartar la pizza y quitarle la camisa. Mientras la tormenta rugía fuera, se habían dormido y se habían despertado con hambre media hora atrás. Al enterarse de que Hannah no había cenado debido a la actuación, él había agarrado lo primero que había encontrado sin tener que cocinar.

–¿No te gusta la pizza fría? –preguntó Will.

–Me encanta la pizza. Fría, caliente y a temperatura ambiente. La verdad es que la pizza me parece la mejor comida del mundo.

–Bueno saberlo, para el futuro.

Hannah ladeó la cabeza y el revuelto cabello le cayó por los hombros.

–¿Para el futuro? ¿Me vas a pedir que salga contigo?

Cuando ella se echó a reír, Will se dio cuenta de lo ridículo que había sonado eso. Durante un segundo, había perdido la cabeza y, en realidad, le había pedido que saliera con él. Lo que no era posible, no estaba buscando novia.

–Me refería a tener lo suficiente a mano para cuando vuelvas a pasar la noche aquí.

La vio bajar la mirada antes de alzar la cabeza otra vez. Hannah suspiró, parecía pensativa.

–¿Vamos a repetir esto? –preguntó ella por fin.

–¿Por qué no?

Will agarró la caja con la pizza y la dejó encima de la mesilla de noche. Después, se acercó a Hannah, le levantó las piernas y se las colocó encima de los muslos.

–Lo pasamos bien –puso las manos en la ingle de ella–. Nadie sabe lo que estamos haciendo y hace que nos llevemos mejor, hemos dejado de discutir.

La sonrisa de Hannah provocó una oleada de excitación en él.

–Discutíamos por la tensión sexual.

–Y porque Hallie y tú me estabais tomando el pelo haciéndoos pasar la una por la otra.

Hannah le puso un dedo en la barbilla y lo deslizó por su pecho. Comenzó a acariciarle. Y él no parecía haberse calmado con la primera sesión. ¿Por qué deseaba tanto a esa mujer? ¿Por qué no lograba saber lo que sentía?

–No te hemos tomado el pelo –murmuró Hannah–. Nos protegemos la una a la otra.

Will la atrajo hacia sí, sus bocas casi rozándose.

–No sé cómo os he podido confundir –Will le acarició los labios con los suyos–. Aunque seas iguales físicamente, sois muy diferentes. Tú eres… Me gustas.

«Mía».

No, no iba a decir que quería poseerla, ese era un camino peligroso.

–Tú a mí también me gustas –confesó Hannah dándole un ligero beso–. Y estoy encantada de que tengamos una aventurilla.

Una aventurilla. Eso era lo que él quería, ¿no? Eso debía ser si quería proteger a Hannah y a Elite. Le importaba la reputación de Hannah y también tenía que proteger su compañía discográfica.

Will no quería seguir hablando y no quería preocuparse de nada más. En esos momentos, era solo Hannah. Estaba en su cama y tenía la intención de aprovechar hasta el último segundo.

Hannah le acarició el ceño.

–¿Por qué te has puesto tan serio otra vez?

Will le agarró la mano y le besó los dedos.

–Estoy pensando en cómo lo vamos a hacer ahora.

Sintió el cuerpo de Hannah temblar. Eso era lo que quería, que Hannah estuviera tan excitada como él.

–¿Quieres ver mi ducha? Es muy grande –sugirió Will con una sonrisa–. La ventana da al lago, así que nadie nos puede ver. No me importaría hacer el amor a la luz de la luna.

Hannah parpadeó y tomó aire.

–Imposible resistirme.

Se levantaron de la cama y Will la llevó al cuarto de baño.

–Contaba con ello.

**

Estaba encantado con la obra del nuevo estudio. Ese día, por la mañana temprano, había llevado a Hannah en el coche a que recogiera el suyo, y ahora estaba examinando ese lugar que era una segunda casa para él, una vez que los obreros habían acabado su jornada laboral.

Aunque lo estaba examinando todo con detenimiento, no podía dejar de pensar en Hannah. Pasar la noche con ella probablemente no había sido una gran idea, pero no se arrepentía de lo que había pasado. No obstante, era consciente de que tenía que proteger a Hannah y a Elite.

Alguien llamó a la puerta de la entrada y Will se dirigió allí. No tenía idea de quién podría ser.

No tardó en ver la falsa sonrisa de Mags Dumond.

—¿Qué te trae por aquí, Margaret?

La amplia y roja sonrisa tembló ligeramente.

—Sabes que no soporto que me llamen así, Will. Todo el mundo me llama Mags.

Sí, claro que lo sabía, pero le encantaba hacerla rabiar. Además, ahora que la estrella número uno de Mags se había pasado a su compañía discográfica, Will sabía que debía estar disgustada con él y más estresada que de costumbre.

—Bueno, dime, ¿a qué has venido? —preguntó Will de nuevo.

—He visto tu coche aquí y como sabía que estabas haciendo obra en el estudio… En fin, solo quería saber qué tal van los arreglos.

Mags paseó la mirada por el recinto. Will tenía que admitir que la zona de recepción había quedado mucho mejor de lo que había imaginado. Se había decantado por un el blanco y madera oscura, muy clásico. Tenía fotos de los músicos de Elite en blanco y negro colgando de las paredes. En un rincón, había un piano que, en el pasado, había pertenecido a Ray Charles. En las paredes del pasillo que conducía al estudio de grabación había colgadas guitarras de músicos famosos.

—Esto ha quedado muy bien —dijo Mags girando sobre sí misma.

—Sí, así es —respondió Will—. ¿Se te ofrece algo más?

Mags lanzó una carcajada.

—Vaya, Will, ¿tantas ganas tienes de que me vaya? Por cierto, quería comentarte que no has respondido a la invitación a la fiesta de recaudación de fondos.

—Se me ha debido pasar, tengo mucho trabajo —respondió él—. Sí, voy a ir.

La puerta delantera se abrió a espaldas de él y su hermano Gavin entró. Había elegido el momento perfecto, así podría deshacerse de Mags. Esa mujer era una chismosa. Le extrañaba que aún no hubiera mencionado a Hannah pero, afortunadamente, la llegada de su hermano posiblemente se lo impidiera.

—¿Interrumpo? —preguntó Gavin.

—No, nada de eso, Mags ya se marchaba —respondió Will—. A menos que quieras algo más —añadió Will mirando a Mags.

—No, ya hablaremos en la fiesta —dijo ella—. Y, por favor, dile a Hannah que la echo de menos. Estoy deseando charlar con ella en mi casa.

Will asintió y esperó a que Mags se marchara. Después de que la puerta se cerrara, Will se volvió hacia su hermano.

—No sabía que ibas a venir, pero no sabes cuánto me alegro de que lo hayas hecho.

Gavin se echó a reír y alzó la carpeta que sostenía en una mano.

—Iba a tu casa, pero al pasar por aquí he visto tu coche. Tengo los contratos que tienes que firmar en relación a las actuaciones de Hannah y Cash este verano.

—¿Todo bien?

Will confiaba plenamente en su hermano como abogado. Gavin era sagaz e influyente. Era el abogado más solicitado en el mundo de la música; pero, para Gavin, Elite y Will eran prioritarios.

—Todo está en orden —declaró Gavin dándole la carpeta—. He señalado dónde tienes que firmar. Ten los papeles firmados para el fin de semana y yo me encargo del resto.

—Sí, por supuesto —respondió Will asintiendo—. Supongo que tú también vas a ir a la fiesta de Mags, ¿no?

—Sí, qué remedio. Como es para recaudar fondos para paliar el desastre de la tormenta, supongo que va a ir todo el mundo.

—¿Vas a ir con acompañante? —preguntó Will.

—La verdad es que no lo he pensado —Gavin se encogió de hombros.

—Pues será mejor que te des prisa, falta poco para la fiesta.

–Puede que invite a alguien para acompañarme. Últimamente mi vida social es mínima, demasiado trabajo. Pero supongo que podré encontrar a alguien.

A Gavin le gustaba salir con mujeres, pero era muy discreto. Era el más reservado de los hermanos Sutherland pero, por motivos que a Will se le escapaban, eso parecía atraer a las mujeres.

–¿Y tú, vas a ir con Hannah? –preguntó Gavin.

–¿Qué quieres decir?

–Tranquilo –dijo Gavin riendo–. Solo lo preguntaba por si pensáis hacer frente común. Ya sabes, por lo de dejar Cheating Hearts y pasarse a Elite. ¿A qué creías que me refería?

Will se maldijo a sí mismo en silencio. Si no se relajaba, todos se iban a dar cuenta de que había algo entre Hannah y él. Por supuesto, confiaba en la discreción de sus hermanos plenamente, pero Hannah y él habían prometido no decírselo a nadie.

–A nada. Lo que pasa es que no quería que pensaras que estamos saliendo juntos.

–No creo que nadie piense eso –repuso Gavin–. A menos que realmente estéis saliendo juntos.

Will miró fijamente a su hermano y Gavin empequeñeció los ojos.

–¿Estáis saliendo juntos?

–¿Qué? ¡No, nada de eso!

Hannah y él no salían juntos, solo se acostaban juntos. Así que, en realidad, no había mentido.

–Sabes perfectamente que a mí me puedes decir lo que sea, si es que tienes algo que decir. Hannah es una mujer atractiva. Aunque, como abogado, te diré que puede ser complicado que haya algo entre los dos.

–No tengo nada que decir –respondió Will–. En fin, firmaré estos papeles y mañana te los devolveré.

Se sentía culpable. Estaba mintiendo, y nunca mentía a su familia. Significaba mucho para él. Sabía que siempre podría contar con sus hermanos para todo.

Después de que Gavin se marchara, Will echó un vistazo a los documentos, pero volvió a pensar en Hannah y en el hecho de que había puesto las necesidades de ella por encima de la lealtad a sus hermanos.

Y eso era prueba de que lo que sentía por Hannah era más que deseo sexual. No sabía qué hacer, pero sí sabía que debía aclararse las ideas. Se negaba a estropear la relación que tenía con su familia.

¿Quería con Hannah algo más que diversión?

Sí.

No estaba seguro de hasta qué punto, pero quería algo más que sexo.

Capítulo Trece

Hannah estaba sentada en su muelle con la guitarra. No tenía ningún compromiso y era el lugar y el momento perfectos para relajarse. Una vez que Cash y ella empezaran la gira, no tendría tiempo para sentarse a orillas del lago.

Solo había un par de barcas en el agua. De vez en cuando, levantaba la cabeza, veía a alguien que conocía y saludaba con la mano. No quería vivir en ningún otro sitio que no fuera Beaumont Bay. Era el lugar más tranquilo para vivir y trabajar.

Su móvil vibró y Hannah miró la pantalla: «Estás muy sexy», leyó.

El mensaje de Will la hizo sonreír y paseó la mirada por el lago. Sí, ahí estaba, en su barco. Pero no levantaron el brazo para saludarse; de cara al público, solo les unía una relación profesional. Sin embargo, no se veían desde hacía un par de días y ya se estaba impacientando.

Hannah agarró el móvil y escribió: «Estaría bien hacerlo en el barco».

No tardó en recibir contestación: «Podrías venir esta noche al muelle de mi casa».

Un estremecimiento le recorrió el cuerpo y, sonriendo, le contestó que allí estaría. Dejó el teléfono, agarró la guitarra y se puso a cantar, consciente de que Will podía verla.

Will ayudó a Hannah a subir a su barco. Hannah llevaba un vestido negro ceñido, sin tirantes y muy corto; botas camperas y el cabello suelto cayéndole en rizos. También se había maquillado algo menos que de costumbre.

–¡Qué barco tan bonito! –exclamó ella al bajar al interior del barco–. ¿Das fiestas aquí?

Will la llevó a su camarote para que dejara ahí la bolsa.

–Sí, he dado algunas fiestas. Pero lo de esta noche es una fiesta íntima.

Hannah dejó la bolsa encima de su cama y tuvo que hacer un esfuerzo para no tirarla encima de la cama y ponerse en marcha. La deseaba con locura, pero tenía que calmarse.

–¿Subimos a cubierta? He preparado algo, lo he dejado al lado del jacuzzi.

–¿No nos van a ver? –preguntó Hannah.

–Es de noche y, en la cubierta, solo están encendidas las luces del suelo.

–Está bien –Hannah sonrió.

La llevó a cubierta, con la esperanza de que le gustara lo que había preparado.

–¡Vaya! –exclamó Hannah mirando a su alrededor–. ¿Lo has preparado tú o has contratado a un cocinero profesional?

Will se llevó una mano al pecho.

–Me ofende que puedas pensar que no soy capaz de preparar esto yo. Es solo un poco de comida y vino, nada extraordinario.

–Pues tiene muy buen aspecto.

Hannah se quitó las botas y se sentó en uno de los cojines que él había colocado en el suelo alrededor de la comida.

Will se sentó al lado de ella, sacó la botella que había en un cubilete con hielo y la descorchó. Llenó dos copas y pasó una a Hannah.

–Ante todo, Hannah, quiero que sepas que te respeto. Tenemos una relación profesional y otra más íntima, pero no quiero que pienses que te estoy utilizando sexualmente.

–No se me ha pasado por la cabeza que me estuvieras utilizando –respondió ella con la copa en la mano–. ¿Y tú, crees que te estoy utilizando?

Will no pudo evitar echarse a reír.

–Puedes utilizarme todo lo que quieras, lo estoy pasando de maravilla.

Hannah dejó la copa, agarró una servilleta y luego agarró un trozo de queso y se lo llevó a la boca.

–Háblame de las canciones que has compuesto –dijo él.

–¿Mis canciones? –Hannah pareció sorprendida.

Will asintió y se metió en la boca una uva.

–Dime por qué te gusta componer canciones y por qué no le has enseñado a nadie las letras que has escrito.

–Siempre he escrito sobre lo que pensaba –dijo ella bebiendo un sorbo de vino–, incluso antes de decidir que quería ser cantante. Se me ocurrían cosas y las escribía. Más tarde, cuando la gente se dio cuenta de que cantaba bien, se convirtió en un escape para mí. Es como una terapia, me relaja.

–Cash dice lo mismo –comentó Will–. Siempre ha escrito y se le da muy bien. Ha compuesto algunas canciones para otros cantantes de Elite. Hay que tener talento para eso. ¿No le has enseñado lo que has compuesto nunca a nadie?

–A Mags, pero no le gustó nada de lo que escribí –admitió Hannah–. Decía que sí, pero nunca me dejó grabar ninguna de mis canciones. En alguna ocasión, trató de convencerme de que dejara que otro músico las interpretara. Pero yo no quiero eso, no compongo canciones para ganar dinero. Quiero cantar lo que me sale del corazón.

–¿Por qué crees que Mags no te dejó? –preguntó Will–. ¿Le enseñaste lo que habías hecho?

–No le enseñé el cuaderno que has visto tú –respondió Hannah, y suspiró–. Un día, escribí una de mis canciones, pero sin decirle que era mía. Y le encantó.

Will le acarició una rodilla. No podía evitar tocarla; sobre todo, ahora que estaba hablándole de cosas íntimas. Hannah no era la clase de persona que hacía eso con facilidad y él quería escucharla y apoyarla.

–Pero cuando por fin le dije que era mía, Mags cambió de opinión al instante –continuó Hannah–. Dijo que quizá en otro momento. Estaba dispuesta a cualquier cosa con tal de evitar que interpretara mis composiciones.

Will no dudaba que Mags había tenido sus motivos para hacer eso. Si Hannah hubiera interpretado su propia música, Mags podía haber temido perder el control sobre ella.

Will sabía lo importante que eso era para un cantante y compositor. A Cash le encantaba grabar sus propias canciones, afectaría su creatividad si alguien se lo impidiera. Lo que Mags le había hecho a Hannah era despreciable.

Cuando Hannah, Hallie y él discutieron los términos del contrato, él no había sabido nada de eso, nadie lo había mencionado. ¿Había sido intención de Hannah dejar a Mags para intentar de nuevo interpretar sus composiciones?

—¿Le has enseñado a Hallie tu cuaderno?

Hannah bebió otro sorbo de vino y sacudió la cabeza.

—Sabe que me gustaría componer música, por eso es por lo que decidí dejar a Mags, pero no ha visto el cuaderno. No quería enseñárselo a nadie hasta no estar segura de que valía la pena.

—A mí sí me lo enseñaste.

Hannah se echó a reír.

—Eso no es verdad, tú me lo quitaste y lo viste sin que te diera permiso.

—Eso es una cuestión de semántica.

—Has aprendido mucho de tu hermano el abogado, ¿verdad? —bromeó ella con una amplia sonrisa.

—Gavin me ha enseñado algunas cosas, cierto —concedió Will—. Nos ayudamos mutuamente, estamos muy unidos.

–Sí, lo he notado. Yo también estoy muy unida con Hallie. Los hermanos gemelos tienen unos lazos de unión que la mayoría de la gente no entiende.

Will subió la mano un poco más, deslizándola por debajo de la falda del vestido.

–Sí, ya he sufrido en mis propias carnes algunas de las cosas que hacéis.

Hannah dejó la copa de vino y se aproximó a él, y su mano siguió ascendiendo.

–Admito que la primera vez fui yo la responsable, pero que la confundieras conmigo cuando fuiste a mi casa fue cosa tuya, nadie intentó engañarte.

Will sacudió la cabeza.

–No sé cómo os pude confundir. Ahora os veo completamente diferentes –Will le rozó el borde de las bragas–. Me gusta esto, Hannah. Me gusta que me cuentes cosas tuyas.

Hannah ladeó la cabeza y le regaló una de esas deslumbrantes sonrisas.

–Me resulta fácil hablar contigo. A parte de mi abuela y Hallie, no tengo a nadie a quien contarle cosas íntimas.

Y, además, él había leído las letras de esas canciones. Unas letras que le habían salido a Hannah del corazón y que, por añadido, hablaban de él. Lo que era muy significativo en lo que se refería al giro que estaba tomando su relación.

Era mucho más que sexo. Dos semanas atrás, una noche así le habría asustado, pero ahora… Ahora no se oponía a ver adónde les llevaba su relación.

No obstante, tenían que tener cuidado. Si los de

la prensa se enteraban de que se estaban viendo fuera del trabajo, se preguntarían al instante por qué Hannah se había cambiado a Elite y por qué iba a hacer una gira con Cash, su hermano. Les pondrían en entredicho.

—¿Qué te parece si llevamos el resto de la comida a mi cabina? —sugirió él.

—Me parece una excelente idea —respondió Hannah.

Capítulo Catorce

–Es perfecto.

Hannah se miró al espejo y se pasó una mano por el vestido blanco. El pelo y el maquillaje estaban impecables. Todo listo para la sesión de fotos.

Pero Will no había llegado todavía. Le había enviado un mensaje para decirle que se iba a retrasar debido a que tenía que hablar con el maestro de obras, pero que iría tan pronto como le fuera posible.

No debería estar tan nerviosa, había posado para fotos cientos de veces. Pero nunca para una revista con el fin de servir de inspiración a futuras intérpretes de la canción. Además, estaba tratando de proyectar otra imagen, tanto en el estilo como en la música. Se encontraba nerviosa y entusiasmada, y quería que Will estuviera a su lado.

–¿Estás contenta con el vestido y el estilo que hemos elegido? –le preguntó Hallie mirándola a través del espejo.

–Creo que ha sido la mejor elección –respondió Hannah asintiendo.

–¿Lista para bajar? –preguntó Hallie–. Creo que están esperando para empezar.

Hannah había estado retrasándolo lo más posible

con la esperanza de que Will llegara, pero ya no podía seguir haciéndolo.

–Vamos –dijo a Hallie, y sonrió.

El fotógrafo le explicó cómo quería que se realizase la sesión de fotos. Para empezar, iban a hacer unas fotos afuera, en el muelle, ella con la guitarra.

Hannah y Hallie salieron al muelle acompañadas del equipo.

–Perfecto –le dijo Jim, el fotógrafo, después de sentarse en el muelle con la guitarra–. La luz es estupenda hoy y el ángulo no puede ser mejor.

Hannah miró en dirección al lago y después a su guitarra. Por fin, cambió de postura, echando las piernas hacia un lado, y Hallie le recolocó la falda del vestido blanco largo, dejando al descubierto sus pies descalzos. Al levantar el rostro para mirar a Jim, divisó a Will a cierta distancia, en mitad de la escalerilla que daba al muelle.

Sus miradas se encontraron y él sonrió. A Hannah le dio un vuelco el estómago.

–¿Te pasa algo, Hannah?

La pregunta de Hallie la sacó de su ensimismamiento.

–No, nada. ¿Estoy bien así?

–Sí, me encanta esa pose –dijo Jim mientras comenzaba a tirar fotos–. Pero vuelve la cabeza y pon el brazo alrededor de la guitarra.

No tenía problemas en volver la cabeza. Se quedó mirando a Will, que continuaba con los ojos fijos en los suyos. De repente, se sintió completamente relajada. Ahora, Will representaba para ella mucho más de lo que había creído posible, aunque todavía no sabía qué hacer al respecto. Si se lo decía, le pondría en un aprieto. Su relación estaba cambiando demasiado deprisa.

—Creo que ya hemos terminado aquí –declaró Jim–. ¿Por qué no te apoyas en ese poste y apoyas la guitarra en la cadera?

Hallie y Jim la ayudaron a colocarse y Will se acercó al muelle.

—Parece que todo está yendo bien, ¿no? –comentó Will.

—Esta mujer es una hermosura –dijo Jim–. Va a ser difícil elegir unas pocas fotos para el artículo de la revista.

—Yo creo que las fotos aquí fuera van a ser las que más me gusten –interpuso Hallie–. Hannah, estás realmente radiante.

De nuevo, Hannah y Will se miraron y él le guiñó un ojo. ¿Por qué ese gesto tan simple hizo que le diera un vuelco el estómago?

—Sí, como bien has dicho, está radiante –concedió Jim, mostrando la pantalla de la cámara a Hallie y a Will–. Mirad las fotos que he tomado.

Después se las enseñó a ella y Hannah reconoció que eran las mejores fotos que le habían sacado. Algo en ellas la hizo sonreír y estar encantada con la vida.

Volvió a mirar a Will y fue entonces cuando supo qué le ocurría. Estaba encantada con la vida porque se había enamorado.

Jim y Hallie estaban hablando, pero ella no les

escuchaba. ¿Cuándo se había enamorado de Will? ¿Cómo había permitido que le ocurriera eso?

–¿Por qué no te cambias mientras yo me encargo de prepararlo todo para las fotos de dentro de la casa? –dijo Jim, de nuevo apartándola de sus pensamientos.

–Sí, claro –respondió Hannah con una sonrisa.

Jim comenzó a recoger el equipo y Hallie se le acercó.

–¿Te pasa algo? –le preguntó su hermana en un susurro.

–No, nada.

–Hace un momento estabas radiante y ahora pareces a punto de desmayarte. ¿Qué te pasa?

–Debe ser el calor –contestó Hannah–. No te preocupes, no es nada. Venga, vamos, tengo que arreglarme para la segunda tanda de fotos.

Cuando comenzaron a subir los escalones, Will la detuvo.

–Ve delante –le dijo Will a Hallie–. Enseguida vamos.

Hallie les miró a los dos y, al final, se marchó.

–¿Qué es lo que te pasa? –le preguntó Will.

–Nada. Me alegro de que hayas venido –contestó Hannah con una sonrisa falsa.

–Déjate de tonterías, Hannah. Ahora ya te conozco lo suficiente como para saber que te pasa algo –Will le acarició el brazo y ella se estremeció.

Sí, le amaba. Y todo iba a acabar muy mal. No podía dejar de sentir lo que sentía y tampoco podía confesarlo en ese momento.

—Luego hablamos —le prometió ella.

Will pareció a punto de discutir, pero acabó soltándola y asintió.

—Voy a ayudar a Jim a llevar el equipo a la casa. Tú ve a prepararte —entonces, se inclinó sobre ella y le susurró al oído—. Estás que quitas la respiración.

Will se apartó de ella y volvió a bajar al muelle. Cuando Hannah llegó a su dormitorio, lo que quería era acostarse y dormir en vez de someterse a otra sesión de fotos.

—¿No vas a decirme lo que te pasa? —le preguntó Hallie en medio de la habitación con la ropa que habían elegido para la siguiente sesión.

—¿No sé de qué estás hablando?

—No me mientas —dijo Hallie alzando los ojos al techo—. ¿Qué pasa entre Will y tú? He notado cómo le miras.

Hannah no quería mentir a su hermana y se sentía culpable por hacerlo. Además, necesitaba que alguien le aconsejara. Se acercó a la cómoda y se sentó en el taburete, con Hallie a sus espaldas mirándola a través del espejo.

—Nos hemos acostado juntos.

—¡Hannah! —exclamó Hallie agrandando los ojos.

—Sí, ya lo sé, ya lo sé —Hannah cerró los ojos y suspiró antes de volver a mirar a su hermana—. Hemos intentado mantener una relación exclusivamente profesional, pero…

—Oh, no —sujetando la percha, Hallie apoyó la cadera en una esquina de la cómoda—. Te has enamorado de él, ¿verdad?

A Hannah se le llenaron los ojos de lágrimas.

—Oh, cielo —Hallie se incorporó, fue hasta la cama, dejó la ropa, volvió junto a ella y la abrazó—. ¿Lo sabe él?

—No, no tiene ni idea —admitió Hannah secándose las lágrimas—. No sé qué hacer. Pero no digas nada, por favor.

—Por supuesto —Hallie sonrió.

Hannah volvió la cabeza y se miró al espejo.

—Vamos a tener que retocar el maquillaje.

—Eso está hecho —respondió Hallie—. Y después de la sesión de fotos, decidiremos qué hacer respecto a Will.

Hannah suspiró.

—Te lo has tomado mucho mejor de lo que imaginaba.

—Bueno, en realidad me gustaría gritarte y decirte que has hecho una tontería, pero Will es muy atractivo y, además, ya es irremediable. Así que vamos a centrarnos en el presente.

El presente. En eso era en lo que debía pensar. Ahora tenía una sesión de fotos y, de momento, no podía hacer nada respecto a lo que sentía por Will.

No obstante, iba a tener que hablar con Will y no sabía qué iba a decirle.

Capítulo Quince

–¿Te importaría decirme qué te pasa?

Will iba al volante de su coche camino a la fiesta de Mags con Hannah a su lado. Desde la sesión de fotos dos días atrás, a Hannah le pasaba algo. Había tratado de sonsacarle, pero ella se había limitado a decirle que estaba ocupada escribiendo nuevas canciones.

Hannah le cubrió una mano con la suya.

–Deja de preocuparte, estoy bien. ¿Esta fiesta me ha puesto algo nerviosa?

–¿Por Mags?

–Porque vamos juntos a la fiesta.

–Al margen de nuestra relación personal, habría venido contigo de todas formas para hacer frente común – respondió Will, repitiendo algo que ya le había dicho en distintas ocasiones–. Queremos que te asocien con Elite. No hay motivo para que la gente piense que hay algo más entre tú y yo.

Aunque iba a costarle un gran esfuerzo no tocarla de forma íntima con ese vestido negro escotado y sumamente corto.

–Cash ha quedado allí con nosotros –continuó Will–. Los tres posaremos juntos para las cámaras y luego vosotros dos podéis pasearos juntos por la fiesta.

Cuando llegaron a casa de Mags, había coches y aparcacoches por todas partes. Will dio las llaves de su vehículo a uno de los aparcacoches y, mientras subían los escalones de la entrada de la casa, susurró al oído de Hannah:

—Voy a quitarte este vestido en la primera oportunidad que se me presente.

—No deberías decir esas cosas —murmuró ella con una ladeada sonrisa.

Al entrar en el vestíbulo de la casa, se encontraron en medio de un mar de gente vestida de blanco y negro.

—¡Qué cantidad de gente! —exclamó Hannah en voz baja.

Un hombre al que Will no conocía se aproximó a ellos.

—Buenas tardes. Bienvenidos —dijo el hombre—. Mags bajará dentro de un momento; entretanto, la subasta se está realizando en el comedor principal. Por favor, tómense el tiempo que necesiten y pujen tanto como les sea posible.

El hombre les dejó para saludar a otros invitados y Will miró en dirección a la puerta abierta a la que ese hombre había designado como comedor principal.

—¿Quieres echar un vistazo? —le preguntó a Hannah.

Hannah asintió y ambos se dirigieron hacia el comedor, pero un periodista conocido de Will les detuvo.

—Buenas tardes, Josie —dijo Will.

—Hola, Will —respondió la diminuta pelirroja—. ¿Te importa si le hago un par de fotos a Hannah?

—Adelante —Will se echó hacia un lado—. Cash debe estar a punto de llegar. Ya sabes que van a hacer una gira juntos.

Hannah se colocó en diversas poses mientras Josie disparaba la cámara.

—Sí, lo he oído. Me gustaría sacarles unas fotos juntos.

—Aquí estoy.

Will se volvió y vio a su hermano abriéndose paso entre la gente.

—Has llegado justo a tiempo —le dijo Hannah a Cash—. Ven aquí para que nos fotografíen juntos.

Cash le dio a Hannah un beso en la mejilla, le rodeó la cintura con un brazo y ambos sonrieron delante de la cámara.

Will se mantuvo apartado, tratando de controlar un repentino ataque de celos. Cash era un tipo encantador y Hannah y él se estaban haciendo amigos, nada más. En ningún momento, Cash se había insinuado a Hannah. No obstante, el hecho de que otro hombre la besara, aunque fuera en la mejilla, y le pusiera un brazo alrededor de la cintura, aunque ese hombre fuera su hermano...

Maldición. No quería sentir todo lo que sentía por ella, no podía permitírselo.

—He oído que es muy posible que ganéis varios premios —dijo Josie—. Al parecer, la gira va a ser un éxito.

—¿Me puedo unir a vosotros?

Will se volvió y vio a Eleanor, esplendorosa como siempre.

–Por supuesto –repuso Josie–. Es un honor.

–Estás magnífica.

Eleanor se colocó entre Cash y Hannah y sonrió a la fotógrafa.

–Para eso se va a una fiesta, para destacar, ¿no?

Mags eligió ese momento para hacer su aparición, atrayendo la atención de los invitados.

–Gracias a todos por venir esta noche.

Will alzó la vista hacia el balcón que se extendía a lo largo del primer piso. Mags miraba hacia abajo como una reina observando a sus súbditos… e iba vestida de rosa luminoso.

–Espero que logremos recaudar una fortuna para Beaumont Bay –continuó Mags–. Adoro mi querido pueblo y espero reconstruirlo y conseguir que sea más grande y mejor que nunca.

Mags lo hacía siempre todo a lo grande y nunca sin una dosis de dramatismo. Will no podía comprender como Hannah había aguantado tanto tiempo con Cheating Hearts.

Cuando Mags terminó, bajó la curva escalera y se unió a la fiesta.

–Vamos al comedor –le dijo Will a Cash.

Se volvió hacia Hannah, pero ella ya estaba caminando en dirección al comedor. Al parecer, tampoco quería verse en el compromiso de charlar con Mags.

Tan pronto como entraron, vieron un despliegue

de objetos a subastar: desde guitarras a autógrafos, desde vacaciones en el extranjero a un yate nuevo.

—¡Mirad, ese yate tiene mi nombre! —dijo Cash al tiempo que agarraba un bolígrafo para realizar su puja.

Will se echó a reír.

—Con la gira no vas a tener tiempo para pasear en ese yate.

—Me parece que va a ser para mí.

Will se volvió y vio a Gavin con una morena de piernas muy largas agarrada del brazo. Will no había visto nunca esa mujer, aunque no le extrañaba, dado que su hermano no se tomaba las relaciones muy en serio.

—Me alegro de que hayas venido —dijo Cash—, pero te aseguro que no vas a pujar más alto que yo.

—¿Ha pujado alguien por ese viaje a una villa italiana? —dijo Luke, acercándose a ellos, sin acompañante y con una amplia sonrisa—. Siento llegar tarde, me ha retenido un asunto en el Cheshire.

—Dejo el yate y el viaje para vosotros —dijo Will—. Yo voy a ver si consigo ese original de letras de canciones de Willie.

—No puedo creerlo —dijo Hannah.

Will se volvió y, al ver a Hannah delante de unas guitarras, se acercó a ella.

—¿Qué te pasa? —preguntó Will.

—Esa guitarra es mía —respondió Hannah señalando una guitarra—. La dejé en Cheating Hearts porque Mags dijo que quería colgarla en la entrada, como decoración.

A Will no le sorprendió que Mags hubiera mentido. A esa mujer le daba igual cómo conseguir lo que quería.

–No sabes cuánto me alegro de haber escapado de sus garras –añadió Hannah.

–¿Quieres que puje por ti? –preguntó Cash.

Will lanzó una mirada asesina a su hermano y Cash alzó las manos.

–Perdona –murmuró Cash.

–Lo haré yo –prometió Will.

–No, es una tontería –Hannah sacudió la cabeza–. Lo que me disgusta es que mintiera. La habría donado yo si me lo hubiera pedido.

–Disculpe, señorita Banks.

Hannah se volvió para ver quién se había dirigido a ella y sonrió al instante.

–Perdone que la moleste –repitió el joven–. Me llamo Alan, acabo de empezar a trabajar en la revista *Country Life* y me encantaría que me permitiera hacerle unas fotos.

–Sí, claro –respondió Hannah sonriendo ampliamente–. ¿Dónde quiere hacérmelas?

–Aquí hay mucha gente. ¿Qué le parece si las hacemos en la parte posterior de la casa?

–Bien –entonces, Hannah lanzó a Will una significativa mirada–. Y que no se te ocurra pujar por mí. Enseguida vuelvo.

Will la siguió con la mirada mientras se alejaba con ese joven.

–¿Hay algo entre vosotros dos? –le preguntó Cash?

—Sí, soy su productor. Eso es todo –respondió Will con la esperanza de que el asunto hubiera quedado zanjado.

—Pues hace un momento te has puesto muy posesivo –insistió Cash–. Nunca te he había visto así con ninguna de tus cantantes.

—Hannah no es como las demás –contestó Will–. Ha dejado a Mags y está intentando dar un rumbo nuevo a su carrera profesional.

—Eso no tiene nada que ver con querer comprarle su guitarra para regalársela –interpuso Luke–. Si la quisiera, podría pagarla ella misma.

¡Maldición! Sus hermanos sospechaban algo. Había dejado que los sentimientos le traicionaran.

—Mirad, si hubiera algo entre los dos, lo sabríais, ¿no?

Cash sonrió traviesamente.

—Estoy seguro de que ahora ya lo sabemos.

Will miró a Cash, a Gavin y a Luke… y los tres sonreían como si lo supieran.

Capítulo Dieciséis

Confusa, Hannah se detuvo delante de una puerta, no sabía qué había al otro lado.

–Creía que iban a ser unas fotos de tipo informal –dijo ella.

–Sí, así es –le aseguró Alan–. Mags ha dicho que podíamos utilizar este cuarto.

Algo raro pasaba, pero Hannah no sabía qué. Sin saber cómo había ocurrido, se encontraba a solas en un pasillo con ese desconocido.

–Mejor no –dijo Hannah–. Mejor volvemos al vestíbulo, pude sacarme fotos al pie de las escaleras e incluso en compañía de otras cantantes.

La puerta se abrió y Mags la miró con una maliciosa sonrisa.

–Gracias, Alan. Ya puedes retirarte.

El joven lanzó a Hannah una mirada de disculpas, pero miró a Mags, asintió y se alejó.

–Podías haberme dicho que querías hablar conmigo, no era necesario todo esto –dijo Hannah, sin moverse del pasillo.

–Quería hablar en privado contigo –le informó Mags–. Entra.

–No estoy de humor para estas cosas y no voy a entrar. Y ahora, si me disculpas, voy a volver a tu fiesta.

–Vas a oír lo que tengo que decir si es que quieres proteger a tu hombre –declaró Mags.

¿Su hombre? Un escalofrío le recorrió el cuerpo. ¿Qué creía Mags que sabía? Will y ella habían sido muy discretos y ninguno de los dos había dicho una palabra a nadie de lo que había entre ambos. Quizá Mags estuviera intentando tenderle una trampa.

Al margen de lo que Mags supiera o no supiera, Hannah no podía dejar las cosas así.

Al entrar en la estancia se dio cuenta de que era la biblioteca. Mags cerró la puerta. Aunque había estado en esa casa en varias ocasiones, tanto para asistir a una fiesta como para hablar de negocios, nunca había estado en la biblioteca.

–Cuando dejaste Cheating Hearts, supuse que había sido porque tú y yo habíamos tenido diferencia de opiniones sobre tu música. No tenía idea de que te estuvieras acostando con Will con tal de conseguir lo que querías.

Hannah lanzó una carcajada.

–¿Qué demonios estás diciendo? No me estoy acostando con nadie, estoy demasiado ocupada. De todos modos, gracias por interesarte por mi vida amorosa. Y ahora, si no tienes nada más que decirme…

–Con mentir no vas a conseguir que esta conversación acabe antes.

Mags se acercó a un ornamentado escritorio y abrió un cajón. De él sacó una fotos que le dio a Hannah.

–Toma –dijo Mags–. Lo único que tengo que hacer es enviarlas a alguna revista. Estoy segura de que les va a encantar conocer tu más profundo secreto.

Hannah miró una foto tras otra. Eran fotos de Will y ella en la entrada de la casa de Will, charlando, besándose y él levantándola en sus brazos.

Mags había contratado a alguien con una cámara telescópica para que les siguiera y pudiera fotografiarles a gran distancia.

–¿Y qué? Somos adultos. Podemos hacer lo que queramos en nuestros ratos de ocio.

–¿Crees que el público lo verá así? –dijo Mags–. ¿No te parece que la gente va a pensar que te has acostado con tu productor para conseguir lo que quieres? ¿No pensarán que Elite no es de fiar? ¿No crees que estas fotos podrían perjudicar a tu carrera y a la productora de Will?

–¿Qué es lo que quieres, Mags? –preguntó Hannah–. Supongo que quieres chantajearme.

Mags sonrió y le brillaron los ojos.

–Eras mi cantante estrella –declaró Mags–. Quiero que vuelvas con Cheating Hearts.

A Hannah se le hizo un nudo en el estómago.

–No puedo volver –declaró Hannah–. He firmado un contrato con Elite. He empezado a grabar con esa productora. Voy a hacer una gira con Cash.

Mags hizo un además con la mano, como si eso no tuviera importancia.

–Eso se puede arreglar. Pagaré a mis abogados una buena cantidad de dinero para que se encarguen de ello.

Sin duda, los abogados de Mags eran unos corruptos, por eso Gavin siempre se había negado a tener a Mags de clienta. Gavin podía ser implacable, pero siempre dentro del marco legal.

–¿Crees que porque tienes unas fotos voy a volver a Cheating Hearts? –preguntó Hannah.

–Una vez que publique estas fotos y dé una exclusiva diciendo que mi estrella de la canción me confesó el verdadero motivo por el que dejaba mi productora, ¿qué crees que va a pensar la gente y a quién va a creer? –preguntó Mags–. Tu nombre y el de Will quedarán por los suelos. Lo que digáis se interpretará como una excusa.

¿Cómo podía Hannah salir de ese atolladero? No podía permitir que la reputación de Will ni la de Elite sufrieran.

–Te doy dos días para pensarlo.

Hannah respiró hondo.

–¿Cómo puedo estar segura de que no vas a publicar esas fotos antes de que se cumpla el plazo de dos días?

Mags se encogió de hombros.

–De la misma forma que yo no sé si vas a tomar la decisión acertada.

Hannah no quería pasar ni un segundo más con esa mujer. Se dio media vuelta, salió de la habitación y volvió a la fiesta.

Por fin encontró a Will, estaba en el salón de fiestas con Cash, en el otro extremo de la casa. Hannah aún temblaba tras el encuentro con Mags, pero no tanto como unos minutos atrás. No obstante, seguía preocupada y con miedo.

¿Cómo podría proteger a Will? ¿Era posible hacerlo? Mags tenía razón en lo que había dicho respecto a las repercusiones de ser ella quien hiciera pública su relación; su relato sería más creíble que cualquier cosa que Will y ella pudieran decir a posteriori.

En ese caso, ¿qué pasaría si fueran Will y ella quienes hicieran pública su relación, adelantándose a Mags? Eso le quitaría el control a esa mujer. No tendría nada que alegar. Cierto que Will y ella habían tomado la decisión de mantener su relación en secreto, pero… ¿no había reconocido ya que estaba enamorada de Will?

Iba a confesarle lo que sentía por él; de esa manera, podrían estar juntos abiertamente. Ya no tenía nada que perder.

Había llegado el momento de hacer público lo que había entre ellos. Se acabó esperar más.

Hannah se colocó entre Will y Cash y esbozó una sonrisa falsa.

–¿Me he perdido algo?

Will le pasó una copa de vino. Justo lo que necesitaba en esos momentos.

–No mucho. Solo la lucha entre Gavin y Luke por algunas cosas y tu abuela sonriendo y posando delante de los fotógrafos –respondió Cash. Entonces, la miró enarcando las cejas–. Has tardado mucho en volver. ¿Te ha sacado muchas fotos ese tipo?

A Hannah no le gustaba mentir, le hacía sentirse culpable, pero no era el momento de explicar lo que había pasado. Y, posiblemente, quizá no se lo dijera a nadie. Lo que sí iba a hacer era decirle a Will que le quería, eso lo resolvería todo. Al menos, era lo que esperaba.

—Ha conseguido lo que quería —repuso Hannah.

Sin duda, Mags daría a Alan un buen fajo de billetes por hacerle el trabajo sucio.

Ahora, lo que Hannah necesitaba hacer era reflexionar sobre lo que había pasado y decidir cómo enfocar el asunto.

¿Y si Will no estaba enamorado de ella? ¿Y si no quería hacer pública su relación?

¿Y si Mags se les adelantaba?

—Vaya, un trío perfecto —dijo Mags acercándoseles con un par de copas en las manos—. Creo que necesita una copa, ¿verdad, señor Sutherland?

Mags le dio una copa a Cash y sonrió. Hannah tuvo que hacer un gran esfuerzo para no marcharse a toda prisa. Tenía que ser fuerte, no podía permitir que Mags ganara esa batalla. Hannah, por fin, había llegado al punto en que iba a cantar sus propias canciones. Will le había dicho que sus canciones le parecían realmente buenas, pero aún no se había comprometido a nada. Pero lo haría, estaba segura.

Y también estaba segura de que Will le confesaría su amor una vez que ella diera el primer paso.

Alan se acercó con su cámara, pero no se atrevió a mirarla.

—¿Puedo hacerles una foto en grupo?

—Perfecto —respondió Mags con una amplia sonrisa—. Vamos, juntémonos.

Por fortuna, Hannah estaba entre Cash y Will, y Mags se colocó al otro lado de Cash.

—Perfecto —declaró Alan después de disparar su cámara—. Gracias.

Cuando Alan se alejó, Mags se volvió de nuevo hacia los tres.

—Me alegro mucho de que hayáis venido. Supongo que habéis pujado.

—Sí, así es —confirmó Cash—. De hecho, Hannah quiere de vuelta su guitarra.

Mags miró a Hannah.

—Oh, querida, creía que no te importaría que la pusiera en subasta. Como me la habías dejado…

—La habría donado si me lo hubieras pedido —respondió Hannah—. Te podría haber acarreado problemas lo que has hecho.

Mags empequeñeció los ojos durante unos segundos; después, se encogió de hombros y bebió un sorbo de vino.

—No lo creo. Además, no suelo equivocarme y todo me sale como yo quiero.

En ese momento, Mags volvió la cabeza y saludó con la mano a alguien al otro lado del salón.

—Disculpadme, tengo que saludar a otros invitados y, además, necesito encontrar a Eleanor para sacarme una foto con ella. Disfrutad.

Después de que Mags les dejara, Hannah estaba más que dispuesta a marcharse de allí. Estaba harta. Necesitaba hablar con Will en privado.

—¿A qué ha venido lo que ha dicho? —le preguntó Will.

–¿Qué?

Will se colocó delante de ella.

–Estabais hablando como en código secreto. ¿Te importaría explicar qué pasa?

Hannah sacudió la cabeza.

–Nada de código secreto. Lo que pasa es que Mags es así de arrogante.

Will no parecía haberla creído, pero ella no quería decir nada más. Vació su copa y la dejó en la bandeja de un camarero que pasaba por ahí.

–Me está entrando dolor de cabeza –le dijo a Will–. ¿Te importaría que nos marcháramos? Aunque, si prefieres quedarte, puedo pedir un taxi.

Will se la quedó mirando con expresión interrogante. Sí, le amaba. Y sabía que Will, por lo menos, quería lo mejor para ella.

Los nervios la estaban consumiendo. Tenía miedo de confesarle lo que sentía por él y pedirle que lo hicieran público. Era un gran riesgo.

–Vámonos –dijo Will al tiempo que le daba a Cash su copa vacía–. Estás muy pálida.

Sí. Y ahora, de repente, tenía miedo de que Will no la correspondiera y no quisiera hacer pública su relación. De ocurrir eso, ella no tendría más remedio que hacerle daño para ahorrarle sufrimiento. Tendría que dejar a Will, a Elite y decir adiós a sus sueños.

–¿Puedo ayudar en algo? –preguntó Cash.

Will sacudió la cabeza.

–No. Solo diles a Gavin y a Luke que les veré más tarde.

Capítulo Diecisiete

Realizaron el trayecto de vuelta a su casa en completo silencio. Will no presionó a Hannah, pero sabía que algo le pasaba. Ni siquiera le preguntó si quería que la llevara a su casa. Quería estar a solas con ella y quería averiguar qué había pasado en la fiesta.

La notaba sumamente disgustada. Hannah había ido a que le sacaran unas fotos y había vuelto como si fuera otra persona. También había mentido al decir que Mags y ella no habían mantenido un diálogo que solo ellas sabían qué significaba.

Era evidente que Mags le había hecho algo a Hannah, pero… ¿qué?

Una vez dentro de la casa, Will conectó la alarma y se volvió hacia Hannah.

–Vamos, habla.

–¿Qué? –dijo Hannah agrandando los ojos.

–Dime qué te ha disgustado tanto.

Hannah lanzó un suspiro y se frotó las sienes.

–No estoy disgustada, Will. Pero… he estado pensando.

Will se cruzó de brazos y la miró fijamente.

–¿En qué has estado pensando?

–En nosotros.

–¿A nivel profesional o personal?

–Las dos cosas –respondió ella tras parpadear repetidamente.

Will no dijo nada porque el tono de voz empleado por ella le había indicado que nada bueno podría salir de esa conversación.

–Te aprecio mucho, Will. Más de lo que debería y más de lo que me gustaría, pero no puedo remediarlo.

¿Que le apreciaba mucho? En cierto modo, Will quería que Hannah le dijera algo más. Quería saber cómo quería Hannah que se desarrollara su relación. Necesitaba más información.

–Tenemos que hacer pública nuestra relación –añadió Hannah.

Will guardó silencio unos segundos, preguntándose si no se trataba de una broma. Pero Hannah continuó mirándole con expresión muy seria.

Entonces, Will se echó a reír y sacudió la cabeza.

–¿Qué demonios estás diciendo? ¿Qué te ha dicho Mags?

–Olvídate de Mags –contestó Hannah–. Esto es un asunto entre tú y yo.

Confuso, Will avanzó un paso hacia ella.

–Mags te ha dicho algo que te ha disgustado. ¿Te está chantajeando? Vamos, dímelo, Hannah.

Vio en los ojos de Hannah preocupación.

–Es solo que nuestra relación está tomando un rumbo nuevo –dijo ella–. Hemos salido juntos, me invitaste a una cena sorpresa en tu barco y ahora yo te acabo de decir lo que siento por ti. ¿Por qué no revelarlo? Aumentaría la venta de los discos y además no tendríamos que ir a escondidas todo el tiempo. Podríamos dejar que se nos viera juntos tomando un café o paseando por el lago.

Algo pasaba y Will no estaba dispuesto a ceder hasta que Hannah se lo contara. Todo eso tenía que ver con Mags, no le cabía duda.

—Hannah, sueño contigo y te encuentro irresistible, pero no podemos hacer público lo nuestro en este momento —dijo Will—. No es una buena idea desde el punto de vista de nuestro trabajo.

La barbilla de Hannah tembló, pero ella sacudió la cabeza y apartó la mirada. Cuando volvió a clavar los ojos en él, respiró hondo. No obstante, vio dolor en su rostro.

—En definitiva, te niegas a que se sepa lo nuestro, ¿verdad?

Will se llenó los pulmones de aire.

—Así es. Es lo mejor.

Los hermosos ojos de Hannah se llenaron de lágrimas, a pesar del intento de ella por contenerlas. Un intento fallido.

—¿Lo mejor para quién? —susurró Hannah—. Si no podemos permitirnos que la gente se entere de nuestra relación, quizá no deberíamos seguir.

—¿Pero qué dices?

—Lo que oyes.

—¿Por qué no me cuentas qué es lo que te ha pasado con Mags?

—Porque es irrelevante. Quiero saber qué sientes por mí. Aunque, al negarte a que se sepa lo que hay entre tú y yo, creo que ya sé lo que necesito saber.

Frustrado, Will lanzó un suspiro.

–No, no lo sabes, Hannah. Lo que pasa es que no es el momento oportuno.

–¿Y cuándo va a ser el momento oportuno? –gritó ella–. No voy a poder seguir con Elite después de lo que hemos compartido y sabiendo que estás dispuesto a renunciar a ello porque te asusta que la gente se entere. Seguir trabajando contigo me resultaría imposible.

La amenaza de Hannah le enfureció.

–¿Así que estás dispuesta a dejar Elite si me niego a hacer pública nuestra relación?

Hannah cerró los ojos y una lágrima le resbaló por la mejilla. ¿Qué demonios le ocurría? ¿A qué venía ese ultimátum? ¿Y por qué en ese momento?

Will no podía aguantar ni un segundo más. A Hannah le ocurría algo y se negaba a contárselo. ¿Por qué?

Will dio unos pasos, se detuvo delante de ella, le puso las manos en el rostro y le segó las lágrimas con los pulgares.

–Vamos, dime qué te pasa –murmuró Will.

Hannah sacudió la cabeza y cerró los ojos.

–Te necesito, Will. Solo por esta noche. Una última vez.

¿Una última vez? ¡Ni en sueños!

Will la levantó en sus brazos y comenzó a subir las escaleras. Hannah perdió los zapatos por el camino, que cayeron en el vestíbulo. Ella le rodeó el cuello con los brazos y apoyó la cabeza en su hombro.

Quería tener a Hannah en su casa, para protegerla, para ahuyentar esos demonios. Y tenía que averiguar a qué infierno se estaba enfrentando Hannah. Evidentemente, Hannah creía que la solución era dejar de mantener en secreto su relación, pero... ¿cuál era el problema?

No obstante, en ese momento, Hannah necesitaba que él la reconfortara, y estaba más que dispuesto a hacerlo. Al día siguiente averiguaría lo que estaba pasando.

Will depositó a Hannah en la cama y se quedó de pie. Se quitó el traje y se excitó mientras ella le contemplaba. Los ojos de Hannah aún estaban empañados, pero habían recuperado su brillo habitual. Hannah no quería romper con él de ninguna manera, ni aunque él se negara a que se supiera lo que había entre los dos. Teniendo en cuenta el deseo con el que le miraba, no podía dejarle.

Will se agachó y le desabrochó a Hannah los botones de la chaqueta, iba sin sujetador. En cuestión de segundos, la dejó solo con un par de bragas de encaje negro, y no perdió el tiempo en bajárselas por las piernas.

Se tumbó en la cama y agarró los muslos de ella. Hannah se aferró a sus hombros y clavó los ojos en los suyos; y Will vio mucho más que pasión en ellos, vio completa confianza en él.

El corazón se le encogió y sintió una profunda necesidad de protegerla; no solo como a la cantante de su marca discográfica, sino como a la mujer de la que se había enamorado.

Se suponía que eso no debería haber ocurrido, pero así había sido. Ya haría lo que tuviera que hacer. No creía equivocarse al pensar que Hannah también se había enamorado de él, pero le había salido con esa tontería de romper con él.

No iba a ocurrir.

Y hacer pública su relación no era una idea afortunada en ese momento. Ya se encargaría él de Mags. Tenía que controlar la situación y asegurarse de que tanto Hannah como él no iban a correr ningún riesgo. Estaba dispuesto a hacer lo que fuera por ella.

—Sigue mirándome con esos preciosos ojos –murmuró Will al penetrarla.

Hannah le clavó las uñas en los hombros mientras él comenzaba a moverse dentro de su cuerpo. Sus caderas se golpearon, los suaves gemidos de Hannah le obligaron a acelerar el ritmo, pero los ojos de ella no le abandonaron en ningún momento.

Hannah le obligó a ir aún más deprisa al tiempo que le rodeaba la espalda con las piernas y alzaba el cuerpo. Will la dejó marcar el ritmo y utilizarle como quisiera. Se dio cuenta de que haría cualquier cosa por ella, por mucho que le costara.

Cuando Hannah tensó el cuerpo al alcanzar el orgasmo, seguía mirándole, y Will la siguió. Se dejó caer sobre ella y la besó con pasión y amor. Quería que Hannah se diera cuenta de que iba a luchar por ella.

—Quédate esta noche –dijo Will al cabo de unos minutos, abrazado a ella–. Mañana será otro día.

Hannah no respondió; pero justo antes de dormirse, Will sintió una lágrima en el brazo. La abrazó y se juró a sí mismo averiguar a qué se estaba enfrentando Hannah.

Nadie iba a permitir que nadie la hiciera daño.

—Vaya, vaya, vaya. ¿A qué debo este honor?

Will estaba delante de la puerta de la casa de Mags a muy temprana hora de la mañana. Al salir de casa, Hannah aún dormía; le había dejado una nota encima de la almohada diciendo que volvería enseguida.

—Quiero hablar contigo —Will entró en la casa sin esperar a que le invitaran—. ¿Qué demonios le hiciste anoche a Hannah?

Mags cerró la puerta y adoptó una expresión de sorpresa.

—No sé a qué te refieres.

—Déjate de tonterías. Dime qué demonios pasó anoche. Sé que la estás chantajeando.

—Will, yo no tengo la culpa de que hayáis tenido una pelea de enamorados.

¡Era eso! No sabía cómo, pero Mags había descubierto que Hannah y él eran amantes.

—¿Con qué la has chantajeado? —insistió Will.

—¿Qué te ha contado Hannah?

Will estaba harto de andarse con rodeos. Cerró las manos en dos puños y apretó los dientes.

—¿Qué le has hecho?

Mags se encogió de hombros.

—Solo le he enseñado unas fotografías bastante interesantes de vosotros dos.

Will no iba a preguntarle sobre las fotografías ni cómo las había obtenido. Ese no era el asunto, por el momento.

–¿Y qué? Unas fotos no son motivo de chantaje.

Mags sonrió maliciosamente.

–No. Pero entregarlas a la prensa sí lo es. ¿Qué pensarían sus fans? ¿Y qué pensarían los demás músicos de tu compañía discográfica si las vieran? ¿No crees que podrían pensar que se ha acostado contigo para conseguir lo que quiere en su carrera profesional?

Will contuvo la furia que le embargó al darse cuenta de lo que ocurría. Hannah había amenazado con dejar Elite para protegerle. Había estado dispuesta a renunciar a sus sueños con el fin de salvar la reputación de él y de Elite.

Eso era amor.

–Imagina lo que pasaría si, accidentalmente, dejara que esas fotos cayeran en ciertas manos –añadió Mags–. La reputación de Hannah y la de tu empresa discográfica se verían arrastradas por el fango.

–No vas a salirte con la tuya.

–¿No? ¿Ha roto ya Hannah contigo? Le he dado dos días para que se lo piense. Al parecer, lo ha hecho inmediatamente.

Will sintió un profundo desprecio por Mags Dumond.

–Te estás equivocando, Mags –le advirtió él–. Te has pasado de la raya. Y Hannah no va a volver a Cheating Hearts.

–¿No? –Mags arqueó las cejas–. Pues yo diría

que si ha roto contigo es que ya ha tomado esa decisión.

Harto de la actitud de Mags, de los juegos que se traía entre manos y de las amenazas a Hannah, Will ya no tenía nada que hacer allí.

Salió de la casa y se dirigió a su coche.

Esa noche era la ceremonia de entrega de premios, y Mags también asistiría. Lo que él tenía que hacer era asegurarse de que Hannah no se acercara a Mags. Iba a pedir ayuda a sus hermanos después de explicarles lo que estaba pasando.

Hannah quería hacer pública su relación. Bien, así iba a ser, y por todo lo alto.

Al meterse en el coche, llamó a Cash, pero no obtuvo respuesta. Después llamó a Gavin, tampoco contestó. Por último llamó a Luke, que sí respondió.

Will explicó todo a Luke y este accedió a ayudarle. Aunque Luke no trabajaba en el mundo de la música *country*, asistía a las ceremonias para apoyar a sus hermanos. Los Sutherland eran un equipo, y Mags se iba a enterar.

Nadie iba a hacer daño a Hannah.

Capítulo Dieciocho

Hannah había salido de la casa de Will mientras él estaba fuera. No tenía idea de adónde había ido, pero necesitaba marcharse. Se había acostado con Will la noche anterior porque había sentido la necesidad de hacerlo una vez más, la última vez, antes de dejarle para siempre. Despedirse de él cara a cara le habría resultado demasiado difícil; sobre todo, después de haber pasado la noche entera en sus brazos. Por eso, se alegraba de que Will hubiera salido.

En la nota que le había dejado no le había dicho adónde había ido, solo que volvería pronto. Ella también le había dejado una nota diciéndole que le vería esa noche en la ceremonia de entrega de premios.

Hannah había llamado a Hallie para que fuera a recogerla para llevarla a su casa y le había confesado todo a su hermana. Nadie como Hallie para dar consejos.

Ahora, las dos se estaban preparando para la fiesta de aquella noche, a pesar de que Hannah habría preferido quedarse en casa.

–Si le quieres, díselo otra vez –insistió Hallie mientras le retocaba el peinado–. Puede que Will necesite tiempo para asimilarlo. Puede que él sienta lo mismo por ti.

Hannah se ató las correas de sus sandalias de tacón, se puso en pie y se alisó el vestido largo azul marino. Le encantaba ese vestido y le gustaba cómo le quedaba, pero no se sentía como de costumbre. Todo había cambiado y nunca volvería a ser la misma, al margen de lo que ocurriera con Will y con Mags. Will le había destrozado el corazón al negarse a hacer pública su relación. Había sido como rechazar todo lo que habían compartido. Ya no podían volver atrás, algo se había roto.

–No voy a volverle a decir que le quiero –Hannah agarró su bolso y metió el móvil y el lápiz de labios.

Hallie abrió la boca para decir algo, pero Hannah alzó una mano.

–Fin de la conversación –declaró Hannah–. Bueno, ¿nos vamos ya? El coche debe haber llegado.

Hallie acabó asintiendo, aunque Hannah sabía que su hermana tenía algunas cosas que decir. Hannah no podía continuar así. Por mucho que quisiera contarle todo a Will, sabía que Mags cumpliría sus amenazas.

Esa mujer estaba dispuesta a cualquier cosa para conseguir que ella volviera a Cheating Hearts y para hacer daño a Will. Siempre había sido una mujer muy envidiosa. Había tenido envidia de Eleanor en su juventud; después, envidia de ella, de su éxito, de ahí que no hubiera querido publicarle sus canciones; y ahora envidia de Will por haber firmado un contrato con ella.

Desgraciadamente, Mags iba a salirse con la suya porque ella no podía seguir con Elite y permitir que la reputación de Will se viera arrastrada por los suelos. Y aunque Will estaba enfadado, acabaría dándose cuenta de que era lo mejor. O quizá no se diera cuenta, porque ella no iba a contarle lo que había ocurrido.

Por fortuna, Hallie no volvió a hablar del amor durante el trayecto a la ceremonia.

Tan pronto como el coche se detuvo, la puerta de atrás se abrió y los fotógrafos dispararon sus cámaras al tiempo que la llamaban por su nombre.

–Adelántate tú, yo iré después –le dijo Hallie.

Hannah agarró la mano de su hermana.

–No, tú vienes conmigo. Eres tan importante como yo.

Hallie sonrió, asintió y le apretó la mano.

Las dos posaron y rieron, y Hannah respondió a algunas preguntas mientras caminaban hacia el recinto. Todo el mundo quería saber dónde estaba Cash, pero Hannah supuso que ya llegaría, si no lo había hecho. De no haber sido por Mags, empezarían a aparecer juntos en público, pero Mags era un personaje malvado.

–¿Qué hay de la gira con Cash? –gritó un periodista.

Hannah sonrió.

–Aún no hay nada definitivo.

No quería mentir, pero tampoco podía revelar nada. La gente no iba a tardar en enterarse de que todos esos planes no se iban a realizar.

Hannah y Hallie recorrieron la alfombra hacia la entrada del recinto en el que la mayoría de músicos e invitados ya estaban sentados.

Hannah lanzó un suspiro de alivio cuando por fin se vio libre de las preguntas y de los focos de las cámaras. No había sabido qué responder al ser preguntada por la próxima gira y el nuevo disco.

Los nervios se le habían agarrado al estómago, pero no tenía nada que ver con su nominación a Cantante del Año, sino con ese atolladero en el que se veía metida. Pero lo importante era que ni la reputación de Will ni la de Elite sufrieran.

Aunque Will no la quisiera, ella no estaba segura de poder dejar de amarle alguna vez.

Un acomodador condujo a Hannah a su asiento y le sorprendió ver que estaba en la primera fila y junto a los hermanos Sutherland.

Pero… ¿y Cash? La ceremonia iba a empezar y Cash aún no había llegado.

Will la miró a los ojos; después, le recorrió el cuerpo con la mirada y Hannah se dio cuenta de que le gustaba el vestido. Ella se lo había enseñado hacía unos días y Will le había dicho que ese azul le sentaba muy bien y que estaba deseando quitárselo y verlo en el suelo de su habitación.

–Cash se está retrasando, ¿no? –preguntó ella–. ¿Le ha pasado algo? –añadió al ver la seriedad con que la miraban los tres hermanos.

–Le arrestaron anoche al salir de la fiesta –le susurró Gavin.

–¿Por qué? –preguntó ella con expresión perpleja–. ¿Qué pasó?

–Por conducir bebido.

Confusa, Hannah miró a Will.

–Yo solo le vi tomar una copa.

–Sí, ese es el problema –añadió Gavin–, no estaba bebido. Pero ya me he encargado del asunto.

La música comenzó, indicando que la ceremonia estaba a punto de empezar. Hannah no daba crédito a lo que había oído. ¿Qué estaba pasando? Aunque las canciones de Cash versaban sobre el alcohol y la diversión, ella nunca le había visto bebido y, por supuesto, no estaba borracho cuando Will y ella se marcharon de la fiesta.

Mientras la ceremonia continuaba, Hannah seguía preocupada por Cash, a lo que se sumaba la angustia que sentía con Will sentado dos asientos más allá del suyo. Al menos, Hallie estaba a su lado. Necesitaba a su hermana más que nunca.

Cuando Eleanor subió al escenario con un traje de noche rojo, el público silbó y aplaudió. Hannah no pudo evitar sonreír y sentirse algo más tranquila.

–Es un honor y un privilegio presentar esta noche el premio a la Mejor Cantante del Año.

Hallie le agarró la mano a Hannah y se la apretó. En ese momento a Hannah no le importaba el premio, lo único que quería era zanjar su relación con Will y averiguar qué le había pasado a Cash. No era posible que hubiera conducido bebido, no tenía sentido; además, Cash vivía a orillas del lago, al lado de la fiesta. Algo raro pasaba y no sabía qué.

Eleanor comenzó a citar a las personas nominadas. A Hannah no le pasó desapercibido que las cámaras la enfocaran para captar su reacción cuando su abuela la nombró ganadora del premio.

Eleanor, mirándola, esbozó una radiante sonrisa y sonrió.

Hallie saltó del asiento cuando Hannah se levantó y la abrazó. Entonces, Hannah se volvió hacia Gavin y Luke, que le dieron unas palmadas en la espalda a modo de felicitación. Will sonrió y asintió.

Hannah deseó poder celebrar ese momento con él, arrojarse en sus brazos y no tener que ocultar sus sentimientos. Desgraciadamente, eso era imposible.

Hannah subió al escenario para recoger su trofeo.

Su abuela le dio un fuerte abrazo y le susurró:

—Y te espera otra gran sorpresa.

Hannah estaba confusa cuando su abuela se apartó y le cedió el micrófono para que hablara.

Hannah no había preparado ningún discurso. No había tenido en cuenta el premio porque había estado preocupada con otras cosas. Por eso, decidió decir lo que le salió del corazón.

—Este premio es un gran honor para mí —dijo Hannah—. Significa mucho para mí ya que ha sido el público quien me ha elegido. Me encanta lo que hago y os doy las gracias a todos. Siempre he querido ser cantante, así que gracias por permitir que mi sueño se haya convertido en realidad.

El público aplaudió, pero entonces se dio cuenta de que no estaba sola delante del micrófono, Will estaba a su lado.

Hannah cubrió el micrófono con la mano mientras sostenía el trofeo con la otra.

—¿Qué haces aquí? —susurró ella. El corazón le latía con fuerza.

Will se limitó a sonreír y le agarró la mano y se la apartó del micrófono, pero no la soltó. Hannah no tenía idea de lo que pasaba y, de repente, Will le rodeó la cintura con un brazo.

–Buenas noches a todos –dijo él–. Por favor, otra ronda de aplausos para esta cantante de gran talento.

Todos los presentes aplaudieron y silbaron. Ella sonrió y volvió el rostro para mirar a su abuela, que sonreía como poseedora de un secreto. Eleanor Banks y Will Sutherland se traían algo entre manos.

El público se calmó y Will continuó con el brazo en su cintura.

–Hace poco Hannah firmó un contrato con Elite Records y estoy encantado de tenerla en nuestro equipo –continuó Will–. Pero cuanto al conocerla mejor me di cuenta de que quería tenerla en otro de mis equipos.

Hannah se lo quedó mirando perpleja cuando Will la soltó, se metió una mano en el bolsillo y plantó una rodilla en el suelo.

–Will, ¿qué haces? –murmuró ella con los ojos muy abiertos.

Will sonrió.

–Te quiero en mi vida, Hannah. Lo quiero todo contigo, tanto en el trabajo como personalmente.

–No puedes…

Will abrió la caja con el anillo y Hannah se quedó boquiabierta. ¿Cómo se le había ocurrido semejante cosa? No podía ser… ¿o sí?

–Sí que puedo –dijo él–. Cásate conmigo, Hannah. Nos enfrentaremos juntos al mundo.

Hannah no pudo contener las lágrimas. Se agachó, apartándose del micrófono.

—¿Y Mags? —murmuró ella.

—Nada de qué preocuparse si lo hacemos público esta noche, ¿no? —dijo él al tiempo que se levantaba y le murmuraba al oído—: Y no estoy haciendo esto por ella. Siento no haberlo hecho antes y siento haberte preocupado. Te amo, Hannah. Y sé que tú también me quieres. Di que sí, di que te casarás conmigo.

Hannah le abrazó y los asistentes se revolucionaron. Hannah no podía dejar de llorar mientras asentía.

—Sí, sí, sí.

Will se apartó ligeramente de ella, le secó las lágrimas y sacó el anillo de la caja. Le deslizó el anillo por el dedo y después mostró la mano de ella al público.

Los aplausos continuaron y Hannah vio a su hermana en primera fila llorando y aceptando el pañuelo que Gavin le tendía.

Hannah no podía creer lo que estaba pasando, pero estaba encantada y locamente enamorada de ese hombre.

—Al parecer, voy a tener que encargarme de algo más que la gira —anunció Hannah por el micrófono.

Will la besó.

—Te amo —susurró él.

—Te amo.

Will volvió a besarla y Hannah supo en ese momento que iban a formar un equipo formidable.

Epílogo

–Ha sido totalmente perfecto.

Hannah se apartó del micrófono y sonrió al mirar a Will, que estaba en la sala de control. Nunca se había sentido tan en armonía con su música, acababa de grabar la primera canción con su propia letra.

Y ahí estaba su prometido, mirándola, orgulloso de ella. Jamás había imaginado que la vida pudiera ser tan maravillosa.

–Hemos acabado por hoy, Hannah.

Hannah se quitó los auriculares y los dejó en el taburete antes de salir de la sala de grabación para reunirse con Will y con el director de sonido.

–Has estado francamente genial, Hannah –le dijo el director de sonido–. Bueno, y ahora os dejo. Nos vemos el viernes.

–Muchísimas gracias –le dijo Hannah–. Estoy realmente entusiasmada con este proyecto.

–Va a ser tu mejor disco –le aseguró Will.

Una vez que se quedaron solos, Will le agarró las manos y tiró de ella hacia sí.

–Estoy deseando que la gente oiga esto –le dijo Will acariciándole las manos con los pulgares–. No sabes cuánto me alegro de que nadie viera ese cuaderno tuyo antes que yo.

–Mags no se lo merecía. Le sentó fatal cuando se enteró de que las canciones eran mías.

Will se echó a reír.

–Sigue disgustadísima por no conseguir destruirnos la vida. Y lo va a pasar muy mal con el éxito que vas a tener con tus nuevas canciones.

Hannah le rodeó el cuello con los brazos y le rozó los labios con los suyos antes de apartarse de Will.

–¿Crees que va a intentar vengarse de nosotros? –preguntó ella–. Ten en cuenta que me chantajeó e hizo que a Cash le detuvieran por conducir bebido.

La detención de Cash había sido un absurdo y Gavin, rápidamente, había zanjado el asunto. No tenían pruebas para culpar a Mags directamente, pero solo ella había podido hacer semejante cosa… por tener en sus garras a unos policías corruptos.

–Me da igual lo que haga –respondió Will–. Estamos juntos, tu música va a batir nuevos récords y nos vamos a casar. Nada se va a interponer en nuestro camino.

Hannah le acarició el cabello y sonrió.

–Tienes razón. Nada se va a interponer en nuestro camino.

Y entonces, le besó.

DESEO

KATHERINE GARBERA
SOLO POR UNA NOCHE

La heredera Iris Collins necesitaba un acompañante para una boda y el millonario Zac Bisset era el mejor candidato. A cambio, ella tenía que invertir en el equipo de regatas de Zac. El acuerdo era redondo, y todo iba bien hasta que acabaron en la cama.

KIRA SINCLAIR
PECADOS DE UN SEDUCTOR

Gray Lockwood había cumplido sentencia por un crimen que no había cometido. Para limpiar su nombre, necesitaba la ayuda de Blakely Whittaker, la severa y preciosa auditora cuyo testimonio le había enviado a la cárcel. El problema era que la línea entre la enemistad y la pasión entre ellos era extremadamente fina.

N.º 531

JULES BENNETT
AMOR EN LA CIUDAD DE LA MÚSICA

El propietario de su nuevo sello discográfico, el hombre a cargo de su carrera profesional, era demasiado atractivo. Tanto que Hannah Banks solo podía pensar en él. Para evitar la tentación, se hizo pasar por su hermana gemela, una mujer mucho más discreta. Pero Will Sutherland quería a la auténtica Hannah en el estudio de grabación… y en la cama.

DESEO

MAUREEN CHILD

UNA MENTIRA INOCENTE

Viajar en el avión privado de Luke Barrett y pasar un fin de semana cargado de pasión con él resultó bastante arriesgado para Fiona Jordan. Confiaba en no estropear su misión secreta de convencer al multimillonario de la industria tecnológica para que regresara al negocio familiar. Cuando Luke descubriera la verdad, ¿lograría Fiona evitar la caída? Mezclar el placer con los negocios podría terminar siendo el malabarismo más complicado de su vida…

MAGIA EN EL MAR

Hacer un crucero de lujo en Navidad debería ser como estar en el paraíso, pero Mia Harper tenía que confesarle algo a su multimillonario ex: ¡seguían casados!

N.º 532

Ahora estaba atrapada entre el tremendamente sexy Sam Buchanan y el abrasador deseo que los había rodeado siempre y, por si eso fuera poco, Sam le iba a hacer un pequeño chantaje: le concedería el divorcio si le daba lo que él quería por Navidad: una breve aventura con ella.

JAZMÍN.

SUE SWIFT
EN BRAZOS DEL JEQUE

El jeque Rayhan ibn-Malik estaba a punto de olvidar que la dulce y sensual Cami Ellison era la misma pilluela que había prometido utilizar como instrumento para su venganza. Había jurado hacerle pagar al padre de Cami por haberlo estafado. Pero no había previsto que la muchacha conquistara su corazón de aquella manera.

RENEE ROSZEL
EN BRAZOS DE UN SEDUCTOR

Taggart Lancaster había accedido a hacerse pasar por su amigo por una buena razón. Pero su papel de mujeriego estaba teniendo tanto éxito que todo el mundo creía que así era él realmente. Mary O'Mara no quería tener nada que ver con un tipo así. El problema era que no le quedaba más remedio que pasar algún tiempo con él.

N.º 569

SUSAN LUTE
UNA VIDA PERFECTA

Dillon Stone andaba buscando a la esposa perfecta, pero no podría ni haberse imaginado casado con la irresistible Eleanor. Lo que necesitaba no era pasión, sino una madre para su hija. ¿Sería aquella la mujer que le daría el amor y la ilusión que tanta falta le hacía?

DESEO

Se suponía que esta vez
tenía que evitar la tentación

UN PEQUEÑO DESLIZ

JOSS WOOD

N.° 220

A Sadie Slade no le interesaban las relaciones amorosas. Ya
había sufrido bastante durante su matrimonio con un hombre
que la maltrataba verbalmente y su posterior divorcio. No quería arriesgarse a tener que volver a pasar por lo mismo.

Pero Carrick Murphy, el apuesto director de la casa de subastas que la había contratado para investigar la autenti-
cidad de un cuadro, irrumpió en su vida cambiándolo todo.
Tras una inesperada noche de pasión juntos, ella no podía
dejar de fantasear con repetir, complicando así su relación
laboral. Y por si eso fuera poco, Sadie no tardó en descubrir
que no solo estaba enamorada de él, sino que también
esperaba un hijo suyo.

¡YA EN TU PUNTO DE VENTA!

DESEO

Demasiado enredado
en la tentación para poder salir…

DOBLE
ESCÁNDALO

FIONA BRAND

N.º 2179

A pesar del revuelo mediático generado por su tempestuosa ruptura, la relación de Ben Sabin y Sophie Messena no había terminado. Por segunda vez, el carismático magnate había abandonado la cama de Sophie tras un entusiasta encuentro. Y, aun sabiendo que no podía estar con ella, no podía dejar de desearla. Creía que tal vez una cita con su hermana gemela anularía ese deseo. Pero Sophie y su hermana se intercambiaron provocando una reacción en cadena de escándalo…

BIANCA™

La boda con aquel italiano
iba a ser su plan de huida...

MATRIMONIO POR HONOR

LYNNE GRAHAM

BIANCA™
HARLEQUIN

MATRIMONIO POR HONOR
LYNNE GRAHAM

N.° 3056

Cuando Enzo se detuvo para ayudar a un coche averiado
se llevó una sorpresa monumental. Skye era la conductora
y huía aterrada con sus dos hermanos pequeños. Su sentido
del honor lo empujó a ofrecerle refugio y un trabajo, pero quizás, solo quizás, la atracción incipiente que sentían uno por
el otro, podría ayudarle a solucionar el problema que tenía é
su necesidad de novia.

Skye necesitaba desesperadamente un nuevo comienzo...
Enzo le hacía hervir la sangre y estremecer. ¿Podría casarse
con un hombre al que acababa de conocer? ¡Unirse a aque
millonario en el altar sería el salto de fe definitivo!

BIANCA™

No se había casado con ella...
¡la había comprado!

ESPOSA DE UN JEQUE

LUCY MONROE

N.° 3057

Después de un fugaz romance, el jeque Hakim bin Omar al Kadar le propuso a Catherine Benning que se casara con él. No hubo declaración de amor, pero la tímida e inocente muchacha estaba locamente enamorada del jeque y no pudo hacer otra cosa que aceptar su proposición...
Después de la boda... y de la noche en la que ella le entregó su virginidad, Catherine y Hakim se fueron al desierto... donde Catherine descubrió la verdad sobre su matrimonio.

BIANCA.

"Vamos a tener gemelos"
Y el rey iba a reclamarlos

DEBER Y MATRIMONIO

LORRAINE HALL

N.° 3058

El rey Diamandis encontraba consuelo en el cumplimiento del deber. Así que cuando una imprudente noche de desenfreno tuvo como consecuencia el futuro nacimiento de dos herederos, casarse se convirtió en algo innegociable. El problema era convencer a su antigua secretaria, Katerina Floros.

La orgullosa Katerina sabía que no era la persona adecuada para ser reina. Sin embargo, al haberse visto privada de la relación con su padre no quería que a sus hijos les sucediera lo mismo. Y mientras recorría la nave de la iglesia, sus traicioneros pensamientos se dirigieron a la noche de bodas. ¿Volvería a vislumbrar al hombre apasionado más allá de su papel de rey?